GOLDMANN

Buch

Der berüchtigte Skandalreporter Heinz Horstmann stöbert im Privatleben einflußreicher Münchner Bürger herum. Er erfährt sehr viel über skandalöse Praktiken scheinbar seriöser Geschäftsleute und angeblicher Damen der Gesellschaft. Zu viel? In einem Vorort wird plötzlich seine Leiche gefunden.
Horstmann wurde vorsätzlich überfahren. Mord.
Kriminalhauptkommissar Martin Zimmermann und seine Leute entdecken, daß sensationelle Aufzeichnungen des Reporters verschwunden sind. Zimmermann bringt die High Society zum Zittern. Zeugen fangen an zu »singen«, Sekretärinnen kompromittieren ihre Chefs, Bankiers bangen um ihren Ruf, die Prominenz beginnt, sich merkwürdig für die Ermittlungen der Polizei zu interessieren ...
»Ein entmythologisierter Krimi mit dokumentarischen Einschaltungen in einem Reportagestil, der Hochspannung erzeugt, wobei zwischen den Zeilen die Funken der Zeitkritik überspringen. Denn für den Roman-Kommissar Zimmermann, der seine beruflichen Erfolge mit seinem Privatleben bezahlen muß, wird die Klärung eines Mordfalles zur Entlarvung einer Gesellschaft, in der Profitgier, Betrugsaffären, Presseskandale und das Lüpfen von Bettdecken zum biederen Alltag gehören.« (»tz«, München)

Autor

Hans Hellmut Kirst wurde am 5. Dezember 1914 in Osterode in Ostpreußen geboren. Seine Vorfahren waren Bauern, Beamte und Handwerker. Im zweiten Weltkrieg nahm er an den Feldzügen in Polen, Frankreich und Rußland teil. Später versuchte er sich in vielen Berufen, war landwirtschaftlicher Angestellter, Straßenarbeiter, Gärtner, Dramaturg und Kritiker. Sein erstes Buch veröffentlichte er 1950, jetzt sind es 35 mit einer Weltauflage von über 12 Millionen Exemplaren in 30 Sprachen.

Eine Übersicht über die als Goldmann-Taschenbücher erschienenen Werke von Hans Hellmut Kirst finden Sie am Schluß dieses Bandes.

Hans Hellmut

KIRST

Verurteilt zur Wahrheit

Roman

GOLDMANN VERLAG

Ungekürzte Ausgabe

Made in Germany · 1. Auflage · 9/87

Umschlagentwurf: Design Team München
Satz: Fotosatz Glücker, Würzburg
Druck: Elsnerdruck, Berlin
Verlagsnummer: 8848
MV · Herstellung: Peter Papenbrok
ISBN 3-442-08848-8

Dies ist ein Roman, dessen Handlung und Personen frei erfunden sind. Eventuelle Ähnlichkeiten oder scheinbare Übereinstimmungen mit tatsächlichen Vorgängen sind nicht beabsichtigt.

Das gilt auch für die Darstellung offizieller Persönlichkeiten der als Hintergrund verwendeten Stadt und des Landes und für den hier geschilderten Firmenkrieg. Dessen Ansiedlung im Zeitungsmilieu geschah aus rein dramaturgischen Gründen.

Den tatsächlichen Gegebenheiten nachgestaltet ist jedoch die in diesem Roman dominierende Funktion und Arbeitsweise der Kriminalpolizei, der Alltag ihrer Beamten und deren menschliche Reaktionen. Nicht zuletzt, um ihre mühevoll vielschichtige Tätigkeit erkennbar zu machen, ist dieses Buch geschrieben worden.

Es ist J. F. gewidmet,
dem Todesermittlungsbeamten

Der schlimmste Schmerz
im Menschenleben ist,
in vieles Einsicht zu haben
und über nichts Gewalt.

Herodot

Die Stadt läßt neue Formen der Ausbeutung und Beherrschung entstehen, bei denen einige die Bedürfnisse der anderen zu Spekulationen mißbrauchen und zur Quelle unzulässiger Gewinne machen.

Paul VI., Papst

Verraten kann ich gar nichts, außer daß der Fasching unter dem Motto »Die Jagd ist frei« stehen wird. Was darunter zu verstehen ist, kann sich jeder selbst ausdenken.

Rolf II., Faschingsprinz

Die Wahrheit
kann auch ein dahintreibendes Schiff
auf hoher See sein.
Es liegt an den jeweiligen Witterungsverhältnissen,
ob es durchkommt –
oder untergeht.

An einem Freitag, gegen Mitternacht, mitten im Münchner Fasching, wurde in einem Außenbezirk dieser Stadt eine männliche Leiche gefunden. Der Tote konnte als Heinz Horstmann, Journalist, identifiziert werden. Die Kriminalpolizei fand innerhalb von drei Tagen, fast auf die Minute genau, den Täter.

Das jedoch geschah nicht ohne katastrophale Komplikationen. Denn dieser Tote erwies sich als eine höchst unliebsame Schlüsselfigur. Er machte Schuld und Mitschuld deutlich, Vergehen und Versäumnisse, Verwirrungen und Verlogenheiten. Dieser Tote wirkte wie Leichengift – gegen das sogar die Medizin noch machtlos ist.

Dieser Tod zog – unvermeidlich – weitere Tode nach sich. Und selbst die Kriminalpolizei kam nicht heil davon. Insbesondere einer von ihnen.

1

Kurz vor Mitternacht traf Kriminalhauptkommissar Martin Zimmermann am Tatort ein: München, Neumühlenweg 24/26 – im sonst so stillen Vorort Gern. Dort Einfamilienhäuser mit gepflegten Vorgärten – diese zumindest in freundlichen Jahreszeiten erkennbar.

Nunmehr jedoch war Spätwinter – schneelos, regennaß, mit Kältegraden um den Gefrierpunkt. Ende Januar – die Zeit, in der München seinen alljährlichen Fasching zu feiern begann. Ein, zwei Dutzend einträgliche, hochtemperierte, verschwenderisch dekorierte Groß-Festsäle, »Hochburgen« genannt, versammelten Zehntausende von Vergnügungsentschlossenen.

Hier am Neumühlenweg jedoch lag eine Leiche, eine von den fünf bis sieben, die Nacht für Nacht in dieser Stadt auf »unnatürliche Weise« anzufallen pflegten. Dies bei »leichter Zunahme« an Wochenenden; weitere Steigerungen in Zeiten krimineller Hochkonjunktur – in diesem München: Fasching und Oktoberfest.

Während der Kriminalhauptkommissar Zimmermann aus seinem Wagen stieg, sah er im grellen Lichtkreuz zweier Autoscheinwerfer aus der fahlen Dunkelheit scharf herausgeschnitten: einen sackartig plump wirkenden Gegenstand – den Toten.

Aus der kleinen Gruppe der scheinbar nur herumstehenden Polizeibeamten löste sich Kriminaloberinspektor Felder, der zu Zimmermanns Mordkommission gehörte. Er ging seinem Chef entgegen und sagte vertraulich: »Hier sind mit Sicherheit eine Menge Spuren zertrampelt worden.«

»Das ist ja nichts Neues«, meinte der Hauptkommissar gelassen. »Was bleibt dennoch für uns übrig?«

»Ich habe gleich nach meiner Ankunft den Tatort absperren lassen«, berichtete Felder, »was allerdings einige Verwunderung erregt hat. Denn bei der aufgefundenen Leiche wurde zunächst lediglich ein Verkehrsunfall mit tödlichem Ausgang angenommen

– mit anschließender Fahrerflucht.«

»Auch nichts Neues – schon gar nicht im Fasching«, knurrte Zimmermann. »Aber was berechtigt zu der Annahme, daß hier kein Unfall vorliegt?«

»Die allerersten Feststellungen unseres Todesermittlungsbeamten«, berichtete Felder. »Er geht dabei von der Lage der Leiche und der Art ihrer Verletzungen aus. Wenn es ein Unfall war, dann aber ein doppelter – der Tote wurde zweimal überfahren. Mindestens zweimal.«

Zimmermanns Augen verengten sich. Aufmunternd nickte er Felder, seinem Spurenspezialisten, zu. »Und weiter? Habt ihr schon herausgefunden, wer der Tote ist?«

»Seinen Papieren nach ein gewisser Heinz Horstmann. Etwas über dreißig Jahre alt. Verheiratet. Journalist. Kein ganz unbekannter Name – nicht wahr?«

Zimmermann senkte seinen mächtigen Schädel. Es war, als nähme er Witterung auf. »Heinz Horstmann? Ich hoffe, Sie irren sich.«

»Es ist kein Irrtum«, sagte Felder. »Leider nicht.«

In dieser Nacht, vom Freitag zum Samstag, während draußen im Stadtteil Gern, nicht weit weg vom Romanplatz, diese Leiche lag, erlebte das alljährliche »Pressefest« im Deutschen Theater in München seinen Höhepunkt, umglänzt von Silberblau und Blausilber, Goldgelb und Gelbgold, zwischen bizarr herabschwebenden Blumengebilden und Phantasietieren.

Darüber, dazwischen, auch mitten darunter: Pressemenschen, die sich das ganze Jahr über heftige und harte, manchmal auch nur erheiternde Konkurrenzkämpfe lieferten – Herausgeber, Mitherausgeber und Direktoren, Chefredakteure und ihre Stellvertreter, Redakteure, Reporter, Kritiker, Kolumnisten und Gesellschaftsberichterstatter. Doch heute wirkten sie verbrüderungsbereit, schienen zumindest fest entschlossen, sich zu amüsieren.

»Mein Gott – welch herrliches Erlebnis! Wieder einmal mehr!« bekannte Anatol Schmelz, Mitinhaber und nomineller Chefredakteur des »München am Morgen«, abgekürzt auch »MAM« genannt, einer neuerdings stark in den Vordergrund drängenden örtlichen Zeitung. Sie wurde in Fachkreisen als »unseriös bis skandalös« bezeichnet – was jedoch nur heimtückisches Konkurrenzdenken sein konnte, wie Schmelz behauptete.

Dieser Anatol Schmelz war nunmehr entschlossen, sich über derartig hinterhältige Verdächtigungen »erhaben« zu fühlen. Sein Stern stieg; was ihm neuerdings wiederholt versichert worden war, woran er glaubte. Die hier seit fünfundzwanzig Jahren so gut wie allein dominierenden drei Zeitungen begannen ihn zu fürchten – und zu respektieren! Diese Annahme hielt er für eine beglückende Erkenntnis.

Kriminalhauptkommissar Martin Zimmermann, der fast versonnen die auf dem Bürgersteig Neumühlenweg liegende Leiche betrachtete, erkannte instinktiv: Dies war ein Fall, bei dem es Schwierigkeiten geben würde – auch für die Kriminalpolizei. Eine Ahnung, die jedoch seine in langen Dienstjahren erworbene Gelassenheit nicht zu erschüttern vermochte.

Von allen, die ihn nicht näher kennengelernt hatten, wurde Zimmermann, seiner gemütvollen Gewichtigkeit wegen, für recht umgänglich gehalten. Selbst härteste Kriminelle glaubten in ihm einen Mann zu sehen, dem man sich in Notfällen anvertrauen konnte. Im Amt jedoch hieß er bei jenen, die ihn ein wenig näher kannten, »der Löwe«. Denn in entscheidenden Augenblicken vermochte dieser Zimmermann ein Ausmaß an Energie und Ausdauer zu entwickeln, die schon so manchen Kollegen an den Rand der Erschöpfung gebracht hatte – und Kriminelle zu letzter Verzweiflung.

Felder, sein derzeit engster Mitarbeiter, konnte, wenn er wollte, Lieder davon singen. Doch er kam kaum dazu. Nunmehr ergänzte er seinen Bericht – in knappster Form, worauf sein Chef Wert legte: »Zeitpunkt der Tat: 23 Uhr 13 bis 23 Uhr 15. Zufällige Zeugen verständigten die Polizei – ein Regierungsrat a. D. Leimer und eine Frau Dambrowski, verwitwet – beide Neumühlenweg 23. Verkehrsunfall zunächst angenommen. Entsprechend Verkehrspolizei im Einsatz. Deren Chef wurde verständigt – Hauptmann Kramer-Marein.«

»Kramer-Marein?« stellte Zimmermann beinahe erfreut fest.

»Ein ausgezeichneter Mann. Der wird uns weiterbringen.«

Felder wies auf den toten Horstmann zu seinen Füßen: »Das ist ja nun wohl die letzte Schwierigkeit, die er uns macht.«

»Vermutlich aber die größte«, bestätigte Zimmermann lapidar. »Das wittere ich. Dem habe ich schon immer eine ganze Menge zugetraut.«

Anatol Schmelz lehnte im Hauptsaal des Deutschen Theaters immer noch an der vergoldeten Vierkantsäule seiner Loge. Von hier aus genoß er, schwer atmend, mit geöffnetem Mund, schweißüberströmtem Gesicht die heiße Eitelkeit dieser aneinanderklebenden Menschen vor sich, unter sich. Dabei Schweißhände auf Frauenrücken, alkoholisierter Atem, Treibhaushitze, von Scheinwerfern geschürt, menschliche Wesen, angetrieben von pausenlos dröhnendem Musiklärm.

Anatol Schmelz fühlte sich als Mittelpunkt, wähnte sich oben, ganz »oben«. Er hatte es geschafft – aus tiefsten Tiefen zu höchsten Höhen. Welch ein Menschenleben! Denn damals, 1945/1946, war er als ein Flüchtender, Getriebener und Verkannter in diese Stadt gekommen. Hausend in einem armseligen Zimmer, ohne Bettwäsche, unter Pferdedecken schlafend. Schäbig bekleidet; Unterwäsche und Hemden wusch er selbst. Hungernd und frierend auch – nichts als kleiiges Brot, hier und da eine Handvoll Kartoffeln, kaum mal Fleisch. Schlaflose Nächte, durchdämmerte Tage, bedrängende Sorgen! Und dennoch, dennoch, dieser unbändige Glaube an sich selbst, der ihn unaufhaltsam nach oben getragen hatte.

Hierzu, in späteren Gesprächen, ein gewisser Karl Goldner, Schriftsteller und Journalist, Spezialist für Münchner Leben und bayerisches Lebensgefühl:

»Lassen Sie sich doch von diesem Schmelz, dieser schleimigen Qualle, nichts einreden. Ich bitte Sie – von wegen armer verfolgter und verkannter Mensch! Der hat bis 1945, also bis zur letzten großdeutschen Stunde, in einer Berliner Zeitung seinen feuilletonistischen Seich verzapft.

Aber kurz vor Kriegsschluß war es ihm dann noch gelungen,

eine Innenarchitektin zu heiraten, eine prachtvolle Frau – das muß selbst ich eingestehen. Bei ihrer Beerdigung, neulich, kamen mir die Tränen. Wohl weil ich erkennen mußte, was für ein vernachlässigtes, betrogenes Leben sie im Dunstkreis dieses sentimentalen Saukerls geführt haben muß.

Damals jedoch, 1945/1946, lebte er von ihr – und noch etliche andere dazu. Sie betätigte sich als Antiquitätenhändlerin; ihre Verkäufe wurden zumeist mit Fressalien bezahlt. Dementsprechend war Anatol vergleichsweise gut genährt und brauchbar gekleidet. Während sie für ihn sorgte, schrieb er an andere weibliche Wesen glühende Liebesbriefe. Porto zu Lasten seiner Frau.

Und schnüffelte bereits, wie ein Trüffelschwein, nach dem neuen Leben für sich selbst; nach dem, was er ›seinen Aufstieg‹ nennt.«

Wozu Tierisch, Verlagsleiter und Mitherausgeber der Schmelz-Zeitung »MAM«, in einem Informationsgespräch erklärte:

Ich bitte Sie – dieser Goldner! Einen solchen Menschen kann man doch nicht ernst nehmen! Nicht nur, weil er über alles schreibt, wofür er bezahlt wird; durchaus gekonnt, das sei zugegeben. Aber doch, achten Sie darauf, ohne jeden moralischen Hintergrund!

Dieser Goldner haust als Junggeselle in irgendeinem Appartement beim Isartor, hat dutzendweise Freundinnen, die er einfach abschiebt, wenn er von ihnen genug hat. Gilt allerdings als glänzender Gesellschafter, wird überall gern gesehen – auch einstmals im Bereich unseres Schmelz. Der war viel zu gutgläubig, um den intriganten Hang dieses Subjektes, Verwirrungen um jeden Preis herbeizuführen, durchschauen zu können.

Schmelz verteidigte diesen Goldner selbst dann noch, als der von unserem ›Morgen‹ zur ›Allgemeinen‹ überwechselte – und damit zu Wardeiner, unserem rücksichtslosesten Konkurrenten. Und das nur, weil der mehr zahlte!

Jedenfalls ist der Anteil dieses Goldner an den sich später ergebenden scheußlichen Situationen, die bis zum glatten Rufmord reichten, wahrlich nicht gering gewesen. Das sollte man bedenken, ehe man diesem Menschen auch nur ein Wort glaubt.«

Der Kriminalhauptkommissar Zimmermann, beim Toten Neumühlenweg, schien sich in einer der wichtigsten Eigenschaften der Polizeibeamten üben zu wollen: Er entwickelte unendliche Geduld. Er stand da, beobachtete, wartete. Felder, seine »rechte Hand«, nicht minder geduldig neben ihm. Beide an einen Baum gelehnt.

Die Spurenspezialisten des Präsidiums und jene der Verkehrspolizei arbeiteten äußerst behutsam nebeneinanderher – ohne sich, unter Zimmermanns prüfenden Augen, gegenseitig zu behindern. Der aber wartete auf das erste, vorläufig abschließende Untersuchungsergebnis des Todesermittlungsbeamten Rogalski, welches erfahrungsgemäß entscheidend war, wie auch Felder wußte. Denn dieser Rogalski, ein Mann, der sorgsamste Genauigkeit garantierte, war nicht zufällig als Nachfolger seines Lehrmeisters Keller angetreten – des wohl besten Leichenspezialisten, den das Amt jemals besessen hatte. Und wenn auch Rogalski nicht Kellers Genie besaß, um das den so mancher Gerichtsmediziner beneidete – über Kellers durchdachte Exaktheit verfügte er durchaus, was aber Zeit beanspruchte.

»Haben Sie diesen Horstmann eigentlich näher gekannt?« fragte Felder.

»Den habe ich kennenlernen müssen«, bestätigte Zimmermann fast heiter. »Der ließ sich gar nicht übersehen. Ein reichlich unbequemer Zeitgenosse. Der hat sogar mal versucht, mich aufs Kreuz zu legen – anläßlich eines Massenmordes in einem Gastarbeiterlokal. Und der hätte das beinahe geschafft. Der wußte mehr, als in meinen Akten stand. Ich glaube, der hätte einen guten Kriminalbeamten abgegeben.«

Bevor Felders Erstaunen über diese Äußerung noch zunehmen konnte, erschien Rogalski. Er wirkte wie der jüngere Bruder seines Lehrmeisters Keller: klein, unscheinbar, mausgrau. Sein Bericht war von leiser Behutsamkeit: »Das Opfer Horstmann wurde durch sogenannte stumpfe Gewalt getötet; überfahren durch Kraftfahrzeug. Dabei zahlreiche Verletzungen – vermutlich Berstungsbrüche – des Schädels, Verletzungen des Brustkorbs und Bauchs; Zerreißen oder Zerplatzen lebenswichtiger innerer Organe wahrscheinlich; dazu mehrfach gebrochene Unterschenkel. Insgesamt Verletzungen, die nur durch mehrmaliges Überfahren verursacht sein können.«

»Also – Mord!« stellte Felder fest.

»Anzunehmen«, bestätigte Rogalski leicht betrübt.

»Haben Sie eine Ahnung, wo sich dieser Horstmann wieder mal herumtreibt?« fragte Wöllrich, der jüngste und wohl auch tüchtigste der Verlagsdirektoren des »Morgen«. Und er richtete diese Frage an den Sonntagsbeilagenredakteur des »MAM«, Lothar – Deutsches Theater, Hauptsaal links, dritte Tischreihe. Dieser, ein blonder lattendürrer Mann, war gerade mit Marie-Antoinette Bauer, einer der drei Verlagssekretärinnen, intensiv beschäftigt.

»Horstmann?« sagte Lothar widerwillig. »Woher soll ich denn wissen, wo der sich gerade aufhält?«

»Schließlich sollen Sie sich schon mehrfach mit ihm herumgetrieben haben.«

»Und Sie«, hörte sich Lothar nun provokativ sagen, »sind doch wohl der Freund seiner Frau? Fragen Sie doch mal bei der nach.«

Wöllrich lächelte, aber bedrohlich. »Keine Verdächtigungen, Herr Lothar! Das wäre für unser Betriebsklima nicht gut – und dafür bin ich verantwortlich.«

»Soll ich das Horstmann sagen, falls der heute nacht noch hier auftaucht? Oder veranlassen Sie seine Frau, daß sie ihm das sagt?«

»Sie trinken zuviel«, stellte Wöllrich warnend fest, während er sich entfernte.

Maximilian Lothar starrte seinem Verlagsdirektor fast freudig nach, ohne die besorgten Blicke seiner Begleiterin, der Marie-Antoinette Bauer, zu beachten. »Wenn der wüßte«, sagte er erheitert, »wie tief er schon in der dicksten Scheiße sitzt – und noch ein paar andere von diesen Faschingshengsten dazu! Denn Horstmann ist gerade dabei, diesen Burschen das Hemd vom Hintern zu heben.«

»Du bist besoffen«, sagte Marie-Antoinette sachlich.

»Auf Verlagskosten immer und mit Wonne und Anstrengung.« Er legte einen Arm um sie. »Was dich aber nicht beunruhigen sollte, Toni! Denn diese Nacht ist noch lang, und ich werde später geradezu in Hochform sein. Besonders wenn zutrifft, was Horstmann vermutet. Der ist dabei, ganze Augiasställe freizulegen – vor breitester Öffentlichkeit gewissermaßen.«

»Du und dieser Horstmann!« rief Marie-Antoinette skeptisch. »Ihr seid doch nur miteinander befreundet, weil ihr glaubt, euch frei machen zu können – von denen, die euch eingekauft haben. Und wer bezahlt, schafft an!«

»Wenn eingekauft, dann aber weit unter Preis! Das haben wir erkannt – und dagegen wird Horstmann endlich einmal was tun. Eine Bombe legen. Vielleicht hat er sie schon gelegt. Und dann, Toni, wird hier so manchem der Arsch mit Grundeis gehen – oder um im Zeitungsjargon zu bleiben: Große Dinge kommen auf uns zu.«

Am Tatort Neumühlenweg erschien Hauptmann Kramer-Marein, der auch in Fachkreisen anerkannte Verkehrsexperte, um einen Todesfall bei Fahrerflucht zu begutachten.

»Sie hier?« rief er mit irritierend piepsender Stimme, als er Zimmermann erblickte. »Zufällig?«

»Zufällig – als Leiter einer Mordkommission«, sagte der Kriminalhauptkommissar geduldig.

Sie musterten sich voller Erwartung im Scheinwerferlicht. Wofür sie sich Zeit ließen – Zimmermann gönnte sie seinem Polizeikollegen, und der meinte dann: »Wenn mir richtig berichtet worden ist, handelt es sich bei dem Tatwerkzeug um einen Kraftwagen.«

»Richtig«, bestätigte Zimmermann, leicht aufknurrend. »Nur daß mit höchster Wahrscheinlichkeit hier gar kein Unfall vorliegt, sondern ein Mord.«

»Sind Sie sicher?« fragte Kramer-Marein fast begierig.

»Nichts ist sicher in unserem Metier«, erklärte der Hauptkommissar lauernd. »Nur eben, daß vor jedem Beweis der Verdacht kommt – in diesem Fall: ein zwingender Verdacht.«

Kramer-Marein blieb stumm – ziemlich genau zwanzig Sekunden. Dann erklärte er: »Wenn Sie dies sagen, dann wird es wohl so sein. Gehen wir also davon aus. Was schlagen Sie vor?«

»Daß wir hier zunächst sozusagen zweigleisig fahren, Herr Kollege«, erklärte Zimmermann betont gelassen, »um dann mit vereinten Kräften zu einem gemeinsamen Resultat zu gelangen.«

»Und wie stellen Sie sich das vor?«

»Ganz einfach – Sie und Ihre Leute konzentrieren sich auf das Tatwerkzeug, also den Kraftwagen, während wir uns direkt mit dem Opfer beschäftigen. So könnten wir von zwei Seiten zugleich an den Täter herankommen.«

»Eine Art Wettrennen also – zwischen zwei Dienststellen?« Der Hauptmann blinzelte den »Löwen« durchaus hoffnungsvoll an. »Bitte – warum nicht?«

»In der Praxis sollte das so aussehen: Sie benennen einen Verbindungsmann zu meiner Dienststelle; möglichst Ihren Techniker Weingartner. Der meine für Sie wird Oberinspektor Felder sein. Notwendige Entscheidungen treffen wir beide gemeinsam. Akzeptiert?«

Kramer-Marein nickte – nicht frei von Verwunderung. »Halten Sie denn derartig massive Absicherungen für notwendig? Was befürchten Sie? Dieser Fall ist doch reine Routine!«

»Ich kann nur hoffen, daß Sie recht haben, Herr Kollege.« Zimmermann wirkte plötzlich sehr müde. Das war seine dritte Einsatznacht in dieser Woche. »Immerhin handelt es sich bei diesem Toten um einen gewissen Heinz Horstmann.«

»Von dem habe ich gehört«, bestätigte Kramer-Marein, während er skeptisch den Toten betrachtete. »Man hat mir gesagt: Der geht über Leichen! Nun ist er selber eine.«

»Ich habe Leichen erlebt, die wie Sprengbomben wirkten«, sagte Zimmermann, »und eben das befürchte ich bei diesem Horstmann auch. Ganz instinktiv. Haben Sie was gegen den Instinkt von Kriminalisten? Damit fängt doch fast alles an!«

Noch immer starrte Anatol Schmelz beglückt in den brodelnden Kessel dieses Pressefestes; er verriet aber nur heitere Anteilnahme. Doch seine lauernden Augen, sein stets waches Gehirn registrierten bereits, was möglicherweise zu verwenden war –

sehr bald schon und ganz gezielt!

Etwa: ein Minister, mit höchst anschmiegsamer Sekretärin. Dann: ein TV-Chefredakteur, mit publicitygeilem Fernsehstar, einer gewissen Melissa. Weiter: ein Theaterkritiker, in inniger Umarmung mit der Frau eines Intendanten. Dahinter ein Polizeireporter, dieser mit stadtbekannter Edelnutte. Dazu ein Außenpolitiker, mit lyrischem Innenlebengirl; Enkelin eines Dichterfürsten. Ein jeder und eine jede entschlossen, den anderen für sich auszunützen.

Anatol Schmelz registrierte das alles verständnisvoll lächelnd. Und er lächelte auch dann noch, als er Peter Wardeiner, den Chefredakteur der »Allgemeinen«, auf sich zukommen sah. Dieser gleichfalls lächelnd – was Schmelz als gezielte Herausforderung empfand. Denn neben diesem Wardeiner bewegte sich dessen Frau – Susanne. Aber sie wie ihn glaubte er nun endlich überwunden zu haben – überlebt; wie so manches andere auch. Denn diese Nacht hatte ihm bestätigt: Nun war er oben; von ihm festgestellt ganz oben. Anerkannt – mithin auch gefürchtet.

Denn: Der amtierende Ministerpräsident, der »ewig gütige Landesvater«, hatte ihm wohlwollend zugenickt; und »die Landesmutter« auch. Gleichfalls diverse Minister; auch sie mit lächelnder Verbindlichkeit. Sogar Schreyvogel, der Großbankier, einer der reichsten Männer dieser Republik, hatte eine Verbeugung vor ihm nicht nur angedeutet, sondern sich tatsächlich vor ihm verbeugt.

Nun reichte ihm auch Peter Wardeiner die Hand, welche Schmelz unverzüglich ergriff und herzlichst schüttelte. Ein Bildreporter fing diesen seltenen Augenblick ein, im Bewußtsein, daß sich hier, unter äußerst verbindlicher Form, zwei Todfeinde begegneten. In welchem Ausmaß sie das waren, vermochte noch niemand zu erahnen.

»Ein herrliches Fest, nicht wahr?« Anatol Schmelz beugte sich über Susannes schmale Hand. »Reinste Harmonie!«

»Doch mit kleinen Schönheitsfehlern«, meinte Peter Wardeiner, »die mich irritieren. Zum Beispiel vermisse ich nicht nur einige Minister, sondern auch den OB. Vor allem aber Horstmann, Ihren derzeitigen Chefreporter!«

»Wie Sie sich um meine Leute sorgen«, rief Schmelz amüsiert aus. »Sollten Sie etwa beabsichtigen, diesen Horstmann abwerben zu wollen?«

»Wenn ich das wollte, könnte ich es«, sagte Wardeiner offen, während er Susanne zulächelte. »Und ich würde das gerne tun. Denn Journalisten wie Horstmann sind einsame Klasse. Aber eben das macht sie auch ein wenig gefährlich, nicht wahr? Ich nehme an, daß Sie das bereits erkannt haben, Herr Schmelz? Doch welche Konsequenzen gedenken Sie daraus zu ziehen?«

Der stadtbekannte Schriftsteller und Journalist Karl Goldner erklärte später einem Kriminalbeamten über Peter Wardeiner und Frau:

»Ein glänzender Journalist, dieser Wardeiner! Ausgestattet mit intuitiver Menschenkenntnis, die ihn alles und jeden durchschauen läßt. Wobei er sich über aufgespürte menschliche Schwächen offen zu amüsieren pflegt, was ihm zwangsläufig einige Todfeindschaften eingebracht hat. Besonders bei denen, die weder über Humor noch Selbstkritik verfügen – wie etwa Anatol Schmelz. Wobei aber auch Susanne, Wardeiners Frau, eine gewichtige Rolle spielt. Wahrlich nicht zuletzt ihretwegen gerieten Schmelz und Wardeiner auf Leben und Tod aneinander.

Diese Susanne begann ihre Laufbahn im vielgelobten Werner-Friedmann-Institut, einer Journalistenschule von großer Modernität. Alsbald wurde sie eine exzellente Lokalreporterin, und selbst ihre Ausflüge ins Feuilleton hatten Format. Doch nicht so sehr durch ihre journalistische Begabung als vielmehr durch ihre fast lyrische Schönheit brachte sie größte Unruhe in die Branche. Wer ihr begegnete, fühlte sich zu ihr hingezogen, dabei Ungewöhnliches erhoffend – auch ich machte keine Ausnahme. Schon gar nicht ein Anatol Schmelz, den angeblich alles Weibliche goethisch-geistig zu beschwingen und hinaufzuheben vermochte.

Susanne jedoch entschied sich für Wardeiner. Und eben das hat Anatol Schmelz ihr – und auch Wardeiner – niemals verziehen! Wobei ich aber nicht ganz sicher bin, ob es nicht doch gewisse Verbindungen – auch nach ihrer Heirat – gegeben hat.

So was ist durchaus möglich, aber nicht zu beweisen; jedenfalls nicht durch mich. Ich bin kein Horstmann – der konnte so was, wenn er wollte.«

Im Neumühlenweg 22/24 hatte Kriminaloberinspektor Felder die beiden Tatzeugen, Regierungsrat a. D. Leimer und die verwitwete Frau Dambrowski, zu einem ersten informatorischen Gespräch gebeten. Dabei schien Zimmermann, wie völlig unbeteiligt, im Hintergrund herumzustehen. Doch er belauerte alles, was um ihn geschah.

»Meine Aussage«, sagte der Regierungsrat a. D. vorsichtig, »könnte eventuell gegen mich verwendet werden – nicht wahr?«

»Müssen Sie denn etwas Derartiges befürchten?« fragte Felder sanft.

Und prompt schaltete sich der hellhörige Zimmermann ein; er nannte seinen Namen plus Dienstbezeichnung und sagte überaus freundlich: »Ich kann mir vorstellen, was Sie bewegt, Herr Regierungsrat. Sie befürchten peinliche Mißverständnisse, nicht wahr?«

»In diesem speziellen Fall könnten diese leicht entstehen«, meinte der Regierungsrat höchst vorsichtig.

»Nicht bei uns!« versicherte Zimmermann zupackend. »Uns interessiert allein die Zeugenaussage an sich – nicht aber, unter welchen Voraussetzungen sie zustande gekommen ist.«

»Wenn dem so sein sollte«, meinte der Regierungsrat a. D., sichtlich erleichtert, »dann bin ich natürlich bereit ...«

»Dem ist so«, bestätigte der Kriminalhauptkommissar. »Wir stellen lediglich fest: Die Augenzeugen dieser Vorgänge – also Sie und Frau Dambrowski – haben sich zur gleichen Zeit in der gleichen Wohnung aufgehalten: im ersten Stock des dem Tatort gegenüberliegenden Hauses. Uns ist völlig gleichgültig, was Sie dort getan haben, wie Sie dabei bekleidet waren, was vorher geschehen sein könnte. Sagen wir: Frau Dambrowski hat Sie besucht, um gemeinsam mit Ihnen fernzusehen.«

»Wenn Sie das so sehen«, erklärte Leimer, spürbar erleichtert über so viel Verständnis, »dann will ich nicht zögern.« Er berichtete: »Ich zündete mir gerade eine neue Zigarre an, wohl die zweite an diesem Abend, als Frau Dambrowski, die mit mir seit Jahren befreundet ist und gelegentlich meinen Haushalt betreut, am offenen Fenster stehend, alarmiert ausrief: ›Das ist ja furchtbar!‹«

Hierauf Frau Dambrowski: »Die Luft im Raum war recht schlecht, seiner Zigarre wegen. Ich öffnete also das Fenster – wir hatten gerade die zweiten Abendnachrichten im ZDF gehört –, als ich unten auf der Straße ein dunkles, schweres Auto bemerkte, das vor unserem Haus plötzlich schneller fuhr, auf einen Mann zu, diesen überrollte. Den es rammte, möchte ich sagen. Da schrie ich: ›Das ist ja fürchterlich!‹«

»Von diesem Ausruf alarmiert«, berichtete nun weiter der Regierungsrat a. D. bereitwillig, wenn auch ein wenig umständlich, »eilte auch ich ans Fenster. Zunächst erkannte ich nicht genau, was geschah, sah dann aber deutlich einen langen, schweren Wagen, der wie verrückt hin- und hergesteuert wurde, besser wohl: vorwärts und rückwärts. Um sich dann beschleunigt zu entfernen! Auf der Straße blieb zurück: nur dieses dunkle, verzerrte Gebilde, die Reste von dem, was noch Sekunden vorher ein Mensch gewesen war. Ich hielt es für meine Pflicht, unverzüglich die Polizei zu verständigen.«

Meinungen und Mutmaßungen einiger Freunde und Bekannten über den plötzlichen Tod ihres Kollegen Heinz Horstmann; Chefreporter der Zeitung »München am Morgen«, abgekürzt »MAM«:

1. Lothar, Redakteur bei der gleichen Zeitung: Sonntagsbeilagen:

»Ein geradezu genialer Bursche. Konnte einen Großbrand beschreiben, daß seine Zeilen nur so qualmten. Machte aus einem simplen Reisebericht einen potentiellen Weltuntergang – speziell bei seinen Griechenland-Recherchen. Denn er durchschaute schon frühzeitig die dortige militant-diktatorische Entwicklung.

Derartige Ab- und Ausschweifungen wurden ihm aber nicht gestattet; er heulte damals fast vor Wut. Und dann begann er sich für jene zu interessieren, die sich in diesem Lande unredlich ernähren. Und das mußte ganz einfach schiefgehen.«

2. Ingeborg Feiner, Sekretärin im Verlag der »Münchner Allgemeinen Zeitung«, abgekürzt »MAZ«, dem wirksamsten Konkur-

renzunternehmen von »MAM«:

»Dieser Horstmann schreckte vor nichts zurück. Der kam einfach zu uns herein und schwatzte mir ein Rendezvous auf – das ich dann auch, ich möchte sagen: wie überfahren, annahm. Er lud mich zum Abendessen in die ›Goldene Stadt‹ ein und versuchte mich dort wie eine Zitrone auszupressen. Er wollte alles über unsere Redaktion und vor allem über Peter Wardeiner, unseren Chefredakteur, wissen. Anschließend bemühte er sich, mich zu verführen. Natürlich vergeblich. Denn damals hatte bereits Herr Wardeiner mir gegenüber erhebliches Interesse bekundet. Und wie hätte ich denn ahnen können, daß die Sache mit Wardeiner ein so schreckliches Ende nehmen würde?«

3. Wöllrich, Waldemar, Verlagsdirektor des »MAM«, Vertrieb und Anzeigen:

»Horstmann und ich waren Kumpel – nicht nur beim Saufen und so. Den habe ich betreut wie einen Bruder – als er zu unserer Zeitung kam. Beim Feuilleton fing er an; dort hat er so manchen Mist verzapft: So saute der doch, zum Beispiel, ältere Schauspielerinnen an; nur weil die mal mit den Nazis ..., was denen aber nicht einwandfrei nachzuweisen war. Nur mit Müh und Not konnte ich verhindern, daß er deswegen entlassen wurde.

Dann brachte ich Heinz, also Horstmann, dazu, Reportagen zu schreiben: Slums in den USA und ähnliches. Das machte er großartig. Wobei sich allerdings herausstellte: Der hatte Blut geleckt! Und er wollte neuerdings sogar auch noch bayrisches Blut lecken. Das aber war entschieden zuviel. Ich warnte ihn eindringlich; das nicht zuletzt seiner Frau zuliebe, mit der ich mich immer gut verstanden habe; allein seinetwegen. Eventuelle schleimige Verdächtigungen in dieser Hinsicht muß ich mir entschieden verbitten!«

4. Goldner, Karl, freier Schriftsteller, als Journalist derzeit für die »Allgemeine« tätig:

»Dieser Horstmann war so, wie ich in meiner Jugend gerne gewesen wäre. Eine Art sendungsbewußter Fährtenhund – ganz große Klasse! Aber dafür abkratzen – nie!«

5. Tierisch, Verlagsleiter und Mitherausgeber von »MAM«:

»Eine Zeitung ist schließlich kein Versorgungsinstitut, kein

Wohlfahrtsunternehmen. Sie ist ein kaufmännischer Großbetrieb, der ein gutgeplantes Angebot möglichst gewinnbringend verkaufen will.

Natürlich pflegen auch wir höhere Werte: etwa klare demokratische Überzeugungen, Menschenwürde, Freiheit, Gerechtigkeit und so was. Horstmann hatte in dieser Hinsicht völlig freie Hand; er konnte alles veröffentlichen, was sein Gewissen bewegte; soweit Platz dafür vorhanden war. Unsere Zeitung jedenfalls war seine Heimat – bei uns fühlte er sich wohl. Das hat er mir mehrmals versichert – in schönen vertraulichen Gesprächen.

Sein unbegreiflicher Tod ist für uns ein großer Verlust, wobei ich es persönlich für möglich halte, daß sich unser Horstmann bei seiner oft verwegen anmutenden Jagd nach gesellschaftlichen Hintergründen etwas zu weit vorgewagt haben könnte. Also möglicherweise ein Opfer von Kriminellen. Vermutlich aber war es tatsächlich nur ein Verkehrsunfall, der seinem vielversprechenden Reporterleben ein so frühes Ende setzte.«

Kriminalhauptkommissar Zimmermann schien sich vom Tatort – Neumühlenweg 22/24 – nicht lösen zu können. Wortlos verfolgte er die Arbeit der Spurensucher beider Kommissionen – Verkehrspolizei und Kapitalverbrechen, letztere volkstümlich auch Mordkommission genannt. Eine Tätigkeit, die noch stundenlang andauern konnte.

Und Kriminaloberinspektor Felder, der die beiden Tatzeugen, Leimer und Dambrowski, nach erfreulich ertragreicher Vernehmung wieder entlassen hatte, glaubte zu wissen, weshalb es »der Chef«, wieder einmal mehr, nicht sonderlich eilig hatte, »nach Hause« zu kommen; zu seiner ewig unzufriedenen Frau, zu seinem lümmelhaft arroganten Sohn. Denn Zimmermann, der vielbewunderte Mordspezialist, hatte, nach Ansicht seiner Mitarbeiter, seine beruflichen Erfolge mit seinem Privatleben bezahlen müssen.

Tage und Nächte pflegte er zwischen Akten und Leichen zu verbringen; er schlief in seinem Dienstzimmer und telefonierte nur gelegentlich mit seiner Frau. Was praktisch bedeutete: Er hörte ihr geduldig zu – so geduldig wie bei seinen endlosen

Vernehmungen, seinen intensiven Aktenstudien. Wobei er stets den gleichen Satz sagte: »Bitte versuche mich zu verstehen!« Aber wer verstand schon einen Zimmermann – nicht einmal seine Kollegen vermochten das, vielleicht – Felder, von Keller abgesehen.

Dieser Felder verbrachte viel mehr Zeit mit Zimmermann als dessen Ehefrau. Er vermochte sogar dessen Schweigen oft richtig zu deuten. In diesem Fall erkannte er: Der Chef wartete gar nicht auf die ersten Resultate der Leichenuntersuchung, sondern vielmehr auf die Arbeit der Verkehrsexperten. Und deren erste Ergebnisse wurden ihm von Hauptmann Kramer-Marein persönlich vorgetragen:

A. Als Tatwerkzeug ist ein großer, schwarzlackierter Pkw anzunehmen. Die vorgefundenen Lacksplitter sind tiefschwarz und von kompakter Konsistenz. Dabei nahezu chemisch sauber, was auf gründliche Pflege des Tatwerkzeugs schließen läßt.

B. Winzige abgeplatzte Glasteile – vermutlich vom Scheinwerfer – müssen erst noch bestimmt werden.

C. Als Tatwerkzeug kommen Fahrzeuge der obersten Preisklasse in Frage. Etwa Mercedes 300 oder 600; oder Bentley und Rolls-Royce; oder auch schwere amerikanische Wagen. Die Laboruntersuchungen dürften bald schon nähere Details erbringen.

»Verdammt vornehm – das alles«, knurrte Zimmermann. Dann bedankte er sich höflich bei seinem Kollegen von der Verkehrspolizei. Dann fragte er Felder nach der Adresse von Heinz Horstmann.

»Maximilianstraße – in der Nähe des Schauspielhauses, dort Hinterhof eins, vierter Stock.«

Zimmermann nickte lediglich. Und erst, als er sich mit Felder zu seinem Dienstwagen begab, sagte er: »Eigentlich seltsam – der Tod dieses Horstmann ist die vielleicht interessanteste Story seines Lebens – aber er kann sie selbst nicht verwerten.«

In der Maximilianstraße war die nunmehrige Witwe Helga Horstmann nicht anzutreffen. Deren Wohnungstür blieb verschlossen. Herausgeklingelte Nachbarn reagierten auf die nachmitternächtlichen Ruhestörungen durch die Polizei zum Teil mit heftigem Protest, was Zimmermann nicht im geringsten aus der

Ruhe zu bringen vermochte. Selbst einem Amokläufer in Aktion war das nicht gelungen.

Der erste Nachbar versicherte: er kenne keinen Horstmann, er kümmere sich grundsätzlich nicht um Menschen, die sich zufällig in seiner Nähe eingemietet hätten. Der zweite erklärte erregt: mit diesen Horstmanns wolle er nichts zu tun haben. Die wären eindeutig anarchistische Elemente, mit lautstarken Saufereien, heftigem Gezänk und vermutlich sogar verabscheuungswürdigem Gruppensex.

Erst der aufgestöberte Nachbar Nummer drei, eine einst in Ingolstadt und Passau gefeierte Soubrette, wußte exakt Bescheid:

»Ich bitte Sie, wo kann die liebe Frau Horstmann denn sein heute nacht? Natürlich beim Pressefest! Das müßten Sie auch selber wissen. Dazu brauchen Sie mich doch nicht aus dem Schlaf zu wecken.«

»Also dann – Deutsches Theater«, sagte Zimmermann geduldig, als ihm die Soubrette die Tür vor der Nase zugeknallt hatte.

Aus den Aufzeichnungen des Kriminalbeamten außer Dienst Keller:

»In dieser Nacht – vom Freitag zum Samstag – mußte ich eine ungewöhnliche Unruhe meines Hundes Anton registrieren. Aber auch mir mangelte es an Konzentration auf meine kriminalistische Arbeit. Mein Lebenswerk über ›Morduntersuchung‹ kam kaum über zwei, drei Ansätze hinaus.

Das vermutlich wohl auch darum, weil mich Zimmermann in dieser Nacht noch nicht angerufen hatte. Sein Gespräch kam gewöhnlich genau um Mitternacht. Um mich über das zu informieren, was tagsüber geschehen war; um mich über das um Rat zu fragen, was nunmehr zu geschehen habe. Unser Verhältnis resultierte aus Jahrzehnten gemeinsamer Arbeit im Amt. Wir waren nicht nur gut miteinander befreundet, sondern hatten darüber hinaus erkannt, daß jeder von uns Eigenschaften besaß, die dem anderen fehlten. Wir ergänzten einander in oftmals verblüffender Vollkommenheit. Zimmermann besaß keine schöpferische Phantasie – war aber ein höchst instinktsicherer Praktiker, ›ein Greifer‹ von großer Energie, ein hochbegabter Vollzugsbeamter ohne jede Sentimentalität. Einer von denen, die sich die

Behauptung gefallen lassen müssen: sie würden, wenn notwendig, sogar ihre eigene Großmutter verhaften. Immer vorausgesetzt: so was wäre juristisch begründet einwandfrei und kriminalistisch notwendig.

Und zu so etwas Ähnlichem kam es denn ja auch in diesem Fall. Ich konnte nichts daran ändern, obwohl ich alles versuchte. Es war ein Vorgang von so starker innerer Dynamik, daß er sich von außen nicht mehr steuern ließ.«

»Ohne Eintrittskarte kein Eintritt!« Das erklärte souverän abweisend der an der inneren Eingangstür des Deutschen Theaters, Schwanthalerstraße, postierte Wachmann.

Zimmermann nickte Felder zu. Der zeigte seinen Ausweis. »Wir sind dienstlich hier.«

»Das ist natürlich was anderes!« sagte der Wachmann beflissen und winkte seinen Kollegen herbei. In militärischer Ordnung bauten sie sich vor den Kriminalbeamten auf, fühlten sich erkennbar als bereitwillige Polizeihilfskräfte. »Was dürfen wir für Sie tun?«

»Kennen Sie den Oberkellner Hartweiler?« sagte Zimmermann. Den kannten sie. »Dann bitten Sie diesen Herrn Hartweiler, möglichst unauffällig hier in der Halle zu erscheinen. Sie können ihm auch meinen Namen sagen: ›Hauptkommissar Zimmermann‹.«

Der erste Wärter lief eifrig die Treppe hinauf, und nach wenigen Minuten schon kam der Oberkellner aus dem Menschengewühl mit freudig ausgestreckter Hand auf Zimmermann zu. Der Kommissar hatte ihn vor einigen Jahren anläßlich einer Betrugsaffäre mit anschließendem Selbstmord vor einer kompromittierenden Verhaftung bewahrt.

»Was kann ich für Sie tun, Herr Zimmermann?«

»Sie können mir eine Auskunft geben – über eine Frau Horstmann. Helga mit Vornamen. Ist Ihnen diese Dame bekannt?«

»Bekannt!« bestätigte der Kellner eifrig. »Seit Jahren schon. Wer könnte sie übersehen!«

»Wissen Sie Genaueres von ihr?« forschte der Hauptkommissar. »Uns interessiert jede Kleinigkeit.«

Bereitwillig entfaltete Hartweiler seine gastronomische Menschenkenntnis: »Um eine ihrer Besonderheiten aufzuführen: Frau Horstmann ist eine Dame mit Sinn für gute Getränke. Sie pflegt keinen Sekt zu trinken, sondern verlangt immer Champagner – mit Vorliebe Ruinart Dom, Blanc de Blancs, neuerdings Brut 1964, ein absolutes Spitzenerzeugnis. Dementsprechend teuer ...«

»Und wer bezahlt so was?«

»Ihr jeweiliger Begleiter – beziehungsweise Betreuer; heute beim Pressefest wahrscheinlich der entsprechend beauftragte Herr von der Zeitung.«

»Nicht ihr Mann?«

»Nicht unbedingt, Herr Zimmermann. Zumal doch ein Großteil der Abendrechnungen auf Kosten der jeweiligen Verlagsleitungen geht.«

»Wer könnte genauere Auskünfte darüber geben?«

»Der zuständige Tischkellner. Ich werde dafür sorgen, daß er Ihnen unverzüglich zur Verfügung steht.«

In der vergoldeten Loge des Deutschen Theaters hatte Tierisch, Verlagsleiter des »Morgen«, seinen Mitherausgeber Anatol Schmelz mit forderndem Zugriff zu sich gezogen, um ihm mitzuteilen: »Bankier Schreyvogel befindet sich im Saal.«

»Den habe ich gesehen – er hat sich vor mir verbeugt.«

»Er will dich sprechen. Einer seiner Mitarbeiter ließ mich das wissen. Was kann schon bedeutsamer und vermutlich auch vielversprechender sein?«

»Dieser Schreyvogel!« rief Schmelz klagend aus, ahnungsvoll Pressionen erwartend. »Für den haben wir doch nun schon eine ganze Menge getan. Wir haben geschwiegen. Ist das nicht Entgegenkommen genug?«

»Nicht bei den hier in Erscheinung tretenden Größenordnungen«, klärte Tierisch finanzsachverständig seinen mehr schöngeistigen Verlagspartner energisch auf. »Gewiß – wir sind ein Millionenunternehmen, doch dieser Schreyvogel wird auf nahezu eine Milliarde geschätzt – Privatvermögen. Er ist einer der reichsten Männer der Bundesrepublik, und auf den scheint eine Art

Kesseltreiben eingesetzt zu haben – vermutlich von links.«

»Von Wardeiner etwa?« fragte Anatol Schmelz aufhorchend.

»Kann sein«, stimmte Tierisch zu, »aber von welcher Seite auch immer – nun scheint die Zeit gekommen, daß wir Partei ergreifen. Wir – also unsere Zeitung – deine Redaktion.«

»Wir sollen öffentlich Partei ergreifen – für Schreyvogel?« Schmelz hatte eine seiner immer kürzer werdenden moralischen Anwandlungen. »Aber ich bitte dich! Diese Unstimmigkeiten bei seinen Landaufkäufen, diese fragwürdigen Entschädigungen, seine vermutlich von amtlicher Seite geförderten Gewinne bei Staatsaufträgen ...«

»Alles hinterhältiger Unsinn! Nichts davon ist einwandfrei zu beweisen.«

»Horstmann meint aber ...«

»Dessen Meinung zählt doch nicht«, erklärte Tierisch entschieden. »Nur Tatsachen gelten! Und die hierbei für uns allein maßgebliche Tatsache sieht so aus: Wir sind auf Kredite angewiesen, wenn wir uns gegen Wardeiner wirksam durchsetzen wollen. Auf großzügige Kredite. Und die kann uns nur der Bankier Schreyvogel garantieren. Ist das deutlich genug?«

Anatol Schmelz nickte nach kurzem Zögern volles Einverständnis. »Im Grunde«, verkündete er sodann als neueste Erkenntnis, »liegt das genau auf meiner Linie. Wir dürfen uns nicht länger diese Pressionen marxistisch-sozialistischer Elemente bieten lassen. Diese Menschen zerstören nur Werte – zum Aufbau sind sie nicht fähig.«

Womit er nicht nur Peter Wardeiner nebst verschwörerischen Genossen meinte, sondern auch Heinz Horstmann und dessen mögliche Gesinnungsfreunde. Eine erfreulich schnell gewonnene Erkenntnis, die Tierisch beglückt registrierte. »Du lernst immer noch zu, Anatol«, sagte er anerkennend.

Zimmermann und sein Felder hielten sich noch immer in der Eingangshalle des Deutschen Theaters auf. Inzwischen hatten sie an der Garderobe ihre Mäntel abgelegt. Denn die Temperaturen waren selbst hier unten schon halbtropisch. Nun warteten sie wieder.

Und sie mußten ziemlich lange warten, bis Hartweiler mit dem zuständigen Tischkellner – einem gewissen Bernasconi aus Varese – endlich bei ihnen auftauchte. Zwölf Minuten, dreißig Sekunden – stellte Felder fest.

Doch erfreulicherweise zeigte sich Bernasconi durchaus mitteilungsbereit. »Aber ja doch – Frau Horstmann! Die kenne ich – schon von anderen Festen her. Diesmal sitzt sie an einem reservierten Tisch in meinem Revier.«

»Den ganzen Abend?« fragte Zimmermann.

»Sie blieb nicht an ihrem Platz – sie wanderte herum.«

»Wie lange?«

»Sehr lange! Etwa eine Stunde, wenn nicht fast zwei.«

»So was«, erklärte Oberkellner Hartweiler sachverständig, »ist an sich in diesem Hause nichts Besonderes. So gut wie niemand bleibt hier einen ganzen Abend lang auf seinem Platz sitzen. Vielmehr macht man sich Bewegung, frequentiert die Tanzfläche, wandelt durch die Nebensäle, besucht die eine oder andere Bar, den Schießstand, das Café, die Toilette, den Weißwurstkeller. Und was der sich anbietenden Abwechslungen mehr sein mögen.«

»Und wer«, fragte Zimmermann, »hat Frau Horstmann dabei begleitet?«

»Ein Herr von der Zeitung«, berichtete Sergio Bernasconi bereitwillig. »Er hat die anfallende Rechnung schon abgezeichnet – mit Wöller – oder so ähnlich.«

»Vermutlich Herr Wöllrich«, sagte Hartweiler. »Ein Verlagsbeauftragter, dort Direktor oder so was. Seine Unterschrift gilt für uns als verbindlich. Was kann ich sonst noch für Sie tun?«

»Bitten Sie Frau Horstmann hierher, falls sie inzwischen wieder aufgetaucht sein sollte.«

Peter Wardeiner, Mitherausgeber und Chefredakteur der »Allgemeinen«, des derzeit schärfsten Konkurrenzunternehmens des »Morgen«, hatte den unvermeidlichen Rundgang mit seiner Frau Susanne beendet. Nun saßen sie ein wenig erschöpft in ihrer Loge; bei ihnen der Verleger Burghausen.

Dieser Burghausen war ein gewichtiger Mann, der aussah wie Bayern in Person: stämmig, heiter, hintergründig – barockhaft –

deutlicher Äußerungen durchaus fähig. Doch besorgt sagte er: »Mein lieber Herr Wardeiner – übernehmen Sie sich da auch nicht? Dieser Schmelz ist schließlich kein nasser Schwamm, den man einfach ausdrücken kann.«

»Ich weiß, was ich weiß«, versicherte Wardeiner, dabei die Hand seiner Frau streichelnd. »Und das ist genau das, was dieser Schmelz nicht weiß. Der vermag nicht einmal zu ahnen, daß ich es weiß.«

»Was denn?«

»Ich verfüge nunmehr über Material, dem er nicht gewachsen ist. Niemand von der Konkurrenz.«

»Sind Sie sicher?«

»Absolut!« bestätigte Wardeiner gut gelaunt. »Einer von seinen Leuten ist bereit, für uns zu arbeiten.«

»Ich fürchte, ich weiß, wen Sie damit meinen – diesen Horstmann vermutlich.« Burghausen hob leicht verzweifelt beide Hände. »Ich frage Sie: Ist dieser junge Mann nicht reichlich unbedenklich in der Wahl seiner Mittel? Und nicht auch zu unbedeutend?«

»Dieser Junge kann sehr gefährlich werden«, stellte Wardeiner fest. »Für Leute, die davon noch keine Ahnung haben.«

»Sie wünschen mich zu sprechen?« fragte Helga Horstmann hochmütig-abweisend, als sie mit Hartweiler in der Halle erschien. Der stellte sie Zimmermann und Felder vor und verschwand sofort wieder. Diese Helga Horstmann war wohl an die dreißig Jahre alt – bekrönt von kupferbraunem, mit großer Geschicklichkeit gefärbtem und ergänztem Haar. Dazu nachtblaue Augen und volle dunkelrote Lippen. Die ganze Dame – eng in knallrote Seide gehüllt – konnte einem Magazin der besseren Gesellschaft entsprungen sein.

»Was wollen Sie von mir?«

»Zunächst«, sagte Zimmermann, überraschend höflich, »ersuche ich Sie lediglich um eine Auskunft – gnädige Frau«, worauf er Felder zunickte.

Der entnahm seiner schwarzen Aktenmappe einen Zellophanumschlag mit Personalausweis. Dessen Hauptseite mit Lichtbild hielt er Helga Horstmann entgegen: »Der Ausweis ist Ihnen bekannt?«

»Aber ja – der Ausweis meines Mannes«, bestätigte Helga Horstmann verwundert. »Was hat der denn wieder angestellt?«

Der Hauptkommissar gab sich indes völlig unbeteiligt. Blinzelnd beobachtete er die Umgebung: die Garderobenfront, die Toilettentüren, die Vitrinen, die Tombolatische, die Menschen dazwischen. Und Felder fragte weiter: »Entspricht das Foto dem jetzigen Aussehen Ihres Mannes?«

»Es ist ein altes Foto«, sagte Helga Horstmann leicht amüsiert, »aber es ist immer noch zutreffend. Er hat sich in den letzten Jahren kaum verändert; rein äußerlich jedenfalls nicht.« Doch dann, von plötzlicher Unruhe befallen, wollte sie wissen: »Was hat das zu bedeuten? Ist etwas passiert mit ihm?«

»Leider ja«, griff Zimmermann ein. »Und darum muß ich Sie ersuchen, mich zu begleiten.«

»Bitte, sagen Sie mir die Wahrheit«, forderte Helga Horstmann unerwartet heftig.

»Es besteht die Wahrscheinlichkeit – daß Ihr Mann tot ist«, stellte Zimmermann sachlich fest. »Er ist möglicherweise überfahren worden – ohne daß er bisher einwandfrei identifiziert werden konnte.«

»Ich ahnte es«, sagte Helga Horstmann tonlos. »So etwas mußte einmal kommen.«

Schreyvogel, der große Bankier, bewegte sich unverkennbar auf die Loge des »Morgen«-Menschen Anatol Schmelz zu. Wo dieser, von Tierisch alarmierend hochgestoßen, zu einladender Geste ansetzte. Sein schweißüberströmtes Vollmondgesicht glänzte. Einen der reichsten Männer der Bundesrepublik so öffentlich auszeichnend auf sich zukommen zu sehen, erfüllte ihn mit größter Genugtuung.

Mein Gott – welch ein Aufstieg!

Er, einstmals, als Jüngling, 1930, seine Poesie anbietend, allen erdenklichen Redaktionen in Berlin, München, Königsberg, sogar in Stuttgart und Breslau. Völlig vergeblich. Er wurde nicht erkannt, geschweige denn gewürdigt. Leute wie Kästner, Ringelnatz und Mehring beherrschten damals den Markt. Eine Konkurrenz, die ihre republikanischen Förderer hatte, welche einen Anatol Schmelz nicht wachsen, nicht hochkommen ließen. Lediglich ein leitender Redakteur der »Dresdner General-Anzeiger«-Gruppe erklärte ihm weitsichtig: »Mein lieber Schmelz, Sie sind eine Persönlichkeit. Sie gehören nicht zu diesen aufgeweichten Asphaltliteraten. Sie besitzen viel Gespür für zukunftsträchtige Entwicklungen. Bauen Sie das aus.«

Ein Ratschlag, den sich Anatol zu Herzen nahm, bis er sich in den Jahren 1933/36 abermals um einen Redaktionsposten, damals »Schriftleiter« genannt, bewarb. Mittlerweile hatte er mit einer Arbeit über Rainer Maria Rilke zum Doktor der Philosophie promoviert.

Wozu ein damaliger Zeitungsgewaltiger der Partei durchaus wohlwollend, also anstellungsbereit, wenn auch ein wenig abschätzig, meinte: »Recht schön, Herr Doktor Schmelz. Aber was wollen Sie in unserer Zeit von Stahl und Beton mit Rilke anfangen? Den vergessen Sie mal schnell wieder.«

»Ich war zutiefst entsetzt«, sagt Anatol Schmelz heute darüber, »versuchte aber mit dem mir eigenen Optimismus, Rilke und seine Weltanschauung einem Hitler anzunähern, beziehungsweise den Hitlerismus in die Sphäre eines Rilke hinaufzuheben. Deshalb zögerte ich auch nicht, als Schriftleiter des Feuilletons in die Redaktion des Berliner ›Abend‹ einzutreten. Meine Kritiken über Literatur, Film, Theater wurden in geistigen Widerstandskreisen geschätzt. Geradezu aufrüttelnd erwies sich die von mir persönlich entworfene Überschrift anläßlich einer Don Carlos-Inszenierung: ›Geben Sie Gedankenfreiheit, Sire!‹ – ›Mein Gott‹, sagten Kollegen und Freunde damals besorgt zu mir, ›was wagst du, Anatol?‹ – Kurz und gut, ich gehörte zu den geistig Verfolgten dieser Jahre. Mein Leben bestand aus Verdächtigungen, Überwachungen, bedrohlich-quälenden Umständen. Warum ich dennoch auf meinem Posten ausharrte? Ganz einfach – um noch Schlimmeres zu verhüten! Das ist mir mehrfach, auch schriftlich und an Eides Statt, bestätigt worden. Ein Zeuge, ein Kirchenrat, hat mich – anläßlich von KZ-Nachrichten – zutiefst erschüttert gesehen. Die Hand zum Hitlergruß habe ich nur dann erhoben, wenn etwa Verräter und Spitzel anwesend waren – und auch dann nur widerwillig.

Kaum jemand hat die neue, die Nachnazizeit, so intensiv begrüßt wie ich. Zumal ich, wie wohl kaum ein anderer, in den Jahren nach 1945 ein vorbildliches Demokratiebewußtsein zu pflegen verstand. Trotz heimtückischer Querschüsse von diesem Wardeiner machte die von mir gegründete Zeitung ihren guten Weg. Als christlich, sozial, liberal, konservativ und dennoch fortschrittlich weithin anerkannt. Ein Erfolg, der die Infamien und Intrigen dieses Wardeiner alsbald ein unerträgliches Ausmaß annehmen ließ.«

Zimmermann registrierte geduldig, wie Helga Horstmann sich zur Garderobe begab, dort ihren Pelz umlegte und ihre prall gefüllte Handtasche mit beiden Armen an sich preßte. Dann suchte sie nach einem Spiegel, um sich zu betrachten.

Indes nickte Zimmermann seinem Felder zu; der, begabt dafür, selbst kompliziertere Gedankengänge seines Chefs zu erraten, sagte sachlich: »Ich bleibe also hier.«

»Sie dürfen dieses Fest genießen – ohne Sonderspesen.«

Felder nickte. »Zielpunkt dabei zunächst also: Alibi der Frau Horstmann – plus deren Begleiter, des Herrn Wöllrich, für den ganzen Abend.«

»Legen Sie sich nicht gleich fest«, empfahl der Hauptkommissar. »Halten Sie Augen und Ohren offen, und sammeln Sie zunächst nur Informationen. Ich werde Ihnen dafür den Kriminalassistenten von Gotha zuteilen. Der langweilt sich im Präsidium mit meinen Akten.«

Kriminaloberinspektor Felder, bei Zimmermann in Gelassenheit geübt, nahm auch diese Ankündigung reaktionslos hin. Denn Assistent von Gotha, Constantin Emanuel mit Vornamen, war keine Alltagserscheinung unter seinen Kollegen. Er pflegte Poesie zu lesen, über Rennwagen zu reden, sich sehr modisch zu kleiden und Kriminalistik überhaupt nur als Hobby zu betreiben; was er sich, da er Privatvermögen besaß, durchaus leisten konnte.

»Dieser Bursche«, fuhr Zimmermann fort, »kennt sich in unserer sogenannten besseren Gesellschaft recht gut aus – womit sich in diesem Fall vielleicht etwas anfangen läßt. Aber bitte: Keine direkten Aktionen! Warten Sie damit, bis ich zurück bin.«

Worauf er auf Helga Horstmann zuging, die jetzt mit ihrem Spiegelbild zufrieden schien und sich zur Abfahrt bereit erklärte. »Sie sollten sich auf einen nicht sehr angenehmen Anblick gefaßt machen, gnädige Frau«, sagte er, als sie draußen in seinen Wagen stieg.

Schreyvogel, der Großbankier, war indes bei Anatol Schmelz in der Loge angelangt: Inniger Händedruck, Auge in Auge; bemühtes Lächeln beiderseits.

Schreyvogel: »Sie hier persönlich zu begrüßen, möchte ich nicht versäumt haben. Ihre verständnisvoll-tolerante, menschliche Grundeinstellung scheint mir in unserem Pressewesen einmalig und beispielhaft zu sein.«

Schmelz (schlicht): »Ich bemühe mich.«

Schreyvogel: »Auch ich bin stets ein Mann des Ausgleichens, der gegenseitigen Abstimmung gewesen. Aber ich bin auch erfolgreich – wodurch sich automatisch Feinde und Neider einstellen, Mißgunst wuchert!«

Schmelz: »Ich bitte Sie – wem sagen Sie das?«

Schreyvogel: »Wissen Sie – verehrter Herr Schmelz, ich kann es einfach nicht fassen, daß in unserem sonst so tolerant veranlagten Lande schöpferische Tatkraft und persönliche Tüchtigkeit neuerdings öffentlich angeprangert werden.«

Schmelz (traurig): »Ja, das geschieht leider.«

Schreyvogel: »Wenn gewisse Extremisten unsere freiheitsbewußte Demokratie nach jeder Richtung hin zu unterminieren suchen, muß das hingenommen werden. Bedenklich wird so was doch aber wohl, wenn gewisse Publikationsorgane solche Aktionen hochspielen, geradezu populär machen, also direkt oder indirekt unterstützen!«

Schmelz: »Sehr richtig. Diese Leute sind einfach latente Faschisten – ob sie nun ganz rechts oder äußerst links operieren. Bereitschaft zur Gewaltanwendung, bis hin zum nackten Mord, was auch Mord an unserer Demokratie ist. Darüber hab' ich in meiner Zeitung niemals einen Zweifel aufkommen lassen.«

Schreyvogel: »Ich weiß, Sie sind ein Mann der starken Mitte, kein journalistischer Pokerspieler, wie ... aber ich will den Namen Wardeiner nicht genannt haben. Doch selbst unter Ihren Leuten könnte es Elemente eskalierender Destruktion geben – aus welchen Beweggründen auch immer: aus Dummheit; aus modischem Trend; oder vielleicht auch nur, um eine Gehaltserhöhung herauszuschinden?«

Schmelz: »Falls Sie damit meinen derzeitigen Chefreporter meinen sollten ...«

Schreyvogel: »Ich bewundere Ihr Urteilsvermögen, Herr Schmelz. Tatsächlich hat dieser Herr in letzter Zeit erhebliche Anstrengungen unternommen, sich Einblick in meine Geschäfte, An- und Verkäufe sowie Sachwertverlagerungen, zu verschaffen. Natürlich habe ich nichts zu befürchten! Ein gezielt hochgespieltes Skandalmanöver jedoch würde mich zwingen ...«

»Dieser Horstmann«, unterbrach ihn Anatol Schmelz mit großer Bestimmtheit, »ist in meiner Zeitung schon so gut wie erledigt.«

Aus den Notizen des Karl Goldner, Schriftsteller und Journalist:

»Der alljährliche Jahrmarkt unserer Eitelkeiten verlief zunächst in der gewohnten Einbahnstraße: Auftrieb – Massenspeisung – Begrüßungsreden – Ansaufen – Balleröffnungstanz – Stargastspiel; diesmal ein Ballett aus dem schwarzen Afrika. Einmarsch Faschingsprinzenpaar mit Hofmeister, Garde und Gefolge – danach endlich Vollsaufen und herumfummeln nach allen Richtungen. Wobei die eigentliche Sensation des heurigen Pressefestes nur von wenigen Eingeweihten überhaupt erkannt wurde: das Erscheinen von Schreyvogel! Denn im allgemeinen scheut der Schloßbesitzer, Gemäldesammler und Großbankier die Öffentlichkeit. Daß er hier aufkreuzte, mußte schwerwiegende Gründe haben. Zwölf Augenpaare etwa verfolgten jeden seiner Schritte mit angestrengter Aufmerksamkeit.

Als sich Schreyvogel endlich Anatol Schmelz zugesellte, schlug bei Peter Wardeiner sichtlich die Alarmglocke an. Er ahnte wie auch ich: Hier drohte eine Verschwörung mit dunklem Hintergrund. Wardeiner schien bei diesem Anblick sogar seine Frau zu vergessen – was man der schönen Susanne niemals antun durfte. Freudig witterte ich Komplikationen.

Wobei ich von der wahren Sensation dieses Festes noch nichts wußte: daß bereits einige Kriminalbeamte im Haus waren, die sich von der Halle aus langsam bis zum großen Saal vorarbeiteten.«

Heinz Horstmann war zu dieser Zeit nur noch als ein von Polizei und Gerichtsmedizin exakt registriertes Untersuchungsobjekt vorhanden: Leiche – männlich – Größe 175 cm – Gewicht 80 Kilo – Haare dunkelblond – Augen blaugrau – Zähne vollständig; zwei Reparaturen oben rechts, mit Goldkronen; eine Reparatur unten links, Vollfüllung. Narbe: linker Zeigefinger, vorderes Glied, schräger Einschnitt – Fußsohlen: sich ablösende Haut. Dazwischen jedoch: diverse Deformierungen; fast alle neuesten Datums.

Als Hauptkommissar Zimmermann, begleitet von Frau Horstmann, kurz vor zwei Uhr nachts im Gerichtsmedizinischen Institut, Zweigstelle Pettenkoferstraße, eintraf, wurde er vom Portier direkt zu dessen Chef geleitet.

Professor Dr. Lobner empfing Zimmermann geradezu herzlich. Er war von kleiner, quadratischer Gestalt. Schlohweiß wuchernde Haare umwallten einen mächtig wirkenden Schädel, aus dem wasserblaue Augen funkelten. »Eine Leiche aus Ihrem Bereich wollte ich mir nicht entgehen lassen, lieber Herr Zimmermann.«

»Sie könnte für das Produkt eines Verkehrsunfalles gehalten werden«, erklärte der Hauptkommissar entgegenkommend.

»Meine Aversion gegen Autos ist immer schon groß gewesen«, erklärte der Professor, »das sind pure Mordwerkzeuge, mindestens etliche tausend potentielle Totschläger hocken am Steuerrad. Und diesmal, meinen Sie, ist einer aus dieser Mördermasse geradezu wie gezielt am Werk gewesen? Das kann durchaus stimmen! Denn bereits eine erste Überprüfung Ihrer Leiche ...«

»Die Dame, die mich begleitet«, warnte Zimmermann, »steht vielleicht in direkter Beziehung zu dem Toten, Herr Professor.«

»Verstehe.« Lobner musterte die im Hintergrund gebliebene Helga Horstmann mit einem Seitenblick: »Sie wünschen also eine Identifizierung. Das läßt sich machen. Das Gesicht des Toten ist kaum deformiert – von einigen wenigen Prellungen und Platzwunden abgesehen.«

»Sind Sie bereit?« fragte Zimmermann.

Helga Horstmann nickte und bewegte sich wie aufgezogen zum Operationstisch hin, über dem der Professor jetzt einen Kranz von Scheinwerfern einschaltete. Unter weißen Leintüchern war Horstmanns Leichnam zu erkennen. Zimmermann hob das Leinentuch über dem Kopf des Toten an.

Helga Horstmann wich zurück. »Auch das noch«, sagte sie gepreßt. »Mein ganzes Leben mit ihm ist eine endlose Zumutung gewesen.«

»Er ist es also«, stellte Zimmermann fest.

»Ich will hier raus!« rief Helga Horstmann. Und fast würgend fügte sie hinzu: »Ich kann ihn nicht mehr sehen!«

2

Auch dieses Pressefest drohte zu versinken. Doch zwischen Trunkenheit und Volltrunkenheit können viele Stunden vergehn. Hierzu äußerte sich der inzwischen im Deutschen Theater eingetroffene Kriminalassistent von Gotha dem Oberinspektor Felder gegenüber sehr sachverständig: »Die Bayern sind in wesentlichen Teilen eben doch noch immer ein rustikales Volk. Sie saufen nicht sinnlos – sondern legen Wert auf kraftstärkende Zwischenmahlzeiten. Den Leberkäs und die Weißwürste haben sie nur erfunden, um mehr und immer mehr, sozusagen in Maßen von ihrem Bier genießen zu können.«

Felder nahm Gothas Ausführungen gelassen hin. Er war, wußte man im Amt, stets bemüht, nicht nur Zimmermanns Schatten, sondern auch dessen Abglanz zu sein. Im Augenblick beschäftigte ihn Helga Horstmanns und Wöllrichs auffällige gemeinsame Abwesenheit bei diesem Fest, für die er die alarmierend kritische

Zeitspanne von mehr als einer Stunde, ungefähr zwischen 22.15 Uhr und 23.45 Uhr festgestellt hatte. Eine Zeitspanne also, in der sich der Mord an Heinz Horstmann ereignet haben mußte.

»Wissen Sie, wer dieser Wöllrich eigentlich ist?« fragte Felder den gesellschaftlich versierten von Gotha. Und der konnte nahezu erschöpfend Auskunft geben:

»Wöllrich, Waldemar, war im Krieg Flakhelfer, kam anfangs 1946 zunächst als Annoncenwerber im Verlagswesen unter, wo er sich als vielseitig brauchbarer Mann erwies. Wurde darum bald schon mit Sonderaufgaben betreut und stieg zum Verlagsdirektor auf. Kennt Gott, die Welt und ihre Schlafzimmer. Dazu die Schwächen seiner Geldgeber, einiger Minister und einflußreicher Parteileute. Ein Millionenmachermensch sozusagen, der es noch weit bringen wird.«

»Aber ich habe diesen Namen niemals gehört, nicht mal in einer Klatschspalte gelesen«, sagte Felder.

»Ach, wissen Sie, verehrter Herr Kollege«, erklärte von Gotha, »diese Klatschspalten sind doch nur für die öffentliche Dummheit und Eitelkeit wichtig. Die Manipulierer im Hintergrund legen keinen Wert darauf, dort gedruckt zu werden. Im Gegenteil, sie fürchten solche Erwähnungen beinahe als Geschäftsschädigung.«

»Sie meinen damit Leute wie diesen Schreyvogel?« sagte Felder, während er sich am Kaffeestand in der Halle einen doppelten Espresso servieren ließ.

Und wieder schnurrte von Gotha seine Personenkenntnis ab: »Schreyvogel – Emanuel August Ludwig. Großgrundbesitzer, Inhaber einer Privatbank; bevorzugter Wohnsitz: sein Schloß in Oberbayern. Weitere Wohnsitze: Côte d'Azur, Tessin, neuerdings auch Spanien. Er lebt zurückgezogen, besitzt weder Rennwagen, Privatflugzeug noch etwa eine Jacht. Er sitzt im Aufsichtsrat verschiedener Großbrauereien, dreier Transportunternehmen und einiger Hotel-Gesellschaften. Familienunternehmen über drei Generationen hinweg. Sein Privatvermögen wird so etwa auf eine Milliarde geschätzt.«

»Erinnern Sie mich nicht an mein Gehalt, Herr Kollege«, versuchte der Oberinspektor zu scherzen.

»Darf ich Sie zu einem weiteren Espresso einladen?« sagte von Gotha. »Ich fürchte, das kann eine lange Nacht werden – zumal unser Chef Nachtarbeit zu bevorzugen scheint. Warum eigentlich?«

»Versuchen Sie das selbst herauszufinden, wenn Sie Wert darauf legen, die Wunden unseres Löwen freizulegen. Der hat aber so was gar nicht gern.«

»Ich muß Sie warnen«, sagte Verlagsleiter Burghausen bekümmert, als er sich zu Peter Wardeiner setzte, der allein am Tisch war, weil seine Frau sich gerade mit dem renommierten Kritiker Fürst auf der Tanzfläche verloren hatte. »Wovor glauben Sie mich diesmal warnen zu müssen?« fragte Wardeiner amüsiert.

»Schreyvogel«, sagte Burghausen bedeutsam.

Wardeiner lachte kurz auf. »Ich bitte Sie! Selbst mit einer Milliarde kann man sich nicht alles leisten – nicht alles kaufen!«

»Sie können nicht rechnen«, stellte Burghausen bekümmert fest.

»Das ist Ihr Ressort.«

»Sie sind auch nicht vorsichtig genug. Sie engagieren sich zu gerne und zu schnell; und so gut wie ohne jede Rücksicht darauf, wieviel uns so was kosten könnte. Und dann Ihre provokativen Attacken Schmelz gegenüber. Muß das denn sein und warum?«

Wardeiner blinzelte in das von flirrendem Licht überflutete Gewühl der Tanzenden; suchte darin nach seiner Frau: Sie bewegte sich lässig und graziös, beglückt vor sich hin lächelnd. »Dieser Anatol Schmelz hat Unheil genug angerichtet. Das muß ein Ende haben.«

»Ich bitte Sie, Herr Wardeiner. Jahrelang haben wir uns in dieser Stadt miteinander arrangiert, zum gegenseitigen Vorteil. Hier hat noch niemals eine Zeitung eine andere direkt angegriffen; nicht einmal andeutungsweise.«

»So was muß kein Dauerzustand sein«, sagte Peter Wardeiner.

»Das sollten Sie sich sehr überlegen«, sagte Verlagsdirektor Burghausen alarmiert. »So was kann niemals gutgehen!«

»Störe ich die Herren – beim Kaffee?« fragte Hauptkommissar Zimmermann, der nun wieder im Deutschen Theater eingetroffen war. Er musterte seine Beamten nicht ohne Neugier. »Sollten Sie sich etwa schon außer Dienst fühlen?«

»Es handelt sich um Espresso im Dienst«, sagte Assistent von Gotha gewandt; »darf ich auch Sie zu einer Tasse einladen, Herr Zimmermann?«

»So was könnte als Versuch einer Vorgesetztenbeeinflussung ausgelegt werden«, knurrte sein Chef. »Allerdings nicht bei Ihnen, Kollege Gotha, da Sie mehr Geld besitzen, als Sie bei uns verdienen; und schon gar nicht bei mir, da ich von Untergebenen nicht zu beeinflussen bin. Also, bitte – einen Doppelten.«

Während Zimmermann genußvoll den ersten Schluck nahm, fragte ihn Felder wie nebenbei: »War es Horstmann?«

Zimmermann nickte. »Seine Frau hat ihn einwandfrei identifiziert. Ein Vorgang, der sie sehr mitzunehmen schien. Ich habe ihr daher eine Kriminalbeamtin, unser Fräulein Dreyer, zwecks Betreuung zuteilen lassen.«

Die Beamten wußten, was diese so fürsorglich klingende Formulierung zu bedeuten hatte: Helga Horstmann wurde überwacht beziehungsweise abgeschirmt. In den nächsten zwölf Stunden konnte sie nichts unternehmen, was nicht zu kontrollieren war. »Und was haben mir die Herren an neuen Informationen zu berichten?« fuhr Zimmermann fort.

Assistent von Gotha beeilte sich, die Neugier seines Chefs zu befriedigen: »Horstmann war als Chefreporter des ›MAM‹ seinem Chefredakteur Schmelz direkt unterstellt. Als maßgeblicher Verbindungsmann zur Verlagsleitung gilt Wöllrich. Dieser war mit Horstmann und dessen Frau befreundet. Verlagsleiter Tierisch ist an der Spitze für den MAM-Verlag verantwortlich.«

»Alle Genannten halten sich derzeit im sogenannten Weißwurstkeller auf«, sagte Felder.

Zimmermann setzte seine Kaffeetasse ab. »Na, dann wollen wir uns diese Leute mal etwas näher ansehen. Wobei Spesen bewilligt werden: ein Liter Bier – ist aber nur bis zur Hälfte auszutrinken. Dazu Weißwürste – sagen wir: in beliebiger Menge. Aber keinesfalls mehr als sieben!«

Aus den Aufzeichnungen des Kriminalbeamten außer Dienst Keller:

»Da ich in dieser Nacht – die auch durch das Verhalten meines Hundes Anton reichlich unruhig geworden war: er wechselte ständig seinen Ruheplatz – den sonst so regelmäßig erfolgenden Anruf meines Freundes Zimmermann vermißte, rief ich selbst bei ihm im Präsidium an. Dabei erfuhr ich: Zimmermann habe wegen des Todes eines Journalisten alle verfügbaren Leute seiner Kommission eingesetzt; er selbst halte sich zur Zeit im Deutschen Theater auf.

Wobei es wohl kein Zufall war, daß ich mich gerade in dieser Nacht mit der Funktion von kriminellen Paaren zu beschäftigen begann. Denn: Was ist das schon – ein Zufall?

Jedenfalls handelte es sich bei meiner Beschäftigung um etwa folgendes: Kriminelle Paarungen können einmal als umfassendes Täter-Opfer-Verhältnis auf unentrinnbarer gegenseitiger Anziehungskraft basieren. Vorherrschend aber sind kriminelle Paare in Tätergemeinschaft; so etwa zwischen Mutter und Sohn. Es werden aber auch, allerdings viel seltener, Fälle einer Vater-Tochter-Kriminalität registriert, während es kriminelle Liebes- und Ehepaare in geradezu unglaublichen Variationen gibt.

In den meisten dieser Fälle besteht ein Abhängigkeitsverhältnis aus geistiger oder körperlicher Hörigkeit, aus wirtschaftlichen Gründen, aus Ergebenheit oder auch nur aus Berechnung wie auch hier.

Wobei man wohl noch wissen muß, daß jede kriminelle Paarung voller untergründiger Spannungen und nicht frei von der Sucht ist, sich selbst zu zerstören und den Partner mit dazu. Und fast genau das war dann das Ergebnis dieses Teufelskreises.«

Der Journalist und Schriftsteller Karl Goldner, später:

»Das war eine Art Invasion, die da im Weißwurstkeller auf uns zukam. Die Leute von ›MAM‹ saßen geschlossen an einem Tisch; am anderen befand sich eine gemischte Gesellschaft, darunter auch ich. Die drei Männer jedenfalls, die da hereinkamen, wirkten verdammt entschlossen, wenn auch der eine davon mehr auf einen Adelsball zu gehören schien und der andere bei uns Betriebsratsvorsitzender hätte sein können; er postierte sich beim

Eingang. Derjenige jedoch, der diese beiden anführte, war ein großer, stämmiger Mann mit kühl prüfenden Augen. Das war meine erste Begegnung mit Zimmermann. Und es sollte nicht die letzte sein; eine davon brachte mich später sogar ins Gefängnis, die andere aber wieder dort heraus.

›Zunächst Herr Wöllrich‹, hörte ich diesen Zimmermann sagen – und das klang sehr bedrohlich.«

Waldemar Wöllrich wurde von dem Assistenten von Gotha in lässiger Art und äußerst dezent an den Tisch des Herrn Zimmermann gebeten. Die Anwesenden bemerkten es kaum.

»Sie kennen Herrn Horstmann – nicht wahr?« fragte Zimmermann völlig übergangslos, kaum daß dieser Wöllrich neben ihm saß.

»Ja, selbstverständlich.«

»Und Sie kennen auch dessen Frau?«

»Auch das«, sagte Wöllrich. Um dann sofort zu protestieren: »Sagen Sie mal, soll das ein Verhör sein? Aber nicht mit mir und nicht so – ich kenne die Strafprozeßordnung genauso gut wie Sie.«

»Und woher haben Sie diese bemerkenswerten Kenntnisse, wenn ich fragen darf?«

»Ich war eine Zeitlang Polizeireporter«, sagte Wöllrich. »Mich können Sie nicht aufs Kreuz legen, Herr Zimmermann.«

»Das ist auch gar nicht meine Absicht«, sagte der Hauptkommissar entgegenkommend, was Wöllrich leicht irritierte. »Ihre Kenntnisse machen im Gegenteil vieles einfacher. Sie wissen also, was das bedeutet – der Tod eines Menschen. Auf gewaltsame Weise herbeigeführt. Was sagen Sie nun?«

»Ein Toter?« wiederholte Wöllrich tonlos. Sein Gesicht wirkte wachsbleich; vermutlich hatte er in dieser Nacht nicht nur zuviel getrunken, zuviel gegessen, sondern auch zu heftig geliebt. Er wirkte stark strapaziert. »Von wem reden Sie?«

»Das wissen Sie vermutlich genauso gut wie ich«, sagte Zimmermann mit sanfter Bestimmtheit. »Mein Kollege, Herr von Gotha, möchte sich gern mit Ihnen darüber eingehender unterhalten. Mich entschuldigen Sie bitte – zunächst.«

Erklärungen des Kriminalassistenten von Gotha:

»In jener Nacht kam ich mir wie ein Nichtschwimmer vor, den man plötzlich ins Wasser gestoßen hat. Denn bis zu diesem Augenblick hatte Polizeidienst für mich nur in der Einhaltung von Vorschriften, in der Befolgung von Weisungen bestanden. Was sich erst änderte, als ich in den Bereich des ›Löwen‹ geriet. Offenbar ist es der Chef der ›Sitte‹, Kriminalkommissar Krebs, gewesen, der Zimmermann auf mich aufmerksam gemacht hatte. Dieser Krebs ist äußerlich ein kleines, scheinbar nichtssagendes Männchen, mit kindlich glattem Gesicht. Aber auf seinem Gebiet ein Spezialist von hohen Graden, der auch von Kriminalhauptkommissar Zimmermann sehr geschätzt wird. Und dieser also bestellte mich eines Tages in sein Büro, um mich stundenlang auszufragen: über Lebenslauf, Privatinteressen, Tagespolitik, Mikrospuren, Vernehmungstaktik, Fehlurteile, Rauschgift, Spurensicherung, Morduntersuchung – und so weiter. Am Schluß sagte er dann einfach: »›Sie können bei mir arbeiten, wenn Sie wollen.‹«

Gleichfalls hierzu: Felder, Kriminaloberinspektor:

»Kollege von Gotha gehörte sozusagen zu Zimmermanns Versuchskaninchen. Denn mein Chef pflegt bei jedem seiner Mitarbeiter zunächst festzustellen, wieweit der kriminaltaktisch brauchbar ist, um ihn dann bei erster bester Gelegenheit mit einem entscheidenden Auftrag zu belasten.

Gothas flehendes Gesicht, damals im Deutschen Theater, sehe ich noch heute vor mir – mit Wonne –, als ihn Zimmermann mit Wöllrich allein ließ. Denn nach Lage der Dinge war dieser Wöllrich ein wichtiger Zeuge, wenn nicht gar einer der möglichen Verdächtigen. Wenn nun von Gotha auch nur einen einzigen entscheidenden Fehler machte, war zwar damit Zimmermanns mögliche Konzeption noch lange nicht erledigt, wohl aber die Laufbahn dieses Assistenten.

Zimmermann schien sich Anatol Schmelz widmen zu wollen. Doch bevor er noch bei dem ankam, machte sich dort ein Mensch namens Hans Heßler bemerkbar, intern auch Hansi genannt. Und mit dem sollten wir noch allerhand zu tun bekommen.«

»Herr Doktor«, sagte dieser Hans Heßler, ein etwa fünfundvierzig Jahre alter, mittelgroßer, kraftvoll wirkender Mann mit ergeben-freundlichen Gesichtszügen. »Darf ich darauf aufmerksam machen, daß es drei Uhr dreißig ist?«

»Du darfst«, sagte Anatol Schmelz betont leutselig. Er war eingezwängt zwischen Verlagsleiter Tierisch und Fahne, seinem Stellvertreter als Chefredakteur, einem wuchtigen, konservativen Mann, einst Propagandakompanie, großdeutsch, doch nun mit nachlesbarem Demokratiebewußtsein erfüllt.

Anatol erhob sich mühsam unter protestierenden Zurufen seiner Gefolgsleute, die er mit großer Geste abwehrte. »Sie hören, meine Herren – die Pflicht ruft!«

»Welche denn diesmal?« fragte Fahne, betrunken scherzend. Doch verstummte er sogleich, als Tierisch ihn warnend anblickte.

Schmelz gab sich unentwegt gemütsvoll: »Ich kann doch meinen getreuen Hansi nicht warten lassen – so was widerspricht einfach meinen Prinzipien.«

Schmelz glaubte immer, was er sagte. Daß Hansi Heßler, sein Kraftfahrer, Vertrauter und Leibbursche, praktisch schon seit sieben Stunden auf ihn wartete, registrierte er einfach nicht: »Einmal muß eben Schluß sein, meine Herren.«

»Mir werden Sie leider noch einige Minuten schenken müssen, Herr Doktor«, sagte betont höflich eine Stimme hinter ihm.

Anatol drehte sich, die Lehne seines Stuhles als Stütze benutzend, nach dem Mann um, dem diese gelassen sachliche Stimme zugehörte. Dessen Anblick – ein Biedermannsgesicht von lauernder Hintergründigkeit – ließ die angeborene Selbstverteidigungsbereitschaft von Schmelz hellwach werden.

»Wer – sind Sie denn, bitte?«

Zimmermann überreichte schweigend seine kriminalamtliche Visitenkarte. Schmelz überflog sie nur und lächelte, etwas zu betont, seinem Hans Heßler zu: »Das wird hier also noch ein wenig dauern, Hansi.«

»Ich warte dann also weiter, Herr Doktor. Der Wagen steht in der Schwanthalerstraße, beim Ausgang City-Filmpalast«, sagte Hans Heßler und entfernte sich mit nahezu militärisch exakter Kehrtwendung.

»Ein guter, verläßlicher Mensch«, stellte Anatol Schmelz fest. »So was gibt es noch.«

Anatol Schmelz und Hans Heßler waren sich zum erstenmal im Frühjahr 1947 in Mailand begegnet. Damals gab es alarmierende Katastrophenmeldungen aus Norditalien, wo die Poebene einmal wieder überflutet war: Untergehende Dörfer, ertrinkende Menschen, verendendes Vieh. Aus allen Nachbarländern kamen Hilfssendungen.

Auch die damalige amerikanische Militärregierung in München stellte ein Flugzeug zur Verfügung. Dieses zunächst noch nicht für den Transport von Medikamenten, Lebensmitteln und Notbekleidung, sondern: zur alarmierenden Unterrichtung der Öffentlichkeit, lediglich für Journalisten und sonstige Meinungsmacher.

Auch Anatol Schmelz, gerade kreuzzugsbereit, war mit von der Partie. Allerdings nicht als Reporter – dazu hatte er für seine Zeitung den damals noch schreibenden Wöllrich benannt. Schmelz flog zusätzlich mit – um vor aller Welt seine humane Mitleidensbereitschaft zu dokumentieren. Übrigens gehörte auch der damals schon unvermeidliche Goldner zu den Reisegenossen.

Der Flug über das Katastrophengebiet zutiefst erschütternd! Dröhnende Motoren, kreisende Whiskyflaschen, anteilnehmende Gesichter.

Denn unter ihnen die von brodelnden Wassermassen überfluteten Felder; um ihr Leben kämpfende Menschen, hilflos im Strom dahintreibende Tiere: Kühe, Schafe, Hunde.

»Ein Anblick, der mir tief zu Herzen ging«, stellte Anatol Schmelz danach fest.

»Er schrieb sogar ein Gedicht darüber«, behauptete Goldner.

Sie landeten dann endlich in Mailand, äußerst beeindruckt, aber noch nicht völlig erschöpft; Männer, die sie doch waren. So stiegen sie aus dem Flugzeug und vertraten sich die Beine, wobei einer – es war Wöllrich – unentwegt zu wissen begehrte: »Wo ist denn hier der nächste Puff?«

Anatol Schmelz später zu diesem Erlebnis:

»Mich verlangte danach, den Mailänder Dom zu besichtigen. Doch ich wurde einfach mitgezogen durch die Galleria, an der Scala vorbei, wo sich in einer Nebengasse ›dieses Haus der

Freuden‹ befand. Meine Begleiter stürmten hinein – ich zögerte noch, wollte nicht, sah mich hilfesuchend um und erblickte dabei in der Nähe des Eingangs einen Menschen, der mich hoffnungs- und zugleich erwartungsvoll ansah. Und plötzlich sagte: ›Ich möchte auch gerne mal, aber ich kann mir so was nicht leisten.‹

Er sagte das in deutscher Sprache, mit wohltuend vertrauensvoller Ergebenheit. Worauf ich ihn einlud mitzukommen.

Und das war meine erste Begegnung mit Hans Heßler, der fortan bei mir blieb, immer dankbar, anhänglich und anstellig. Bis zum heutigen Tage hat er mein Vertrauen noch niemals enttäuscht.«

Wozu Karl Goldner erklärte:

»Die hatten sich sozusagen gesucht und gefunden. Was damals im Mailänder Puff begann, weitete sich zu einer geradezu verschworenen Lebensgemeinschaft aus. Die Verdienstmöglichkeiten der Nutten waren in jenen tristen Zeiten nicht sonderlich. Dementsprechend war die Begeisterung groß, als wir dieses Haus betraten. Ein besonders pralles Geschöpf stürzte sich mit direktem Griff an untere Regionen sogleich auf diesen Heßler. Und Schmelz, das ansehen müssend, bekam trübe Augen.

Worauf dieser Heßler sagte: ›Verehrter Herr – wenn Sie diese Dame bevorzugen, trete ich gern zurück.‹

So begann damals dieses merkwürdige, nun schon mehr als zwanzig Jahre anhaltende Verhältnis zwischen Anatol und seinem Hansi.«

»Darf ich fragen«, begann Kriminalassistent von Gotha vorsichtig, »ob Sie im Verlaufe dieser Nacht oder in den Stunden davor Herrn Horstmann gesehen haben?«

»Glücklicherweise nicht«, erklärte Wöllrich leichthin, während seine Augen wachsam lauerten. »Ich sehe viel lieber dessen Frau, was ja wohl kaum noch ein Geheimnis ist. Wollten Sie darauf hinaus?«

Gotha erkannte, daß hier sozusagen eine Flucht nach vorn versucht wurde. Er nahm einen Schluck von seinem Bier und fragte sachlich: »Haben Sie sich den ganzen Abend über hier im

Deutschen Theater aufgehalten?«

»Sollte ich etwa anderweitig erblickt worden sein?« fragte Wöllrich sichtlich erheitert.

»Das habe ich nicht behauptet.«

»Aber doch indirekt angedeutet!« provozierte Wöllrich, der die tastende Unsicherheit dieses jungen Kriminalbeamten beinahe körperlich spürte. »Sie werden mir begründen müssen, warum Sie derartige Fragen stellen. Nur dann sind Antworten von mir zu erwarten.«

Assistent von Gotha nahm noch einen weiteren Schluck aus seinem Bierglas, schob es dann weit von sich und sagte entschlossen: »Der Tote, von dem Herr Zimmermann andeutungsweise gesprochen hat, ist – Heinz Horstmann.«

»Tatsächlich?« stieß Wöllrich hervor. »Wie konnte das passieren? Das ist ja, verdammt noch mal, eine ganz schöne Schweinerei! Zumindest könnte sich so was daraus ergeben.«

»Sonderlich betrübt oder gar traurig scheinen Sie nicht zu sein«, stellte der Kriminalassistent fest.

»Warum denn traurig?« Wöllrich blickte erstaunt. »Ich bitte Sie – der hat uns doch nur Schwierigkeiten gemacht!«

»Wem?«

»Jedem, der mit ihm in Berührung kam.« Wöllrich schien da ganz offen. »Dieser Horstmann gehörte zu jenen Typen, die in alle erdenklichen Töpfe hineinzuschauen, jeden erreichbaren Schleier zu lüften versuchen. Der ist – pardon: der war – ein gigantischer Schnüffler. So gut wie niemand konnte vor dem sicher sein.«

»Ein Mann, der Ihnen also nicht sympathisch war?«

Wöllrich lachte: »Im Gegenteil – ich war mit ihm befreundet.«

»Mit seiner Frau auch?«

»Ja, auch mit ihr«, sagte Wöllrich und wollte plötzlich wissen: »Was ist das für ein Tod gewesen?«

»Es kann«, sagte von Gotha, nun wieder sehr vorsichtig, »auch ein Verkehrsunfall gewesen sein.«

»Es kann«, sagte Waldemar Wöllrich spöttisch, »nur eben, daß Sie nicht bei der Verkehrspolizei beschäftigt werden, sondern bei diesem Zimmermann, also Mitglied einer Mordkommission sind.

Was genau wollen Sie – in dieser Eigenschaft – von mir wissen?«

»Wo Sie sich in der Zeit zwischen zweiundzwanzig und vierundzwanzig Uhr aufgehalten haben.«

»Hier in diesen Räumen. Und das zumindest so lange, bis Sie mir irgend etwas anderes beweisen können. Was Sie aber gar nicht erst versuchen sollten. Nicht etwa, weil ich den Polizeipräsidenten persönlich kenne, auch den Justizminister und noch einige Herren in dieser Preislage dazu. Sie scheinen offenbar nicht zu ahnen, in was Sie hier hineingeraten sind.«

Susanne, Ehefrau des Peter Wardeiner, bald nach dem Tod ihres Mannes:

»Ich habe mich an jenem Abend im Deutschen Theater nicht sonderlich wohl gefühlt. Peter, mein Mann, begann mich zu beunruhigen. Er war noch viel aktiver als sonst; und er schien sich speziell auf Schmelz konzentrieren zu wollen.

Schmelz aber war so etwas wie ein heikler Punkt zwischen uns. Denn ich bin noch vor meiner Heirat mit Peter auch mit Schmelz in Berührung gekommen. Ohne jede Intimität natürlich, es war kein Verhältnis, sondern lediglich eine gute Bekanntschaft. Und Peter wehrte immer lachend ab, wenn ich das Gespräch darauf bringen wollte. Trotzdem hatte ich dabei das peinigende Gefühl: Er wehrte sich dagegen, in allen Einzelheiten zu erfahren, was er als mögliche Wahrheit fürchtete, aber im Grunde doch gar nicht fürchten mußte.

Jedenfalls hatte ich in dieser makabren Nacht im Deutschen Theater den zwingenden Eindruck: Peter forderte Anatol Schmelz nunmehr bewußt heraus, so, als wäre lang aufgestauter, plötzlich hervorbrechender Haß mit im Spiel. Meinetwegen.

Ich sagte zu ihm: ›Warum amüsierst du dich nicht? Du hast so nette Mädchen in deiner Redaktion. – Und schließlich bin ich auch noch da. Warum konzentrierst du dich allein auf Schmelz? Beschäftige dich doch mit angenehmeren Dingen und denke an deine Gesundheit.‹

Doch er lachte nur, in maßloser Überschätzung seiner Gesundheit: ›Ich könnte Bäume ausreißen, so fühle ich mich!‹«

Hauptkommissar Zimmermann geleitete Anatol Schmelz etwas abseits, zum kleinen Weißwurstkeller hin, wo sich Felder schon postiert hatte. Der wurde kurz als »Mitarbeiter« ausgewiesen. Denn solche Gespräche sollten tunlichst nicht ohne Zeugen vor sich gehen – eine kriminaltaktische Grundregel.

»Darf ich fragen, meine Herren«, begann Schmelz entgegenkommend, »was ich für Sie tun kann?«

»Zunächst darf ich Sie wohl unterrichten, Herr Doktor«, erklärte Zimmermann mit der ihm eigenen kühlen Sachlichkeit.

»Worüber, bitte?«

»Über einen Herrn Horstmann, der nach meinen Informationen in wichtiger Stellung bei Ihnen beschäftigt ist!«

»Wichtig sind viele bei uns«, korrigierte Schmelz. »Herr Horstmann gehörte lediglich zu den zahlreichen Reportern unserer Zeitung ...«

»Gehörte?« fragte der Kriminalbeamte aufmerksam.

»Nun ja – ich weiß ja nicht, was Sie ihm vorzuwerfen gedenken; aber, und dies bitte ganz vertraulich, dieser Horstmann besitzt unser einstiges Vertrauen schon lange nicht mehr.«

»Das wird ihn kaum noch berühren«, sagte Zimmermann hart. »Er ist tot.«

Felder starrte seinen Vorgesetzten ungläubig an. Diese Reaktion, empfand er, war zu schnell, zu spontan erfolgt. Oder etwa doch nicht? Er blickte zu Schmelz hin – und sah den zurückweichen.

»Mein Gott – haben Sie gesagt: Horstmann ist tot?« Anatol schien zu schwanken; er hob die Hände vor sein Gesicht. Seine Stimme klang wie erstickt. »Mein Gott – das ist ja furchtbar! Wie konnte das geschehen?«

»Ein Unfall, ein Verkehrsunfall – möglicherweise«, sagte der Hauptkommissar, plötzlich wie desinteressiert. »Und das ist schon alles, was ich Ihnen mitteilen wollte. Guten Abend, Herr Doktor Schmelz.«

Zimmermann bedeutete Felder, ihm zu folgen. Sie gingen an den Tisch zurück, an dem Assistent von Gotha sein Gespräch mit Wöllrich gerade beendet hatte.

»Das ist ja ein Dschungel«, bekannte der adlige Kriminalbeamte.

»Also – wieder einmal – nichts Neues«, registrierte Zimmermann.

Im Polizeipräsidium erkundigte sich der soeben vom Außendienst zurückgekommene Kriminalkommissar Krebs – Chef des Dezernats Sittlichkeitsverbrechen – beim Bereitschaftsdienst nach seinem Kollegen Zimmermann.

Der dort eingesetzte Beamte, Benthin, meldete ihm: »Herr Zimmermann befindet sich im Einsatz – ein möglicher Mordfall. Soll ich ihn verständigen, daß Sie ihn zu sprechen wünschen?«

»Nein, nein!« wehrte Krebs höflich ab. »Was ich ihm zu sagen habe, eilt nicht – nicht sonderlich.«

»Soll er sich mit Ihnen in Verbindung setzen?« fragte Benthin beharrlich. Denn dieser Krebs gehörte, was ihm kein Außenstehender anzusehen vermochte, zu den am höchsten geachteten Kriminalisten im Polizeipräsidium an der Ettstraße. »Mit Herrn Zimmermann besteht ständige Funkverbindung. Der Standort des von ihm benutzten Wagens derzeit: Ecke Schiller-Schwanthalerstraße.«

»Lassen Sie mich lediglich wissen, wann er wieder im Präsidium eintrifft«, sagte Krebs behutsam. »Aber sagen Sie ihm nicht, daß ich das wissen wollte. Ich halte mich in meinem Dienstzimmer auf. Und dort vermutlich bis zum frühen Morgen.«

Hauptkommissar Zimmermann verspeiste mit sichtlichem Genuß nun schon die fünfte Weißwurst – wobei er den Tisch ihm gegenüber nicht aus den Augen ließ.

Dorthin war Schmelz zurückgekehrt, wie vorher auch Wöllrich. Was sie mitzuteilen hatten, ihren Freunden zuflüsterten, schien die pressefestliche Gemütlichkeit auf einen Schlag zerstört zu haben. Sie steckten die Köpfe eng zusammen, bedrückt und aufgeregt zugleich.

»Existiert für diese Leute eine Art Konkurrenz, Herr von Gotha?« wollte der Hauptkommissar wissen, wobei er begann, die Häute seiner Weißwürste in einige der stapelweise herumliegenden Servietten einzuwickeln. Eine Beute, die für Anton gedacht war, den Hund seines Freundes Keller.

»Eine Art Konkurrenz ergibt sich in jeder Branche wie von selbst. In diesem Fall käme dafür wohl nur Herr Wardeiner von der ›Allgemeinen‹ in Frage«, klärte Assistent von Gotha seinen Chef auf.

»Dann sprechen Sie mal mit dem. Natürlich höchst taktvoll, was Ihnen ja nicht schwerfallen wird. Teilen Sie ihm den Tod von Heinz Horstmann mit; aber keine Einzelheiten. Falls er intensiver informiert zu werden wünscht, stehe ich ihm dann zur Verfügung.«

»Jawohl«, sagte von Gotha und entfernte sich.

Felder, kräftig speisend, wollte wissen: »Worum, Herr Hauptkommissar, geht es diesmal wirklich?«

»Immer um das gleiche«, sagte Zimmermann geduldig. »Jeder Anfang ist in unserem Metier der Versuch, einen Überblick zu gewinnen, die Richtung zu erkennen. Erst dann kann die Kleinarbeit beginnen.«

Inzwischen hatte sich am Tisch der »MAM«-Gruppe Verlagsleiter Tierisch erhoben, steuerte auf Zimmermann zu und stellte sich vor. »Ein höchst unangenehmer Vorfall!«

»Scheint mir auch so«, stimmte der Hauptkommissar zu.

Tierisch ließ sich unaufgefordert bei den Kriminalbeamten nieder. »Darf ich Ihnen irgend etwas bestellen?« Sie wären versorgt, erfuhr er. »Was immer Sie wollen!« Derzeit kein Bedarf, wurde ihm versichert.

Hierauf Tierisch: »Wir alle sind erschüttert, kann ich Ihnen versichern. Ich werde der Witwe mein Beileid aussprechen. Mehrere Monatsgehalter ihres Mannes werden ihr natürlich ausgezahlt. Wir werden auch an seinem Begräbnis teilnehmen und für dessen Kosten aufkommen.«

»Wie nobel«, sagte Zimmermann. Und auch Felder blickte, mit beinahe schon entzückter Verwunderung, auf Tierisch. »In Ihrem Bereich kann man offenbar unbesorgt sterben.«

»Ich kann nur hoffen«, empfahl Tierisch, nicht unfreundlich, doch eindeutig warnend, »daß Sie gewisse feinere Unterschiede zu erkennen vermögen.«

»Ich glaube, das können Sie uns zutrauen«, knurrte Zimmermann.

»Horstmanns Unfall ist eine gewiß bedauerliche, aber doch unverkennbar persönliche Angelegenheit; also nicht direkt Sache unserer Zeitung. So was muß man auseinanderhalten.«

»Muß man das?« fragte Zimmermann.

»Was denn sonst!« Tierisch erregte sich ein wenig: »Man kann doch, ich bitte Sie, eine Person nicht mit einer Institution in direkten Zusammenhang bringen...«

Eine Antwort hierauf blieb Zimmermann erspart. Denn Peter Wardeiner, vom besorgten Gotha gefolgt, bewegte sich vom Eingang her nahezu geschoßartig direkt auf Anatol Schmelz zu.

Protokoll der Aussage einer gewissen Clara-Clementine Lemminger, langjährigen Garderobenfrau im Deutschen Theater:

»Erschien bei mir – so etwa gegen vier Uhr dreißig – ein Herr, welchen ich, nach Vorlage diverser Fotos, als einen Herrn Wöllrich wiedererkenne.

Dieser Herr wies seine Garderobennummer vor und erhielt darauf von mir seinen pelzgefütterten Mantel und einen modischen Lederhut von passender Farbe. Worauf er zusätzlich eine Tasche verlangte, die ich zunächst nicht finden konnte.

Im Suchen erinnerte ich mich aber, daß diese Tasche von einer Dame mittleren Alters abgegeben worden war – in Begleitung dieses Herrn. Warum ich mich so genau daran erinnerte? Nun – dieser Herr hatte die Nummer 901 – die Dame aber, ein stark geschminktes, hochmütiges Wesen, hatte die Nummer 900 von mir bekommen. Was bei meinem Job ein geradezu feierlicher Augenblick war: weil es Halbzeit bedeutete. Denn ich betreute an diesem Abend die Nummern 800 bis 1000.

Dieser Herr Wöllrich nun verlangte unbedingt nach der von der Dame abgegebenen Tasche. Ich bedauerte: Vermutlich habe die Dame sie mitgenommen. Worauf dieser Herr geradezu ausfallend wurde. Denn diese Tasche wäre unter seiner Garderobennummer 901 abgelegt worden – nicht jedoch unter 900. Er bestehe somit darauf...

Worauf ich ihm erklärte: ›Werter Herr – Sie können mich mal ... Ich tue hier nur meine Pflicht. Dafür werde ich bezahlt. Ich lasse mich von Ihnen nicht verdächtigen.‹«

Peter Wardeiner hatte im Nebenraum des Weißwurstkellers den Tisch der »MAM«-Leute erreicht, wo er plötzlich abbremsend vor Anatol Schmelz stehenblieb. Anatol erhob sich schwerfällig, sein Gesicht war schweißnaß.

»Setzen Sie sich doch zu uns, Herr Wardeiner!« rief ihm der von Zimmermann zurückgekehrte Tierisch zu: »Wir sprechen gerade über das erschütternde Ende unseres Kollegen Horstmann ...«

»Kann ich mir denken, daß Ihnen das an die Nieren geht«, sagte Wardeiner herausfordernd.

»Es ist tragisch – geradezu tragisch!« rief Anatol Schmelz bewegt aus. »Und so was geschieht ausgerechnet in diesem Zeitpunkt?«

»Ja«, sagte Wardeiner hart. »Ein Zufall, Herr Schmelz – oder etwa mehr?«

»Ein Verkehrsunfall«, beeilte sich Schmelz mit Herzton zu versichern und blickte flehend auf Wardeiner: »Oder glauben Sie etwa, Verehrtester, daß hier ...«

»Ich bitte dich, Anatol!« unterbrach ihn Tierisch warnend. »Ich verstehe, und Herr Wardeiner versteht das gewiß auch, daß dir der Tod unseres Horstmann sehr nahegegangen ist.«

»Aber warum gerade jetzt, Herr Schmelz? Und was – frage ich – hat zu diesem Tod geführt?« wollte Wardeiner hartnäckig wissen.

»Was auch immer, Verehrtester, woher sollte ich das wissen?« Schmelz gab sich ehrlich besorgt. Wardeiners inquisitorische Hartnäckigkeit bereitete ihm Qualen, die er allerdings mit einer gewissen Wonne erlitt. Wieder einmal durfte er sich verkannt fühlen. »Wenn einer von diesem Tod wirklich betroffen ist – dann ich!«

»Das möchte ich bezweifeln«, sagte Peter Wardeiner fast heiter. Er genoß die verstörten Gesichter um Schmelz, dem er zurief, bevor er sich entfernte: »Dieser Tod wir Ihnen noch zu schaffen machen. Dafür werde ich sorgen. Das bin ich Horstmann schuldig. Denn ich weiß, was er wußte. Dies zu Ihrer Kenntnis, Herr Doktor Schmelz!«

»Ich glaube, das wär's. Mehr an Zirkus ist hier kaum noch zu erwarten.« Hauptkommissar Zimmermann erhob sich, nickte seinem Felder zu und sagte zum Assistenten von Gotha: »Sie zahlen. Gegen Quittung.«

»Mit Trinkgeld?« fragte der.

»Soviel Sie wollen. Verrechnet wird lediglich der Quittungsbetrag.« Dieser war dann noch im Amt zu begründen, genau aufzuschlüsseln, ab- und gegenzuzeichnen. Womit aber noch nicht sicher war, ob derartige »Spesen« auch wirklich rückvergütet wurden.

»Lassen Sie sich Zeit.«

»Ich soll mich also hier weiter umsehen?«

»Mischen Sie sich unter das fröhlich plaudernde Volk«, sagte der Hauptkommissar ermunternd. »Versuchen Sie, sich zu amüsieren – aber auf unsere Weise. Sie wissen schon mit wem.«

»Also Hintergrundmaterial?« fragte von Gotha aufmerksam.

Zimmermann nickte. »Schließlich kennen Sie sich in dieser Gesellschaft aus. Und die wird Sie kaum für einen Beamten, geschweige denn für einen Kriminalbeamten halten. Versuchen Sie das zu nutzen.«

»Etwa bei diesem Herrn Goldner?«

»Warum nicht? Goldner ist ein wandelndes Auskunftsbüro. Der weiß weit mehr, als er schreibt, und kennt hier Gott und die Welt. Bestimmt auch Horstmann.«

Aus den Aufzeichnungen des Kriminalbeamten außer Dienst Keller:

»Ungeachtet meiner Pensionierung bestehen immer noch recht intensive Verbindungen zwischen den amtierenden Kollegen und mir. Zum beiderseitigen Vorteil – das geb' ich gern zu.

Der Polizeipräsident persönlich hat für mich ›uneingeschränkte Einsicht‹ angeordnet. Und Kriminaldirektor Hädrich hat mir einen ständigen Schreibtisch zur Verfügung gestellt; bei dem horrenden Platzmangel in unserer Polizeibehörde ein enormes Zugeständnis. Aber auch leicht zu erklären: Die von mir gesammelten Erfahrungen sollten dem Amt und meinen Nachfolgern auch weiterhin zur Verfügung stehen – was mir nur recht sein konnte. In der Nacht des Presseballs rief mich Kriminaldirektor Hädrich an und sagte: ›Ich habe gerade die eingelaufenen Berichte durchgesehen. Zimmermann ist da in einem mysteriösen Mordfall tätig geworden. Das Opfer ist ein bekannter Journalist. Ein Vorgang, der erhebliche Komplikationen nach sich ziehen könnte. Lassen Sie sich doch bitte informieren, und sagen Sie mir Ihre Meinung dazu.‹

Das bedeutete: Hädrich war äußerst besorgt. Und das hatte dann immer einen gewichtigen Grund. Welchen aber diesmal?«

Gemäß seinem Aktenplan »Spur 113« führte Oberinspektor Felder einen Tag später bei der Garderobenfrau Lemminger im Deutschen Theater eine weitere Befragung durch, bei der diese erklärte:

»Nein, vom Inhalt der Tasche weiß ich überhaupt nichts. Ich weiß nur, daß mich dieser Herr Wöllrich um vier Uhr dreißig morgens ganz verrückt damit gemacht hat. Dabei war der mir vorher schon ziemlich unangenehm aufgefallen ...«

»Was heißt das, Frau Lemminger, er ist Ihnen schon vorher aufgefallen? Wann denn, wie denn, wodurch?«

Die Lemminger: »Na, mitten im Fest verlangte der doch seine Garderobe – und die seiner Begleiterin. Um mal kurz Luft zu schnappen, sagte er. Ließ mich die Klamotten anschleppen. Sagte nicht: danke schön, und an Trinkgeld war auch nicht zu denken.«

Felder: »Können Sie sich noch erinnern, wann das war?«

Die Lemminger: »Ja, das muß so kurz nach zweiundzwanzig Uhr gewesen sein. Denn der Faschingsprinz mit Gefolge traf gerade ein, und für den diesjährigen habe ich eine Schwäche. Auf den hatte ich schon gewartet, als dieser Wöllrich dazwischenkam.«

Felder: »Wöllrich verlangte also kurz nach zweiundzwanzig Uhr seine Garderobe und die seiner Begleiterin. Die beiden entfernten sich dann. Und wann kamen sie wieder?«

Die Lemminger: »Das war nun wieder nach dem Abzug unseres Faschingsprinzen – etwa eine halbe Stunde nach dreiundzwanzig Uhr; bevor ich, wie immer vor Mitternacht, meinen Kaffee trank. Und noch mal mußte ich die Klamotten von denen auf den Haken hängen, ohne einen Pfennig dafür zu bekommen. So was merkt man sich, Herr Kommissar.«

Zimmermanns Dienstwagen fuhr in den Innenhof des Polizeipräsidiums ein, wo nur noch wenige Fenster erhellt waren.

»Fertigen Sie in unserem Dienstzimmer einen ersten Bericht an«, sagte der Hauptkommissar zu seinem Felder, »nur das Notwendigste. Ich komme gleich nach.«

Felder eilte zum dritten Stock hinauf; Uhrzeit nunmehr fünf Uhr fünfzehn, während sich Zimmermann im Dienstzimmer der ständigen Bereitschaft zurückmeldete.

»Machen Sie Schluß – für heute?« wollte der Bereitschaftsbeamte Benthin von ihm wissen.

»Noch nicht.«

»Um neun Uhr ist eine Besprechung aller Dezernatsleiter beim Herrn Kriminaldirektor angesetzt.«

»Dann habe ich also noch fast vier Stunden Zeit«, sagte Zimmermann. »Ich werde sie in meinem Dienstzimmer verschlafen.«

Benthin blickte kurz auf seine Notizen. »Herr Kommissar Krebs legt Wert darauf, Sie heute nacht noch zu sprechen. Ich habe Anweisung, ihm Ihre Rückkehr sofort mitzuteilen.«

»Na gut – dann rufen Sie ihn an.«

Wenig später betrat Kriminalkommissar Krebs nach hier im Amt eigentlich unüblichem Anklopfen das Dienstzimmer seines Freundes Zimmermann. Er sah ihn hinter dem Schreibtisch sitzen; Felder stand daneben; beide waren über ein Schriftstück gebeugt. Krebs lächelte entschuldigend.

»Komm nur herein!« rief Zimmermann. »Und versuche nicht etwa wieder zu fragen, ob du hier störst. Das wird dir bei mir niemals gelingen.«

»Eine Nacht voller Recherchen hinter dir und immer noch guter Laune«, sagte Krebs mit seiner sanften Stimme, wobei er sich auf den harten Vernehmungsstuhl neben Zimmermann niederließ. »Das kommt vermutlich daher, daß deine Arbeit noch vergleichsweise sauber ist.«

»Diese Argumente kenne ich.« Zimmermann schob das Schriftstück, das vor ihm lag, von sich. »Die wendest du immer an, wenn du versuchst, mich als Schuttabladeplatz zu verwenden. Um was geht's denn diesmal?«

»Ich wollte mit meiner Andeutung lediglich sagen: Ein Mord ist ein Mord! Ein irgendwie eindeutiger, übersichtlicher Vorgang. Bei mir jedoch: Sperma, Urin, Kot; schändlich mißbrauchte Menschen, sogar Kinder. Vergewaltigt, lebenslänglich geschädigt, zerstört.«

»Nun sag schon, Konrad, worauf willst du hinaus?«

Krebs hob beide Hände, wobei es war, als bitte er um Vergebung für noch nichts Erkennbares: »In dieser Nacht haben wir von der Sitte, gemeinsam mit dem Rauschgiftdezernat, diverse Razzien durchgeführt. Speziell Bahnhofsgegend und Schwabing. Wobei wir auf die üblichen Typen trafen. Volltrunken, berauscht, oft völlig betäubt. Bedauernswerte Kreaturen, wenn du mich fragst.«

»Und wer war unter ihnen?« fragte Zimmermann, schnell reagierend. »Sage es mir!«

»Dein Sohn Manfred.«

»Was hast du mit ihm gemacht?« fragte Zimmermann mit geschlossenen Augen. »Ihn zusammengeprügelt?«

»Ich bin nicht sein Vater«, sagte Krebs.

»Aber der Freund seines Vaters, demnach mit jeder erdenklichen Vollmacht ausgestattet. Wenn ich als Vater ihm den Hintern vollhaue – wird mir das als autoritäres Verhalten ausgelegt. Für so was hat man doch seine Freunde.«

»Manchmal komme ich mir vor wie ausgeliefert«, bekannte Konrad Krebs leise, »denn wir Kriminalisten dürfen doch immer nur Vollzugsbeamte sein, keinesfalls Richter, die Urteile fällen; schon gar nicht Ärzte, die Kranke betreuen.«

»Ach was«, sagte Zimmermann hart. »Wenn wir erst damit anfangen, uns in unserem Metier philosophische Anwandlungen zu leisten, sind wir verloren! Vergiß also bitte, daß du meinen Sohn aufgegriffen hast – du bist mit kriminellen Elementen konfrontiert worden!«

»Manchmal habe ich Angst vor Menschen, zu denen auch du zu gehören scheinst«, sagte Krebs. »Vor Menschen, die einfach nur Funktionen erfüllen. Aber daran bei dir zu glauben, weigere ich mich so lange, bis du mir das Gegenteil davon beweist.«

»Jetzt habe ich ihn endlich«, sagte Peter Wardeiner zufrieden.

Susanne lehnte sich tief in die hinteren Polster des Wagens, den ihr Mann durch die Nacht steuerte. Ihre Stimme klang heiter: »Laß dich nicht hinreißen, Peter. Ein Anatol Schmelz ist so viel Einsatz gar nicht wert.«

»Willst du damit sagen – ich soll ihn schonen?«

Susanne lachte: »Du sollst dich schonen! Warum beschäftigst du dich immer wieder so intensiv mit ihm? Doch nicht etwa meinetwegen?«

»Es geht hier nicht um persönliche Dinge, sondern um einen grundsätzlichen Vorgang. Um die Möglichkeit nämlich, Elemente auszuschalten, die keinen Sinn für die wertende und klärende Funktion unseres Berufes aufbringen können.«

»Das sagst du!« Abermals erklang ihr helles, kurzes Auflachen. »Aber wer wird dir das glauben?«

»Was möglicherweise vor unserer Ehe passiert sein mag, geht mich nichts an!«

»Du hast mich noch niemals danach gefragt«, sagte sie lächelnd. »Frage mich also, und ich werde dir antworten.«

»Das interessiert mich nicht«, versicherte er fast zu heftig, »hat mich nicht zu interessieren. Unsere Ehe basiert auf Freiheiten, die wir uns gegenseitig zugestanden haben, was zu einer wohl sehr seltenen Harmonie geführt hat.«

»Vielleicht wäre die noch zu verstärken«, meinte sie behutsam, »wenn du weißt, was zwischen mir und Schmelz tatsächlich geschehen ist?«

»Nein«, wehrte er schroff ab. »Es geht mir nicht um das Privatleben dieses Schmelz. Der widert mich als Mensch an. Und ich sage dir: So wie der als Mensch ist, muß er auch als Zeitungsmann sein – ohne Moral, ohne Verantwortungsgefühl, ohne jede Objektivität – einfach nur ein Opportunist.«

»Bitte, Peter«, sagte sie zärtlich werbend, »laß dich doch nicht auf ein solches Abenteuer ein. – Es gibt andere, angenehmere; und die gönne ich dir.«

Drei frühe Stationen zwischen Susanne und Anatol:

1. Ein Café in der Innenstadt, Sonnenstraße, 1961. Dort Anatol Schmelz: »Ich habe Sie hergebeten, liebes Fräulein Bender, weil ich auf Sie aufmerksam gemacht worden bin. Ihr Artikel über den Wiederaufbau der Residenz war klar formuliert und gut lesbar. Wollen Sie für mich, also für meine Zeitung, die ich erheblich auszubauen gedenke, ab sofort mitarbeiten?«

2. Ein Nachtlokal in Schwabing, Occamstraße, 1962. Dort abermals Schmelz: »Sie sind ausgesprochen begabt, Kindchen! Aber Sie werden von Wardeiner falsch eingesetzt. Ich wäre liebend gerne bereit, Ihre speziellen Fähigkeiten zu fördern. Ich würde Ihnen sogar einen festen Vertrag geben, und falls Sie einen Vorschuß wünschen, einige tausend Mark, warum nicht ...«

3. Wiederum das Café in der Innenstadt, Sonnenstraße, 1963. Dort Schmelz: »Dieser Wardeiner, sagst du, hat dir einen Heiratsantrag gemacht? Aber ich bitte dich, meine Liebe, der ist doch bereits verheiratet! Gut, ja, das bin ich auch, aber wie du weißt, nur auf dem Papier. Er will sich scheiden lassen, sagst du? Aber selbst wenn, dann bist du doch nur noch Hausfrau und immer im Schatten eines ehrgeizigen Menschen.

Während ich dir, meine Liebe, mit aller Großzügigkeit ein unabhängiges Leben anbiete. Mit eigener Wohnung, einem mehrjährigen Arbeitsvertrag, mit garantierten Auslandsreisen. Und was du sonst noch begehrst.«

Susanne: »Aber heiraten willst du mich nicht?«

Anatol: »Das möchte ich dir und mir nicht antun. Denn wir leben schließlich in einer katholischen Stadt. Zwar duldet deren angeblich maßgebliche Gesellschaft so gut wie jede Sauerei, nur eben keine offenen Verstöße gegen die herrschenden Sittengesetze. Wer sich hier scheiden läßt, ist doch so gut wie erledigt. Den wird der Kardinal niemals mehr empfangen.«

Susanne: »Peter Wardeiner ist das gleichgültig – und mir auch.«

Anatol: »Also bitte, wie du willst. Ich kann da nur warnen! Die Quittung dafür, irgendwann einmal, ist unvermeidlich!«

»Was unser Metier oft so bedrückend macht«, sagte Kommissar Krebs zu seinem Freund Zimmermann, »ist die Tatsache, daß sich kein krimineller Vorgang exakt berechnen läßt.«

»Was von uns auch niemand erwartet. Wir registrieren Tatsachen und liefern Beweismaterial, ohne jede Rücksicht auf Personen. Wenn wir anfangen, Schicksal zu spielen, ist es doch aus mit uns.«

Es war mittlerweile 6 Uhr geworden. Sie saßen immer noch einander gegenüber. Mühsam begann der neue Tag heraufzudämmern. Doch selbst zu diesem Zeitpunkt hatten es sich Kriminalisten wie Krebs und Zimmermann abgewöhnt, lähmende Müdigkeit zu empfinden.

»Und – die menschliche Regung?« sagte Krebs.

»Erspare uns weitere theoretische Umwege«, forderte Zimmermann. »Was war mit Manfred?«

»Ich traf ihn in einem Lokal in der Goethestraße. ›Texas-Joe‹ genannt.« Krebs, Spezialist für Sittlichkeitsverbrechen, berichtete das betont sachlich: »Er saß dort inmitten einer Gruppe von fünf, sechs jüngeren Leuten.«

»Mädchen darunter?«

»Nein«, sagte Krebs, wobei er dieses »nein« behutsam zu betonen schien.

»War er betrunken?«

»Nein.« Krebs schien zu bedauern, selbst diese Frage nicht einfach bejahen zu können. »Das hätte alles wesentlich erleichtert.«

»Was war es dann? Hat er sich mit Rauschgift vollgepumpt?«

»In dieser Hinsicht kann ich dich beruhigen, Martin. Halbwegs. Tatsächlich rauchten sie irgendein Cannabis-Produkt. Alle gemeinsam. Und es existiert, wie du weißt, eine Dienstanweisung, wonach ein sogenannter Joint, der von Mund zu Mund geht, nicht zu verfolgen ist. Wo kämen wir denn sonst auch hin?«

»Du hast ihn also nicht vereinnahmt, damit er unverzüglich einem Arzt vorgeführt werden kann?«

Krebs schüttelte langsam den Kopf, wobei ihm die Brille über die Nase zu rutschen drohte. »Ich habe Manfred heimgeschickt. Nichts weiter. Ohne jeden Vorwurf, ohne jede Belehrung. So was, meine ich, wirst du erledigen.«

»Aber wann – wann? Ich bin seit Tagen nicht nach Hause gekommen.«

»Hansi, mein Lieber«, sagte Anatol Schmelz, als er sich sichtlich erschöpft in die Polster seines Wagens fallen ließ, »fahre mich nach Hause!«

»Gerne, Herr Doktor!« sagte Hans Heßler, sein Chauffeur, Vertrauter und Betreuer. »Sie brauchen mir nur zu sagen, wohin genau.«

Für Doktor Anatol Schmelz, Mitherausgeber und nomineller Chefredakteur seiner Zeitung »München am Morgen«, gab es derzeit in diesem Land mindestens drei »Zuhause«:

1. Die Ammersee-Villa seiner legitimen Frau Henriette. Dort für ihn vorhanden: ein Gartenhaus mit Sauna; geheiztes Schwimmbassin; Arbeitsraum.

2. Die Stadtwohnung seiner derzeit bevorzugten Freundin, in Nähe der Frauenkirche; dort im dritten Stock sein sogenanntes Refugium. Arbeitsraum, Küche und Schlafzimmer. Letzteres mit Seide ausstaffiert, neuchinesisch.

3. Ein Landgasthaus mit Metzgerei bei Wolfratshausen, das einer seiner einstigen Jugendgeliebten gehörte. Von ihm großzügig finanziert. Er bekundete für die uneheliche Tochter, 16, dieser jugendgeliebten Dame rein väterliche Interessen. Zimmer Nummer eins war dort stets für ihn reserviert.

Und dann, natürlich, Griechenland, wo Maria lebte. In einer Villa am Meer, nur auf ihn wartend, wie sie beständig versicherte. Was er in Hunderten von Briefen und Dutzenden von Telegrammen dankbar erwiderte. Porto zu Lasten des Verlages. Sie jedoch, Maria, war in dieser dunklen Nacht nicht direkt erreichbar, weil allzu weit entfernt.

Das galt leider auch für Carmen, ehemals gefeierte Flamencotänzerin in Madrid. Nunmehr Besitzerin einer Bar in Torremolinos, die Anatol Schmelz denkbar großzügig finanziert hatte, wie das seine Art war.

Und dann – dann auch noch ... vielleicht ...

»Es ist alles so mühsam, Hansi«, bekannte Schmelz erschöpft

und sein Schicksal beklagend.

»Man mißversteht Sie«, versicherte Heßler anteilnehmend: »Man verkennt Ihre Güte, mißbraucht Ihre Großzügigkeit. Auch ich leide darunter.«

»Wenn einer mich jemals wirklich verstanden hat, Hansi, dann du. Dafür bin ich dir dankbar. Und werde es immer sein. Das weißt du.«

So viel Anerkennung beglückte Hansi spürbar. Zügig die Sonnenstraße verlassend, schwenkte er in Richtung Stachus ein und steuerte auf den Lenbachplatz zu. Wobei es einfach aus ihm herausbrach: »Den jedenfalls sind wir los.«

Anatol Schmelz nickte bedächtig. Auf Hansis Feststellung zu antworten, hielt er offenbar für überflüssig. Patschte nur kurz und ohne Zugriff die quallige linke Hand dankbar auf den rechten Arm seines vertrauten Fahrers: »Ich bin unendlich müde – wo soll ich hin?«

»Grand-Hotel, Maximilianstraße«, schlug Heßler vor. »Dort ist doch stets ein Zimmer für Sie reserviert, und es ist das nächste.«

»Hansi«, sagte Schmelz, »wo wäre ich, wenn ich dich nicht hätte!«

Möglicherweise in irgendeiner Strafanstalt, einem Sanatorium, auf einem Senatorensitz. Aber was nicht war, konnte ja noch werden.

3

Das Pressefest in München fand üblicherweise an einem Freitag statt – mithin am Ende einer journalistischen Arbeitswoche – und pflegte bis in die frühen Morgenstunden des Samstags anzudauern. Dann erst gingen die strapazierten Nachtarbeiter zu Bett, möglichst nicht allein.

Vor den Mittagsstunden des Samstags war somit niemand von ihnen ansprechbar. Auch nicht für die Kriminalpolizei. Darum hatte man dort Zeit, unvermeidliche Routinearbeiten zu erledigen. Darunter auch die Konferenz der Ressortchefs des Kriminalamtes im Präsidium, pünktlich 09.00 Uhr. Leitung: Kriminaldirektor Hädrich.

Sein Büro glich dabei einer übergroßen Gefängniszelle, dichtgefüllt mit Menschen, die sich an den Wänden, zwischen den Fenstern, in Türnähe umeinanderdrängten. An die zwanzig Personen insgesamt.

Nur wenige davon saßen auf schäbigen Stühlen. Der Kriminaldirektor hinter seinem Schreibtisch. Rechts von ihm Zimmermann, Kapitalverbrechen; links Krebs, Sitte; und gedrängt neben diesen: Wegleben, Raub/Erpressung; Schandauer, Betrug/Fälschung; Salcher, Rauschgift; Komorski, Fahndung; Huber, Hauptbahnhof und Experte für kriminelle Ballungszentren.

Was die Ressortleiter diesmal zu berichten hatten, war reine Routine: Diebstähle als erkennbarer Schwerpunkt wie üblich weit über 50 Prozent. Dazu all die anderen Alltäglichkeiten: Neun Raubüberfälle, davon diesmal nur einer mit Todesfolge; an die achtzehn Schlägereien, bis auf zwei von Polizeieinsatzkräften erledigt; die restlichen zwei jedoch: einmal Auseinandersetzungen zwischen Rauschgifthändlern; dann Marktbereinigung einer Zuhältergruppe; beide in Nähe Hauptbahnhof, Schiller- und Dachauer Straße. Weiterhin: Betrugsdelikte, Brandermittlung, Glücksspiel und Falschspiel, normal; Sittlichkeitsverbrechen, leicht rückläufig.

Kriminaldirektor Hädrich nahm die Berichte seiner Ressortchefs ohne viele Zwischenfragen zur Kenntnis. Alles lag da in guten Händen. Abschließend wandte er sich dem Chef der Abteilung Kapitalverbrechen zu: »Und was gibt es nun bei Ihnen, Herr Kollege Zimmermann?«

Kriminalhauptkommissar Zimmermann: »Eine männliche Leiche wurde gestern abend kurz nach dreiundzwanzig Uhr am Neumühlenweg aufgefunden. Tatwerkzeug Kraftwagen. Täter unbekannt. Verkehrsunfall mit Fahrerflucht ist nicht unmöglich. Doch muß Totschlag beziehungsweise Mord als wahrscheinlicher angenommen werden.«

Kriminaldirektor Hädrich: »Was Herrn Zimmermann und auch mir bei diesem Vorgang in Besonderheit bemerkenswert zu sein scheint, meine Herren, ist die Person dieses Toten. Bitte deren Personalien, Herr Kollege.«

Zimmermann begann das Personalblatt »Heinz Horstmann« vorzulesen:

»Name: Horstmann, Vorname: Heinz. Geboren: 6.12.1939, Geburtsort: Kitzingen/Main. Vater: Hermann H., praktischer Arzt, gestorben 1945. Mutter: Eva, geborene Steinberg, Tochter eines Weingroßhändlers; als Mitinhaberin der Firma Steinberg Nachf., Frankenweine, noch in Kitzingen lebend; keine Geschwister.

Schulen: Erst Kitzingen, dann Würzburg. Dort Abitur, 1958. Hierauf Studien in München, erst Theater-, dann Zeitungswissenschaften. Ohne akademischen Abschluß. 1961 zum Journalismus überwechselnd. Erst ›Merkur‹, dann ›Süddeutsche‹. In beiden Fällen ohne festen Vertrag. Hierauf beim ›Morgen‹, als Chefreporter, fest angestellt, bis 1975.

Heirat, 1965, mit Helga, geborene Schneider, geboren 3.2.1943. Tänzerin am Gärtnerplatztheater, im Fernsehballett, auch bei der Prinzengarde während einer Faschingssaison. Wobei sie Heinz Horstmann kennenlernte.

Horstmann, ein alsbald bekannter Reporter, wurde 1971 als Verfasser einer aggressiven Artikelserie über Griechenland vermutet – bei einer anderen Zeitung. Bei seiner Zeitung galt er dann längere Zeit, bei voll ausgezahltem Garantiehonorar, als ›kaltgestellt‹ und widmete sich Kulturfragen: Schule, Universität, Krankenhäuser, auch Theater. Etwa seit Anfang 1972 begann er damit, sich immer intensiver mit sogenannten innerbayerischen Mißständen zu beschäftigen: Bauskandale, Betrugsaffären, auch Kriminalsensationen.«

Wozu Kriminaldirektor Hädrich bemerkte:

»Ich brauche wohl nicht zu betonen, daß uns die persönlichen, politischen oder gar religiösen Ansichten eines Menschen, der in unseren Bereich hineingerät, nichts anzugehen haben. Wir registrieren so was lediglich der erwünschten Vollständigkeit halber.

Was uns im Fall Horstmann zu beschäftigen hat, ist die mögliche Ausweitung, eine gewisse Überschneidung verschiedenartiger Vorgänge, die aber eng zusammengehören können. Bitte achten Sie in Ihren Ressorts darauf, meine Herren, und leiten Sie diesbezügliche Hinweise sofort an mich oder unmittelbar an Herrn Zimmermann weiter.«

Helga Horstmann fuhr aus unruhigem Schlaf auf und starrte erstaunt eine weibliche Person unbestimmbaren Alters an, die nah vor ihrem Bett saß.

»Wer sind Sie?«

»Erinnern Sie sich denn nicht mehr an mich?« Die Stimme, die diese Frage stellte, hörte sich unendlich geduldig an. »Ich bin Ihnen in der vergangenen Nacht zugeteilt worden, um Sie zu betreuen.«

»Das heißt also«, stieß Helga Horstmann mißtrauisch hervor, »Sie haben mich belauert. Habe ich im Schlaf gesprochen?«

»Ich heiße Hannelore Dreyer«, sagte die Kriminalbeamtin, »falls Sie das vergessen haben sollten.«

Helga Horstmann massierte mit beiden Händen ihr schlaffes Gesicht. Sie war etwas mehr als dreißig Jahre alt, doch schon tief gezeichnet von all den, wenn auch freudig genossenen, Strapazen ihres Daseins. Wogegen das Gesicht dieser Beamtin, die bestimmt wesentlich älter war, auch jetzt noch, nach durchwachter Nacht, einen Hauch von rosiger Frische zeigte.

»Also überwacht! Auch die Anrufe für mich? Und wo ist meine Tasche?«

Aus dem Bericht der Kriminalassistentin Hannelore Dreyer:

»Erster Anruf für Frau Horstmann 06.03 Uhr. Männliche Stimme. Dabei folgender Gesprächsverlauf:

Anrufer: ›Helga?‹

Antwort: ›Hier spricht Hannelore Dreyer in der Wohnung von Frau Horstmann.‹

Anrufer: ›Kann ich Helga sprechen?‹

Antwort: ›Sie schläft. Bitte, wer spricht dort?‹

Anrufer: ›Ist doch unwichtig! Wie geht es ihr?‹

Antwort: ›Bitte nennen Sie mir Ihren Namen, und ich werde es Ihnen mitteilen. Oder, noch besser, ich rufe zurück, wenn es

Frau Horstmann besser geht. Bitte geben Sie mir Ihre Telefonnummer.‹

Worauf diese Verbindung, 06.05 Uhr, abgebrochen wurde.

Ein weiterer Anruf, mit gleichem Ergebnis, erfolgte um 06.40 Uhr. Der dritte 06.56 Uhr. Der Anrufer war, wie sich später ergab: Waldemar Wöllrich.«

»Wo ist meine Tasche?« fragte Helga Horstmann noch einmal in wachsender Unruhe.

»Die liegt neben Ihnen auf dem kleinen Tisch«, sagte Hannelore Dreyer. »Anrufe waren sechs: Einmal Herr Tierisch; er wünscht Ihnen baldige Besserung und steht Ihnen jederzeit zur Verfügung. Sie sollen sich vertrauensvoll an ihn wenden. Weiter dann eine Frau Edith Marischke, herzliche Grüße, herzliches Beileid. Sie ruft wieder an. Das nächste Telefongespräch war dann für mich. Dienstlich.«

»Sie sagten: sechs?« fragte Helga Horstmann beharrlich.

»Die restlichen drei, zwischen sechs und sieben Uhr, kamen von einem Herrn, der seinen Namen nicht nennen wollte.«

»Was hat er Ihnen gesagt?«

»Nichts.«

Helga Horstmann sank wieder, vergeblich gegen die Wirkung ihrer Schlaftabletten ankämpfend, in die Kissen zurück. Sie schloß ihre Augen, deren dick aufgetragene, nunmehr verlaufene Wimperntusche ihr Gesicht clownhaft verschmierte. Mühsam sagte sie: »Sie können jetzt gehen. Ich brauche Sie nicht mehr.«

»Ich habe den Auftrag, Sie zu betreuen, solange das notwendig zu sein scheint.«

»Sie sind hier nicht notwendig«, stieß Helga Horstmann mit letzter Kraft hervor.

»Bitte, überlassen Sie es mir, das zu beurteilen. Ich habe den Auftrag, mich so lange um Sie zu kümmern, bis Sie wieder gesprächsbereit sind – für Kriminalhauptkommissar Zimmermann.«

»Was will der denn noch von mir?«

»Sich mit Ihnen unterhalten, sobald Sie dazu fähig sind. Ob

das hier oder im Präsidium geschehen soll, das liegt an Ihnen; Sie brauchen mir nur mitzuteilen, was Sie bevorzugen.«

Die erste Arbeitsbesprechung zwischen Verkehr und Kapital, betreffend »Toter am Neumühlenweg«, fand statt am Samstag, 10. 30 Uhr, im Polizeipräsidium.

KOI Felder notierte die Anwesenden auf seinem Notizblock: Hauptmann Kramer-Marein, Verkehrspolizei, begleitet von Weingartner, Spezialtechniker; dazu vom Präsidium: Zimmermann, Felder, von Gotha.

»Ich nehme an, Herr Hauptmann«, begann Zimmermann, »daß Ihre Techniker das vorgefundene Spurenmaterial noch nicht voll auswerten konnten.«

»Erste wesentliche Ergebnisse«, bestätigte Kramer-Marein, »sind kaum vor Montag früh zu erwarten.«

»Das gleiche gilt vom Spurenmaterial, das unsere Beamten gesammelt haben«, ergänzte Felder.

»Also bis jetzt wieder einmal mehr nichts Neues«, stellte Zimmermann fest.

»Bei mir schon«, versicherte der Hauptmann mit spürbarer Genugtuung. »Meine Leute haben schon in der Morgendämmerung den Tatort erneut untersucht und dabei zusätzlich eine Profilspur entdeckt, die vermutlich vom sehr breiten, fast noch neuwertigen Hinterradreifen eines schweren Personenwagens stammt. Länge dieser Reifenspur: fünfunddreißig Zentimeter; dabei in einem Bereich von zwölf bis fünfzehn Zentimetern deutlich ausgeprägt.«

»Beweiskräftig?« fragte Zimmermann aufhorchend.

»Das unbedingt, wenn es gelingen sollte, den dazugehörigen Reifen zu finden.«

»Sind alle Werkstätten, Ersatzteillager, Tankstellen verständigt worden?« erlaubte sich der Assistent von Gotha zu fragen.

Kramer-Marein blickte Zimmermann an, nicht wenig verwundert über eine solch banale Erkundigung im Bereich des Löwen. Dann sagte er leicht zurechtweisend: »Bei einem Vorgang dieser Größenordnung, also Tod und Fahrerflucht, geschieht so was völlig automatisch.«

»Danke«, sagte der Kriminalassistent, leicht beschämt.

»Warten wir also ab, was die technischen Experten noch weiter auskochen«, bemerkte Zimmermann – von Gotha musternd. »Nächste Arbeitsbesprechung also – Ihr Einverständnis vorausgesetzt, Herr Hauptmann – gleich morgen zur selben Zeit.«

Worauf, nach Abschluß dieses mehr allgemeinen Teils, unverzüglich die interne Kommissionsarbeit folgte. Erste Frage hierbei von KHK Zimmermann: »Sind alle bei der Leiche gefundenen Gegenstände überprüft worden?«

Antwort von Felder: »Wir haben vorgefunden: zwei Taschentücher, weiß, normales Format, Leinen; eins davon leicht verschmutzt durch Nasenschleim, hell; das andere unbenutzt. Bargeld, offen in der linken Rocktasche: 147,30 DM; zwei Fünfzigmarkscheine, ein Zwanzig-, ein Zehnmarkschein, der Rest Kleingeld. Dazu eine Dreierkarte der Straßenbahn: davon zwei Fahrten verbraucht; die zweite, am Tage des Todes, von der Linie 8 mechanisch abgestempelt. Ferner ein Personalausweis auf den Namen: Heinz Horstmann, in Cellophanhülle. Ein Taschenkamm, schwarz, stark benutzt. Weiter ein Scheckbuch, Deutsche Bank, Zweigstelle Lenbachplatz. Gesonderte Aufstellung darüber, Horstmanns Konto betreffend, liegt vor.

Auch ein Taschenkalender mit wenigen Eintragungen wurde gefunden, ohne irgendeinen vollen Namen, lediglich Abkürzungen enthaltend. Am Tage des Todes steht die Eintragung: Fr. Frie. Entschlüsselungsversuch durch Schriftsachverständige ist veranlaßt. Dann ein Notizblock, Warenhausformat, mit Aufzeichnungen, Zahlen, Daten. Kopien werden angefertigt. Mehrere fehlende Blätter; sie sind wohl herausgerissen worden.«

Ansicht des KHK Zimmermann: »Soviel wir auch von diesem Horstmann wissen – es ist immer noch zuwenig. Wer könnte uns da weiterhelfen, Herr von Gotha?«

Gotha: »Der Schriftsteller Goldner. Auf den bin ich, von Ihnen angeregt, in der letzten Nacht gestoßen. Der weiß tatsächlich eine ganze Menge, auch von Horstmann.«

Zimmermann: »Gut, beschäftigen Sie sich also weiter mit ihm. Während Sie, Felder, versuchen sollten herauszufinden, was dieser Horstmann im oder beim Neumühlenweg suchte. Und weiter: Was bedeutet diese Kalendereintragung: Fr. Frie? Das will ich wissen!«

»Wann bist du nach Hause gekommen?« fragte Frau Margot Zimmermann, so streng es ihr möglich war. Und sie stellte diese Frage ihrem Sohn Manfred, der sich in der Küche gähnend seinen Kaffee einschenkte.

»Warum fragst du?« Manfred blickte sie nicht an. »Das beste für dich ist doch, du weißt es nicht.«

»Und wenn dein Vater danach fragt?«

»Das wird er bestimmt«, sagte Manfred müde lächelnd. Er war achtzehn Jahre alt, hochgewachsen und engelhaft schön. »Wie einem mittelalterlichen Tafelbild entstiegen«, pflegte sein Freund Amadeus Schmelz zu sagen. »Kommissar Krebs wird meinem lieben Papa sicher schon berichtet haben, daß er mich heute nacht aufgegriffen hat.«

»Dich aufgegriffen?« fragte Margot Zimmermann ungläubig zurück. Sie war eine vollerblühte, süddeutsch-barocke Schönheit mit madonnenhaften Zügen. »Wo bist du denn gewesen, Manfred?«

»In irgendeiner Kneipe beim Hauptbahnhof.« Manfred gähnte seine Mutter an: »Mitten unter künstlerischen Menschen – was Kriminalbeamten aber eben schon verdächtig erscheint. Dieser Krebs hätte mich ohne weiteres kassieren können, tat es aber nicht. Vermutlich aus Freundschaft zu seinem lieben Kollegen Zimmermann. Und so was nennt sich dann Vertreter der Gerechtigkeit!«

»Er ist dein Vater!«

»Und dein Mann!« Manfred stellte das fest, als wäre er lediglich nach dem Wetter gefragt worden. »Immerhin, du hast ihn dir ausgesucht; ich habe das nicht gekonnt, und damit habe ich also mein Leben lang einen Polizisten auf dem Halse.«

»Ich verstehe dich«, sagte Margot Zimmermann ergeben. »Sie sehen immer nur sich und ihre Pflicht, während sie behaupten, nichts Menschliches sei ihnen fremd. Aber mit den ihnen am nächsten stehenden Menschen wissen sie nichts anzufangen. Auch ich habe das erkennen müssen.«

»Etwa gestern nacht?« wollte Manfred leicht belustigt wissen. »Wann bist denn du nach Hause gekommen, Mama?«

Vertrauliche Bekenntnisse des Rechtsanwalts Dr. Antonius Schloßer, von seinen Freunden Toni genannt:

»Ich kenne Margot, die derzeitige Frau Zimmermann, und auch Martin, ihren Mann, von Jugend auf. Wir lebten, bevor wir alle drei nach München kamen, in Augsburg. Margot als Tochter eines Fabrikbesitzers; ich als Sohn eines Arztes; dazu Martin Zimmermann, dessen Vater Polizeibeamter war. Fast unsere ganze Jugendzeit haben wir gemeinsam verbracht.

Während ich später Jura studierte, ging Martin zur Kriminalpolizei. Doch blieben wir drei auch weiterhin unzertrennlich. Daß sich Margot plötzlich entschloß, Martin zu heiraten, obwohl ich sie doch genauso liebte wie er, gab unserer Freundschaft den ersten Riß. Dabei beschwor ich Margot, sich mir vorbehaltlos anzuvertrauen. Leider vergeblich. Denn ihr Sohn Manfred war schon unterwegs.

Dennoch habe ich diese beiden nie mehr aus den Augen verloren. Mit Margot, dieser ihrer Herkunft nach hochkultivierten Frau, blieb ich stets herzlich verbunden; während sich Martin, ganz und gar Kriminalbeamter, mir immer mehr entfremdete. Manchmal scheint es mir jetzt sogar, wir wären unvermeidlich inzwischen zu Gegnern geworden, die in völlig verschiedenen Welten leben.

Meine tiefharmonische Freundschaft zu Margot jedoch – ich blieb unverheiratet und kinderlos – ist niemals zum Erlöschen gekommen. Hin und wieder treffen wir uns, selbstverständlich mit Martins Wissen und Billigung, in einem Café, zu einem Abendessen; möglichst immer, worauf ich stets Wert lege, in gepflegter Atmosphäre.

Wobei Margot inzwischen erkannt haben mag, daß ihre einstige Entscheidung für Martin Zimmermann eine beklagenswerte Fehlentscheidung gewesen ist. Beklagt auch von mir.«

Hauptkommissar Zimmermann betrat, dicht gefolgt von Oberinspektor Felder, die Wohnung der Horstmanns. Hannelore Dreyer hatte ihnen die Tür geöffnet. Sie tat, als sei sie hier Hausangestellte, was ihr Vergnügen zu bereiten schien.

Zimmermann begrüßte sie kurz und ging sofort ins Schlafzimmer, wo Helga Horstmann immer noch im Bett lag, obwohl es mittlerweile elf Uhr vierzig geworden war. Felder sagte zur Kollegin Dreyer: »Ihr Einsatz hier ist zunächst beendet. Bitte schreiben Sie so schnell wie möglich Ihren Bericht.«

Während sich Hannelore Dreyer wortlos entfernte, wandte sich Zimmermann Helga Horstmann zu. Die sah ihm aus verquollenen Augen entgegen, und er sagte kühl: »Ich vermute, Sie legen wenig Wert darauf, daß ich Ihnen zum Tod Ihres Mannes mein Beileid ausspreche.«

»Was vermuten Sie denn sonst noch?« fragte Helga Horstmann aggressiv. »Was berechtigt Sie überhaupt dazu, mich derartig zu belästigen?«

»Es handelt sich lediglich um einige Feststellungen, zu denen wir Ihre Stellungnahme brauchen, Frau Horstmann«, sagte Zimmermann. »Zunächst mal: Wie uns bekannt ist, haben Sie das Pressefest kurz nach zehn Uhr verlassen und sind erst kurz vor Mitternacht dort wieder erschienen.«

»Wie kommen Sie denn darauf?« rief Helga Horstmann alarmiert und fuhr hastig auf, wobei ihr Schlafanzug beachtliche Teile ihres Oberkörpers freigab, die der sachverständige Felder jedoch nicht mehr sonderlich verlockend fand. Zimmermann, der nicht die geringste Notiz davon nahm, wiederholte eindringlich seine Frage: »Wo haben Sie sich in der fraglichen Zeit aufgehalten, Frau Horstmann? Und mit wem?«

Als plötzlich die Türglocke aufschrillte, dreimal kurz hintereinander, nickte Zimmermann nur, und Felder öffnete die Tür. Vor ihm stand Waldemar Wöllrich.

»Du kommst gerade zur rechten Zeit!« rief ihm die Horstmann erleichtert zu, als er ins Schlafzimmer eilte. »Man versucht mich hier in Schwierigkeiten zu bringen! Du mußt mir helfen!«

Susanne Wardeiner, Zeit elf Uhr fünfzig, versuchte geduldig, ihren Mann zu wecken. Sie war mit einem kostbaren Morgenmantel von Balmain, Paris, bekleidet.

Peter Wardeiner wälzte sich mehrmals schlaftrunken zur Seite und griff, ohne die Augen zu öffnen, nach ihren Beinen. »Ingeborg«, murmelte er in die Kissen.

»Wer ist denn Ingeborg?« fragte sie amüsiert und beugte sich über ihn.

Endlich richtete er sich auf und schüttelte, um sich wach zu machen, seinen Kopf, den einige als »schönen«, die meisten als »klugen Kopf« bezeichneten. Er blinzelte Susanne an: »Warum legst du dich nicht zu mir?«

»Aus drei Gründen«, erklärte sie ihm lächelnd. »Erstens bin ich keine Ingeborg. Zweitens hat es wenig Sinn, mich zu dir zu legen, weil deine Herztätigkeit bereits am Schreibtisch hochgradig gefährdet ist. Und drittens wird in zwei Stunden Herr Klosters bei uns eintreffen.«

»Hast du ihn eingeladen?«

»Er wird mit uns essen. Ich hab' etwas Leichtes vorbereiten lassen: geräucherte Forelle, amerikanische Steaks, danach Früchte. Dazu einen milden Mosel; zuckerfrei.«

»Interessiert dich denn dieser Klosters?« fragte er scherzend.

»Der sollte dich interessieren«, sagte sie ein wenig verlegen. »Zu ihm gehört schließlich eine der größten Illustrierten. Ich versuche mir vorzustellen: Wenn es dir gelingt, ihn an deiner geplanten Aktion zu beteiligen, könnte sich deren Wirkung vervielfachen, dein Risiko aber wesentlich verkleinern.«

»Du bist ganz groß, Susanne!« rief er aus, ihre Hand streichelnd.

»Nur egoistisch«, sagte sie, während sie sich zu ihm setzte. »Ich will dich nicht verlieren, ich lebe gerne mit dir. Auch mit deiner Zeitung; und sogar mit einer Ingeborg, wenn es sein muß.«

»Wir haben uns immer gut verstanden«, sagte er, »aber erst jetzt weiß ich, wie sehr du zu mir gehörst!«

»Ja, Peter, aber eben darum beunruhigt mich dieses Abenteuer so sehr, auf das du dich eingelassen hast.«

Einige Bemerkungen des Schriftstellers Karl Goldner zur Situation:

»Ich hatte gerade meine derzeitige Freundin verabschiedet, als mich dieser Gotha anrief. Typ eines verspäteten Dandy, der unter die Kriminalbeamten geraten ist und sich dort auch noch wohl zu fühlen scheint.

Vermutlich will der mich aushorchen, dachte ich. Denn meine intensiven Kenntnisse über die sogenannte bessere Gesellschaft dieser Stadt sind ein offenes Geheimnis. Aber einen Kriminalbeamten auszuhorchen, noch dazu einen adeligen, wollte mir genauso verlockend erscheinen. Ich zeigte mich daher entgegenkommend.

Dieser von Gotha schlug ein gemeinsames Mittagessen vor. Ach, der will eingeladen werden, dachte ich zunächst. Doch er sagte: ›Wenn Sie mein Gast sein wollen, würde ich mich freuen.‹

Und nannte mir dann seine Privatadresse: Widenmayerstraße, am Isarufer; nahe dem Englischen Garten. Eine der besten Adressen in dieser Landeshauptstadt.«

»Nur immer mit der Ruhe«, rief Waldemar Wöllrich, stellte sich wie ein Schutzengel vor Helga Horstmanns Bett auf und fragte, Zimmermann und Felder herausfordernd ansehend: »Was geht hier vor?«

»Man will von mir wissen, wo ich gestern zwischen zehn und zwölf Uhr nachts gewesen bin«, sagte Helga hastig, »und wer mich begleitet hat.«

»Und was hast du darauf geantwortet?«

»Nichts«, sagte sie.

»Gut«, sagte Wöllrich, ihre Hand drückend.

»Vielleicht könnten Sie uns eine entsprechende Auskunft geben?« meinte Felder.

»Könnte ich – vielleicht!« sagte Waldemar Wöllrich. »Aber warum sollte ich?«

Zimmermann zog sich einige Schritte zurück und überließ seinem Felder das Gespräch, der Wöllrich nun mit entgegenkommendem Hinweis fragte: »Es wäre doch immerhin möglich, daß Sie beide einander eine Art Alibi liefern könnten.«

»Alibi?« fragte Wöllrich mit hochgezogenen Augenbrauen. »Das ist doch reinster Polizeijargon! Haben wir denn so was notwendig?«

»Wen meinen Sie mit: wir?« fragte Felder, leicht gedehnt.

»Verehrter Herr«, erklärte Wöllrich entschieden, »ich kenne mich mit den gebräuchlichen Polizeimethoden einigermaßen aus. Ihr Chef weiß das.«

»Dann wissen Sie wohl auch, daß wir nicht zu unserem Vergnügen tätig werden«, sagte Felder.

»So – muß man das wissen? Und – muß man daran glauben? Oder sollten Sie noch niemals etwas von gewissen pervertierten Beamten gehört haben – hinter Schaltern, zwischen Akten, beim Außendienst?«

Wöllrich fühlte sich in überlegener Position: »Was mir hier zunächst auffällt, ist doch sehr merkwürdig: Da versuchen zwei männliche Beamte, eine in ihrem Bett liegende mögliche Zeugin zu vernehmen. Ist denn so was erlaubt? Zumindest eine weibliche Beamtin der Kriminalpolizei müßte dabei doch wohl anwesend sein?«

Der Inspektor blickte seinen Chef fragend an, wobei er an dessen schnell erstarrtem Gesicht erkennen mußte: Wöllrichs Vorwurf war nicht unberechtigt. Ihr Vorgehen entsprach tatsächlich nicht den bestehenden Bestimmungen.

Felder beeilte sich zu versichern: »Eine unserer Beamtinnen hat Frau Horstmann die ganze Nacht hindurch betreut. Bis vor wenigen Minuten. Unser nunmehriger Einsatz, also von zwei Beamten zugleich, begann in Gegenwart unserer Kollegin.«

»Darüber könnte das letzte Wort noch nicht gesprochen sein, meine Herren«, warnte Wöllrich. Er legte seine großen Hände auf Helgas Schultern: »Helga, du bist nicht verpflichtet, irgendwelche Fangfragen zu beantworten. Auch dann nicht, wenn hier ein Staatsanwalt persönlich aufkreuzen sollte. Das stimmt doch, Herr Kommissar?«

Felder nickte fast eilig. »Niemand kann dazu gezwungen werden, die Fragen untersuchender Beamten zu beantworten. Besonders dann nicht, wenn diese Antworten ihn selbst belasten könnten.«

»Bei mir können Sie mit so vagen Vermutungen nicht operieren«, trumpfte Wöllrich auf. »Und was Ihre angebliche Behauptung anbelangt, Frau Horstmann habe sich in der bewußten Zeitspanne mit wem auch immer ...«

»Mit Ihnen vermutlich«, sagte Felder trocken.

»Ach – vermuten Sie doch von mir aus, was Sie wollen! Sie werden Beweise dafür bringen müssen – mehrere, übereinstimmende, einwandfrei bezeugte. Die Beweispflicht liegt allein bei Ihnen!«

»Stimmt«, sagte der Hauptkommissar Zimmermann, bevor er sich mit Felder entfernte. Der Oberinspektor folgte seinem Chef leicht verwirrt, denn er wußte dessen zufriedenes Lächeln nicht zu deuten.

Karl Goldner kam mit einem Taxi in der Widenmayerstraße an, bestieg den Fahrstuhl, ehrwürdige Luxusklasse, und fuhr in den 3. Stock.

Hier angekommen, öffnete ihm eine Art Diener, um nicht zu sagen: ein in britischen Bräuchen erfahrener Butler. Der fragte, überaus distanziert: »Herr Goldner?« Erblickte Zustimmung und verkündete: »Herr von Gotha erwartet Sie.«

Goldner kam aus dem Staunen kaum noch heraus. Er wurde in eine Art Bibliothek geführt, wo die Wandregale bis zur Decke reichten. Voller Bücher, die zumeist in Leder gebunden waren. Ein mit altrömischen Mosaiken ausgelegter Studiertisch mit schwerer Glasplatte als Mittelpunkt, auf dem ein lederner Globus, wie der des Nürnbergers Martin Behaim, stand. Dazu vier mit tiefgrünem Samt bezogene altenglische Sessel, in deren einen sich Goldner fallen ließ.

»Das darf doch nicht wahr sein!« rief er gleich darauf seinem Gastgeber entgegen, der in einem leicht taubenblauen Anzug erschien und seinen Besucher herzlich begrüßte. »Bin ich hier wirklich richtig«, fragte Goldner, »oder haben Sie einen Doppelgänger bei der Kriminalpolizei, vielleicht einen verarmten Zwillingsbruder?«

»Ich bin glücklicherweise ein einmaliges Restexemplar meiner Familie«, versicherte von Gotha.

»Dann sind Sie also aus purer Liebhaberei Kriminalbeamter geworden?« fragte Goldner.

»Nicht gerade das«, meinte Gotha. »Eher schon aus Neugier und Vergnügungssucht. Es ist ein verlockend vielseitiger Beruf.

Und außerdem benötige ich dringend einen für mich brauchbaren Job.«

»Sie, ein reicher Mann?«

»Ich bin lediglich ein Erbe, Herr Goldner. Aus einer Nebenlinie der aussterbenden Gothas. Was mir übriggeblieben ist, sehen Sie in diesen Räumen. Das könnte ich so nach und nach verkaufen, vertrinken, verjubeln; und gelegentlich leiste ich mir das auch. Doch ich habe, gerade noch frühzeitig genug, nachgerechnet, daß ich von meinem Erbgut etwa bis zu meinem vierzigsten Lebensjahr einigermaßen angenehm leben könnte. Und was, bitte, dann? Es war also geradezu existenznotwendig, einen geeigneten Beruf zu finden.«

»Ausgerechnet diesen?«

»Ich will nicht sagen, daß ich diese Tätigkeit liebe – so was wird wohl niemand in unserem Metier ernsthaft behaupten. Jedoch ist es eine beständige Konfrontation mit letzten menschlichen Möglichkeiten.«

»Wozu wohl hinzukommt: Sie haben befürchtet, daß ansonsten Ihr Umgang lediglich auf Barone und Butler beschränkt geblieben wäre. Und möglicherweise müßten Sie dann sogar irgendeine steinreiche Person heiraten – zwecks Erhaltung des Lebensstandards.«

»Ja, so etwa. Aber ich verfüge nicht nur über einen Butler«, erklärte Gotha, der sich gern über sich selber amüsierte, »sondern auch über einen Rolls-Royce, der bei einer Verleihfirma jederzeit zu mieten ist. Während Berthold, mein ›Butler‹, fünf Tage in der Woche als Oberkellner in einem Hotelrestaurant beschäftigt ist; wodurch er fast den ganzen Haushalt allein bestreiten kann. Er war ein Freund meines Vaters – nun lebt er bei mir.«

»Sie gefallen mir!« versicherte Goldner und hob sein inzwischen gefülltes Glas.

»Das freut mich!« sagte von Gotha lächelnd.

»Was vermutlich heißen soll«, ergänzte Goldner, »daß Sie auf privater Ebene versuchen wollen, einige Informationen aus mir herauszulocken. Aber warum nicht? Denn genau das werde ich auch bei Ihnen versuchen. Also dann auf gemütliche gegenseitige Ausbeutung!«

Bemerkungen des Illustrierten-Chefredakteurs Eugen Klosters:

»Dieser Wardeiner darf wohl als ein verläßlicher, auch ehrenwerter Mann bezeichnet werden. Was in derzeitiger publizistischer Alltagspraxis allerdings heißt: Er ist etwas zu bieder, farblos, ein törichter Idealist.

Der glaubt doch tatsächlich, sich immer noch das leisten zu können, was man früher einmal ›publizistisches Gewissen‹ nannte. Was ihn jedoch lediglich zu fast schon pedantischer Gründlichkeit verführt, zu langweilenden Detaillierungen, verwirrenden Sowohl-als-auch-Methoden.

Das Beste an ihm ist immer nur seine Frau gewesen: kleines, scheues Reh; geradezu seelenvolle große Augen; süßsanfte Mädchenstimme; verspielte Bewegungen. Eine rundum prächtige Person.

Mit meinem Vorschlag – beim Mittagessen, das übrigens ganz ausgezeichnet war –, möglichst sorgfältig aufeinander abgestimmte, gemeinsame Aktionen zu starten, war Wardeiner einverstanden. Worauf er mir unverzüglich – etwas zu schnell also – ein erstes diesbezügliches Projekt vorschlug, betreffend: ›Großfinanzhyänen‹. – Dieses seine antiquierte Formulierung, ich bitte Sie. Worauf ich noch herausbekam, daß er damit auf Schreyvogel abzielte. Ich lehnte das – Frau Susannes wegen – sehr vorsichtig, aber doch wohl unmißverständlich ab. Ich gab ihm zu bedenken: So was wäre erstens schwer zu beweisen, und zweitens interessiert so was doch im Grunde keine Sau, keinen Leser.

Die wollen lieber wissen, wie und wo sich irgendein Schlagergirl einen Rennwagen erschläft, ein Fernsehstar sein Innenleben ausbreitet, eine Olympiasportlerin aus ihrem Gold großes Geld macht. Meinetwegen auch noch Abtreibungen. Tierquälereien, Morde, möglichst aus Leidenschaft – so was zieht immer. Aber doch nicht solche langweiligen Aufkäufe, mit denen irgendeiner sein Geld macht. ›Warum wollen Sie denn gegen Windmühlenflügel anrennen?‹ fragte ich ihn. ›Das Lüpfen von Bettdecken bringt wesentlich mehr ein, mobilisiert Lesermengen. Man muß doch realistisch denken!‹«

»Die sind wir erst mal los«, sagte Wöllrich zu Helga Horstmann, nachdem sich die Kriminalbeamten entfernt hatten. »Die hab' ich ganz schön fertiggemacht.«

»Komm zu mir!« forderte sie.

»Später«, sagte Wöllrich. »Zunächst müssen wir noch eine Kleinigkeit klären. Du wolltest mir gestern nacht einige Unterlagen übergeben. Das hattest du mir fest versprochen.«

»Das war vorher!« sagte sie, langsam ihre Blößen bedeckend.

»Vorher?« fragte er. »Vor – was?«

»Bevor das mit Heinz, mit meinem Mann geschehen ist.«

»Mädchen«, sagte Waldemar Wöllrich noch nahezu gemütlich, »ich habe dir schon mehrmals empfohlen, nicht immer die verschiedenartigsten Dinge miteinander zu vermengen. Auch nicht unsere schöne Liebe und den zufälligen Unfall deines Mannes mit den mir versprochenen Unterlagen. So was solltest du mir nicht antun!«

»Und wenn ich nun der Ansicht sein sollte, daß ein sehr enger Zusammenhang bestehen könnte – zwischen seinem Unfall und den von dir verlangten Unterlagen?«

»Ich, an deiner Stelle«, empfahl ihr Wöllrich dringend, »würde eine derartige Möglichkeit nicht einmal zu denken wagen.«

»Du bist aber nicht an meiner Stelle«, sagte sie sehr sanft, »denn nun bin ich das, was man eine Witwe nennt.«

»Komm mir doch nicht damit, Mädchen. Du – und Trauer! Du bist doch froh, den losgeworden zu sein. Nun kannst du doch endlich leben!«

»Mag sein«, sagte Helga Horstmann. »Aber das ändert doch nichts daran, daß ich nun eine Witwe bin – und zwar eine sehr arme. Denn mein Mann hat mir kaum Bargeld hinterlassen; unsere Wohnungseinrichtung ist nicht viel wert, sein Auto fast schrottreif. Ich frage mich, wie meine Zukunft aussehen wird.«

»Dafür wird Tierisch schon sorgen. Zumindest eine großzügige Abfindung ist dir sicher.«

»In welcher Höhe? Und bekomme ich das schriftlich?«

»Sicherlich, Mädchen. Laß mich nur machen! Du mußt lediglich die Unterlagen rausrücken.«

»Was du da so als Unterlagen bezeichnest, sind doch wohl in Wirklichkeit ganze Dynamitladungen. Also Dokumente, die mein einziges wirkliches Kapital darstellen, nicht wahr?«

»Du willst doch nicht etwa versuchen, uns damit zu erpressen?« rief Waldemar Wöllrich alarmiert.

»Ich wehre mich nur meiner Haut, wie man so sagt. Und das, hast du mir mehrmals versichert, ist eine sehr schöne Haut. Willst du dich wieder einmal davon überzeugen?«

Liste der Telefongespräche, die Anatol Schmelz am frühen Samstagnachmittag vom Grand-Hotel aus führte:

Erstens mit einem Landgasthaus bei Wolfratshausen; zweitens einer Stadtwohnung Nähe Frauenkirche; drittens einer Villa am Ammersee. Alle Gesprächsteilnehmer weiblich.

Inhalt bei allen drei Telefongesprächen weitgehend übereinstimmend:

Er, also Anatol Schmelz, fühle sich nicht wohl. Eine schwere Grippe habe sich angekündigt. Er sei durch heftige Schweißausbrüche bis in die Nähe der Erschöpfung geraten. Bereits taumelnd habe er sich in Sicherheit bringen müssen. Ein Arzt sei verständigt worden, doch inzwischen habe sich sein Zustand halbwegs wieder normalisiert. Allerherzlichste Grüße, bis bald.

Zusätze jedoch, beim Gespräch Nummer 3, mit seiner legitimen Frau. Diese befragte er nach ihrem gemeinsamen Sohn. Um dann die Auskunft zu erhalten: Amadeus habe sich nicht gemeldet, scheine sich auch nicht in seinem Münchner Einzimmerappartement aufzuhalten, treibe sich vermutlich wieder einmal mehr mit seinen fragwürdigen Freunden herum.

Hierauf Anatol Schmelz: »Du wirst wohl kaum zu ahnen vermögen, in welchem Ausmaß ich dieser neuen, eindeutig liebenswerten Jugend einfach alles gönne – alles, was uns nicht vergönnt gewesen ist: die rauschhafte Begeisterung, den geradezu revolutionären Schwung, die schöne Entschlossenheit, alle Schranken einer miefend mittelalterlichen Moral zu sprengen.«

Worauf seine Frau, für Schmelz überraschend hart, erklärte: »Was du da von dir gibst, Anatol, mutet mich an wie das Geschwätz antiquierter Lustgreise, die starke Worte gebrauchen, um damit von ihrer eigenen Schwäche abzulenken.«

Hierauf Schmelz, beinahe empört: »Mein Gott, seitdem du dich da in deinen Elfenbeinturm zurückgezogen hat, mangelt es dir an Kontakten mit unserer Welt. Das, wonach sich unser Amadeus sehnt, ist einfach Freiheit. Diese ihm vorbehaltlos zu ermöglichen, sollte eine unserer wichtigsten, aber auch – ich bitte dich – gemeinsamen Aufgaben sein. Ich jedenfalls bin mir dessen bewußt!«

Hauptkommissar Zimmermann war gemeinsam mit Felder in sein Dienstzimmer im Präsidium zurückgekehrt, um dort die inzwischen eingegangene Post durchzusehen, Meldungen abzuzeichnen, kriminaltechnische Berichte zu begutachten. Er fand auch drei Notizzettel vor: Seine Frau hatte angerufen, dreimal. Dann wendete er sich der Kriminalbeamtin Dreyer zu, die vor seinem Schreibtisch wartete: »Sie hätten, von mir aus, für heute schon Schluß machen können.«

»Ich habe Ihnen meinen Bericht selber übergeben wollen«, sagte die Dreyer, »eventueller Zusatzfragen wegen.«

Zimmermann nahm den Bericht entgegen. Las ihn sorgfältig durch. Sagte endlich: »Ausgezeichnet.« Um hierauf wissen zu wollen: »Nun – und was war sonst noch?«

»Es ist eine sehr lange Nacht gewesen«, berichtete die Dreyer. »Und auch eine sehr langweilige. Helga Horstmann schlief, und ich saß herum. Ich versuchte, mich zu beschäftigen, um wach zu bleiben. Ich blätterte in ausliegenden Zeitungen, ich sah mir die vorhandenen Bücher an. Dann hob ich ihre Tasche auf, die heruntergefallen war – und darin befanden sich diverse Schriftstücke. Genauer: zwei Durchschläge davon.«

»Ein reiner Zufall – ist zu vermuten«, stellte Zimmermann sachlich fest. »Sie versuchten also, die aus der Tasche gefallenen Papiere zu ordnen, um sie dann dort wieder hineinzutun.«

»So ungefähr«, sagte Hannelore Dreyer.

»Wobei nicht zu vermeiden war, daß Sie den Inhalt dieser Schriftstücke zur Kenntnis nahmen.« Zimmermann wirkte ungemein ermutigend. »Und was kam dabei zufällig zum Vorschein?«

»Etliche Daten und Zahlen.«

»Na also!« rief Felder begeistert, während Zimmermann feststellte: »Sie haben keinesfalls die Wohnung der Frau Horstmann durchsucht, wofür Sie ja auch keine amtliche Legitimation besaßen. Sie haben auch nicht nach möglicherweise verwertbaren Unterlagen gefahndet, wozu eine staatsanwaltliche Entscheidung notwendig gewesen wäre. Sie haben vielmehr, ganz zufällig, irgend etwas entdeckt. Was war das, genau?«

Interner Bericht der Kriminalassistentin Hannelore Dreyer:

»Es handelte sich um zwei Durchschläge, Umfang sechs Seiten; diese waren fehlerhaft geschrieben und schienen lediglich Arbeitsnotizen zu enthalten. Das Original war nicht vorhanden; auch schien ein weiterer Durchschlag, eigentlich wohl der erste, zu fehlen; denn die beiden vorhandenen wiesen nur schwache Durchdruckspuren auf.

Der Inhalt dieser Notizen beschäftigte sich mit Ankäufen von Geländekomplexen – wobei, unter mehreren mittelmäßigen bis kleineren Objekten, fünf dominierten:

1. Gelände am Rande der Stadt Schongau/Lech, im Anschluß an die dortige Kasernenanlage. Größenordnung: 50- bis 55tausend Quadratmeter. Dortselbst alsbald Erweiterungsbauten entstehend. Kaufpreis 1954 DM 2,– pro Quadratmeter; Verkaufspreis, 1968, DM 24,–.

2. Gelände, brachliegend, bei Ingolstadt – 160tausend Quadratmeter. Gekauft, 1956 – für DM 1,–, verkauft 1962, für DM 38,– bis DM 42,– pro Quadratmeter. Alsbald dort Errichtung von Ölraffinerien.

3. und 4. Geländeaufkäufe, 1964, ebenso im Raum Hofolding-Forst wie Erding-Moos. Jeweils bis zu 300tausend Quadratmeter beziehungsweise 320tausend. Kaufpreis 2,– bis 3,– Mark. Entweder hier oder dort: die Errichtung des neuen Großflughafens. Gewinnquote, mit Sicherheit anzunehmen: mehrere tausend Prozent.

5. Gelände am Rande eines Ortes bei Starnberg, mit F. bezeichnet, zwischen bisheriger Bebauungsgrenze und Bewaldung westlich gelegen. Aufgekauft, 1955, für DM 300 000,–; derzeitiger Verkaufspreis 5 Millionen; bis 5,5.

Alle diese Landaufkäufe getätigt von der Münchner Immobilienfirma Huber, Huber und Leitmann. Im Auftrag und in finanzieller Abwicklung über die Schreyvogel-Bank.«

»Das hört sich ja außerordentlich vielversprechend an«, sagte Zimmermann trocken.

»Wenn es stimmt«, gab Felder besorgt zu bedenken. »Journalisten pflegen nicht selten mit derartigen Behauptungen zu bluffen, nur um die Betroffenen zu provozieren.«

»Diese Angaben scheinen aber echt zu sein«, sagte die Dreyer. »Denn ich habe mir erlaubt, einige erste Auskünfte über unser Dezernat Wirtschaftskriminalität einzuholen.«

»Da sind wir ja wohl in einen schönen Sumpf hineingeraten«, meinte Felder beunruhigt.

Zimmermann aber sagte zu der Dreyer: »Liebe Kollegin!« Und das war eine Anrede, die geradezu alarmierend wirkte. Denn bisher hatte der Hauptkommissar diese ihm vorübergehend vom Dauerdienst zugeteilte Mitarbeiterin lediglich als »Fräulein Dreyer« bezeichnet. Nun jedoch sagte er also: »Liebe Kollegin, falls Sie damit einverstanden sind, werde ich veranlassen, daß Sie ab sofort meiner Kommission fest zugeteilt werden.«

Hannelore Dreyer akzeptierte dieses Angebot vorbehaltlos, ohne ahnen zu können, worauf sie sich damit eingelassen hatte. Denn nunmehr gehörte sie einer kriminalpolizeilichen Gruppe an, deren Chef ein Mann von enormer Ausdauer und rücksichtsloser Entschlossenheit war. Der Löwe und dessen Lieblingskatze, sollte es alsbald im Amt von diesen beiden heißen.

Zimmermann ordnete an: »Sorgen Sie dafür, Felder, daß die von der Kollegin Dreyer gelieferten Unterlagen unverzüglich in allen Einzelheiten überprüft werden. Schalten Sie alle erreichbaren Weißkragenkriminalisten ein. Bitten Sie das Bundeskriminalamt um Amtshilfe. Die Zustimmung von Direktor Hädrich wird nachgeliefert. Setzen Sie alle verfügbaren Ermittlungsbeamten auf einen möglichen Nachlaß von Heinz Horstmann an, das heißt, auf weitere anzunehmende Unterlagen. Diese können bei einem seiner Kollegen gelagert oder auch in irgendeinem Safe bei einem Rechtsanwalt deponiert sein.«

»Und – Wöllrich?«

»Den übernehme ich. Aber das eilt nicht. Der war mir zu sicher. Entweder weiß er alles oder so gut wie gar nichts von dem, was uns wirklich interessiert. Doch nun zu Ihnen, Kollegin Dreyer. Da Sie nunmehr unmittelbar zu meiner Kommission gehören, werde ich Ihnen kaum ein erholsames Wochenende garantieren können.«

»Ich wüßte auch nicht, was ich damit anfangen sollte.«

»Um so besser«, knurrte Zimmermann freudig. »Dann können Sie sich zunächst mit allen bisher von Felder gesammelten Unterlagen zu diesem Fall beschäftigen. Besonders im Hinblick darauf, daß wir möglicherweise sofort Observationsgruppen, also Beobachtungsteams ansetzen müssen. Fragen Sie vorsorglich beim Fahndungs-Dezernat an, wie viele Einheiten uns zur Verfügung gestellt werden könnten. Und das wäre im Augenblick schon alles.«

Karl Goldner, auch »Karli« genannt, über seinen Besuch bei dem Kriminalassistenten von Gotha:

»Ich bin ja in diesem München schon den merkwürdigsten Gestalten begegnet. Doch was sind all diese geltungsgeilen Gesellschaftshyänen gegen diesen von Gotha! Der ist sozusagen einsame Klasse. Er hätte leben können wie ein Fürst, wollte aber durchaus Kriminalbeamter sein. Was mich dazu verleitete, ihm zu sagen: ›Also, was wollen Sie wissen?‹

Worauf er mich unverzüglich mit einer Unzahl offenbar wohlüberlegter Fragen überfiel. Etwa: ›Wie weit reicht der Einfluß eines Schmelz? Was könnte er gegen Wardeiner wirksam unternehmen? Was dieser Wardeiner gegen einen Schmelz? Wer steht wem näher: Burghausen seinem Wardeiner oder Tierisch seinem Schmelz? Wer könnte, für den einen wie den anderen, als Mitarbeiter, Hilfsperson, Handlanger in Frage kommen? Welche Stellung nimmt Susanne Wardeiner ein? Wer ist Wöllrich wirklich? Welche Rolle spielt Helga Horstmann? Und welche Rolle hat Heinz Horstmann gespielt, welche wollte der spielen?‹

Ich sagte ihm: ›Trauen Sie getrost jedem alles zu. Sie haben Menschen vor sich. Mit Einzelheiten dazu will ich Sie gerne beliefern. Womit sollen wir anfangen? Am besten, glaub ich, mit Griechenland!

Dortselbst lebt in einem Athener Stadtpalais, aber auch nahe Athen in einer weißen Villa am Meer, Maria, eine dunkelhaarige Schauspielerin – die derzeit wahrhaft leidenschaftlich angebetete Geliebte unseres Anatol Schmelz. Um Susanne endlich zu vergessen, hat er sich kopfüber in dieses Abenteuer hineingestürzt. Bei ihr in Griechenland fühlt er sich wie weiland Goethe in Marienbad. Und ein Schmelz kann sich so was nicht nur finanziell leisten, sondern auch seelisch verkraften. Jedoch wäre dieser poesieträchtige Zustand im vergangenen Sommer beinahe zerstört worden.

Und zwar: durch Heinz Horstmann.‹«

Tierisch, Verlagsleiter der Zeitung »München am Morgen«, liebte es, das Wochenende auf seinem Landgut bei Weilheim zu verbringen. Dabei erfreulich ablenkende rustikale Vorgänge: Besprechungen mit dem Verwalter, Besichtigung der herrlich zur Schlachtung heranwachsenden Tiere, schließlich dann ein beschaulicher Gang durch den parkähnlichen Garten.

Das Wetter an diesem Samstag – nach Statistikangaben – bis in den späten Nachmittag hinein: schön. Sonne: hell leuchtend; Himmel: bayerisch weiß-blau; Temperaturen: Nähe o-Punkt; leuchtender Schnee, von mäßiger Höhe – also bequem zu durchschreiten. Und Tierisch war entschlossen, das alles ungestört zu genießen.

Doch wurde er, gerade am idyllischen Fischteich verweilend, aus reiner, genießerischer Muße barbarisch herausgerissen. Denn seine Frau rief ihm aus dem Küchenfenster des Landhauses zu: »Telefon! Es ist Wöllrich. Sehr wichtig, sagt er!«

»Ich komme!« rief Tierisch widerwillig zurück.

Dann, bei seinem Landhaus angelangt, übernahm er durch das geöffnete Fenster hindurch den Hörer: »Müssen Sie mich unbedingt am Samstagnachmittag stören?«

»Das ist leider unvermeidlich«, sagte Wöllrich aufgeregt. »Ich komme soeben von Frau Horstmann. Und die scheint uns Schwierigkeiten machen zu wollen. Sie hält sich nicht an die getroffenen Absprachen bezüglich gewisser Unterlagen. Offenbar versucht sie, Sondertouren zu reiten. Wogegen dringend etwas unternommen werden muß.«

»Ich komme sofort!« entschied Tierisch überraschend entschlußkräftig. »Benachrichtigen Sie Herrn Schmelz. Interne Besprechung in einer Stunde im Verlagshaus.«

Spätere spontane Aussagen des Waldemar Wöllrich einem Kriminalbeamten gegenüber:

»Ach, Verehrtester – kommen Sie mir doch nicht mit Gefühlen oder so was. Darum ging es doch gar nicht! Es ging nur um Geld, um sehr viel Geld. Wenn ich höre, was da so alles vermutet wird: Gewissen, Verantwortungsbewußtsein oder gar Liebe, kann ich nur lachen!

Daß hier plötzlich die Scheiße ganz dick wurde, ergab sich doch nur, weil ein Schreyvogel deutlich erkennbar sein Interesse am Verlag Tierisch-Schmelz bekundet hatte. Allein deshalb mußte sich die Burghausen-Wardeiner-Gruppe im höchsten Grad alarmiert fühlen. Denn damit gerieten die jahrelangen, pausenlosen Existenzkämpfe beider Zeitungen in ihr entscheidendes Stadium.

Der beidseitige Firmenkrieg war an seinem Höhepunkt angelangt. Nun ging es sozusagen ums Ganze.«

»Mein Gott!« stöhnte Wardeiner, an seinem Schreibtisch zusammensinkend, lautstark auf.

Eines der zwei Dienstmädchen des Hauses vernahm den Aufschrei und benachrichtigte sofort »die gnädige Frau«. Susanne, die gerade einen neuen silbrigglänzenden Nagellack ausprobierte, eilte herbei: »Ich fühle mich scheußlich«, gestand Wardeiner, schwer atmend. »Aber das wird vorübergehen.«

»Du übernimmst dich«, sagte Susanne besorgt, füllte ein Glas mit Wasser und gab ihm zwei der bereitliegenden Tabletten. »Du strapazierst dich Tag für Tag mehr! Wie soll das enden? Warum das alles?«

»Warum, Susanne?« sagte er gepreßt: »Warum fließt alles Wasser talwärts? Es kann nicht anders. Und so geht es mir auch.

Verstehst du das?«

»Ich versuche es, Peter – aber es fällt mir immer schwerer. Sagen wir: Ich bin eine Frau und vermag also nicht zu begreifen, daß ein Mann, irgendeines Prinzips wegen, einfach alles riskiert: seine Gesundheit, seine Familie, seine Existenz. Und ich sage dir: Das mache ich nicht mehr länger mit!«

Interne Konferenz im Verlagsgebäude des »Morgen«: Beginn: 16.30 Uhr. Anwesend: Tierisch, Schmelz, Wöllrich.

Wöllrich: »Ein steht fest: Diese Horstmann versucht, uns gewisse Unterlagen ihres Mannes vorzuenthalten. Um ganz deutlich zu werden: Sie will uns erpressen.«

Tierisch: »Mit welcher direkten Forderung?«

Wöllrich: »Noch unklar! Auf jeden Fall verfügt sie über einige Notizen ihres Mannes, die sie als wertvoll erkannt hat: diverse Grundstücksspekulationen und so weiter. Wobei zu vermuten ist, daß sich die Originale davon bereits in anderen Händen befinden.«

Tierisch: »Möglicherweise in denen des Herrn Wardeiner?«

Schmelz, heftig: »Wenn das zutreffen sollte, ist es im höchsten Grade gefährlich. Denn dieser Wardeiner haßt mich aus mir unerfindlichen Gründen und wird alles nur Erdenkliche gegen mich unternehmen.«

Tierisch: »Das müssen wir selbstverständlich verhindern. Wozu auch gehört: das Begräbnis Horstmann so schnell wie nur möglich hinter uns zu bringen. Dafür haben Sie zu sorgen, Wöllrich. Was unter der Erde ist, das ist auch schon aus der Welt. Zusätzlich werden wir einen Anwalt benötigen, der über die hier notwendige Entschlossenheit verfügt.«

Worauf Wöllrich vorschlug: »Schloßer! Der schreckt vor nichts zurück.«

Professor Doktor Billroth, Starnberg, nach einer Untersuchung des Peter Wardeiner zu dessen Frau Susanne:

»Es gibt keine Krankheit, verehrte gnädige Frau, die sich nur lokal auswirkt. Selbst wenn es sich um einen simplen Knochenbruch handelt, reagiert doch jeder Patient anders darauf. Was für den einen ein läppischer Unfall ist, kann für den anderen eine körperliche Katastrophe sein.

Womit ich im Hinblick auf Ihren verehrten Gatten sagen will: Er ist, bei allem scheinbaren Temperament, von höchster Sensibilität – was ständig zu heftigen Schwankungen führt in bezug auf Temperatur, Blutdruck, Herztätigkeit.

Wobei es mir widerstrebt, ihn als hoffnungslos krank zu bezeichnen, obwohl alle Einzeluntersuchungen, also Blutbild, Urin und Stuhl, zu erheblichen Besorgnissen Anlaß geben. Um es ganz klar zu sagen: Er ist hochgradig gefährdet. Und ich meine: Er sollte sich arbeitsmäßig zurückhalten, Diät leben, möglichst ausspannen. Sonst garantiere ich für nichts.«

Hannelore Dreyer saß gemeinsam mit Felder und dem Assistenten von Gotha dicht am Schreibtisch des Hauptkommissars Zimmermann.

Sie hatte sich schnell dieser kriminalistischen Männergesellschaft angepaßt.

»Wir sollten versuchen, den Fall Horstmann auch einmal von seinen möglichen weiblichen Teilnehmern her zu klären«, sagte der Chef zu ihr hin: »Wer käme da in Frage?«

»Helga Horstmann«, sagte die Dreyer.

Der Hauptkommissar nickte. »Gehört eindeutig zum inneren Bereich dieses Falles, bleibt also mir überlassen. Weiter.«

»Susanne Wardeiner«, sagte sie.

»Vermutlich gemeinsam mit Peter Wardeiner eine Aktionseinheit«, meinte Gotha. »Schließlich sind die miteinander verheiratet.«

»Was besagt das?« fragte Zimmermann, seltsam lächelnd. Eine Bemerkung, die schweigend akzeptiert wurde.

»Im Telefon- und Adressenverzeichnis, das bei Horstmann aufgefunden wurde«, berichtete der stets sachliche Felder, »befinden sich zahlreiche weibliche Namen. Darunter drei, die mit wechselnden Adressen und Telefonnummern wiederholt auftauchen. Einmal eine Marie-Antoinette Bauer, dann eine Ingeborg Feiner.«

»Um was für Personen handelt es sich dabei?«

»Die Bauer ist Sekretärin in der Verlagsleitung des ›Morgen‹, und Ingeborg Feiner arbeitet bei der ›Allgemeinen‹; an irgendeinem Schalter der Annoncenabteilung.«

»Kümmern Sie sich um die beiden, Kollegin Dreyer.«

»Und der dritte dieser mehrfach verzeichneten Namen?« wollte der aufmerksame von Gotha wissen.

»Der einer Henriette Schmelz«, sagte Felder.

»Irgendwie verwandt oder verschwägert mit Anatol Schmelz?«

»Es ist seine Frau.«

»Und ausgerechnet die wird von Horstmann mehrfach registriert?« fragte Zimmermann überrascht. »Für diese Dame werden Sie sich interessieren, Herr von Gotha.«

»Heute noch?« fragte der Assistent, auf seine Armbanduhr sehend. Er erkannte sofort und leicht beschämt, daß seine Frage höchst überflüssig war.

»Kollegin Dreyer, haben Sie sich eigentlich schon mit dem Fahndungsdezernat verständigt?« wollte Zimmermann wissen.

»Ja, Kriminalkommissar Komorski läßt Ihnen mitteilen, daß Observationsgruppen in jeder Menge für Sie zur Verfügung stehen.«

»Rechnen wir also mit zwei bis drei«, stellte der Hauptkommissar fest. »Felder hält hier die Stellung. Ich gehe jetzt zum Kollegen Keller und halte mich anschließend bei mir zu Hause auf, zum Abendessen. Ich bitte, meine Frau zu verständigen. Danach wieder Präsidium.«

Aus den Aufzeichnungen des Rechtsanwaltes Antonius Schloßer:

»Ich wurde am späten Samstagnachmittag in das Verlagsgebäude des ›Morgen‹ gebeten. Die dort anwesenden Herren Tierisch, Schmelz und Wöllrich waren mir hinreichend bekannt. Nach Festlegung meines Honorars ließ ich mich mit den Einzelheiten des Falles Horstmann vertraut machen.

Wortführer war Herr Verlagsleiter Tierisch. Von ihm erfuhr ich: Horstmann, ein Reporter der Zeitung, in der Nacht zuvor verstorben, besaß etliche für äußerst heikel gehaltene Unterlagen, über die nunmehr seine Witwe verfügte. Diese Aufstellungen über An- und Verkäufe diverser Großgrundstücke, hieß es, seien wahrscheinlich in unrechte Hände geraten. In welche, wurde mir zunächst nicht gesagt.

Ich stellte sodann, rechtsberatend, fest: Horstmann war Angestellter des ›Morgen‹, also ein sogenanntes ›Redaktionsmitglied‹ mit festem monatlichem Honorar. Was rein rechtlich bedeutet: Alles, was von ihm geschrieben, ermittelt und aufgezeichnet wurde, gehört einwandfrei dem ihn honorierenden Verlag. Will diese Dienstleistungsergebnisse ein anderer in Anspruch nehmen, handelt er rechtswidrig.

Worauf dann erst, von Tierisch genannt, der Name Wardeiner fiel. Bei diesem Peter Wardeiner handelt es sich um eine umstrittene Person. Er ist in unserer derzeit maßgeblichen Gesellschaft keinesfalls ›persona grata‹ – vor allem seiner zweiten, fragwürdigen Ehe wegen. Gewisse Extravaganzen kommen hinzu: auffälliger Lebensstil, Umgang mit umstrittenen Persönlichkeiten, der Hang seiner Frau zu kostspieliger Eleganz. Kurz: Er gilt nicht als absolut seriös.

Tierisch: ›Was läßt sich praktisch mit diesen Tatsachen anfangen?‹

RA Schloßer: ›Wobei ich aber folgendes zu bedenken gebe: Was, bitte, dann, wenn es sich hierbei gar nicht um das von Ihnen vermutete Material, sondern um sehr private, also immer peinliche intime Nachforschungen handelt?‹

Tierisch: ›Wie kommen Sie darauf?«

RA Schloßer: ›Aus Erfahrung. Ich habe Journalisten kennengelernt, die Intim-Schnüffelei für bemühte Wahrheitsfindung ausgegeben haben. Meist aus reinem Geltungstrieb, manchmal aber auch aus Rachsucht. Halten Sie Horstmann für völlig frei davon?‹

Dr. Schmelz: ›So was wäre dem zuzutrauen gewesen.‹

RA Schloßer: ›Die Sache ist doch so: Erstellte journalistische Recherchen können einen juristisch erfaßbaren Vorgang bedeuten. Private Kenntnisse, also interne bis intime, jedoch nicht. Das bedeutet: Derartige Aufzeichnungen sind kein offizielles Arbeitsmaterial, sondern persönliche Notizen.‹

Dr. Schmelz: ›Dann befürchte ich Schlimmes!‹

Tierisch: ›Herr Rechtsanwalt, sehen Sie greifbare Möglichkeiten, eine eventuelle unverantwortliche Ausweitung dieser Vorgänge wirksam einzudämmen? Also sogenannte private Aufzeichnungen aus dem Verkehr zu ziehen? Wobei Sie damit rechnen dürfen, daß sich Ihr Honorar erheblich erhöhen würde.‹

RA Schloßer: ›Um wieviel Prozent?‹

Tierisch: ›Um ein Drittel.‹

RA Schloßer: ›Akzeptiert! Ich versuche mein möglichstes. Das wird nicht leicht sein, aber ich bin hoffnungsvoll. Zumal ich die Ehre habe, mit dem für München zuständigen Oberstaatsanwalt, Herrn Dr. Gleicher, befreundet zu sein.‹«

Kriminalassistent von Gotha ließ sich mit dem Schriftsteller und Journalisten Goldner verbinden. »Ich hätte gern eine Auskunft von Ihnen – über Frau Henriette Schmelz.«

Die Antwort von Goldner ließ auf sich warten; es hörte sich an, als stärke er sich mit irgendeinem Getränk. Dann sagte er, mit schwerer Sprache: »Das, verehrter Freund, ist nicht so einfach, und zwar deshalb, weil mir dazu keine der Zynismen einfallen, die man von mir erwartet.«

»Also schätzen Sie diese Dame?«

»Mehr, Herr von Gotha! Ich verehre Henriette«, bekannte Goldner. Um dann wie in plötzlichem Stimmungsumschwung zu fragen: »Was wollen Sie von ihr? Ohne mir das zu erklären, bekommen Sie keine Auskunft von mir!«

Der Assistent erkannte, daß es keinen Sinn hatte, hier Versteck zu spielen: »Der Name Henriette Schmelz taucht mehrmals in den Papieren von Horstmann auf, unter den von ihm gesammelten Adressen und Telefonnummern. Welche Beziehungen hatte er zu ihr?«

»Das könnte ich Ihnen erklären. Aber soweit ich die Praktiken Ihres Metiers kenne, legen Sie Wert auf Aussagen aus erster Hand. Ich werde Sie also bei Frau Henriette anmelden. Sie brauchen nur zum Ammersee hinauszufahren; die Adresse haben Sie ja. Sie wird Sie erwarten – nicht weil ich Sie ankündige, sondern weil sie immerfort auf irgendwen wartet.«

Verlagsleiter Burghausen betrat, gemeinsam mit Samhaber, dem stellvertretenden Chefredakteur der »Allgemeinen«, die Wardeiner-Villa in Grünwald. Von Susanne begrüßt.

Sie ließen sich in der Sesselgruppe bei den Gartenfenstern nieder: Blick auf gepflegten Rasen, eine dichte, hohe Tannenhecke weit im Hintergrund, dazwischen ein Schwimmbassin. Sie plauderten belanglos-unverbindlich dahin: das Wetter, wendisch; die Tiere, rührend; die Kinder, problematisch.

Wobei Burghausen, nicht ohne münchnerische Gemütlichkeit, gelegentlich kräftig auflachte. Während Samhaber, eine Art journalistischer Philosoph, zumeist sanft vor sich hin lächelte. Sein kindhaftes Rundgesicht strahlte tolerante Freundlichkeit aus.

Das auch dann noch, als Peter Wardeiner erschien, der sich frisch, lebhaft und lautstark gab. Ohne sich bei längeren Vorreden aufzuhalten, begann er:

»In meine Hände ist alarmierendes Beweismaterial gelangt. Mit genauen Daten und Zahlenangaben über spekulative An- und Verkäufe von Ländereien; und dies unter Mithilfe von Behörden. Im ganz großen Stil. Also mit sagenhaften Gewinnspannen.«

»Na, großartig«, sagte Burghausen, um sogleich vorsichtig zu werden: »Falls sich so was exakt beweisen läßt. Und falls man der Ansicht sein sollte, daß so was in unserer Zeit ganz ungewöhnlich wäre.«

Worauf Samhaber, äußerst bedächtig, wie es seiner Veranlagung entsprach, meinte: »Journalismus ist im Grunde immer ein Abenteuer – ein geistiges. Muß aber stets voll verantwortet werden.«

»So ungefähr«, stimmte Burghausen zu: »Um das aber noch deutlicher zu machen: Für derartig gewagt erscheinende Aktionen, deren Berechtigung ich keinesfalls bestreiten will, kann es keine kollektive Verantwortung einer ganzen Zeitung geben; die Verantwortung müßte einer allein übernehmen.«

»Habe ich denn irgendwie angedeutet, daß ich das nicht will?« Wardeiner blickte streitbar. »Ich werde es tun – in meinem Namen.«

»Sehr ehrenwert und mutig«, sagte Samhaber versonnen. »Aber auch wohl unvermeidlich.«

»Ich bin entschieden dagegen, Peter!« rief Susanne erregt dazwischen. »Die Folgen sind einfach nicht abzusehen. So was kann geradezu in journalistischen Selbstmord ausarten.«

»Ich wage nicht, Ihnen zu widersprechen, verehrte gnädige Frau«, versicherte Burghausen mit spürbarer Anerkennung. »Zumal ich zu bedenken geben muß, daß Sie, Herr Wardeiner, nicht nur der verantwortliche Chefredakteur unserer Zeitung sind, sondern gemeinsam mit mir auch deren Herausgeber.«

»Da gibt es nichts mehr zu bedenken!« behauptete Wardeiner.

»Überlegen Sie sich das. Lassen Sie sich Zeit. Möglichst viel Zeit. Zeit, die Geld sein kann: Ihr Geld, mein Geld, das Ihrer verehrten Gattin. Aber natürlich haben Sie völlig freie Hand, auch meine volle Zustimmung – für eine sinnvolle Aktion immer.«

Hauptkommissar Zimmermann traf an diesem Abend gegen 18.50 Uhr bei seinem Kollegen Keller ein. Es war, als wäre er erwartet worden: Der Hund Anton sprang ihn freudig wedelnd an und erhielt eine sauber eingepackte Portion von Weißwurstresten; dieser Besucher enttäuschte ihn nie. Nachdem Keller seinen Spezialkaffee eingeschenkt hatte – eine große Thermoskanne stand stets auf seinem Arbeitstisch –, war es, als säßen sie hier schon tagelang zusammen: umgeben von zahllosen Büchern, Zeitungsausschnitten, Fachzeitschriften, Polizeiakten. Anton lag, freudig speisend, zwischen ihnen. Das Licht von Kellers Schreibtischlampe erreichte sie kaum. Schweigend tranken sie ihren Kaffee, bis Zimmermann nach einer Weile sagte: »Ich wollte nur mal sehen, wie es dir geht.«

»Auch Kriminaldirektor Hädrich war der Ansicht, daß du bei mir auftauchen würdest«, sagte Keller. »Handelt es sich um einen komplizierten Fall?«

»Wäre ich sonst hier?« knurrte Zimmermann. Um dann unverzüglich zu versichern: »Du weißt – ich respektiere dein Eigenleben. Und ich kann es mir darum nicht antun, unsere Freundschaft durch pausenlose Besuche zu strapazieren.« – Keller rutschte tiefer in seinen Ledersessel: »Es gibt also Komplikationen, Martin?«

»Das weiß ich eben noch nicht«, gestand Zimmermann, der in Gegenwart dieses Keller unverhüllt ratlos wirkte. »Ich spüre lediglich, daß dieser Fall voller Unberechenbarkeiten ist. Je weiter ich ihn aufkläre, um so bedrückender beherrscht mich das Gefühl, überall nur Zerstörungen zu hinterlassen.«

»Ein Gefühl, das ich kenne«, bestätigte der Freund.

»Ich wollte dich bitten, dir mal die Unterlagen dieses Falles anzusehen. Felder hat Weisung, sie dir zur Verfügung zu stellen.«

»Nein«, sagte Keller entschieden. »Und das so lange nicht, bis du selber herausgefunden hast, warum du mit deinem sonst so sicheren Instinkt diesmal nicht weiterkommst. Erst dann können wir unser seit Jahren erprobtes Zusammenspiel beginnen: den vereinten Einsatz unserer verschiedenartigen kriminalistischen Möglichkeiten.«

Oberstaatsanwalt Dr. Gleicher legte Wert darauf, stets als bemühter, vorbildlicher Mensch zu gelten. Obwohl ein anerkannter, gelegentlich sogar gefürchteter Rechtsbeamter, war er im Grunde seines Wesens, vornehmlich außerhalb seiner Dienststunden, von verträglichem, geradezu gemüthaftem Wesen.

In seiner Welt war die Welt noch in Ordnung. Er bewohnte ein Reihenhaus beim Forstenrieder Park, im Randgebiet der Stadt: zwei Birken davor, drei dahinter; dazu ein Vorgarten, mit Rosen, vorbildlich gepflegt.

Weiter zu Gleicher gehörend: seine liebe Frau, grundsolide, nicht unmusisch, von bester Bürgerlichkeit, selbstverständlich christlich orientiert, aber auch sozial denkend. Dazu die beiden Söhne Ulrich und Jörg. Der eine studierte noch, der andere bereitete sich auf sein Staatsexamen vor. Juristen beide, wie der von ihnen verehrte Vater.

Während der Oberstaatsanwalt seinen Vorgarten sorgfältig von Schneeresten zu säubern versuchte, wurde er ans Telefon gerufen und vernahm dort die Stimme seines Rechtsanwaltes Toni Schloßer, welcher in seinen Augen ein nicht ganz unbedenkliches Mitglied der juristischen Menschheit war. Darum blieb Gleicher gemessen verbindlich.

»Herr Oberstaatsanwalt«, sagte Schloßer mit deutlicher Ergebenheit, »falls ich Sie stören sollte, bitte ich sehr um Entschuldigung. Aber es handelt sich um einen Fall, bei dem es mir wichtig erscheint, Sie um Ihre mir stets maßgebliche Ansicht zu bitten.«

»Worüber?«

»Erlauben Sie mir vorauszuschicken, Herr Oberstaatsanwalt, daß meine Klienten in diesem Fall die Herren Tierisch und Schmelz sind, Inhaber eines Zeitungsverlages, der unserer Regierung sehr nahesteht...«

»Um welchen speziellen Fall handelt es sich, bitte?«

»Um den Tod eines Journalisten namens Horstmann, eingetreten gestern nacht. Vermutlich ein Verkehrsunfall. Das jedoch nicht nach Ansicht der hierbei zuständig gemachten Kriminalpolizeibeamten. Diese scheinen vielmehr unbedenklich bereit, angesehenste Persönlichkeiten unserer Stadt...«

»Bitte, keinerlei Mutmaßungen«, unterbrach ihn Gleicher. »Geben Sie mir möglichst genaue Details, Herr Rechtsanwalt.«

Amtlicher Bericht des Kriminalassistenten von Gotha:

»Aufsuchend, per Dienstfahrzeug, Frau Henriette Schmelz in ihrem Haus am Ammersee. Eintreffen: 18.30 Uhr. Sie weigerte sich, mich zu empfangen. Hierauf Befragung diverser Ortsansässiger. Rückkehr um 20.15 Uhr. Aufstellung über Einzelheiten beiliegend.«

»Unwesentlich«, entschied Felder.

Oberstaatsanwalt Dr. Gleicher wünschte noch an diesem Sonntagabend den Polizeipräsidenten persönlich zu sprechen. Der, wurde ihm mitgeteilt, nehme gemeinsam mit dem Herrn Oberbürgermeister an einer privaten Veranstaltung teil. Worauf Gleicher Kriminaldirektor Hädrich zu sprechen verlangte. Der habe sich zurückgezogen, wurde ihm mitgeteilt, um nach nahezu vierundzwanzig Stunden andauernder Dienstbereitschaft endlich einmal zu schlafen.

»Dann, bitte«, verlangte Oberstaatsanwalt Gleicher, »den Leiter des Dezernats Kapitalverbrechen!«

»Der befindet sich seit längerer Zeit schon im Starnberger Kreiskrankenhaus«, bekam er zu hören. »Ihn vertritt Kriminalhauptkommissar Zimmermann, der aber zur Zeit dienstlich unterwegs ist. Kann ich sonst noch was für Sie tun, Herr Oberstaatsanwalt?«

Anatol Schmelz hockte sich in seinem Grandhotel-Appartement im Bett auf, wobei er verdrossen vor sich blinzelte. Auf dem Tisch vor ihm diverse Flaschen: London Gin, schottischer Whisky, französischer Cognac, italienischer Wermut, die er verächtlich übersah. Denn alkoholische Getränke begannen seinem Magen Schwierigkeiten zu bereiten. Sein trüber Blick streifte weiter, bis er auf den in unmittelbarer Türnähe wartenden Heßler traf, der sprungbereit ergeben fragte: »Was kann ich für Sie tun, Herr Doktor?«

Anatol Schmelz nickte: »Ich danke dir, Hansi, du bist wirklich der einzige verläßliche Mensch. Während ich mich herumquäle: mit tausend bedrohlichen Träumen, mit allen erdenklichen Unzulänglichkeiten dieser Welt. Und ich frage mich: Was könnte mir darüber hinweghelfen?«

»Ich glaube das zu wissen, Herr Doktor.«

»Du bist ein Freund, Hansi, wohl mein einziger ...«

»Ich bin immer für Herrn Doktor da«, sagte Heßler beinahe feierlich. »Denn was Sie, Herr Doktor, alles für mich ... immer wieder ...«

»Ist schon gut, Hansi!« sagte Schmelz besänftigend. »War doch alles ganz selbstverständlich. Aber was deine Anregung anbelangt – so wäre ich nicht abgeneigt. Ich benötige dringend Entspannung, Ablenkung, Vergessen.«

»Ich weiß auch schon, wer diesmal dafür in Frage kommt, Herr Doktor, ein ganz besonderes Exemplar, und darum auch nicht billig; aber es lohnt sich. Also dann in etwa einer Stunde am üblichen Ort.«

»Was soll ich tun?« fragte Peter Wardeiner, nachdenklich geworden, seine Frau, nachdem Burghausen und Samhaber ihn wieder verlassen hatten.

Susanne näherte sich ihm, eingehüllt in Seide, sanft duftend, mit raffiniert dekorativ geschminktem Gesicht: »Ist dir eigentlich klargeworden«, fragte sie, wobei sie sich in einem der zahlreichen Spiegel überprüfte, »warum die beiden keinen direkten Versuch unternommen haben, dich von deinem Abenteuer zurückzuhalten?«

»Du siehst wunderschön aus!«

»Laß dich dadurch aber nicht von der Tatsache ablenken, daß Samhaber dein Nachfolger werden will und daß Burghausen alles tun wird, um dich als Teilhaber auszuschalten. So ein Skandal genügt.«

»Susanne«, sagte er, in ihren Anblick verloren, »ich glaube, du weißt gar nicht, wie sehr ich dich liebe!«

»Dann beweis es mir, Peter. Versuche, allein für mich dazusein. Kannst du das? Ach, das wäre schön. Oder irritiert dich immer noch dieser Schmelz?«

»Du kommst ständig auf ihn zurück. Wann wirst du endlich damit aufhören?«

»Du hast zuviel Phantasie, Peter. Das ist deine Stärke, aber auch deine Schwäche«, sagte sie, als spräche sie zu ihrem Spiegelbild. Um dann, völlig übergangslos, festzustellen: »Wir werden beim ›Ball der Kavaliere am Steuer‹ erwartet. Du hast dort die Begrüßung des Faschingsprinzenpaares übernommen. Konzentriere dich darauf.«

Hauptkommissar Zimmermann machte auf der Fahrt von Keller zu seiner Wohnung im Präsidium Station. Was der unentwegt dienstbereite Felder wie selbstverständlich erwartet hatte. Unaufgefordert berichtete er: »Kollege Gotha hat seine Recherchen, betreffend Frau Henriette Schmelz, abgeliefert. Der Bericht liegt auf Ihrem Schreibtisch.«

Der Hauptkommissar nickte etwas zerstreut, wie immer, wenn er von Keller kam. »Sonst noch was?«

»Herr Oberstaatsanwalt Dr. Gleicher hat angerufen – wünschte Sie dringend zu sprechen.«

Zimmermann nahm diese Meldung kommentarlos zur Kenntnis. Felder hatte nichts anderes erwartet und berichtete weiter: »Hauptmann Kramer-Marein hält sich bei der Kriminaltechnik auf, gemeinsam mit seinem Weingartner. Offenbar wünscht er, gewisse weitere Ergebnisse mit Ihnen zu erörtern.«

Was dann auch unverzüglich geschah! Zimmernann hörte sich geduldig Kramer-Mareins Sacherklärungen an; etwa diese:

Bei Fahrzeugspuren sind zu berücksichtigen: Spurbreite, Spur weite und Spurlänge. Weiterhin die Radneigung. Im vorliegenden

Fall »nach innen«, also ein sogenannter »Sturz«. Sodann: Benutzte Reifen offenbar schlauchlos; nach den vorhandenen Katalogen einschlägiger Großfirmen wäre eine neue Produktion von Firestone-Phoenix anzunehmen, die im Bereich München noch nicht allzuoft montiert wurde.

Der Hauptmann brillierte schon über eine halbe Stunde mit seinen Detailkenntnissen, als ihn endlich Oberstaatsanwalt Dr. Gleicher telefonisch unterbrach und Hauptkommissar Zimmermann zu sprechen wünschte.

Gleicher: »Ich habe schon mehrmals vergeblich versucht, Sie zu erreichen, lieber Herr Zimmermann. Was kein Vorwurf sein soll, lediglich eine Feststellung. Mich interessiert der Fall Horstmann. Warum bin ich nicht schnellstens, wie es Vorschrift ist, in dieser Sache unterrichtet worden?«

Zimmermann: »Weil dieser Fall möglicherweise auch ein Verkehrsunfall sein könnte, Herr Oberstaatsanwalt.«

Gleicher: »Wenn Sie daran arbeiten, Herr Zimmermann, heißt das doch, daß ein Kapitalverbrechen nicht auszuschließen ist?«

»Nein«, mußte Zimmermann zugeben.

»Dann ersuche ich um eine vollständige Unterrichtung. Mit allen sich anbietenden Details!«

Worauf Zimmermann, vor Abschluß dieses Gespräches, nahezu eine halbe Stunde damit verbrachte, den Oberstaatsanwalt mit den bisher bekannten Tatbeständen vertraut zu machen. Wobei er bekennen mußte, daß er noch kaum etwas wußte – und eventuelle Vermutungen sprach er nicht aus. Der lauschend dabeistehende Felder bewunderte die diplomatische Geschicklichkeit seines Chefs vorbehaltlos.

Dr. Gleicher gab sich dennoch nicht unbesorgt:

»Das Ganze will mir als ein Vorgang erscheinen, der großer Aufmerksamkeit bedarf, Herr Zimmermann. Sie dürfen meiner vollen Unterstützung sicher sein.«

Sodann, abschließend, und nunmehr ohne die geringste Verbindlichkeit: »Ich wünsche laufend über diesen Fall unterrichtet zu werden. In allen Einzelheiten.«

Spätere Aussagen verschiedener weiblicher Personen über ihre Beziehungen zu Anatol Schmelz, aufgezeichnet vom Kriminalassistenten von Gotha:

1. Maria M-C, Athen; Schauspielerin:

»Wir bewußt in Griechenland lebenden Menschen sind unvermeidlich eingebettet in die Strömungen einer mehrtausendjährigen Kultur. Wir wissen somit um die Hinfälligkeit des menschlichen Körpers, zugleich aber um die mögliche Strahlkraft seiner Seele. Womit ich bereits bei Anatol angelangt bin.

Ich begegnete ihm erstmals im Restaurant des Hilton-Hotels in Athen bei irgendeinem Abendessen zur Pflege internationaler Beziehungen. Anatol saß mir an einer langen Tafel unmittelbar gegenüber. Und selbst inmitten dieser sterilen, amerikanisch-internationalisierten Umgebung schien er gleichsam zu leuchten.

Ich erkannte seine scheue Herzlichkeit, seine poetische Innerlichkeit, seine selbstlose Hingabebereitschaft. Seine äußere Erscheinung wurde von mir kaum wahrgenommen, denn ich empfand zwingend allein seine seelische Ausstrahlung. Daß ich nahezu dreißig Jahre jünger bin als er, zählt dabei überhaupt nicht. Und bitte nennen Sie im Zusammenhang damit nie mehr den Namen Horstmann.«

2. Marie-Antoinette Bauer, München; Redaktionssekretärin:

»Da gab es in den Räumen der Chefredaktion, also bei Dr. Schmelz, ein breites Ledersofa, das noch aus der Nazizeit stammte. Das Ding wurde allgemein nur ›Lustwiese‹ oder auch ›Leistungsmatte für berufliche Fortbildungsspiele‹ genannt. Denn wer dort brauchbar in Aktion zu treten vermochte, durfte mit Gehaltsaufbesserungen rechnen.

Auch ich geriet eines Tages, mitten in einem Diktat, auf dieses Firmensprungbrett; konnte mich aber mit einiger Kraftentfaltung gerade noch davon befreien. Ohne dabei zu schreien. Denn ich wußte sofort: Schreien war nicht drin; das hätte mich glatt die Stellung gekostet. So machte ich denn auf scheues Reh und lief davon.

Hatte dabei aber nicht an diesen Heßler gedacht, der sichtbar und unsichtbar immer um den Chef ist. Als ich nicht funktionierte, wie sein Doktor es wollte, sauste er hinter mir her und bekam mich im Korridor zu packen. Bevor mir fast die Luft wegblieb, konnte ich gerade noch jammern: ›Ich bin doch noch Jungfrau‹ – was natürlich nicht stimmte. Jedenfalls ließ dieser Heßler mich sofort los und meinte: ›Ja – dann!‹ Und ich war gerettet.

Ich berichtete sofort Lothar, meinem ständigen Freund, von diesem ›Diktat‹. Der lachte nur und erzählte es Horstmann. Der aber lachte nicht, sondern machte sich Notizen.«

3. Frau Dr. Ohlmüller, Chefärztin einer oberbayrischen Spezialklinik:

»Noch niemals vorher in meinem Leben bin ich einem so selbstlos in die Stille lauschenden, zutiefst bescheidenen Menschen begegnet. Er verlangte nichts, erhoffte nur Verständnis, um dann geradezu verschwenderisch zu geben, zu schenken. Ja, ich spreche von Anatol, von Herrn Dr. Schmelz.

Die von diesem Horstmann vorgebrachte Behauptung, Anatol habe mir diese Klinik eingerichtet, wäre an ihr beteiligt und habe sie sogar für einige seiner Freundinnen benützt, ist eine so ungeheuerliche Verleumdung, daß ich dagegen, falls sie in der Öffentlichkeit verbreitet werden sollte, gerichtlich vorzugehen gedenke.«

Erst am späten Abend, gegen 21 Uhr, kam Martin Zimmermann in seiner Wohnung an: Paul-Heyse-Straße, dritter Stock. Das war unverändert seit zwanzig Jahren seine Privatadresse. Hier gab es nur verwohnte Möbel, ausgeblichene Vorhänge, zerscheuerten Fußbodenbelag. Jedoch: kernseifensauber.

Dafür sorgte seine Frau Margot mit unerschütterlicher Beharrlichkeit. Sie sah ihn an wie einen eindringenden Fremden: »Wir haben auf dich gewartet.«

»Ich bin aufgehalten worden.«

»Das sagst du immer!«

Martin Zimmermann betrachtete sie wortlos. Sie war sorgsam gepflegt und gekleidet, eine stattliche, überaus repräsentative Beamtenfrau. Eher vielleicht für einen Kriminalrat bestimmt als für einen mittelklassigen Laufburschen der Gerechtigkeit, als den er sich empfand: »Wo ist Manfred?«

»Dein Sohn hat stundenlang auf dich gewartet. Und ich mit ihm. Darüber ist das Abendessen kalt und ungenießbar geworden. Dabei wollte ich heute abend eigentlich in die Oper gehen. Nicht mit Toni Schloßer – das hätte ich dir vorher gesagt. Jedenfalls hast du dich kurzfristig zum Abendessen anmelden lassen, bist aber wie üblich nicht erschienen. Und nun erwartest du wohl ...«

»Ich bin sehr müde«, bekannte er.

»Wann bist du das nicht gewesen in den letzten Jahren?« stellte sie ohne erkennbare Anklage fest.

»Bald werde ich fünfzig Jahre alt sein«, sagte Zimmermann. »Da läßt die Spannkraft nach, und man muß auf vieles verzichten. Es wird nun Zeit, sich auf das wirklich Wesentliche zu konzentrieren.«

»Wozu deine Familie wohl nicht gehört?«

»Irrtum«, sagte Zimmermann erschöpft. »Am liebsten würde ich nur noch bei euch sein, hier zu Hause bei mir. Bei unserem Sohn Manfred. Aber der Dienst frißt mich auf!«

»Nicht nur dich«, stellte sie fest. »Auch mich. Warum hast du eigentlich eine Familie gegründet? Nur um sie zu verlassen? Was bin ich noch für dich – was bist du für mich?«

»Wo treibt sich Manfred herum?«

»Woher soll ich das wissen? Auf mich hört er nicht, und dich kennt er kaum noch. Er macht mich aber verantwortlich dafür, daß er keinen Vater hat, der sich mal um ihn bemüht. Der Junge ist von einer Unruhe erfüllt, die mich erschreckt. Er macht, was er will, wozu es ihn gerade drängt.«

»Oder wozu ihn seine Freunde drängen – eine höchst bedenkliche Gesellschaft scheint das zu sein.«

»Du sagst das, als sei ich daran schuld.«

»Ich werde selbst was dagegen unternehmen, noch heute nacht. Muß aber erst mal zwei, drei Stunden schlafen. Ich bin völlig erschöpft und wäre dir dankbar, wenn du mir jede Störung ersparen könntest.«

In der letzten Stunde dieses Tages trat Polizeimeister Heinrich Petzold maßgeblich in Aktion. Er war verantwortlich für das

Streifenfahrzeug Isar 19, das gesteuert wurde von Polizeiwachtmeister Huber III, Mitglied der Scharfschützengruppe und Klasseboxer im Mittelgewicht.

Dieser Aktion des Petzold, die sich erst später als bedeutsam herausstellen sollte, war der Anruf eines Bürgers vorausgegangen, der sich in seiner Nachtruhe gestört fühlte. Er meldete der Polizei eine Schlägerei in der Maiingerstraße. Ein vermutlich weibliches Opfer liege bereits am Straßenrande.

Zwanzig Sekunden später dirigierte der diensthabende Einsatzbeamte der Funkstreifen das sich dem Tatort am nächsten befindliche Fahrzeug, also Isar 19, zur Maiingertraße, Nähe Baldeplatz.

»Richtig!« bestätigte den Einsatzbefehl. Huber III schaltete Blaulicht und Sirene ein und überschritt mit Wonne die üblichen Geschwindigkeitsbeschränkungen erheblich.

Am Tatort angekommen, fand Petzold vor:

1. Ein älteres weibliches Wesen, das mitten auf der Sraße ihren Regenschirm schwang und rückwärts weisend schrie: »Diese Schweine! Vor denen ist ja niemand mehr sicher!«

2. Seitwärts-rückwärts, in einer Ecke zwischen Zaun und Garage eines Einzelhauses liegend: eine Frau, etwa Mitte Zwanzig, die, in sich zusammengekrümmt, blutspuckend, vor sich hin stöhnte: »Nein, nein – nur keine Polizei! Ich will nach Hause. Ich bin – ich wurde – lassen Sie mich doch in Ruhe!«

Am Tatort hatte sich inzwischen Polizeimeister Petzold um das weibliche Wesen gekümmert, das in Zaunnähe lag. Er sagte nach kurzer Überprüfung: »Halb so wild – die hat nur einen Schock erlitten. Die wird bald wieder normal sein.«

Die Frau mit dem Regenschirm, eine gewisse Sieglinde Sommer, erklärte aufgeregt: »Ich hatte mich gerade so hingehockt und lauschte dem Plätschern unter mir – was doch wohl mensch lich ist –, da schoß aus der Dunkelheit hervor ein schwerer Wagen auf mich zu, schwarz und glänzend; wie ein riesiger Sarg, dachte ich. Hielt plötzlich vor mir. Eine Türe wurde aufgestoßen, eine Frau fiel heraus, und ein Mann sprang ihr nach! Stieß sie vor sich her, schlug auf sie ein. Schrie: ›Du Sau! Du elende Hure! Dir werd ich es zeigen!‹ Ich sage Ihnen, Herr Wachtmeister, ich hoch, ordnete eilig meine Kleider, ergriff meinen Regenschirm und schlug damit auf diesen Hund ein. Mit aller Kraft habe ich zugeschlagen, bis der abgehauen ist. In seinen Riesenwagen rein und weg war er, der Saukerl.«

Polizeiwachtmeister Petzold verständigte über Funk das Polizeipräsidium. Er verlangte mit dem Dezernat »Sitte« verbunden zu werden und geriet – durch welche Fehlschaltung auch immer – unmittelbar an den Chef »Sitte«, Kriminalkommissar Krebs. Und dieser stets leise, einfühlsame Mann sagte auf Petzolds Meldung hin: »Zögern Sie nicht, Herr Kollege, auch noch so vage erscheinende Vermutungen zu äußern. Was glauben Sie denn entdeckt zu haben?«

»Nun, ich glaube«, sagte der Polizeimeister, »anläßlich einer Dienstbesprechung von einem ähnlichen Vorgang schon einmal gehört zu haben.«

»Sie irren sich nicht«, bestätigte Kommissar Krebs, »Ihr Gedächtnis ist ausgezeichnet. So was ist tatsächlich vorgekommen. Wie war doch gleich Ihr Name?«

»Petzold«, sagte der Polizeimeister, der sich von Krebs anerkannt und damit ausgezeichnet fühlte. Denn der Kriminalkommissar, im Amt auch »der Kater mit den Samtpfoten und den scharfen Krallen« genannt, war bekannt dafür, daß er nichts sagte, wovon er nicht überzeugt war.

»Herr Kollege Petzold«, ordnete Krebs nunmehr an, »bitte sorgen Sie dafür, daß die Überfallene ärztlich betreut wird. Ah, das haben Sie bereits getan? Um so besser. Halten Sie weiterhin diese Zeugin, die Frau Sommer, fest. Möglichst ohne jeden Zwang. Ich komme sofort. Dieser Vorgang interessiert mich ungemein.«

4

In der Nacht zum Sonntag – um 0.05 Uhr – traf Kriminalkommissar Krebs, Chef Dezernat »Sitte«, am Tatort in der Maingerstraße ein. Ein Kriminalinspektor namens Michelsdorf begleitete ihn. Sie fanden vor:

1. Polizeimeister Petzold, der ihnen einen exakten, auf die

wesentlichsten Einzelheiten konzentrierten Bericht lieferte.

2. Polizeiwachtmeister Huber III, der sich bei der Zeugin aufhielt und sie zu beruhigen versuchte. Doch sie redete unentwegt weiter vor sich hin. Wozu Michelsdorf meinte: »Lassen Sie die Frau reden, was sie will. Aber merken Sie sich das Wichtigste davon: vor allem Daten, Namen, Zusammenhänge. Schreiben Sie sich am besten Stichworte auf ...«

3. Unfallarzt Dr. Wild, 28, der sich um die Überfallene mit großer Intensität kümmerte. Sie wies eine Platzwunde auf der Stirn, blutunterlaufene Flecken am linken Oberarm, Hautabschürfungen am rechten Schienbein auf.

Hierzu *Petzold:* »Falls ich mir eine Bemerkung erlauben darf, Herr Kommissar ...«

Krebs: »Jede Bemerkung, die Sie für wichtig halten, Herr Kollege – aber möglichst gedämpft.«

Petzold: »Mit diesem Doktor, Wild heißt der wohl, haben wir uns vielleicht etwas aufgehalst. Der läßt niemand an seine sogenannte Patientin heran und macht nur auf Psychologie. Redet von Schock und Schonung und so was. Der hat mir nicht mal erlaubt, die Personalien dieser Frau festzustellen.«

Krebs: »Das holen wir schon nach. Hauptsache ist, sie wird intensiv betreut und verliert ihre Angst.«

Beim »Ball der Kavaliere am Steuer« – auch er alljährlich im Deutschen Theater – wurde Susanne Wardeiner nahezu pausenlos zum Tanz gebeten. Was sie genoß und was Peter Wardeiner nicht ohne Genugtuung registrierte.

»Amüsiere dich nur!« rief er ihr zu.

Und Susanne tanzte: mit einem Vizepräsidenten vom ADAC, dann mit dem Staatssekretär des Innenministeriums, sogar mit dem Wirtschaftsminister des Landes. Aber mit jedem nur einmal. Doch mit dem Schauspieler Alexander Bender nun schon zum drittenmal. Peter Wardeiner war, trotz manch intensiver Ablenkung, dennoch ein genau registrierender Beobachter: »Du willst mich provozieren«, sagte er heiter zu ihr, »oder mich ablenken, meinen Gedanken eine andere Weichenstellung geben?«

»So ungefähr«, gestand sie lächelnd. »Du vergnügst dich mit

deinen Zeitungseskapaden, also vernachlässigst du mich. Aber irgendein Vergnügen will auch ich haben.«

»Keins, Susanne, das ich dir nicht gönne!«

»Deine wachsende Großzügigkeit, Peter, beunruhigt mich in letzter Zeit immer mehr. Und das alles nur wegen Schmelz?«

»Sagen wir: wegen einer endlich zu erhoffenden Gerechtigkeit.« Wardeiner erklärte das durchaus überzeugend: »Ich bin mehrmals heute abend auf meine geplante Aktion angesprochen worden. Erstaunlich, wie schnell sich so was herumspricht. Und der allgemeine Trend dabei: Anerkennung, Zustimmung, Anfeuerung.«

»Was denn wohl sonst«, stellte Susanne betrübt fest. »Wer bereit ist, glühende Kohlen aus irgendeinem Brandherd aufzugreifen, hat schon immer applausbereite Antreiber gehabt. Immer diejenigen, die sich nicht selber die Finger verbrennen oder auch nur die Hände schmutzig machen wollen.«

»Susanne, du bist wieder mal prachtvoll.«

»So prachtvoll, daß du dich allein für mich, für uns entscheiden könntest? Überlege dir das, bitte, gut. Wenn nicht, dann werde eben ich mich entscheiden müssen. Auch möglicherweise gegen dich. Doch nur, um dich zur Vernunft zu bringen.«

Gespräch des Kriminalassistenten von Gotha anläßlich einer Dienstreise nach Athen mit dem Stellvertreter des dortigen Polizeikommandanten, Major K.:

Nikos K.: Sie dürfen versichert sein, daß wir großen Wert auf gute internationale Zusammenarbeit legen und daher auch stets bemüht sind, Vorurteile, ganz gleich welcher Art, wirksam abzubauen. Was leider immer wieder mißbraucht wurde. So auch durch diesen Horstmann.

Herr Horstmann erschien bei uns mit einem Empfehlungsschreiben seines Chefredakteurs. Dieser war uns als erklärter Freund und Förderer griechischer Kultur bekannt. So zögerten wir denn nicht, Herrn Horstmann sogar Einsicht in unser Militär- und Gefängniswesen nehmen zu lassen, was er dann in beklagenswerter Weise, zumindest höchst unfair, ausgenutzt hat.

Wobei noch hinzukam: Dieser Horstmann versuchte sogar in

privateste Bereiche angesehener Bürger unseres Landes einzudringen. Glücklicherweise wurde er, als er im Begriff war, in eine Villa einzusteigen, von unserer Polizei gestellt und verhaftet.«

von Gotha: »Um welche Villa hat es sich dabei gehandelt? Wie lange dauerte diese Verhaftung? Mit welchem Ergebnis wurde sie abgeschlossen?«

Nikos K.: »Die in Frage kommende Villa gehört Frau Maria C., einer unserer beliebtesten Schauspielerinnen. Die Haft des Horstmann endete nach knapp einem Tag, da staatsanwaltschaftliche Ermittlungen unvermeidlich geworden waren.

Ich habe für Sie diverse einschlägige Kopien anfertigen lassen: Eintragung über Verhaftung – Entscheidung über Landesverweisung. Sodann auch eine von Horstmann unterschriebene Erklärung, in welcher er versicherte, absolut einwandfrei behandelt worden zu sein.«

Kriminalkommissar Krebs beim Versuch einer ersten Befragung der überfallenen weiblichen Person am Tatort Maiingerstraße.

Krebs: »Sie wollen nichts sagen?«

Die Überfallene: »Nein!«

Krebs: »Sie wollen auch Ihren Namen und Ihre Adresse nicht angeben?«

Die Überfallene: »Nein!«

Kriminalinspektor Michelsdorf: »Die Frau heißt Helene Vogler, Alter etwa fünfundzwanzig. Sie ist bei uns registriert seit etwa zwei Jahren; Gelegenheitsbeschäftigungen. Nähere Angaben über sie finden sich in den Akten.«

Krebs: »Stimmt das?«

Helene Vogler richtete sich mühsam auf, von dem sichtlich besorgten Unfallarzt unterstützt. Sie wendete sich direkt an Krebs. »Muß ich darauf antworten?«

Der Unfallarzt: »Sie müssen hier gar nichts, außer sich von mir betreuen lassen. Irgendwelche Fragen brauchen Sie nicht zu beantworten. Nicht in diesem Zustand.«

»Stimmt«, sagte Krebs, die Überfallene mit genau registrierenden Blicken musternd.

Er sah vor sich: ein vielfach beschädigtes weibliches Wesen

mit blutverschmiertem Gesicht, zerrissenen Kleidern, starr im Straßendreck liegend. Aber sie war auch in diesem Zustand noch von seltsamer Anziehungskraft. Ihre großen betörenden Augen schienen hoffnungsvoll nach Hilfe zu schreien. Sie stöhnte vor sich hin: »Ich bin ja ausgeliefert – immer ... immer wieder.«

Polizeiwachtmeister Huber III, der beim Streifenwagen Isar 19 in Bereitschaft stand, meldete sich auf Funksignal. Dann rief er in die Nacht hinaus: »Das Präsidium – für Kommissar Krebs!«

Krebs ließ die überfallene Helene Vogler in der Obhut des Unfallarztes zurück, der sich beinahe zu intensiv um sie kümmerte. Der »Chef Sitte« meldete sich am Mikrofon des Streifenwagens und vernahm die gelassene Stimme seines Freundes Zimmermann. »Nur eine Auskunft. In welchem Lokal hast du neulich meinen Sohn getroffen?«

»Willst du ihn dort aufsuchen?«

»Ja, ihn mir mal anschauen. Ich weiß kaum noch, wie er aussieht.«

»Das Lokal, in dem wir gestern nacht auch deinen Sohn aufgegriffen haben«, sagte Krebs zögernd, »ist ein anderes als das, in dem er gewöhnlich verkehrt.«

Zimmermann antwortete erst nach einer Pause: »Du scheinst erheblich mehr über ihn zu wissen, als du mir gesagt hast. Darüber werden wir uns noch mal unterhalten müssen. Doch zunächst: Wo hält der sich also – gewöhnlich, wie du sagst – mit seinen Freunden auf?«

Krebs: »In der Diskothek ›Zero‹. Beim Feilitzschplatz, Nähe Occamstraße. Soll ich dich begleiten?«

Zimmermann: »Nicht nötig. Es handelt sich um einen privaten Besuch.«

»Du hast mich enttäuscht«, sagte Waldemar Wöllrich, wobei er sich schroff von Helga Horstmann löste.

Diese, erhitzt und nackt, richtete sich empört in ihrem Ehebett auf: »So was hat mir noch keiner gesagt!«

»Aber ich meine doch nicht dich persönlich im Bett; da warst du ganz prima – wie immer!« Wöllrich beugte sich geschäftig über ihren Busen. »Wenn ich sage, daß du mich enttäuscht hast, dann sozusagen als Mensch.«

»Habe ich dir denn nicht versprochen, daß du alle seine Informationen über diese Großgrundstücksspekulationen bekommen wirst?« versicherte sie nachdrücklich. »Dein Verein braucht das doch nur zu honorieren. Und was willst du außerdem noch?« Sie schmiegte sich heftig an ihn.

»Aufrichtigkeit!« stöhnte er auf. »Vertrauen! Absolute Hingabe, ohne jede Einschränkung!«

»Du brauchst nur so weiterzumachen!«

Schroff unterbrach er seine intensiven körperlichen Bemühungen, ohne jedoch seine Stellung zu verändern. »Da muß noch weit mehr vorhanden sein. Außer diesen Spekulationszahlen noch ganz andere Notizen. Private, intime!«

»Kann sein«, sagte sie, sich für ihn bewegend.

»Was weißt du davon?«

»Jetzt?«

»Wen betreffend – mit welchen Einzelheiten – wo vorzufinden?«

»Später, Waldemar, später!« stöhnte sie.

Anatol Schmelz hatte sich wieder auf seinem Grandhotelzimmerbett ausgestreckt; er atmete schwer, mit geschlossenen Augen.

Hansi Heßler beugte sich ehrlich besorgt über ihn. »Geht es Ihnen noch immer nicht besser, Herr Doktor?«

»Wasser!« rief Anatol.

Hansi untersuchte die zahlreich vorhandenen Mineralflaschen, sie waren sämtlich geleert. Er nahm eins der bereitstehenden Gläser und füllte es aus der Leitung im Bad. Denn das Wasser in München, aus zahlreichen Bergflüssen und Vorgebirgsseen gespeist, war absolut europäische Spitzenklasse. Vorläufig noch.

Anatol Schmelz trank einige Schlucke. Dann sagte er: »Ich kann kaum noch schlafen. Meine Nächte werden immer bedrükkender. Ich werde von quälenden Bildern verfolgt. Meine eigene Frau vermag mich nicht mehr zu verstehen. Ich bin von Verrat umgeben. Alle nutzen mich nur aus!«

»Ich nicht, Herr Doktor!«

»Du nicht, Hansi!« Schmelz ergriff die linke Hand seines

Vertrauten, die ihm willig überlassen wurde. »Darum habe ich dich auch denkbar großzügig in meinem Testament bedacht, denn manchmal ist mir, als müsse ich bald sterben. Jeder Tag, den ich noch durchleben muß, bringt mich meinem Tod näher.«

Was, sachlich, durchaus stimmte, praktisch indes kaum zu erwarten war. Was nicht wenige verwunderte. Sie konnten nicht wissen, daß Schmelz, nach den Auskünften des ihn betreuenden Arztes, alles andere als der schwer- oder gar todkranke Mann war, den er gern spielte.

Vielmehr hatte Professor Doktor Freudenreich feststellen können: geringes Übergewicht, rote Blutkörperchen etwas zu zahlreich – gelegentliche Schweißausbrüche sind nicht Schwächezustände, sondern allein »auf übermäßigen, vermutlich berufsbedingten Alkoholkonsum« zurückzuführen.

»Ansonsten, Frau Schmelz, wird uns Ihr verehrter Herr Gemahl noch alle überleben. Jedenfalls ist er gesundheitlich nicht im geringsten gefährdet, wenn er das auch manchmal vorzugeben und bereitwillig zu genießen scheint. Wir gönnen ihm das.«

Sehr privat, ganz ohne Amtsmiene und fast ein wenig unsicher, betrat Hauptkommissar Martin Zimmermann die »Diskothek Zero«. Er trug einen dunkelgrauen Wollmantel; fünf Jahre alt; von gleichem Alter und ähnlicher Farbe war sein Hut. Nichts an ihm wirkte nachtlokalreif, und so war es auch nicht erstaunlich, daß ein baumlanger Kerl ihn primitiv-bedrohlich bereits an der Tür aufhielt: »Was – wollen Sie denn hier?«

»Mich umsehen«, sagte Zimmermann.

»Mann, das ist doch kein Lokal für Sie!«

»Woher, Mann, wollen Sie das wissen?«

»Ich weiß es«, behauptete der offensichtliche Rausschmeißer aggressiv und stellte sich breitbeinig vor ihm auf.

Zimmermann blinzelte in die von süßlich-dicken Rauchschwaden erfüllte Kneipe hinein, deren billige Holzwände mit dunkelfarbigem Firnis überpinselt waren. Beleuchtung: Stallaternen im altenglischen Stil, also fast kein Licht.

Der Rausschmeißer machte Anstalten, Zimmermann zu packen, der seinen Angriff, zur Gegenreaktion bereit, geradezu hoffnungsvoll erwartete. Doch im gleichen Augenblick wieselte ein rundliches Männlein herbei. In zerbeulten Cordhosen, kommodem blau-roten Skipullover und einen füllig-freundlichen Gesicht darüber, das jetzt Zorn zu zeigen suchte, zischte der kleine Chef seinen Riesenrausschmeißer an: »Du solltest dich lieber um die Burschen kümmern, die ich hier gar nicht gern sehe. – Hinten links, am Tisch fünf, scheint ein Jüngling zu haschen; feure den raus!« Zu Zimmermann aber sagte er höflich einladend: »Treten Sie doch näher, mein Herr. Mein Name ist Ricci, ich bin hier der Boß. Womit kann ich Ihnen dienen?«

»Ein Bier«, sagte Zimmermann und begab sich an die Bar.

»Ein Pils für den Herrn«, ordnete Ricci an, und die Bardame beeilte sich, nach nur kurzem Zögern, der Chefbestellung nachzukommen. »Auf Kosten des Hauses!«

Der Kriminalbeamte musterte den Kneipenwirt nahezu anerkennend: »Sie verstehen Ihr Geschäft!«

»Wo wäre ich wohl sonst?« sagte Ricci vertraulich grinsend. »Im sogenannten sicheren Gewahrsam vermutlich. Irgendeiner Ihrer Herren hätte garantiert dafür gesorgt. Sie sind doch von der Polizei?«

»Ich bin völlig privat hier«, knurrte Zimmermann. »Sie brauchen sich nicht auch noch als Menschenkenner zu beweisen!«

»Aber nein, nein!« beeilte sich Ricci zu versichern. »Nur eben, daß mein Schuppen alles andere als ein gut bürgerliches Hotel ist. Es muß eben so 'ne und solche geben. Entsprechend auch die Besucher. Einer wie Sie ist hier höchst selten anzutreffen. Und wenn schon mal, dann nur Finanzamt, Stadtverwaltung oder Polizei. Aber Beamte können stets mit meiner Mitarbeit rechnen. Sagen Sie mir nur bitte, was ich für Sie tun kann.«

Die »Überfallene« Helene Vogler lag mit offenen Augen im Unfallwagen, der sie nach Hause brachte. Wie der sie noch immer betreuende Arzt, Dr. Wild, feststellte, hatte sie das Schlimmste überstanden. Die Schockwirkung löste sich langsam.

Vor einem Appartementhaus in der Ungererstraße hielt der Krankenwagen und dicht dahinter auch das ihm folgende Dienstfahrzeug der Kriminalpolizei, aus dem Kommissar Krebs ausstieg. Zusammen mit dem Arzt geleitete er die Vogler, die sich schon wieder einigermaßen sicher bewegen konnte, zur Haustür hin.

»Hier wohnen Sie also«, sagte Krebs, an dem sechsstöckigen Gebäude hochsehend, in dem sich kein Lichtschein zeigte. »Werden Sie allein hinaufkommen?«

»Ich begleite Frau Vogler«, bot sich der Unfallarzt an.

»Wenn es Ihnen recht ist«, sagte Helene, Krebs dabei kaum anblickend, doch unmißverständlich ihn meinend, »würde ich Ihnen gerne zeigen, wo und wie ich wohne – und mit wem. Vielleicht verstehen Sie mich dann ein wenig besser.«

»Das ist ein guter Vorschlag«, stimmte Krebs zu.

Dr. Wild vermochte seine Enttäuschung kaum zu verbergen. »Ich kann Sie da nur warnen, Frau Vogler. Die Schockwirkung kann noch immer einen Zustand mangelnder Selbstkontrolle nach sich ziehen. Zumal wenn versucht werden sollte, Sie auszufragen ...«

»Ganz abgesehen davon, daß ich keine Fragen stellen werde, Herr Doktor«, unterbrach ihn Krebs, »möchte ich Sie trotzdem bitten, mich zu begleiten – und damit auch Ihre Patientin. Ich lege Wert auf sorgfältige Betreuung, damit keine späteren Vorwürfe aufkommen können.«

»Akzeptiert!« stimmte der Unfallarzt bereitwillig zu.

Gemeinsam fuhren sie im Lift in den dritten Stock hinauf. Wobei Helene Vogler leise vor sich hin sagte: »Das ist alles so scheußlich!«

»Mir brauchen Sie das nicht zu sagen«, versicherte Krebs einfühlsam. »Ich weiß es.«

»Eine vorübergehende Depression«, sagte Dr. Wild ermunternd. Er versuchte, Helene Vogler zu stützen, die sich seiner Hilfe jedoch entzog.

Sie sah nur Krebs an, während sie leise fortfuhr: »So schmutzig – alles – so ekelhaft – bis auf eine Ausnahme.«

»Welche Ausnahme?«

»Sie werden sie sehen.«

Im gleichen Augenblick wurde die Tür zum Appartement im dritten Stock geöffnet, und ein Kind stand vor ihnen, ein Mädchen, im knöchellangen, lichtblauen Bademantel; es hatte ein feines, schmales Gesicht, lange rötliche Haare und die großen, strahlenden Augen Helenes.

»Da bist du ja endlich!«

»Meine Tochter«, sagte Helene Vogler. »Sie heißt Sabine.«

Martin Zimmermann stand immer noch an der Bar dieser »Diskothek Zero«, wo ihn Ricci, der Boß, nicht aus den Augen ließ. Während der Hauptkommissar an seinem Pils nippte, blinzelte er in das dicht verräucherte, nur mäßig beleuchtete Lokal hinein.

»Suchen Sie jemand?« fragte Ricci hilfsbereit.

Zimmermann hatte sich inzwischen an die hier herrschende Beleuchtung gewöhnt – er suchte systematisch den Raum ab, bis seine Augen an einer Gruppe meist jüngerer Männer am rechten hinteren Tisch hängenblieben. Ihr Mittelpunkt war ein rundgesichtiges Kugelkörpermännlein im dunkelgrünen Cordsamtanzug mit rosigem Gesicht und verträumten Augen. Unmittelbar links neben diesem ein wenig sonderbaren Wesen saß Manfred – Zimmermanns Sohn.

»Eine Art Stammtisch«, erklärte der aufmerksame Ricci beruhigend. »Die jungen Leute kommen schon seit einiger Zeit regelmäßig hier zusammen und reden pausenlos aufeinander ein. Ganz tiefsinniges Zeug, dialektisch nennen sie das. Innen- und Außenleben, also Eingeweide bis Ausscheidungen. Verstehen Sie das? Ich nicht.«

»Wer ist der Mann in der Mitte?«

»Den kennen Sie nicht? Das ist Nenner, aus Wien. Aktionskünstler nennt er sich. So eine Art zeitgemäßer Heiland, der überall seine Jünger findet.«

»Scheint so«, sagte Zimmermann. Wobei er zu seinem Sohn hinsah, der ihn nicht bemerkte.

Aktionsplan Nenner, Vorgang 72 – Versuch der Deutlichmachung verdrängter Vorgänge:

»... werden wir zunächst im Innenhof des Stadtmuseums, Jakobsplatz, ein Podium errichten; etwa 8 mal 4 Meter groß. Darauf zwei Kreuze; Holz, Balken, mit Aufhängevorrichtungen.

Diese Kreuze sollen zwingend an die üblichen Profandarstellungen von Golgatha erinnern. Zunächst soll jedoch dieses Demonstrationsobjekt völlig leer bleiben, bis sich möglichst zahlreiche Zuschauer versammelt haben. Dann ertönen aus aufgestellten Lautsprechern Schreie: menschliche, tierische, mechanische! Jetzt folgt: der aktionskünstlerische Auftrieb – durch mich mit Helfern sowie Mitgestaltern – von mindestens 3 Schafen. Besser aber von 5, um eine gewisse sinnvoll erscheinende Auswahl zu ermöglichen. Denn jene Schafe, die sich vordrängen, werden sachgemäß abgeschlachtet, also hingeopfert; dann an die bereitstehenden Kreuze gehängt und dort ausgenommen.

Die bei diesem Vorgang freigelegten Eingeweide werden auf das Podium geworfen und dort verformt, wobei das Publikum aufgefordert wird, sich nunmehr an der weiteren Gestaltung der Demonstration zu beteiligen, also selber zum Teil dieses Kunstwerkes der letzten Einsichten zu werden.«

Zimmermann, noch in der gleichen Nacht, im Gespräch mit seinem Freund und Kollegen Krebs:

Zimmermann: »Da stand ich nun also meinem Sohn Manfred in einer Entfernung von kaum mehr als zehn Metern gegenüber. Nahezu eine halbe Stunde lang. Doch er bemerkte mich nicht. Niemand bemerkte mich, mit Ausnahme dieses Ricci, der aus Instinkt wußte, daß ich ein Polizist bin. Jedenfalls zeigte er viel Entgegenkommen, behauptete aber, nichts Genaueres von dieser Gruppe Nenner zu wissen. Doch ich kann mir ungefähr denken, was dort vor sich geht.«

»Ich bin in den letzten Nächten, bei gemeinsamen Aktionen von Sitte und Rauschgift, deinem Sohn mehr als einmal begegnet. Ohne aber direkt gegen ihn einschreiten zu müssen. Denn irgendeine Anfälligkeit für Rauschgift ist bei ihm nicht festzustellen gewesen. Doch etwas anderes. Manfred verkehrt fast nur in Lokalen, die von – Homosexuellen besucht werden. Was ja an sich nichts besagen muß, zumal es auch kaum noch strafbar ist. Und mich hat so was schon immer ziemlich gleichgültig gelassen. Sie lieben eben auf ihre Weise. Aber als Vater, meine ich, sollte man so was wohl wissen.«

Zimmermann, nach längerem Schweigen: »Kannst du mir eine Liste seiner derzeitigen Freunde besorgen? Möglichst bald.«

Werner, ein Redakteur der »Allgemeinen«, über seinen Chefredakteur, Peter Wardeiner:

»Ein sehr konsequenter, selbstbewußter und immer auch selbstsicherer Zeitungsmann, von herzlicher, kollegialer Grundhaltung. Wie oft haben wir mit ihm gelacht – uns gemeinsam mit ihm amüsiert über alle erdenklichen Arten und Abarten menschlicher Unvollkommenheiten. Über die Trägheit der Herzen, über die Funktionsfehler diverser Unterleibsorgane, über das schnelle Vergessen nationaler Tragödien oder auch Komödien, über die weitverbreitete Gier, sich bedenkenlos bereichern zu wollen, und über die böse Verlogenheit unserer sogenannten Gesellschaft und ihrer von Geld oder Macht Korrumpierten.

Wardeiner war immer ein kämpferischer Mensch, den zur Strecke zu bringen für die von ihm attackierte Gesellschaft beinahe unvermeidlich wurde. Irgendwann mußte er einmal untergehen. Mit fliegenden Fahnen, hatten wir gehofft. Doch er verendete schließlich wie ein vergiftetes Tier.«

Der gleiche Werner der »Allgemeinen« über Burghausen, Mitinhaber und Verlagsleiter:

»Burghausen wirkte auf leicht rustikale Weise geradezu charmant, auch beinahe nobel. Was aber täuschte. Denn in Wirklichkeit war er ein ganz kalter Kalkulierer. Wenn es um seine Position, also sein Geld und seinen Einfluß ging, kannte er keine Hemmungen.

Wer bei ihm nicht spurte, den feuerte er rücksichtslos. Mindestens ein Selbstmordversuch von einstigen Angestellten ging auf sein Konto.

Er verfügte, offenbar noch von seiner Kriegszeit her, über die merkwürdigsten Beziehungen zum Bundesverfassungsschutz, zum amerikanischen CIA, auch zu Stoßtruppresten der französischen ARO. Einer davon, ein gewisser Monsieur Lapin, tauchte regelmäßig bei Burghausen auf – um letzte Dreckarbeiten für ihn zu verrichten.«

»Mein Gott – wie siehst du denn aus!« rief Sabine erschreckt, als sie ihre Mutter, Helene Vogler, im Flurlicht näher betrachtete. »Was hat man dir denn getan?«

»Ein kleiner Unfall«, meinte Dr. Wild besänftigend. »Nur ein paar Tage – und deine Mama sieht wieder so schön aus wie immer.«

Sabine zog ihre Mutter zärtlich-mitleidvoll in die Wohnung hinein, die einen sauberen, überaus gepflegten Eindruck machte, und wandte sich Krebs zu, der hinter Helene Vogler eintrat: »Warum sind Sie denn hier?«

»Um deine Mutter zu begleiten«, sagte der Kriminalkommissar bedächtig. »Aber auch, um dich kennenzulernen.«

»Bleiben Sie bei uns?« wollte Sabine wissen.

»Nein«, sagte der Arzt, den sie gar nicht gefragt hatte, »deine Mutter muß sich jetzt ausruhen, lange ausschlafen. Völlig ungestört.«

»Da paß ich schon auf«, versprach Sabine entschieden, um dann Krebs zu fragen: »Wenn Sie gehen müssen, wann kommen Sie dann wieder?«

»Sicherlich bald«, versprach der Kommissar diesem so ernsthaften Kind, dessen Anblick sein Herz bewegte.

»Sich vergnügen müssen, kann sehr anstrengend sein«, meinte Peter Wardeiner, sich dehnend.

»Fühlst du dich angestrengt? Überanstrengt etwa?« wollte Susanne sofort wissen.

»Aber nein!« beeilte sich Wardeiner zu versichern. »Ich fühle mich glänzend – wie immer, wenn ich ganz aktiv sein kann. Ich freue mich geradezu auf das, was auf mich zukommt.«

Susanne musterte ihn sehr genau. Sie saßen im großen Wohnzimmer ihrer Villa in Grünwald einander gegenüber, um noch ein letztes Glas Sekt zu trinken, bevor sie dann schlafen gingen – jeder in einem anderen Zimmer. Sie sagte: »Bist du tatsächlich entschlossen?«

Peter Wardeiner wehrte lächelnd ab. »Du machst dir völlig unnötige Sorgen – und vor allem solltest du dich ablenken lassen. Etwa durch Alexander Bender. Du hast dich doch offenbar auf dem heutigen Ball glänzend mit ihm unterhalten. Warum hast du ihn nicht zu uns eingeladen, er ist ein prächtig aussehender Mann!«

»Vielleicht lade ich ihn tatsächlich ein, wenn du so weitermachst«, sagte Susanne höchst ernsthaft. »Vielleicht bleibt mir gar nichts anderes übrig, um dich wirksam herauszufordern, endlich Vernunft anzunehmen, wobei ich auch zu ihm gehen kann – aufgefordert dazu hat er mich!«

»Bitte, Susanne – bemühe dich nicht, diese Vorgänge zu dramatisieren! Versuche vielmehr, so wie ich zu denken. Hier geht es um eine gute, gerechte Sache – bei der jede Rücksichtnahme nur ein schwächliches Ausweichen wäre. Was ich nicht will. Nicht kann.«

»Schau in den Spiegel, bevor du schlafen gehst«, empfahl sie ihm. »Du hast fiebrige Augen, dunkle Schatten darunter und ein kreidebleiches Gesicht. Alles Anzeichen deiner schweren körperlichen Erschöpfung. Du solltest morgen nicht in die Redaktion gehen, sondern deinen Arzt kommen lassen.«

»Nur mit der Ruhe und eines nach dem anderen«, empfahl der Kriminalinspektor Michelsdorf, Sitte, der einzigen Zeugin des Überfalls auf Helene Vogler. Diese Sieglinde Sommer war ihm zur Einvernahme übergeben worden. »Versuchen Sie sich ganz allein auf den entscheidenden Vorgang zu konzentrieren.«

Sieglinde Sommer fühlte sich geehrt, von Michelsdorf vernommen zu werden, »um Mitarbeit gebeten«, wie er ihr suggeriert hatte. Zunächst »am Tatort«, dann auch in ihrer in der Nähe gelegenen Wohnung. Dort kochte sie dem Kriminalbeamten erst mal einen guten Kaffee.

»Wie also«, fragte Michelsdorf gezielt, »würden Sie den Vorgang bezeichnen? War alles mehr spielerisch, etwa: was sich liebt, neckt sich? Nein, hat es sich um eine Art Zufall gehandelt – sie stolperte und er fiel hinter ihr her? Auch nicht? Vielleicht ein Unglücksfall – etwa: Er wollte sie nur warnen, sie festhalten, beschädigte sie dabei aber unbeabsichtigt...«

»Nein, nein!« rief die Sommer anklagend. »Das war ein richtiger Überfall. Dieser Saukerl stieß die Frau aus dem Wagen, stürzte sich über sie her, schlug auf sie ein, versuchte sie zu würgen ...«

»Also bewußt eingesetzte rohe Gewalt?« stellte der Kriminalbeamte ermunternd fest.

»Jawohl! Und wenn ich nicht gewesen wäre, hätte dieser Schweinehund die Frau glatt umgebracht. Da bin ich sicher!«

»Versuchen Sie ihn zu beschreiben. Das haben Sie schon mehrmals versucht, aber Sie werden das noch einige Male wiederholen müssen, bis sich für uns brauchbare Einzelheiten abzeichnen. Also?«

»Nun ja, der war kaum größer als ich, so an die einsfünfundsechzig. Auch ziemlich schlank, fast schon wie ausgemergelt. Dazu ein bleiches Gesicht, was aber auch an der Straßenbeleuchtung liegen konnte. Die ist ja in der Gegend nun wirklich miserabel. Der Kerl rief ein paar Worte, die ich nicht verstanden habe. Eigentlich keuchte er nur und schlug auf die Frau ein – und ich auf ihn mit meinem Regenschirm.«

»Ja, das war schon sehr mutig«, sagte Michelsdorf anerkennend und trank den Kaffee aus. »Ich werde Sie morgen vormittag ins Präsidium holen lassen und Ihnen dort eine Anzahl Fotos vorlegen. Vielleicht erkennen Sie den Täter wieder.«

Aussagen des Kraftfahrers der Staatskanzlei Paul Schmittge über seinen Berufskollegen Hans Heßler, Fahrer des Herrn Dr. Anatol Schmelz:

»Wir Kraftfahrer kennen uns alle aus unzähligen Wartestunden. Wir fahren ›die Großkopfeten‹, wie man hier sagt, wohin sie wollen: zu Tagungen, Einweihungen, Staatsakten, Bieranstichen, sonstigen Festivitäten. Die müssen repräsentieren, sagen sie – und wir warten dann stundenlang, nächtelang, bis sie sich ausrepräsentiert haben.

Wir vertreiben uns die Zeit, indem wir Radio hören, oder auch mit Kartenspielen; zumeist Schafskopf, was hier am beliebtesten ist. Heßler jedoch, der Fahrer von Dr. Schmelz, macht da nie mit. Der trinkt nicht, redet nicht, spielt nicht Karten; der liest speziell Betriebsanleitungen für Fahrzeuge aller Art. Dazu entsprechende Fachbücher und Fachzeitschriften.

Was natürlich auch Vorteile bringt. Hat nämlich mal einer von unserem Verein eine Panne – Hansi Heßler hilft immer, und es gibt nichts, was der nicht reparieren kann. Der macht einfach alles. Aber zum Freund haben möcht ich den nicht.«

Kriminalinspektor Michelsdorf war noch vor seinem Chef im Amt eingetroffen und hatte sich hier über die Kartei »Sittlichkeitsverbrechen, Verdacht und Vermutungen« hergemacht. Diese Kartei war ein erfassungstechnisches Meisterwerk. Vom Dezernatsleiter Sitte, also Krebs, persönlich erdacht, entworfen und praktiziert: Die denkbar genaueste Zerlegung jeder in diesem Spezialbereich möglichen Straftat war dabei durch ein Kennzeichensystem in etwa dreißig Grunderscheinungsformen gegliedert. Ort des Zugriffs und Art desselben: würgend, schlagend, stoßend, boxend, treibend. Sprache und Stimme des Täters: bevorzugte Ausdrücke, Lautstärke, Eigenarten wie Stottern, Heiserkeit, Flüstern, Befehlstöne. Und weiter: Verletzungen durch den Täter – Kopf, Brust, Bauch, Schenkel, Geschlecht. Genaueste Details dazu.

»Ein großartiges System«, bekannte Michelsdorf, als Krebs ins Zimmer trat. »Ich beschäftige mich immer wieder gerne und oft gewinnbringend damit, wie auch in diesem Falle – Helene Vogler.«

»Glauben Sie denn, irgend etwas Brauchbares herausgefunden zu haben?«

»Drei Übereinstimmungen zu zwei bereits registrierten Fällen sind erkennbar beziehungsweise zu vermuten: Leiche Gaswerk, Leiche Sportplatz. Dabei erstens: Tatort – dieser immer abgelegen; Nebenstraßen, geringer Verkehr, wenig Anwohner. Zweitens: stets dabei benutzt ein Fahrzeug, groß, schwer, in einer Zeugenaussage als ›repräsentativ‹ bezeichnet. Drittens: Tatvorgang: Das Opfer wird hinausgestoßen, verfolgt, dann geschlagen!«

»Lieber Herr Kollege«, sagte Krebs vorsichtig dämpfend, »so ein Tatvorgang kann leider nicht nur in drei Grundbestandsmerkmale zerlegt werden. Dazu gehört weit mehr, wenn wir praktisch weiterkommen, also juristisch einwandfreie Beweisketten liefern wollen.«

»Aber hier haben wir doch ein Opfer, das endlich mal Aussagen machen kann, die uns den Täter bringen könnten. Geben Sie mir freie Hand?«

»Ich gebe Ihnen lediglich den Rat, sehr behutsam und gründlich vorzugehen, Michelsdorf«, sagte Krebs, ohne seinen Untergebenen anzusehen, was der aufmerksam registrierte.

»Dann darf ich mir diese Frau oder dieses Fräulein Vogler also mal vornehmen?«

»Die überlassen Sie, bitte, mir – zunächst jedenfalls«, entschied Krebs.

»Helga, bei wem können sich seine Notizen befinden?« wollte Wöllrich von Horstmanns Witwe wissen.

»Bei mir jedenfalls nicht«, sagte sie entschieden.

Ihre Liebesnacht näherte sich bereits dem Ende. Helga lag noch im zerwühlten Bett, während sich Wöllrich bereits im Bad, bei weit offener Tür, mit dem Kamm des Heinz Horstmann kämmte. Er benutzte reichlich auch noch dessen Lavendelwasser, um sich zu erfrischen.

»Diese Sache läuft erst dann richtig«, sagte er, sich im Spiegel selbstbewußt zulächelnd, »wenn nichts in falsche Hände gerät.«

»Ich habe nur das Material, das sich in dieser Wohnung befunden hat«, sagte sie. »Er tauchte doch in den letzten Monaten hier nur noch auf, um die Wäsche zu wechseln, ein paar Stunden zu schlafen – aber nicht mit mir – und wortlos wieder abzuhauen. Gearbeitet hat er zumeist in der Redaktion.«

»Sein Schreibtisch dort ist leer, ich habe nachgesehen.« Wöllrich beobachtete sie im Spiegel, wo sie in ferner, puppenhafter Nacktheit erschien. »Du sagtest: zumeist. Wo könnte er denn sonst noch gearbeitet, also Unterlagen aufbewahrt haben?«

»Bei seinem Freund.«

Waldemar Wöllrich warf Horstmanns Kamm achtlos in das Waschbecken und wendete sich ruckartig Helga zu. »Heinz soll einen Freund gehabt haben? Wen denn?«

»Lothar«, sagte sie, sich dehnend.

»Bist du sicher? Ausgerechnet Lothar soll er sich ausgesucht haben? Diese trübe Feuilletontasse?« Wöllrich vermochte das kaum zu fassen. »Diesen lauwarmen Bruder, der Puppen, Porzellan und mechanisches Spielzeug sammelt!«

»So lauwarm ist Lothar nun auch wieder nicht. Die beiden haben nicht nur gelegentlich miteinander gesoffen, sie haben auch ganz schön etliche von euren Sekretärinnen vernascht, um die dann auszuhorchen.«

»Wenn das zutrifft«, stellte Wöllrich höchst besorgt fest, »dann ist hier die Scheiße ganz dick! Dagegen muß unverzüglich etwas unternommen werden – was ganz Massives! – Aber – was?«

»Dir wird schon was einfallen«, meinte Helga ermunternd.

Schriftsteller Karl Goldner am Sonntag gegen vier Uhr morgens nach dem fünften Lokalwechsel in einer Bar an der Briennerstraße, Nähe Odeonsplatz, zum Kriminalassistenten von Gotha:

»Was kann ich Ihnen denn sonst noch vorführen, um Ihr Informationsbedürfnis zu befriedigen, mein Lieber? Womit kann denn überhaupt ein Journalist einen Kriminalisten noch überraschen? Etwa mit der ›Commedia del amore 2000‹, wo eine Reiterin ihren Schimmel beischläferisch mißbraucht? Oder mit dem ›Club Lolita‹ – nur für Mitglieder, die einen Schlüssel haben –, wo es eine Totalstripteuse mit ihrem Hund treibt?«

von Gotha: »Sie wissen, warum ich hier bin, Herr Goldner?«

Goldner: »Ja, um mich auszufragen!«

von Gotha: »Nicht nur, Herr Goldner. Sie sollten mir auch helfen, mich in diesem Dschungel zurechtzufinden.«

Goldner: »Sie kennen doch die lapidare Theorie, daß kein Verbrechen deutlich sichtbar aus einem einzigen Motiv zu erklären ist. Vielmehr immer in ein dichtes Netz von Kausalzusammenhängen eingespannt bleibt: also zwischen Erfolg und Mißverfolg, Triebanlage und Machtverlangen, Wunschtraum und Wahnvorstellung, oder auch wie hier zwischen Sexualität und Kriminalität.«

von Gotha: »Von wem sprechen Sie? Von Schmelz oder von Wardeiner?«

Goldner: »Vielleicht von beiden.«

»Hansi«, sagte Anatol Schmelz gegen fünf Uhr früh zu seinem Betreuer, »ich habe dich hergebeten, damit du mir behilflich bist. Ich will nach Hause.«

»Aber sofort, Herr Doktor«, versicherte Heßler. »Welche Adresse diesmal?«

»Die meiner Frau«, sagte Anatol, der, inzwischen angekleidet, noch immer wie tief erschöpft auf seinem Hotelbett lag.

Hansi Heßler nickte, ohne die geringste Überraschung zu zeigen: »Der Wagen wird in fünfzehn Minuten vor dem Hotel stehen. Inzwischen werde ich die gnädige Frau telefonisch von unserer Ankunft verständigen.«

»Sag ihr bitte, es gehe mir nicht gut.«

Der Ammersee war um diese Zeit von der Stadtmitte Münchens aus in knapp vierzig Minuten zu erreichen. Während der Fahrt lag Anatol Schmelz wie leblos in den hinteren Polstern seines Wagens.

Er schreckte auf, als das Fahrzeug bremste und zum Stillstand kam – das Seegrundstück bei Herrsching war erreicht: ein dekoratives, schmiedeeisernes Tor, nachgeschaffenes 18. Jahrhundert; dahinter dichte Büsche und hohe Bäume, ein weiter Rasen; sodann das Haus: Landvilla im oberbayerischen Stil, geborgene Gemütlichkeit, wohltuende Solidität.

Am Tor wartete schon, in einen schweren Pelzmantel gehüllt, Frau Henriette Schmelz. Ihr Gesicht stand als fahle, schmale Fläche im Scheinwerferlicht. Er öffnete die Tür: »Da bin ich – wieder einmal.«

Und sie sagte: »Du kommst wie immer im richtigen Augenblick. Auch ich habe dringend mit dir zu reden.«

»Da scheint ja einiges auf uns zuzukommen«, verkündete Burghausen, Verlagsleiter der »Allgemeinen«, ahnungsvoll.

»Auch ich bin nicht unbesorgt, je mehr ich darüber nachdenke«, sagte Samhaber, der stellvertretende Chefredakteur.

Beide Herren saßen im »Donisl« am Marienplatz in der hintersten Ecke des unteren Raumes. Uhrzeit 5.30. Da die sogenannte Prominenz die oberen Räumlichkeiten dieses Morgenkaterlokals bevorzugte, waren sie hier ungestört.

Burghausen fuhr bedeutsam fort: »Ich werde morgen, vielmehr heute, am Sonntagnachmittag, wenn die Montagszeitung gemacht wird, leider nicht im Verlag sein. Ich muß dringend nach Garmisch. Dort tagt die überparteiliche Vereinigung ›Schönere Heimat‹. Zu deren Vorstand ich gehöre.«

Der rundlich-schwammige Samhaber fragte mit seiner sanft schwebenden, aber auch suggestiv rhythmischen Stimme: »Was, meinen Sie, habe ich zu tun, falls Herr Wardeiner tatsächlich, wie befürchtet werden muß, versuchen sollte ... Soll ich dann nur warnen, ihn besorgt beschwören oder ihm ganz massiv drohen?«

»Nichts dergleichen«, meinte Burghausen. »Unsere Zeitung ist objektiv, neutral und weltoffen. Wardeiner soll tun, was er nicht lassen kann. Nur auf eins wäre dabei mit großer Aufmerksamkeit zu achten: Er muß die Verantwortung dafür auch ganz allein übernehmen. Alles andere findet sich dann schon – auch wer dann wohl unvermeidlich sein Nachfolger wird.«

Aus den Aufzeichnungen des Kriminalbeamten außer Dienst Keller:

»In unserem Metier existieren wohl Faustregeln und Generalratschläge, nur eben, daß niemals, schon gar nicht im Bereich der Kapitalverbrechen, ein einziger Fall in allen Phasen einem anderen gleicht. Was in der Praxis bedeutet: Wir müssen, wieder und immer wieder, völlig von vorn anfangen. Nur wenige Kriminalisten besitzen die dazu gehörende Energie und Ausdauer.

Das Verbrechen kennt keine Regeln, hat keine erkennbaren Gesichter. Auch nicht bei den primitivsten und brutalsten Fällen der Kriminalgeschichte: Der Massenmörder Kürten etwa galt als liebenswerter, außerordentlich hilfsbereiter Nachbar; von Bartsch, dem Kindertöter, wurde behauptet, er sei stets von großer Höflichkeit gewesen; und der Frauenkiller Christie, dieser Londoner Schlächter und Totengräber, ist sogar Polizist gewesen, Hilfspolizist, was kein Chronist zu registrieren vergißt.

Das bemerke ich nicht zufällig – das gehört durchaus mit zur Besonderheit dieses Falles. Auch mit zu der Erkenntnis, daß ein

Verbrechen keinesfalls allein im direkten Zusammenhang mit sozialen Mißständen, wirtschaftlichem Elend, finanzieller Ausbeutung steht. Die ursprüngliche, ganz und gar menschliche Kriminalität ist im Kern von zeitloser Gültigkeit und nicht nur auf diese oder jene Gesellschaftsschicht beschränkt. Mörder wohnen in Palästen ebenso wie in Hütten.

Sich diesen Tatsachen konfrontiert zu sehen, kann zu großen seelischen Belastungen führen. Ein Zimmermann schien, wie gesagt, allen derartigen Anforderungen gewachsen zu sein. Ein Krebs nicht ganz. Und wenn ich selbst immer wieder damit fertig geworden bin, dann wohl nur, weil ich stets allein gelebt habe – allein mit meinem Hund Anton. Und Tiere können keine Verbrechen begehen. Das bleibt allein Menschen vorbehalten.«

Waldemar Wöllrich traf vor der Wohnung des Sonntagsbeilagenredakteurs Lothar – Ungererstraße, Nähe Feilitzschplatz – kurz vor 06 Uhr 00 ein. Er trommelte gegen dessen Flurtür und drückte zugleich so lange auf den Klingelknopf, bis ihm endlich geöffnet wurde.

Lothar stand in einem blauen Morgenmantel aus grobem Leinen, den er über den nackten Körper geworfen hatte, schlaftrunken vor ihm, lächelte aber, als er Wöllrich erkannte, der ihn hastig zur Seite drängte und in die Wohnung stürmte, wo er im Arbeitszimmer stehenblieb. Dort betrachtete er mit schnell aufsteigendem, unverhohlenem Vergnügen die Regale, Glasschränke, Sichtgehäuse an den Wänden ringsum. Sämtlich angefüllt mit Puppen, Spielzeug, Porzellan aus Bayern, Nymphenburg; Sachsen, Meißen; Holland, Delft; England, Südwales; Italien, Florenz; zumeist zierliche Menschenfiguren, graziöse Tiere, formenreiche Früchte und Blumen.

»Was wollen Sie von mir?« fragte Lothar.

»Am liebsten würde ich endlich einmal Elefant im Porzellanladen spielen«, bekannte Wöllrich freudig. »Das habe ich mir schon immer gewünscht.«

»Könnte ein teurer Spaß werden, Herr Wöllrich.«

»Für wen denn?« Wöllrich lächelte vieldeutig. »Doch davon

später. Zunächst einmal bin ich auf Anregung unseres Verlagsleiters hier, mit dem Auftrag, alle Unterlagen von Horstmann zu kassieren. Denn die sind juristisch Verlagseigentum.«

»Und so was wird hier bei mir vermutet?« sagte der dürrblonde Lothar vorsichtig. »Wer hat Ihnen denn das eingeredet?«

»Wer auch immer, fest steht doch wohl: Horstmann hat hier gearbeitet, du hast ihm deine Bude zur Verfügung gestellt, und nun wirst du uns seine Unterlagen ausliefern!«

»Welche Unterlagen?«

Wöllrich griff in das ihm am nächsten stehende Regal und holte sehr vergnügt eine Porzellanfigur heraus: Ein Harlekin, ungemein zierlich gestaltet, in sanft leuchtenden Farben, Bustelli, Nymphenburg. Wert: etwa achttausend Mark.

Wöllrich hob die Figur langsam hoch und ließ sie dann genußreich fallen, wobei sie zerschellte. Anschließend trampelte er auf den Scherben herum – mit geradezu kindlicher Hingabe.

Lothar, bleich geworden, sagte tonlos: »Das werden Sie mir bezahlen.«

»Warum nicht«, meinte Wöllrich entgegenkommend: »Du brauchst mir nur auszuhändigen, was Horstmann hier zurückgelassen hat. All seine Notizen, jede Schreibmaschinenarbeit von ihm, mit sämtlichen Durchschlägen. Wenn aber nicht, läßt sich hier noch eine ganze Menge zertrümmern. Was ich dann mit Wonne tun werde.«

»Auch in Gegenwart von Zeugen?« Lothar blickte zu seiner Schlafzimmertür hin, in der jetzt Marie-Antoinette Bauer, die Verlagssekretärin des »Morgen«, erschienen war. Die lächelte nicht ohne amüsierte Verachtung Wöllrich an.

Der wich langsam zurück. Doch bevor er die Tür hinter sich zumachte, gab er drohend zu bedenken: »Ihr seid wohl ganz verrückt darauf, euch Schwierigkeiten einzuhandeln. Nehmt doch Vernunft an, Kinder, und das möglichst bald.«

»Ich bin sehr müde«, sagte Anatol Schmelz, wobei er flehend seine Frau anblickte. »Zu Tode erschöpft!«

»Das kenn' ich«, sagte sie mit nur mühsam gedämpfter Erregung, »erschöpft bist du immer dann, wenn du meinen Fragen ausweichen willst. Bemühe dich nicht, ich glaube dir nichts mehr.«

»Über mich scheint eine ganze Welt herfallen zu wollen«, klagte er weinerlich. »Niemand, der mir auch nur einen Augenblick des Glücks gönnen will.«

Sie saßen im Wohnzimmer der Ammersee-Villa einander gegenüber. Inmitten kostbarer, in langen Jahren sorgfältig zusammengestellter Möbel. Zierlichkeit vereint mit rustikalen Elementen.

Anatol Schmelz achtete nicht mehr darauf. Er starrte seine Frau an, unendlich betrübt. »Ich suche hier Zuflucht – und was finde ich?«

»Eine Frau, die nicht mehr länger mit dir leben will.«

»Erlaube mal«, schnaufte er auf, »dir geht es doch glänzend. Du hast alles, was du dir jemals gewünscht hast. Ich bin doch wirklich nicht kleinlich gewesen. Was willst du denn noch?«

»Die Trennung«, sagte sie bestrebt sachlich, was ihr indes schwerfiel. »Dazu eine gewisse garantierte Sicherheit, für mich und für Amadeus, unseren Sohn, für den ich nunmehr allein die Verantwortung zu übernehmen wünsche. Ich kann es nicht mehr länger ertragen, ihn deinem Einfluß ausgesetzt zu sehen.«

»Mein Gott, ich tue doch für ihn, was ich tun kann!«

»Nein, du verdirbst ihn, du ruinierst ihn.«

»Ich liebe ihn!« versicherte Anatol Schmelz geradezu feierlich.

»Du hast ihm eine Wohnung in Schwabing gekauft, ihm einen Sportwagen geschenkt, du versorgst ihn mit einem Taschengeld, das dem Monatsgehalt deiner Redakteure entspricht – ihn, einen Achtzehnjährigen!«

»Ich gönne ihm einfach alles das, was mir in seinem Alter nicht vergönnt war!«

»Du weißt, daß er homosexuell ist?«

»Na, und wenn schon! Wir leben doch nicht mehr im Mittelalter«, eiferte Anatol Schmelz. »Und weißt du denn auch, warum junge Leute nach Freud fast zwangsläufig zu Homosexuellen werden? Aus mangelnder Mutterliebe!«

»Du schreckst, wieder einmal mehr, vor nichts zurück! Du redest von Freud, ohne ihn gelesen zu haben. Nur um recht zu haben, lügst du irgendwie vor dich hin. Du siehst immer nur, was du in den Spiegeln um dich sehen willst – einen lieben, armen, bemühten, aber von der Mitwelt beklagenswert verkannten Edelmenschen!«

»Ich – habe mich stets strebend bemüht.«

»Und ich begreife nicht, Anatol, wie ich deine seichten Selbstsüchtigkeiten so viele Jahre habe ertragen können. Aber nun soll damit Schluß sein. Muß Schluß sein – allein Amadeus' wegen.«

»Und wie stellst du dir das im einzelnen vor?« fragte Anatol lauernd.

»Ich werde einen Rechtsanwalt damit beauftragen, die Scheidung einzureichen«, sagte sie ruhig, »und das mit dem Tenor: du, du allein bist schuldig. Denn nur dadurch kann ich erreichen, daß Amadeus mir zugesprochen wird.«

»Das ist doch absurd, Henriette. Amadeus ist achtzehn Jahre alt und kann selbst wählen, bei wem er leben will. Ich kann dir jetzt schon sagen: Er wird sich für mich entscheiden. Und außerdem – wie willst du jemals, juristisch eindeutig, meine Schuld beweisen?«

»Entsprechende Beweise liegen vor. Sie sind Stück für Stück gesammelt worden.«

»Von wem?«

»Von einem meiner wenigen wirklichen Freunde, von Heinz Horstmann.«

»Der ist tot«, sagte Anatol Schmelz mit geschlossenen Augen.

»Nein!« rief sie erschrocken aus. »Das ist nicht wahr.«

»Er ist tot«, wiederholte Anatol, ohne den geringsten Triumph zu verraten. »Er ist überfahren worden. Es sei, so sagt man, ein Unfall gewesen – ein Verkehrsunfall.«

»Anatol«, begann Henriette nach längerem Nachdenken, »dieser Tod des Heinz Horstmann ...«

»... den ich wirklich ehrlich beklage«, unterbrach er sie schnell. »Er war mein bester Mann und auch mir ein Freund.«

»Er hat dich verachtet«, sagte sie leise, doch sehr bestimmt.

»Wer verkennt mich denn nicht, du doch auch«, verkündete er dunkel.

»Horstmann, da bin ich überzeugt, hat nach einer ganz bestimmten, sehr menschlichen Wahrheit gesucht; und das nicht zuletzt meinetwegen, glaube ich. Wenn einer dir jemals wirklich hätte gefährlich werden können – dann er!«

»Sag so was nicht!« rief Anatol Schmelz beschwörend aus. »So was solltest du nicht einmal denken!«

»Ich sage, was ich denke«, erklärte ihm seine Frau. »Ich kenne dich, und wenn jemandem der Tod von Heinz Horstmann heftig willkommen gewesen ist – dann dir!«

5

München, Sonntag, früher Vormittag, Spätwinter in dieser Stadt. Frostgrenze bei eintausend Meter, Wolken tief – grau in grau. Kaum Schnee – und wenn Schnee, dann mit Regen durchsetzt.

Schwabing starb, wie Nacht für Nacht, erschöpft dahin. Der Hauptbahnhof war von Kriminellen geräumt. Verlassene Nachtlokale stanken süß-säuerlich vor sich hin.

Der Großteil der Bürger schlief in diesen Faschingssonntag hinein. Andere hatten sich alpenwärts abgesetzt – dort standen sie nun bei Skiliften an. Nur wenige registrierte Gläubige besuchten die Frühveranstaltungen ihrer Kirchen, wie vereinsamt hockten sie dort herum.

Die Innenstadt war wie ausgestorben. Dennoch randvollgestellt mit Autos, diesen »heiligen Blechkühen des angeblichen Fortschritts«. Eine Formulierung des ehemaligen, unvergeßlichen Oberbürgermeisters von München. Nur wenige Hunde pinkelten, verzweifelt-beharrlich, dagegen an.

In diesen frühen Vormittagsstunden des Sonntags wirkte die Stadt wie tot. Außer Priestern, Reinigungskolonnen, Versorgungsbetrieben, Rettungsdiensten mit Einsatzbereitschaften arbeitete auch die Polizei, einschließlich Kriminalpolizei, »rund um die Uhr«.

Wobei im Polizeipräsidium in der Ettstraße, 3. Stock, in einem Raum unter hundert anderen, der Kriminalhauptkommissar Zimmermann begann, sein Netz auszulegen.

Pünktlich 09 Uhr 00 konferierte Hauptkommissar Zimmermann im Polizeipräsidium mit seinem engsten Mitarbeiter, Oberinspektor Felder. Thema: Fortgang der Untersuchungen im Fall Horstmann, den Felder inzwischen aktenmäßig geordnet hatte.

Sein Aktenplan bestand aus: Mappe A – Tatort und Opfer, Tatzeugen, Beweismittel. Mappe B – Exekutivmaßnahmen, wie Durchsuchungen, Beschlagnahmungen, Festnahmen – sie war leer. Mappe C – Einzelverdächtige und aufgenommene Spuren – sie besaß, innerhalb von vierundzwanzig Stunden, nahezu fünfzig Blatt. Mappe D sodann: Sammelverdächtige, Zusatzermittlungen, Hinweise – hier nur wenige Unterlagen. Schließlich Mappe E – Pressenotizen, Anfragen, Zeitungsausschnitte, Telefonate, allgemeiner Schriftverkehr, ebenfalls leer.

Felder: »Alles ist noch völlig offen.«

09.38 Uhr, gleichfalls Polizeipräsidium: Konferenz zwischen Kriminaldirektor Hädrich und Hauptkommissar Zimmermann:

Hädrich: »Eine vergleichsweise ruhige Nacht.«

Zimmermann: »Ja, so gut wie nichts Besonderes.«

Hädrich: »Sind Sie im Fall Horstmann weitergekommen?«

Zimmermann: »Es wird immer deutlicher, daß dieser Fall in Bereiche hineinspielt, in denen es von weißen Westen nur so zu wimmeln scheint.«

»Das heißt also«, sagte der Kriminaldirektor bedächtig, »Sie brauchen in den nächsten Tagen personelle Unterstützung aus anderen Dezernaten?«

»Nicht unbedingt – wir kommen ganz gut voran.« Zimmermann blinzelte Hädrich leicht verwundert an. »Nach den bisherigen Erfahrungen hat es sich als nützlich erwiesen, wenn in heiklen Fällen nicht allzu dynamisch vorgegangen wird. Oder – drängt hier jemand?«

»Ja, Dr. Gleicher – der Oberstaatsanwalt. Der läßt nicht lokker.« Hädrich gab sich dennoch bemüht heiter.

»Verweisen Sie ihn an mich.«

»Das, mein Lieber, habe ich bereits getan. Er wird also auf Sie zukommen – Sie werden ihm also, oder der hier zuständige Beamte, seine Fragen beantworten, alle, und sie sind immer sehr gezielt, wie Sie ja wissen.«

»Ich«, sagte Zimmermann fast lässig, »bin auch darauf vorbereitet, so gut wie auf alles in diesem kriminellen Porzellanladen.«

09.57 Uhr: Konferenz zwischen Kriminalkommissar Krebs und Kriminalinspektor Michelsdorf:

Michelsdorf: »Vorläufige Unterlagen über Helene Vogler, entnommen den vorliegenden Akten, ergänzt durch erste neuere Ermittlungen. Wollen Sie hören?«

Krebs: »Bitte.«

Michelsdorf: »Vogler, Helene, fünfundzwanzig Jahre alt. Vater Bundesbahnverwaltungsbeamter, München; Mutter gestorben bei der Geburt dieser Tochter. Helene, von der Schwester ihres Vaters aufgezogen, besuchte die Volksschule, dann eine kirchlich orientierte Privatschule mit ausgezeichneten Noten in fast allen Fächern; außer Mathematik, Chemie, Physik. Wird mit knapp sechzehn Jahren schwanger. Bemerkenswertes Verhalten der Vogler dabei: Sie weigert sich, den Namen des Erzeugers zu nennen. Sie wurde auf eine mögliche Vergewaltigung angesprochen, denn diese hätte, bei ihrer damals als zart angegebenen Konstitution und angeblicher Krankheitsanfälligkeit, eine medizinisch befürwortete Schwangerschaftsunterbrechung möglich gemacht. Doch sie trug dieses Kind aus und bestand darauf, Sabine selbst aufzuziehen.

Sie versuchte sich in mehreren Berufen, zumeist nur halbtägig. Dabei wurde sie von ihrem Vater nach seinen Möglichkeiten finanziell unterstützt. Auch jetzt noch bekommt sie 150 bis 200 Mark monatlich von ihm. Sie arbeitete als Verkäuferin, Warenhaus; Kassiererin, Filmtheater; Serviererin, diverse Lokale, Speise- und Nachtklubs. Gelegentlich ging sie auf den Strich.«

Krebs: »Ein erbarmungswürdiges Leben, meinen Sie nicht auch?«

Michelsdorf: »Nein, meine ich nicht. Denn eindeutig kriminelle Elemente lassen sich überwachen und registrieren. Was uns aber wirklich zu schaffen macht, sind diese halbdunklen, diese ebenso fragwürdigen wie gefährlichen Gelegenheitskriminellen. Zumal solche, die sich beharrlich weigern, mit uns zusammenzuarbeiten, die verbohrt schweigen wie diese Vogler.«

Krebs, nachdenklich: »Ich kann mir vorstellen, was Sie befürchten: Es handelt sich bei der Vogler um eine begonnene, aber nicht vollzogene Tat. Was erfahrungsgemäß den Täter dazu treiben muß, das Verbrechen zu wiederholen, um es zu vollenden.«

»Genau das ist es«, bestätigte Michelsdorf mit großem Eifer. »Wobei es nach unseren Erfahrungen dem Täter primär nur auf die Tat selbst ankommt, während das Objekt wechseln kann. Es muß also nicht gleich wieder die Vogler sein. Aber die ist der Schlüssel, um an diesen Täter heranzukommen. Sie kennt ihn. Sie muß also aussagen. Wird das zu erreichen sein?«

»Ich werde es versuchen«, sagte Krebs behutsam.

10.18 Uhr, immer noch Polizeipräsidium. Hauptmann Kramer-Marein von der Verkehrspolizei bei Hauptkommissar Zimmermann und Oberinspektor Felder.

Zimmermann: »Irgendwelche Fortschritte? Oder gar ein Wunder?«

Kramer-Marein: »Alles braucht seine Zeit. Dabei muß ich allerdings gestehen, daß sich eine meiner besonderen Hoffnungen nicht erfüllt hat. Der bei der Tat benutzte schwere Wagen müßte nicht unerheblich beschädigt worden sein. Aber wir haben bisher noch keinen diesbezüglichen Hinweis bekommen – von keiner Reparaturwerkstatt, Tankstelle, von keinem Ersatzteillager im Umkreis von hundert Kilometern.«

Zimmermann: »Könnte es nicht sein, daß der Täter selbst Besitzer einer Tankstelle oder Werkstatt oder auch dort angestellt ist?«

Kramer-Marein: »Ja, das kann sein und wäre zu überdenken. Eine weitere Hoffnung liegt in folgender Tatsache: Mein Spezialtechniker Weingartner hat angefangen, die aufgefundenen, von der Karosserie abgeplatzten Lackteilchen zu untersuchen. Er glaubt, daß es sich dabei um eine neuartige Spezialanfertigung handelt. Sollte das zutreffen, könnten hierfür nur wenige Dutzend Fahrzeuge im Münchner Bereich in Frage kommen.«

Zimmermann: »Was mich in unserem Metier immer wieder hoffnungsvoll stimmt, ist dies: Da sitzt irgendein Kriminaltechniker in seinem einsamen Labor und kann einen Kriminellen, den er niemals gesehen hat, niemals sehen wird, juristisch absolut einwandfrei überführen. Damit verglichen komme ich mir manchmal vor wie ein Bagger, der Schuttmassen abräumt.«

Kriminalkommissar Konrad Krebs blätterte unwillig in den ihm vorliegenden Akten. Von Zeit zu Zeit machte er sich dabei Notizen, die er nach einem ganz persönlichen System in seinen Taschen verschwinden ließ: Linke Rocktasche: der derzeit zum Schwerpunkt erklärte Fall. Rechte Rocktasche: weitere laufende wichtige Fälle. Linke Brusttasche, innen: diverse Namenslisten mit Spezialkarteikennzeichen. Rechte Brusttasche, innen: statistisches Material aus dem internen Bereich.

Gleichzeitig gab er Frau Reese, der Vorsteherin seines Büros, den Auftrag, ihm alles in der Dienststelle gesammelte Material über »Gelegenheitsprostitution« vorzulegen.

Und die Reese legte die erste Mappe zu diesem Thema bereits nach einer Minute vor ihm hin, genoß seine leichte Verwunderung und erklärte: »Herr Michelsdorf war der Ansicht, Sie würden bestimmt nach diesem Material fragen. Weitere Mappen folgen.«

Krebs lächelte dankbar. Er war seit Jahren schon ein entschiedener Befürworter der weiblichen Kriminalpolizei und setzte sie in seinem Bereich ein, wo immer sich ihm das anbot. Mit erstaunlichen Erfolgen. Wobei wohl am erstaunlichsten war, daß Krebs persönlich kein sonderlich ausgeprägtes Gefühl für weibliche Wesen besaß. Er wußte so gut wie nichts mit Frauen anzufangen, außer eben im Dienst.

»Sonst noch was, Frau Kollegin?«

Die Reese wirkte geradezu ein wenig hilflos. »Ja – ich weiß nicht recht –, so was ist in Ihrem Bereich, zumindest solange ich hier bin, noch nie passiert. Ich glaube – Sie haben Besuch.«

»Ich?« fragte Krebs verwundert. »Das heißt doch wohl, daß mich jemand dienstlich sprechen will?«

»Eben nicht«, betonte die Reese. »Im Vorzimmer hält sich ein Mädchen auf, ein Kind, etwa acht Jahre alt. Ich habe versucht, es auszufragen – völlig vergeblich. Nur gerade den Vornamen hab' ich herausbekommen.«

»Sabine?« fragte der Kommissar, sichtlich erfreut.

»Ja.«

»Sie soll hereinkommen!«

Sabine Vogler kam ins Zimmer, ging auf Krebs zu, der sich erhoben hatte, blickte ihn prüfend an und streckte ihm endlich die Hand entgegen. »Kennen Sie mich noch?«

»Aber selbstverständlich, Sabine! Komm, setz dich zu mir. Ich freue mich über deinen Besuch.«

»Wirklich?« fragte das ernsthafte Kind.

»Ich freue mich sogar sehr«, versicherte Krebs, der im Umgang mit Kindern wenig Erfahrung besaß. »Hat dich deine Mutter geschickt, Sabine?«

»Nein«, sagte das Kind entschieden. »Mutter weiß nicht, daß ich hier bin. Aber ich glaube, es geht ihr nicht gut – und ich kenne niemand, der ihr helfen kann. Nur Sie.«

Polizeipräsidium: Dezernat Kapitalverbrechen – Mordkommission I – Ressortbesprechung Fall Horstmann.

Anwesend: die übliche »innere« Gruppe um Kriminalhauptkommissar Zimmermann: Felder, Fräulein Dreyer, Assistent von Gotha. Neu hinzugekommen: Kriminalinspektor Dengler, der, ansonsten für Spezialaufgaben direkt dem Kriminaldirektor unterstellt, nunmehr mit fünf weiteren Ermittlungsbeamten der Kommission Zimmermann zugeteilt worden war.

Zimmermann: »Aus allen bisher vorhandenen Unterlagen verstärkt sich der Eindruck, daß wir es hier möglicherweise mit einem Mord zu tun haben. Da die kriminaltechnische Auswertung des Spurenmaterials noch Tage beanspruchen kann, konzentrieren wir uns zunächst auf Ermittlungen über die Person des Opfers. Bitte – Kollege Felder.«

Felder: »Horstmann war eine Person mit großem Wirkungsbereich, woraus sich automatisch ganze Listen von zu Überprüfenden ergeben. Also etwa Zeitungskollegen, bei journalistischen Recherchen angesprochene Personen, Mitbewohner im Mietshaus sowie geschäftliche Verbindungen im privaten Bereich – Lieferanten, Angestellte von Lokalen: Friseur, Zahnarzt, Autowerkstatt – und so weiter. Bisher bereits dreiundneunzig gesammelte Adressen, erste Überprüfungen erfolgten bei siebenundvierzig.«

Zimmermann: »Erkennbare oder vermutbare Schwerpunkte dabei?«

Felder: »Zumindest drei drängen sich auf: Helga Horstmann, Waldemar Wöllrich, dazu ein Redakteur namens Lothar, der vermutlich einzige Freund des Toten.«

Zimmermann: »Diese speziellen Listen übernimmt ab sofort Kollege Dengler mit seinen Beamten; sollten dabei heiße Spuren erkennbar werden, bin ich unverzüglich zu unterrichten.«

Dengler: »Wird gemacht!«

Felder: »Wobei ich darauf hinweisen möchte, daß für Frau Horstmann ebenso wie Herrn Wöllrich, und zwar exakt für den Zeitpunkt der Tat, noch immer kein einwandfreies Alibi vorliegt.«

Zimmermann: »Versprechen Sie sich nicht allzu viel davon. Dieser Wöllrich ist alles andere als ein triebhafter Dummkopf. Der würde sich kaum jemals in ein ihm zeitlich nachzuweisendes Abenteuer einlassen. Doch immerhin, mit den sich hieraus ergebenden Druckmitteln könnten wir weiterkommen. Ich werde das selbst versuchen. Während Sie sich, Felder, mit diesem Lothar beschäftigen sollten. Und was ist mit Ihnen, Kollegin Dreyer?«

Die Dreyer: »Zielpunkte für mich gibt es drei: Frau Susanne Wardeiner, Frau Henriette Schmelz, Fräulein Ingeborg Feiner. Alle bisher über diese Personen erreichbaren Details habe ich Herrn Felder bereits für die Akten übergeben. Weitere Observationen sind eingeleitet: jeweils eine Gruppe für Frau Wardeiner und für Frau Schmelz. Das Fräulein Feiner übernehme ich selbst.«

Zimmermann: »Akzeptiert, Kollegin.«

von Gotha: »Und welche Aufgabe bleibt für mich?«

Zimmermann: »Sie, mein Lieber, sind sozusagen unser bestes Stück, für unsere sogenannte beste Gesellschaft. Betätigen Sie sich weiter in dieser Richtung.«

Dengler, der für Spezialermittlungen geschulte Neuling dieser Kommission, warf ein: »Da ist noch ein Punkt, auf den ich aufmerksam machen möchte: der Ort der Tat, der abgelegene

Neumühlenweg. Warum hielt sich Horstmann dort auf? Wen wollte er aufsuchen? Vor oder nach der Begegnung mit wem erfolgte sein Tod?«

Zimmermann: »Ja, das sind wichtige Fragen, denen Sie nachgehen sollten. Besorgen Sie sich das Adressenverzeichnis der dortigen Gegend und achten Sie besonders auf die Eintragung ›Fr. Frie.‹ im Notizkalender.«

Dengler: »Das ist schon geschehen. Wobei sich eine Fülle von Kombinationen anbietet: Fr. könnte ›Frau‹ bedeuten, aber auch die Abkürzung irgendeines Vornamens, männlich wie weiblich. Während dieses ›Frie.‹ ein Nachname oder auch Straßenname im Bereich Neumühlenweg sein dürfte.«

Zimmermann: »Nun also: Klären Sie das, Kollege Dengler. Und von nun an, liebe Kollegen, keine Lieferfristen, keine Termine, keine festgelegten Besprechungen mehr: Was jetzt in dieser Sache neu anfällt, jede Kleinigkeit, ist mir sofort zu melden.«

Und damit war das Netz gelegt.

Kriminalkommissar Krebs verließ Hand in Hand mit Sabine das Polizeipräsidium und nahm am Marienplatz ein Taxi, das er zum Appartementhaus in der Ungererstraße fahren ließ. Er zahlte, ohne sich eine Quittung ausstellen zu lassen. Was eindeutig besagte: Dies war kein dienstlicher Vorgang.

Sabine öffnete mit ihrem Schlüssel, den sie an einer Kette um den Hals gehängt trug, die Wohnungstür und eilte voran: »Besuch für dich, Mutter!«

Helene Vogler lag erschöpft auf ihrem Bett und blinzelte zur Tür ihres Schlafzimmers hin, wo Krebs auf der Schwelle stehengeblieben war und leise sagte: »Sabine hat mich hergeholt. Sie meint, es gehe Ihnen nicht gut.«

Helene richtete sich auf: »Dieses Kind ist unberechenbar.« Und zu Sabine sagte sie zart: »Laß uns bitte allein.«

»Eine Viertelstunde«, entschied Sabine mit der ihr eigenen Ernsthaftigkeit. »So lange bleibe ich bei meinem Malbuch. Aber dann möchte ich mich auch noch mit Herrn Krebs unterhalten.« Sie sah ihn zustimmend nicken und ging beruhigt hinaus.

»Sind Sie wirklich nur so mitgekommen?« fragte Helene Vogler mißtrauisch.

»Ich möchte Ihnen helfen, falls Sie sich helfen lassen wollen.«

»Das heißt, Sie wollen das Verhör von gestern fortsetzen?«

»Nein«, sagte Krebs freundlich, »ich warte darauf, daß Sie sich mir anvertrauen.«

Helene Vogler schüttelte langsam den Kopf und sagte seltsam hilflos: »Zu Ihnen habe ich Vertrauen, aber nicht zu mir; nicht zu meinem Leben.«

»Sie haben Angst?«

»Ja – auch das«, bekannte sie leise. »Gestern nacht war es eine Art Todesangst. Aber heute ist es nur noch Hoffnungslosigkeit, Verlorenheit, Erniedrigung. Ich habe nur noch einen Wunsch: Nicht mehr so weiter. Unter keinen Umständen. Schluß machen damit, niemals mehr daran erinnert werden!«

»Ich verstehe das als Mensch«, meinte Krebs bedächtig, »aber ich bin auch Kriminalbeamter. Und als solcher kann ich das nicht einfach so hinnehmen, Frau Vogler. Ich muß Ihnen helfen – auch wenn Sie sich dagegen wehren.«

Grundsätzliche Anmerkungen des Oberstaatsanwaltes Dr. Gleicher:

»Die Zusammenarbeit zwischen Staatsanwaltschaft und Polizei kann im allgemeinen als vorbildlich gelten, wenn auch wohl der eigentliche Grund dafür in unserer ausgeprägten Zurückhaltung zu suchen ist, die ganz und gar auf unserem Vertrauen zu sachgerechten polizeilichen Maßnahmen beruht.

Meiner wohl nicht ganz unmaßgeblichen Ansicht nach könnte aber diese Zusammenarbeit noch weit intensiver als bisher wirken, wenn bei erkennbaren Schwerpunktvorgängen die oft sehr eingleisige Sektions- und Spezialarbeit frühzeitiger in einer Hand zusammengefaßt würde.

Damit nicht, wie etwa beim Fall des getöteten Journalisten Horstmann, mehrere Dienststellen nebeneinander den gleichen Vorgang verfolgen, ehe sie, reichlich spät erst, in diesem Fall sogar zu spät, ihre Arbeit koordinieren. Was zu recht beklagenswerten Fehlleistungen, um nicht zu sagen Irrtümern ...«

Anatol Schmelz war noch am gleichen Morgen in sein Grandhotel zurückgekehrt. Dort hatte er dem Portier gesagt: »Wer auch immer nach mir fragen sollte, ich bin nicht zu erreichen; mein Aufenthaltsort ist unbekannt. Nachrichten für mich bitte ich sorgfältig zu notieren.«

Nach einigen Stunden nicht sonderlich unruhigen Schlafes hatte er gegen Mittag ein großes englisches Frühstück auf sein Zimmer bestellt: Porridge, Schinken mit Ei, gebackene Würstchen, süß-saure Nieren gedämpft, Marmelade, Toast, Tee. Hans Heßler bediente ihn.

Anatol Schmelz, in seinen langen schwarzseidenen Morgenrock gehüllt, speiste mit andachtsvollem Genuß, absolut schweigsam. Sein Gesicht glänzte mild. Er wirkte nicht unzufrieden.

Endlich sagte er, bereits bei den gedämpften Nieren angelangt: »Natürlich berührt mich sein Tod. Aber wer hätte denn gedacht, daß ausgerechnet der, für den ich so viel getan habe, nicht zögern würde, Material gegen mich zu liefern.«

»Er war eben undankbar«, stellte Hans Heßler fest, mit treuergebenem Blick auf Schmelz. »Glücklicherweise starb er denn auch zur rechten Zeit. Nicht unverdient, kann man wohl sagen. Oder?«

Martin Zimmermann war pünktlich um 12.30 Uhr in seiner Wohnung eingetroffen. Seit Jahren versuchte er wenigstens diese zwei Sonntagmittagsstunden für seine Familie zu retten – was ihm oft nur unter abenteuerlichen Begleitumständen gelang; nicht selten zwischen zwei Leichen.

Frau Margot und Sohn Manfred, die bereits auf ihn warteten, begrüßten ihn leicht reserviert. Er aber gab sich hausväterlich und schnupperte wie höchst überrascht zum Schweinebraten in der Küche hin, obwohl der jeden zweiten Sonntag im Monat mit einer Schüssel voller Knödel auf den Tisch kam.

»Du siehst nicht sonderlich gut aus«, sagte er zu seinem Sohn, scheinbar scherzend.

»Sonderlich gut siehst du auch nicht aus«, sagte Manfred abweisend.

»Ich habe viel zu tun«, sagte Zimmermann. »Und was ist mit

dir? Auch intensiv beschäftigt – da du kaum noch zu Hause bist? hast du eine Freundin?«

»Einen Freund.«

»Auch gut«, sagte Zimmermann ohne zu zögern. »Gemeinsame Interessen?«

»Ich sagte«, wiederholte Manfred überdeutlich, »daß ich einen Freund habe.«

»Das habe ich gehört – und auch verstanden«, sagte Zimmermann betont gleichmütig. »Womit beschäftigt ihr euch, außer mit eurer Freundschaft?«

»Wir bemühen uns, möglichst nichts zu versäumen.«

»Was denn zum Beispiel?«

»Alles, was zu dieser Zeit gehört!« sagte Manfred. »Eine Zeit, die sich in einem Umbruch sondergleichen befindet, die mit großer Geschwindigkeit neue Maßstäbe setzt, die diese Welt total verwandeln wird.«

»Glaube ich nicht«, sagte Zimmermann, während er dem Sohn und sich selber Bier einschenkte; er bevorzugte Spaten – in kleinen Gläsern. »Mag durchaus sein, daß sich alle erdenklichen äußeren Umstände verwandeln werden – Betonbänder diese Erde immer dichter umziehen, Glas- und Stahlklötze viele Horizonte verstellen, Autos sich wie Tierherden kreuz und quer über unsere Kontinente bewegen. Aber der Mensch, mit seinen Stärken und Schwächen, in seiner Hilflosigkeit und mit seinen Leidenschaften – was ist mit dem?«

»Der muß sich verändern, umdenken lernen, sich vorbehaltlos zum Fortschritt bekennen, wenn er überleben will.«

»Menschen«, sagte Zimmermann fast traurig, »ändern sich nie – selbst nach dreitausend Jahren Kulturgeschichte nicht. Aus meinem Metier weiß ich: Menschen morden, solange es Menschen gibt, aus stets den gleichen Beweggründen – und mit niemals nachlassender Leidenschaft.«

»Du«, sagte der Sohn Manfred, nahezu mitleidig, »vermagst nur noch deine Leichen zu sehen, weiter nichts.«

»Die Leichen, mein Junge, sind eine Realität, die durch nichts in dieser Welt ad absurdum zu führen ist. Sie werden von Menschen produziert, die mit uns, unter uns leben – das Verbrechen an sich ist ganz und gar zeitlos! Nur die Methoden mögen sich wandeln.«

»Die Ansicht eines Polizisten«, stellte Manfred schroff abweisend fest, »eine Ansicht, die dadurch nicht überzeugender wird, daß dieser Polizist mein Vater ist.«

Peter Wardeiner aß Austern, von Boettner geliefert – ausgesuchte Exemplare; Marennes, nicht sonderlich groß, aber intensiv im Geschmack. Nicht etwa, daß er auf Delikatessen dieser Art sonderlichen Wert gelegt hätte, seinen Speisenplan verantwortete Susanne.

Sie achtete streng auf sein Körpergewicht und ganz besonders auf seine alarmierend unzuverlässige Herztätigkeit. Austern aber bedeuteten: Phosphor, blutbildende Elemente, waren leicht zu verdauen.

»Manchmal frage ich mich, warum du so besorgt um mich bist. Besonders in letzter Zeit.«

»Du kannst annehmen, was immer du willst, Peter, auch daß ich dich liebe.«

»Wie gerne glaube ich das«, sagte er lächelnd, was ihm diesmal nicht leichtfiel. »Doch wie kann ich das – vorbehaltlos –, da es einen Heinz Horstmann gegeben hat.«

»Peter – was hat denn der mit uns zu tun?«

»Der hat eine Menge Material gesammelt, Susanne, auch über dich. Und zwar im Zusammenhang mit Schmelz. Wußtest du das?«

Lothar, der hellblonde, windhundhafte Redakteur des »Morgen«, schien sich an diesem Sonntagvormittag von Marie-Antoinette Bauer, Sekretärin bei seiner Verlagsleitung, nicht trennen zu können.

Äußerst spärlich bekleidet hockten sie dicht nebeneinander in einem großen, selbst jetzt noch bequem wirkenden englischen Sessel und genossen das von Lothar liebevoll zusammengestellte Frühstück.

Marie-Antoinette, auch »Toni« genannt, schlürfte seinen berühmt starken Kaffee. »Die werden uns allerhand Schwierigkeiten machen!«

»Ach was – Schwierigkeiten machen können wir denen auch. Und die ahnen noch nicht einmal, welche!«

»Die haben mehr Möglichkeiten!«

»Scheint nur so«, sagte Lothar gelassen. »Die haben nur mehr Geld; und wir sind bei ihnen angestellt, damit werden sie spekulieren. Aber mehr als entlassen können sie uns nicht. Und da wird es beim Versuch bleiben.«

»Hoffentlich«, sagte Toni skeptisch.

»Dieser vorgeschickte Wöllrich ist scharf auf Unterlagen, die Horstmann zusammengetragen hat, die er bei mir vermutet. Aber das ist meine Sache. Während du nur immer zu sagen brauchst: du hast Horstmann so gut wie gar nicht gekannt, ihn niemals bei mir gesehen, von irgendwelchen Verbindungen zwischen uns nichts gewußt. Du schliefst nur gelegentlich mal bei mir. Mehr sagst du nicht. Den Rest erledige ich dann schon.«

Spätere Recherchen des Kriminalassistenten von Gotha in Athen. Sein dortiger Gesprächspartner: der Journalist Vassilis V.:

Vassilis V.: »Da ich die deutsche Sprache einigermaßen beherrsche, werde ich nicht selten deutschen Besuchern zugeteilt, sie herumzuführen, ihnen in jeder Hinsicht behilflich zu sein. So auch bei Herrn Horstmann.

Wobei ich alsbald den bestürzenden Eindruck hatte: Dieser Mensch suchte nicht nach den Schönheiten unserer Kultur, nach unseren neuesten sozialen Errungenschaften, nach politischen Ausgleichsbestrebungen. Dieser Herr Horstmann stürzte sich vielmehr, wie besessen, auf alle irgendwie erreichbaren Ausnahmeerscheinungen. Was mich, da ich gewissermaßen offiziell für ihn verantwortlich war, sehr beunruhigte.«

von Gotha: »Haben Sie das irgend jemand mitgeteilt?«

Vassilis V.: »Aber ich bitte Sie. Ich habe Horstmann lediglich gewarnt. Gleichfalls seinen Chefredakteur, Herrn Dr. Schmelz, der sich, wohl zufällig, zur gleichen Zeit in Athen aufhielt. Das allerdings aus rein privaten Gründen.«

von Gotha: »Wegen Frau Maria C., meinen Sie?«

Vassilis V.: »Dazu kann ich nur so viel sagen: Die Komplikationen, die dieser Horstmann auslöste, wenn nicht gar provozierte, nahmen alsbald bedrohliche Ausmaße an.«

von Gotha: »Horstmann wurde dann von der dortigen Polizei vereinnahmt. Auf wessen Veranlassung?«

Vassilis V.: »Ich jedenfalls habe nicht das geringste damit zu tun!«

von Gotha: »Wer aber dann? Frau Maria C.? Oder gar Herr Dr. Schmelz?«

Vassilis V.: »Ich kann nichts dazu sagen.«

von Gotha: »Aber Sie schließen nicht aus, daß Herr Dr. Schmelz – vermutlich mit Hilfe der griechischen Geheimpolizei – gegen Herrn Horstmann tätig geworden ist?«

Vassilis V.: »Werter Herr, wofür halten Sie mich? Ich bin weder verrückt noch lebensmüde. Und eine Art Held will ich auch nicht sein. Also ... kein Kommentar!«

Kriminalkommissar Krebs mußte Sabine zunächst beim Rechnen helfen: Kette 25 plus 25, ab Null bis eintausend. Dann erst durfte er Kreise in Kreisen, gewissermaßen zur Belohnung, in schön leuchtenden Farben in Sabines Malbuch mit auspinseln.

»Das können Sie ganz gut!« sagte Sabine anerkennend.

»Es macht mir Spaß!«

»Den Spaß können Sie öfters haben.« Sabine wirkte auch dabei durchaus ernsthaft. »Ich arbeite gern in Gesellschaft, aber Mutter hat so wenig Zeit für mich.«

Helene Vogler war inzwischen aufgestanden, hatte sich kalt gewaschen, ihre Haare gekämmt und ein schlichtes braunes Kleid übergezogen. Insgesamt nun: eine attraktive junge Frau von gutbürgerlichem Aussehen im trauten Heim mit ihrem Kind.

»Ich lasse euch jetzt allein«, verkündete Sabine, kaum, daß ihre Mutter ins Zimmer gekommen war, »inzwischen male ich für Herrn Krebs ein schönes Bild. Vielleicht ein Bauernhaus mit Bäumen, Kühen und einem freundlichen Hund.«

Worauf sie sich in die Küche begab.

Helene Vogler setzte sich zu Krebs: »Damit Sie hier nichts falsch verstehen – ich habe noch niemals irgendeinen von diesen Leuten, von diesen ›Kunden‹, meine ich, zu mir nach Hause gebracht. Sabines wegen nicht.«

»Danach habe ich Sie nicht gefragt«, sagte Krebs abweisend.

»Ich habe inzwischen über alles nachgedacht«, sagte sie einfach, »über diesen Menschen, der mir das angetan hat – diese Todesangst. Sie wollen sicher Einzelheiten über ihn wissen?«

»Möglichst alles.«

»Aber ich werde dann zur Zeugin – gegen einen Menschen, der völlig unberechenbar ist. Ich werde ein Ermittlungsobjekt der Kriminalpolizei. Und zugleich allen erdenklichen Manipulationen von Rechtsanwälten ausgeliefert. Das könnte womöglich Sabine gefährden und mich völlig erledigen. Schließen Sie das aus?«

»Nein«, sagte Krebs. »Aber Sie dürfen versichert sein, daß wir alles tun werden, einem notorischen Kriminellen das Handwerk zu legen.«

Sie sah ihn nachdenklich an: »Ich stelle mir vor: Ich belaste diesen Menschen, der daraufhin in Ihre Ermittlungsmühlen hineingerät. Vielleicht wird er verurteilt, kommt ins Gefängnis. Aber nach einiger Zeit wird er wieder frei sein – und dann wird er sich gegen mich wenden.«

»Das schließe ich nicht aus«, sagte Krebs offen, »aber . . .«

»Ich will leben mit Sabine. In Ruhe. Nichts weiter«, unterbrach ihn Helene Vogler mit sanfter Entschiedenheit. »Das müssen Sie verstehen.«

Um die Montagsausgabe vorzubereiten, fanden sich die Redakteure der Münchner Zeitungen kurz nach Mittag schon in ihren Redaktionen ein. In der Sendlinger- und in der Bayerstraße, wo die angesehene »Süddeutsche«, die attraktive »Abendzeitung«, der respektierte »Merkur« und die flotte »tz« entstanden, genauso wie in den Gebäuden der »Allgemeinen« und des »Morgen« in Karlsplatznähe.

Übereinstimmend an diesem Tag wies der Satzspiegel in den beiden scharf konkurrierenden Zeitungen »MAM« und »MAZ« beachtlich viel Raum für den Nachruf auf den verstorbenen Reporter Heinz Horstmann aus.

Beim »Morgen« wurde von Verlagsleiter Tierisch ein Nachruf

von großer Herzlichkeit veranlaßt: Unersetzlicher Verlust – intensive Anteilnahme – tiefe Trauer – ein beklagenswerter Unfall. Und er meinte: »Das soll Lothar schreiben – der kann so was!«

Bei der »Allgemeinen« inspirierte Peter Wardeiner einen Artikel, der ausgesprochen kollegial Horstmanns große journalistische Fähigkeiten würdigen sollte, um dann auszuklingen: Tragischer Vorgang, Tod im Beruf nicht ausgeschlossen. »Das übernimmt Herr Fürst – mit feuilletonistischem Schwung.«

Hauptkommissar Zimmermann machte unmittelbar nach dem Mittagessen den Versuch, noch eine halbwegs intensive Unterredung mit seinem Sohn zustande zu bringen: »Traust du deinem Vater nicht vielleicht doch ein wenig Verständnisbereitschaft zu?«

»Nein«, sagte Manfred, »du bist ein Vollzugsbeamter und kannst nicht aus deiner Haut heraus.«

»Erproben wir das doch mal«, sagte Zimmermann ermunternd.

»Wozu?« sperrte sich Manfred. »Was soll dabei herauskommen? Du bist autoritär, ich bin progressiv, jeder von uns lebt in einer anderen Welt.«

Worauf Manfred aufstand und sich grußlos entfernte. Sein Vater, in plötzlicher Erschöpfung, wollte nur noch schlafen.

»Eine Stunde wenigstens.«

»Ich kenne dich nur noch essend oder schlafend«, sagte seine Frau. »Meinst du nicht auch: das ist zu wenig für eine Ehe?«

Aber Zimmermann schlief bereits. Er hatte sich einfach auf das Sofa fallen lassen, wo er, nahezu bewußtlos, eine Stunde lang schlief, während seine Frau das Geschirr abräumte, abspülte und in den Küchenschränken einordnete. Als sie damit fertig war, kam schon pünktlich der Dienstwagen mit der Kriminalassistentin Hannelore Dreyer, um den Chef abzuholen.

Zimmermann hatte die Assistentin gebeten, ihn zu Helga Horstmann zu begleiten, wo er telefonisch angemeldet war. Und die empfing ihn, ohne die Dreyer zu beachten, in einem federleichten, straff sitzenden Hosenanzug. »Warum sind Sie nicht allein gekommen?« sagte sie, vielversprechend lächelnd. »Wir hätten uns dann viel zwangloser unterhalten können.«

»Vielleicht zu zwanglos«, meinte Zimmermann mäßig belustigt. »Und eben das wollte ich Ihnen und mir ersparen.«

Er setzte sich ihr gegenüber auf einen Stuhl, wobei er den ihm angebotenen Platz auf dem Sofa neben ihr übersah. Die Dreyer blieb an der Tür stehen, als wäre sie überhaupt nicht vorhanden. Doch Zimmermann war sicher: Ihr entging nichts.

»Es beruhigt mich«, sagte der Hauptkommissar, Helga betrachtend, »daß Sie den Tod Ihres Mannes so gelassen hinnehmen. Sie scheinen mir jedenfalls nicht von Trauer erschüttert zu sein.«

»Warum soll ich Ihnen so etwas vormachen?« sagte sie lächelnd. »Sie wissen doch bereits, daß ich alles andere als eine tieftrauernde Witwe bin. Klar – es tut mir leid. Im übrigen aber hatten mein Mann und ich uns kaum noch etwas zu sagen. Ich bin ein freier Mensch!«

»Dann könnten wir vielleicht auch mal ganz frei über die fehlenden neunzig Minuten beim Pressefest sprechen«, sagte er.

»Mir fehlen sie nicht«, antwortete Helga amüsiert. »Was Ihnen fehlt, müssen Sie sich selbst beschaffen.«

Der Hauptkommissar schloß kurz die Augen und fragte plötzlich unverbindlich hart: »Kann ich Einblick in die Sachen Ihres verstorbenen Mannes nehmen – mir seine Kleidung ansehen, Bücher, Arbeiten?«

»Das können Sie nicht, Herr Kommissar, es sei denn, Sie hätten einen Hausdurchsuchungsbefehl. Aber den haben Sie eben nicht«, sagte Helga vergnügt. »Tut mir leid, daß ich in dieser Hinsicht so gar nichts für Sie tun kann.«

»Lassen Sie sich auf folgendes aufmerksam machen, Frau Horstmann: Wenn Sie in einem Mordfall den untersuchenden Beamten Ihnen bekannte Tatsachen verschweigen, die zur Aufklärung beitragen könnten, machen Sie sich strafbar; das auch dann, wenn Sie der Kriminalpolizei dementsprechende Unterlagen vorenthalten.«

»Das heißt also, Sie werden wiederkommen«, stellte Helga Horstmann erwartungsvoll fest. »Dann aber am besten allein – und möglichst bald. Heute zum Beispiel habe ich viel Zeit. Denn ich kann mich schließlich nicht beim ›Ball der Nationen‹ blicken lassen, wozu ich eingeladen bin. So was könnte einer trauernden Witwe übel ausgelegt werden. Nicht alle sind ja so tolerant wie die Spitzen unserer Kriminalpolizei.«

Gespräch im Dienstwagen – unmittelbar nach diesem Besuch bei Helga Horstmann. KHK Zimmermann und KA Dreyer:

Zimmermann: »Neue Erkenntnisse, Kollegin?«

Dreyer: »Nur Bestätigungen. Frau Horstmann ist ein sehr labiles Geschöpf; nicht unintelligent, aber bedenkenlos triebhaft.«

Zimmermann: »Ich gehe in meiner Beurteilung noch einen Schritt weiter: Ich halte diese Helga Horstmann für eine ausgeprägte Nymphomanin, die einen Arzt aufsuchen sollte. Die Grenze zwischen Trieb und möglicher Kriminalität ist dabei schwer zu ziehen. Dennoch halte ich sie nicht für tatverdächtig, trotz der im Alibi fehlenden neunzig Minuten. Die wird sie in der ihr angemessenen Lebensweise verbracht haben.«

Dreyer: »Zugegeben, sie reagierte nicht unsicher; dennoch irgendwie eingelernt, möchte ich sagen.«

Zimmermann: »Wofür wohl dieser Wöllrich verantwortlich ist – und den werde ich mir mal vornehmen. Wie kommen Sie mit Ihren Observationen vorwärts, Kollegin?«

Dreyer: »Im Augenblick beschäftige ich mich nur mit dieser Ingeborg Feiner. Das ist ein zierliches, sehr schönes Mädchen, jedoch ohne erkennbare Bedeutung für unseren Fall. Ich frage mich nur, wie kommt so was in Horstmanns Adressensammlung?«

»Die scheinbar Unbedeutenden können zu einer Schlüsselfigur werden«, sagte Zimmermann bedächtig, »und bei diesem Horstmann war nichts zufällig – schon gar nicht seine Adressensammlung.«

Peter Wardeiners Sekretärin übertrug das Manuskript seines Leitartikels – »Blick in den Abgrund« – in die Maschine. Zeitdauer 24 Minuten.

Erster Durchschlag: für Wardeiner. Zweiter Durchschlag: Akten Sekretariat. Das Original aber ging per Rohrpost in die

Setzerei, wo es zwangsläufig in die Hände von Sebastian Inniger geriet.

Setzereileiter Inniger galt im Bereich der »Allgemeinen« als vorbildlicher Mitarbeiter: stets zu Diensten, vor keiner Mehrarbeit zurückschreckend, immer frühzeitig an seinem Platz.

Was bis dahin jedoch wohl nur zwei Menschen in allen Einzelheiten wußten, war dies: Sebastian Inniger bezog ein doppeltes Gehalt. Der gleiche Betrag, den er bei der »Allgemeinen« verdiente, wurde ihm regelmäßig ein zweites Mal durch Verlagsleiter Wöllrich vom »Morgen« ausbezahlt.

Und für diese steuerfreie Zusatzeinnahme brauchte er nur tagtäglich zu berichten, womit er und seine Kollegen in der Setzerei gerade beschäftigt wurden. An diesem Sonntagnachmittag telefonierte Sebastian Inniger mehrmals und sehr ausgiebig.

»Wir öffnen erst nach sechs!« verkündete Ricci, Inhaber der »Diskothek Zero«, lautstark abweisend, ohne noch zu wissen, wen er vor sich hatte.

»Wollen Sie unbedingt Schwierigkeiten bekommen?« hörte er eine sanfte Stimme von der Tür.

Ricci öffnete sofort und erkannte Kriminalinspektor Michelsdorf, der ihm überflüssigerweise seinen Dienstausweis entgegenhielt. »Aber ich bitte Sie, Herr Inspektor!« Mein Gott, wem war der denn nicht in Schwabings hundert Lasterhöhlen bekannt!

»Könnte doch sein«, meinte Michelsdorf bedrohlich munter, »daß ich inzwischen gefeuert worden bin, weil ich meine Sauställe nicht gründlich genug ausmiste!« Und hielt dem unsicher gewordenen Ricci ein Foto vor die Nase. »Eine gewisse Vogler – was weißt du von ihr?«

Ricci legte die Hände auf seinen beachtlichen Bauch und blickte treuherzig und nachdenklich erst das Foto, dann Michelsdorf an: »Sollte sie mir bekannt sein?«

Michelsdorf reagierte übergangslos massiv: »Wie kommst du mir denn vor? Willst du etwa versuchen, mit mir Katze und Maus zu spielen – ausgerechnet mit mir? Muß mir deine Homo-Haschbude samt künstlerischem Schlächterverein wohl mal wieder unter die Lupe nehmen?«

»Die Helene Vogler also«, sagte Ricci nun hastig, »ja, die kenne ich, und was wollen Sie bitte von ihr wissen, Herr Kommissar?«

»Zwei Dinge«, sagte Michelsdorf nachdrücklich. »Erstens: Welche Lokale pflegt diese Person außer deinem Puff hier sonst noch aufzusuchen? Zweitens: Wer gehört zu ihren Kunden, auch Gelegenheitskunden? Schreib mir diese Namen auf. Alle, Ricci! Das rat ich dir. Fünf Minuten hast du Zeit dafür.«

Drei Telefongespräche, geführt an diesem Sonntag zwischen 16 Uhr 05 und 16 Uhr 15.

Erstes Gespräch zwischen Frau Zimmermann und KHK Zimmermann:

Sie: »Entschuldige die Störung. Ich wollte nur fragen, ob du möglicherweise heute abend nach Hause kommst.«

Er: »Leider nein. Du kannst über den Abend verfügen. Das wolltest du doch wissen, nicht wahr? Und sicher willst du mir auch sagen, was du vorhast.«

Sie: »Toni hat angerufen. Seine Mutter ist aus Augsburg gekommen und bittet mich, den Abend mit ihnen zu verbringen. Er läßt dich schön grüßen.«

»Toni« war Antonius Schloßer, der Rechtsanwalt und gemeinsame Jugendfreund. In Haus und Garten seiner Mutter hatten die drei Kinder glückliche Jugendjahre verbracht. Man war ihr verpflichtet.

Er: »Bitte, grüße Toni von mir, und seine Mutter dazu. Selbstverständlich mußt du Frau Schloßer begleiten, wenn sie darum bittet. Wo wollt ihr denn hin?«

Sie: »Zum ›Ball der Nationen‹, das ist so ein Tanzturnier im Deutschen Theater. Frau Schloßer möchte das gerne mal sehen. Oder hast du irgend etwas dagegen?«

Er: »Aber nein. Für dich ist das doch auch mal 'ne hübsche Abwechslung. Möglich sogar, daß wir uns dabei sehen, wenn ich dienstlich dorthin muß. Auf jeden Fall viel Vergnügen für euch drei.«

Zweites Gespräch zwischen Kriminalassistent von Gotha und Frau Dr. Henriette Schmelz:

von Gotha: »Ohne mich irgendwie aufdrängen zu wollen, gnädige Frau – aber ich habe von Herrn Goldner gehört, daß Sie nun doch den Wunsch haben, mich zu sprechen.«

Frau Schmelz: »Ja, das habe ich in Erwägung gezogen. Aber ich weiß nicht recht, ob das, was ich Ihnen sagen könnte, Sie eigentlich interessiert. Es betrifft meinen Sohn Amadeus.«

von Gotha: »Wenn Sie erlauben, suche ich Sie gerne auf, gnädige Frau. Völlig unverbindlich, wie man so sagt. Ich komme sofort.«

Drittes Gespräch zwischen Susanne und Peter Wardeiner:

Susanne: »Geht es dir gut, immer noch?«

Peter: »Bestens. Ich habe meine Vorschläge in der Redaktionskonferenz mühelos durchsetzen können.«

Susanne: »Wirklich niemand, der dagegen war? Macht dich das nicht mißtrauisch?«

Peter: »Im Gegenteil. Burghausen hat mir allein das Feld überlassen. Er beschäftigt sich mal wieder mit Heimatkultur, irgendwo in den Bergen.«

Susanne: »Peter, das sollte dich alarmieren! Sie lassen dich ins offene Messer laufen.«

Peter: »Mein Gott, Susanne, so sehr mich deine Besorgnis auch freut, deine diesbezügliche Ausdauer wird mir langsam lästig. Du solltest dich mit anderen Dingen beschäftigen.«

Susanne: »Wenn du das unbedingt willst – bitte sehr. Staatsschauspieler Bender hat mich zu sich eingeladen. Was hältst du davon?«

Peter: »Bitte, Susanne – keine fraulichen Tricks. Damit bringst du mich bestimmt nicht von meinem Entschluß ab.«

Susanne: »Überlege dir alles noch einmal, Peter! Du erreichst mich in den nächsten Stunden bei Bender. Ruf mich dort an, aber möglichst nicht zu spät.«

Anatol Schmelz hatte sich von Hans Heßler zu einer seiner Freundinnen an den Tegernsee hinausfahren lassen. Bei Frau Dr. Marianne Ohlmüller, Chefärztin einer Privatklinik, gedachte er seinen Sonntagskaffee zu trinken.

Er wurde herzlich willkommen geheißen, denn Marianne gehörte zu den ein bis zwei Dutzend weiblichen Wesen, die eine Sammlung seiner gekonnt zärtlichen Liebesbriefe besaßen. Darüber hinaus hatte er auch den Aufbau ihrer Klinik viele Jahre hindurch mit Rat und Tat begleitet.

»Du siehst strapaziert aus«, sagte sie zärtlich und griff nach seiner Hand, als fühle sie ihm den Puls.

»Ich mache mir Sorgen«, bekannte er bedeutungsschwer, »wegen meiner Frau.«

»Sicherlich berechtigt«, stimmte die ärztliche Freundin fachmännisch zu, »Henriette ist labil, schwach, krankhaft hektisch, seelisch verkrampft. Ein gewisser Hang zur Selbstzerstörung ist unverkennbar.«

»Könntest du das bezeugen, Marianne?« fragte er bedächtig und zielbewußt. »Schließlich hast du sie mehrmals untersucht. Zuletzt besonders gründlich vor etwa drei Jahren, als sie im Beginn der Wechseljahre diese schweren depressiven Zustände hatte. Könntest du so was durch ein schriftliches Gutachten ... falls das notwendig werden sollte?«

»Wenn ich dir damit helfen kann, Anatol – warum nicht? Zu verantworten ist es.« Sie lächelte ihn zart und verständnisvoll an. »Ich verdanke dir so unendlich viel – ja werde immer in deiner Schuld sein. Hast du noch Zeit, dir meine neuen Baupläne anzusehen? Eine großzügige Erweiterung des Kliniktrakts bietet sich an – und ich würde Wert auf deine Anteilnahme legen.«

Eine kleine Kettenreaktion:

1. Vertraulicher Telefonbericht des Setzereileiters Sebastian Inniger, »MAM«, an Verlagsdirektor Wöllrich, »MAZ«:

Inniger: »Ich habe gerade unseren Satzspiegel bekommen. Wir bringen große Würdigung zum Tod von Horstmann, von Fürst geschrieben. Auf Seite eins dann noch die Rede des US-Präsidenten; dazu die Rede des Ersten Parteisekretärs, UdSSR, Schwerpunkt: Leitartikel Wardeiner und dazugehörende Recherchen auf Seite drei: Hotelankäufe und Grundstücksspekulationen betreffend. Dabei mehrmals genannt: Schreyvogel. Ist doch wichtig für Sie, nicht wahr?«

Wöllrich: »Verdammt wichtig, Mann! Versuchen Sie Fahnenabzüge zu erwischen, speziell vom Angriff auf Schreyvogel. Und auch vom Nachruf auf Horstmann. Pro Exemplar: einhundert Mark Sonderhonorar.«

2. *Gespräch Wöllrichs mit Tierisch, Verlagsleiter:*
Wöllrich: »Dieser Wardeiner steigt tatsächlich ein – und offenbar ganz groß. Die Fahnenabzüge von drüben sind schon unterwegs!«
Tierisch: »Dem habe ich eine solche Dummheit tatsächlich zugetraut. Was mich überrascht, ist nur die Schnelligkeit, mit der er vorgeht. Wardeiner scheint ja ganz verrückt danach zu sein, sich Schwierigkeiten einzuhandeln. Also gut – dann wollen wir mal.«
Und Tierisch verlangte am Telefon Schmelz zu sprechen. Doch der war mal wieder nicht erreichbar, was der Verlagsleiter ungehemmt als »Schweinerei« bezeichnete.
So versuchte er denn mit Burghausen, dem Kollegen von der Konkurrenz, direkt in Verbindung zu treten, um möglicherweise eine interne Vereinbarung zu erreichen. Doch er erhielt von dessen Sekretariat mit höflichem Bedauern nur die Auskunft: Herr Burghausen nehme bei Garmisch an einer Veranstaltung von Heimatverbänden teil, gemeinsam mit dem Herrn Landtagspräsidenten. Er sei bestimmt erst am späten Abend zu erreichen.
Am Abend aber rollten die Rotationsmaschinen an, und alles war zu spät.
Tierisch: »Dann also Schloßer – in Gottes Namen.«

Und es folgte:
3. *Das entscheidende Telefongespräch zwischen Verlagsleiter Tierisch und Rechtsanwalt Schloßer:*
Tierisch: »Hoffentlich sind Sie schon darauf vorbereitet. Es ist soweit!«
Schloßer: »Ich bin darauf vorbereitet. Mit mehreren bereits schriftlich fixierten Variationen. Wollen Sie hören?«
Tierisch: »Nein danke, wir haben keine Minute mehr zu verlieren. Unser Herr Wöllrich wird Sie unverzüglich aufsuchen, um

Sie, auf der Fahrt zur ›Allgemeinen‹, über alle uns bekanntgewordenen Details zu unterrichten. Und dort müssen Sie dann in die Arena steigen.«

Schloßer: »Wird gemacht. Sie werden staunen!«

»Bin ich willkommen?« fragte Kommissar Krebs schon gleich an der Tür.

Helene Vogler bejahte seine Frage nicht ohne Herzlichkeit. Und die herbeieilende Sabine strahlte ihn beglückt an. »Kommen Sie zu mir?«

»Eigentlich ja«, sagte er, »ich wollte dich zu einem kleinen Spaziergang abholen, vorausgesetzt, deine Mutter erlaubt es, und du hast schon die Schularbeiten gemacht.«

»Schon gestern«, versicherte Sabine. »Die mache ich immer gleich, wenn ich aus der Schule komme.«

»Fein«, sagte Krebs und wandte sich Helene Vogler zu: »Ich habe gerade ein wenig Zeit – und die wollte ich dazu benutzen, einem verehrten alten Kollegen guten Tag zu sagen. Der geht um diese Stunde regelmäßig im Hofgarten spazieren – gemeinsam mit seinem Hund Anton.«

»Was ist Anton für ein Hund?« wollte Sabine begierig wissen.

»Schwer zu sagen«, versuchte Krebs zu erklären. »So eine Mischung aus Neufundländer, Pudel, Schnauzer und Hirtenhund. Ein geradezu märchenhaftes Wesen also und klüger als mancher Mensch.«

»Mutter, darf ich diesen Anton sehen?«

»Ja«, sagte Helene Vogler und sah Krebs an.

Sie wartete, bis Sabine in der Garderobe verschwunden war, um sich Mantel, Mütze und Handschuhe anzuziehen, und fuhr dann fort: »Ich kann mir denken, warum Sie Sabine mitnehmen. Sie wollen sich mit ihr unterhalten. Über mich. Aber bitte – ich habe nichts dagegen.«

»Sie dürfen mißtrauisch sein, Sie müssen das sogar – aber nicht unbedingt mir gegenüber«, unterbrach er sie. »Falls ich irgendeine dienstliche Auskunft wünsche, werde ich Sie unmißverständlich und offen selber fragen, Frau Vogler.«

»Ich freue mich für Sabine«, sagte Helene mit scheuem Lächeln, das Krebs mit der Sicherheit des geübten Beobachters als ersten Beweis ihres Vertrauens registrierte.

»Störe ich Sie?« sagte Kriminaloberinspektor Felder, als er in der Redaktion des ›Morgen‹ das Zimmer des Redakteurs Lothar betrat. »Würde mir leid tun, denn wer sich gestört fühlt, reagiert zumeist unwillig«, und legte seine polizeiamtliche Visitenkarte auf den Schreibtisch.

»In dieser Hinsicht kann ich Sie beruhigen«, sagte Lothar, nachdem er die Karte gelassen zur Kenntnis genommen hatte. »Ich bin Beilagenredakteur und habe darum am Sonntag meine Arbeit schon hinter mir. Heute bin ich nur gekommen, um einen Nachruf zu schreiben.«

»Einen Nachruf auf Herrn Horstmann? Ihren Freund?«

»Was ist Freundschaft?« fragte Lothar und versuchte, seine blonden, seidigen Haare zu ordnen – wie immer vergeblich. »Wo beginnt – wo endet sie? Was ist ihr Inhalt? Gemeinsame Freude an Essen und Trinken; an weiblichen Wesen? Und an großen Worten, mit denen wir unsere Zeit betäuben und unsere Zeitungen füllen? Ach, lieber Herr, Träume fliegen schneller davon als Tauben!«

»Aber Sie waren doch sein Freund«, beharrte Felder.

»Und wenn – was dann?«

»Dann könnte ich damit rechnen, daß Sie mir helfen, seinen Tod aufzuklären.«

»Ich weiß nicht, wie und warum er gestorben ist«, sagte Lothar zurückhaltend.

»Wollen Sie denn nicht, daß sein Tod eine Erklärung findet?« drängte Felder weiter.

»Wozu? Davon kommt er nicht wieder!«

»Herr Lothar«, sagte der Kriminaloberinspektor, »wir haben inzwischen herausgefunden, daß Herr Horstmann in seiner Wohnung keine Schreibmaschine besaß. Die in seinem Büro hat er kaum benutzt. Er soll am häufigsten bei Ihnen, hier in diesem Raum, und auch in Ihrer Wohnung gearbeitet haben.«

»Kann sein«, gab Lothar unwillig zu. »Aber was und woran er gearbeitet hat, weiß ich nicht. Wollte ich auch niemals wissen!«

»Bevor Sie sich weiterhin festlegen, Herr Lothar, bedenken Sie: Alles, was auf Ihrer Schreibmaschine geschrieben wurde, läßt sich technisch einwandfrei nachweisen.«

»Also gut – was erwarten Sie von mir?« gab Lothar nach.

»Einsichtnahme in alle Unterlagen, die von Herrn Horstmann stammen und sich, wie wir annehmen, noch in Ihrem Besitz befinden.«

»Muß das sofort sein?«

»Sie brauchen nichts zu überstürzen. Rufen Sie mich bitte an, wenn Sie sich die Sache überlegt haben. Sie können mich die ganze Nacht über erreichen!«

Rechtsanwalt Dr. Antonius Schloßer traf kurz nach 17.00 Uhr bei der »Allgemeinen« ein. Dort suchte er zunächst, betont offiziell, die Verlagsdirektion auf, um festzustellen, daß außer einer Sekretärin niemand anwesend sei. Erst dann begab er sich zur Chefredaktion.

Hier wurde er nach einer Wartezeit von nahezu zwanzig Minuten von Peter Wardeiner empfangen. Eisige Atmosphäre von der ersten Sekunde an. Sie ersparten sich jede Einleitung.

»Herr Wardeiner«, sagte Schloßer, nachdem er auf eine Handbewegung hin Platz genommen hatte, »ich wende mich an Sie als den einzig erreichbaren Verantwortlichen dieser Zeitung. Mein Besuch betrifft eine Art Dokumentation samt Leitartikel, bei denen Sie Material verwendet haben, auf das anderweitig Besitzrecht geltend gemacht wird.«

»Erlauben Sie, Herr Rechtsanwalt, woher wollen Sie diese Veröffentlichungen kennen?« Wardeiner gab sich leicht amüsiert. »Die Montagausgabe unserer Zeitung ist noch nicht im Handel.«

»Ich stütze mich auf mir beweiskräftig erscheinende Informationen. Deren Herkunft anzugeben, bin ich rechtlich nicht verpflichtet.« Schloßer hatte Routine darin, sich überzeugend in Szene zu setzen. »Ich stelle lediglich fest: Sie verwenden Recherchen, Informationen und Unterlagen eines gewissen Horstmann, die ausschließlich dem von mir vertretenen ›Morgen‹ gehören.«

»Beweisen Sie das erst mal, Herr Rechtsanwalt«, sagte Wardeiner scheinbar unerschütterlich, doch mit spürbar steigender Nervosität. »Tatsache ist vielmehr, daß Herr Horstmann schon seit einigen Wochen mit mir in Verbindung gestanden hat. Er wünschte sich zu verändern, also die Zeitung zu wechseln. Er wurde auch bereits von mir honoriert.«

»Das ist doch unerhört!« rief der Rechtsanwalt aus, gekonnt theatralisch. »Das verstößt nicht nur gegen Treu und Glauben, sondern ist ganz einfach heimlich betriebene Abwerbung. Damit kommen Sie nicht durch, Herr Wardeiner. Denn eine neu eingegangene Verpflichtung, wie angeblich diese, setzt eine Vertragsauflösung voraus, die aber nicht erfolgt ist – womit alle von Horstmann erstellten ...«

»Ach – lecken Sie mich doch am Arsch!« rief Peter Wardeiner gereizt, griff nach zwei bereitliegenden Tabletten, die er mit Wasser hinunterspülte, um dann zu erklären: »Journalismus ist schließlich kein Lebensmittelhandel. Dabei geht es nicht um Verbraucherpreise, Herr Rechtsanwalt, sondern möglicherweise um ein Gewissen.«

»Wie auch immer Sie das bezeichnen, Herr Wardeiner, die Sache könnte Sie teuer zu stehen kommen. Aber ich bin jederzeit zu einem vernünftigen Abkommen bereit, sozusagen unter Gentlemen. Was halten Sie davon?«

»Nichts!« Wardeiner verspürte heftige Herzschmerzen und zugleich ein seltsames Triumphgefühl, denn er glaubte eine gewisse Ohnmacht dieses Rechtsanwaltes ihm gegenüber zu erkennen. »Wenden Sie sich an meinen Rechtsvertreter, an Herrn Messer.«

»Dafür ist es zu spät!« sagte Schloßer. »Die Entscheidung liegt allein bei Ihnen und muß sofort erfolgen. Andernfalls werde ich mit allen gesetzlichen Mitteln das Erscheinen dieses Artikels zu verhindern wissen.«

»Herr Rechtsanwalt«, sagte Peter Wardeiner, »Sie halten mich von meiner Arbeit ab. Auf Wiedersehen!«

Kriminalassistent von Gotha saß im Landhaus am Ammersee Henriette Schmelz gegenüber und nippte an einem delikaten trockenen Sherry, während das Gespräch zwischen ihnen zunächst noch quellwasserleicht dahinsprudelte: der milde Winter in Bayern; das geruhsame Leben auf dem Lande; die Schönheit der Kunst: barocke Bilder und romantische Musik.

Bis von Gotha endlich behutsam bemerkte: »Ihr Sohn heißt Amadeus – eine Namenswahl, die doch sicher kein Zufall ist. Haben Sie ihn so erzogen, daß er Ihre künstlerischen Neigungen teilt?«

»Früher war ich ganz sicher, daß es so ist, aber jetzt weiß ich nichts mehr von ihm«, bekannte Frau Henriette traurig. »So viel glaube ich aber doch zu wissen: daß er sich zu mir und meiner Welt hingezogen fühlt. Sein Vater aber, der ihn auf seine Weise auch liebt, versucht ihn mir immer wieder zu entfremden, mit dem gewichtigsten Argument, das es gibt auf der Welt: mit Geld und immer wieder Geld!«

Gotha blinzelte vor sich hin, schien lediglich den honigfarbenen Sherry im Glas zu betrachten: »Besteht denn nicht die Möglichkeit, daß Ihr Sohn allein bei Ihnen wohnt, allein von Ihnen betreut wird?«

»Das würde die endgültige Trennung von meinem Mann bedeuten und mir nur endlose Auseinandersetzungen mit ihm einbringen.«

»Ist das ein Sohn nicht wert?« Er blickte Frau Schmelz offen an. Sein jungenhaftes, ein wenig an Dürerporträts erinnerndes Gesicht war von schönem Ernst.

»Wie kommen Sie darauf?« fragte sie erstaunt.

»Als ich zehn Jahre alt war, trennte sich mein Vater von meiner Mutter, ganz radikal. Nicht weil sie ihn nicht zu verstehen vermochte, ihn auch mehrmals betrogen hatte; er wollte sie mir nicht mehr zumuten. Zunächst litt ich heftig darunter. Doch heute weiß ich, daß ich dieser entschlossenen Trennung viel zu danken habe. Ich war gezwungen, fortan bewußt zu leben, nachzudenken, abzuwägen, mich zu entscheiden.«

»Auch ich«, bekannte Henriette, von der späten Sonne in sanft rosa Licht getaucht, »habe in einem radikalen Schlußstrich die letzte Möglichkeit gesehen, Amadeus für mich zu erhalten. Aber dann mußte derjenige, der allein mir diese Trennung ermöglicht hätte, plötzlich sterben. Horstmann.«

»Wie schön, Sie wieder einmal zu sehen, Herr Kollege«, sagte der pensionierte Kriminalbeamte Keller, als ihm Konrad Krebs mit Sabine an der Hand im winterlichen Hofgarten entgegenkam, wo Keller Tag für Tag seinen Hund Anton auszuführen pflegte.

»Ich habe Ihnen Besuch mitgebracht«, sagte Krebs, mit einem Blick auf das Kind.

»Ich heiße Sabine Vogler«, sagte die Kleine und streckte Keller die Hand entgegen. »Wo ist denn Anton?«

Keller lachte: »Den haben wir gleich« und rief mit überraschend heller und starker Stimme seinen Hund, der augenblicklich aus dem nächsten Busch hervorschoß: ein schwarzhaariges, schwanzwedelndes Knäuel mit klugen Augen und glänzender Nase, das kurz vor Keller stehenblieb, um dann erst Krebs zu beriechen, um sich endlich, intensiv schnuppernd, Sabine zuzuwenden.

Entzückt betrachtete sie den schwarzen Wildling, kniete nieder und streichelte ihn: »Ach – du bist schön!« Anton schien beglückt zu sein und stieß freundschaftlich seine Schnauze gegen ihr Gesicht; worauf Sabine die Erlaubnis erhielt, mit ihm spazierenzugehen.

Keller sah beiden prüfend nach: »Ein zärtliches Kind, offenbar sehr liebebedürftig und anschmiegsam. Für sein Alter aber zu ernsthaft und seltsam bedrückt wirkend. Sind Sie verwandt mit der Kleinen?«

»Nein, sie ist mir sozusagen über den Weg gelaufen – im Verlauf von Ermittlungen.«

»Also das wohl älteste Problem in unserem Metier«, stellte Keller nachdenklich fest. »Zugleich gefährlich und doch niemals völlig vermeidbar: die Berührung dienstlicher Forderungen mit menschlichen Regungen.«

»Scheint tatsächlich so«, bekannte Krebs schulterzuckend. »Und so was muß ausgerechnet mir passieren. Nach fast dreißig Dienstjahren.«

»Lassen Sie sich darum beneiden. Erzählen Sie.«

»Majestät befehlen?« rief Goldner, hier Karli genannt, als er erlebnisfreudig in Wardeiners Zimmer stürmte. »Du hast mich zu sehen gewünscht. Womit kann dir meine Feder dienen?«

»Laß den Quatsch«, sagte Wardeiner mißmutig. »Mein Bedarf an Witzen dieser Art ist bis auf weiteres gedeckt. Ich habe gerade das Geschwätz eines Rechtsanwalts Schloßer über mich ergehen lassen müssen.«

»Geschwätz?« horchte Goldner auf. »Dieser Schloßer ist kein Schwätzer. Der betätigt sich mit Vorliebe als juristische Planierraupe!«

»Den Eindruck hatte ich auch. Verdammt auf die Nerven ist mir der Kerl gegangen. Aber schau mich nicht so prüfend an, Karli, zu einem neuen Herzanfall hat es nicht gereicht. Amüsier dich lieber über das da: Nachruf auf Horstmann – von Fürst verfaßt.«

Karli Goldner nahm den Fahnenabzug entgegen, ließ sich damit in den bequemsten Sessel fallen und begann mit der Schnelligkeit des erfahrenen Redaktionshasen zu lesen. Nach drei lautlosen Minuten sagte er: »Na, prächtig. Klingt ja fast nach Heldentod, beinahe schon zum Heulen. Dieser Fürst hätte Lyriker werden sollen.«

»Und sonst keine Einwände? Schließlich bist du mit Horstmann befreundet gewesen.«

»Ach was!« wehrte Goldner ab. »Mir blieb gar nichts anderes übrig – dieser Horstmann hat mich überzeugt – von seiner Gefährlichkeit.«

»Der konnte sogar mich überzeugen«, versicherte Wardeiner mit halb geschlossenen Augen. »Legte der mir doch so ganz nebenbei ein paar Details aus meinem Privatleben auf den Tisch, die mich vom Stuhl gehauen haben. Und von Susanne dazu. Nicht nur Andeutungen, ganz massive Einzelheiten, sag ich dir, mit Namen, Daten, Uhrzeit, Adressen.«

»Um dich zu erpressen?«

»Nein, um mir eine Art Kostprobe von seinen Fähigkeiten zu geben. Er wollte unbedingt zu unserer Zeitung. Er schätzte uns; mich und dich in Besonderheit. Und einen solchen Zuwachs wollte ich mir natürlich nicht entgehen lassen.«

»Nur eben, daß er jetzt tot ist. Und das macht mich fast wütend. Wo, zum Teufel, hatte der Kerl seine einzigartige Spürnase, als er sich sozusagen auf offener Straße zu Brei fahren ließ?«

»Das alles, Karli, geht mir auf die Nerven«, sagte Wardeiner mühsam, »schlägt sich mir aufs Herz.«

»Du solltest mal pausieren, Peter. Auf möglichst angenehm ablenkende Art.«

»Nicht bevor das durchgestanden ist!«

»Du brauchst dringend Entspannung«, meinte Karli Goldner aufmunternd. »Gönne dir eine schöne schwache Stunde. Ingeborg wartet nur darauf. Das hat sie mich wissen lassen – und mein Appartement steht dir, wie immer, zur Verfügung.«

»Ingeborg«, sagte Wardeiner schwer, beide Hände auf die linke Brust pressend. »Ja, sie ist ein nettes Mädchen. Ich habe ihr viel zu verdanken. Aber – ich will nicht mehr.«

»Du kannst nicht mehr, meinst du wohl?«

»Nein, das ist es nicht«, sagte Peter leise, wie bekennend. »Da ist Susanne – meine Frau. Ich habe sie noch niemals so kennengelernt wie in dieser Krise. Ich will sie, so wie sie jetzt ist, nicht verlieren.«

»Dann mache das Ingeborg klar, rede mit ihr, sie ist ein vernünftiges Mädchen. Ich habe meinen Wohnungsschlüssel für sie beim Empfangsportier hinterlegt – sie wartet auf dich.«

Rechtsanwalt Dr. Schloßer bei Oberstaatsanwalt Gleicher in dessen Privatwohnung:

Dr. Schloßer: »Ich versichere, diese Störung nur zu wagen – im Hinblick auf Ihre bekannte, selbstlose Dienstbereitschaft, ferner veranlaßt durch das Drängen meiner Mandanten, der Herren Tierisch und Schmelz, und weil Gefahr im Verzuge ist.«

Worauf RA Dr. Schloßer vorlegte: drei Fahnenabzüge mit Leitartikel »Allgemeine« Seite 1; Hauptartikel Seite 3; Nachruf auf Horstmann Seite 2. Dazu: eidesstattliche Erklärung der Verlagsleitung des »Morgen«, Urheberrecht an verwendeten Unterlagen zu besitzen. Weiter ein Schreiben Schloßers an die Staatsanwaltschaft: Ersuchen um einstweilige Verfügung.

Hierauf der Oberstaatsanwalt nach längerer Prüfung: »Das, scheint mir, ist wirklich schlimm. Einmal dieser Vorgang an sich: Eine in demokratischen Bereichen geradezu unerhörte, gegen jede Spielregel gerichtete Provokation. Andererseits der Zeitpunkt: Hier liegen Artikel einer Zeitung vor, die noch gar nicht ausgeliefert ist. Wer garantiert mir denn, daß diese Artikel wirklich so erscheinen werden? Und weiterhin, Herr Rechtsanwalt: Bei der einstweiligen Verfügung kommt es in erster Linie auf den direkt davon Betroffenen an, also auf Herrn Schreyvogel. Liegt von diesem eine diesbezügliche eidesstattliche Erklärung vor?«

»Nein«, bekannte der Rechtsanwalt Schloßer, nicht unbeeindruckt von so viel juristischer Unerschütterlichkeit. »Aber ich werde mich bemühen ...«

»Na – dann versuchen wir doch mal zu erproben, inwieweit wir hier auf Granit stoßen«, meinte der Oberstaatsanwalt und griff zum Telefon. »Zumindest in einem Punkt glaube ich etwas unternehmen zu können.« Entschlossen wählte er die Nummer der »Allgemeinen« und ließ sich mit der Verlagsleitung verbinden. Da Burghausen verreist und Wardeiner angeblich »dienstlich abwesend« war, wurde zwangsläufig der stellvertretende Chefredakteur Samhaber zu seinem Gesprächspartner.

Gleicher: »Bei Ihrer Zeitung ist ein Nachruf auf Herrn Heinz Horstmann geplant, von dem ich zufällig Kenntnis erlangt habe. Dieser Nachruf scheint mir einige nicht unbedenkliche Formulierungen zu enthalten, so etwa Vermutungen über eine vermeintliche Todesursache, die aber amtlich noch gar nicht festgestellt ist. Das könnte unter Umständen als Eingriff in ein schwebendes Verfahren ausgelegt werden.«

Sambacher: »Herr Oberstaatsanwalt, bei dem Artikel, der Ihnen – wie und durch wen auch immer – zur Kenntnis gelangt sein mag, kann es sich lediglich um einen Entwurf handeln. Dieser wird selbstverständlich und besonders nach Ihrem Anruf, für den ich Ihnen dankbar bin, grundlich geprüft werden. Sie dürfen also versichert sein, Herr Oberstaatsanwalt, daß wir alles vermeiden werden, was irgendwie mißverstanden werden könnte. Falls Sie sonst noch Anregungen ...«

Dr. Schloßer blickte düster. »Also – nichts zu machen!«

»Diese Angelegenheit mißfällt mir ungemein«, versicherte Dr. Gleicher streng, »ich empfinde sie geradezu als Herausforderung für unsere Justiz. Ich werde einen meiner besten jüngeren Beamten sofort mit den notwendigen Untersuchungen beauftragen. Dieser Staatsanwalt Steiner hat zum Glück heute Bereitschaftsdienst im Justizpalast. Und auf den ist Verlaß.«

Karl Goldner – später, als es bereits zu spät war, in einem Gespräch mit seinem neuen Freund von Gotha:

»Peter Wardeiner fühlte sich von Anfang an zu mir hingezogen. Von allen Münchner Journalisten war ich vielleicht, außer Sommer, der populärste und wohl auch am höchsten honorierte. Wardeiner meinte: ›Du kannst noch leben, wie und mit wem du willst. Ich beneide dich. Dein Privatleben kann ich mir mit allen meinen Millionen nicht leisten, so gern ich es tun würde.‹

Was nicht ganz unzutreffend, aber reichlich übertrieben war. Denn so unkompliziert, wie das gemeinhin vermutet wird, kann auch ich nicht schlafen. Bis es mir etwa gelang, meine letzte Freundin loszuwerden, hab ich viel Zeit und noch mehr Nervenkraft einsetzen müssen.

Wardeiner seinerseits sehnte sich nach einem möglichst unkomplizierten Liebesleben. Empfand Verlangen nach der anziehend prallen, wundersam primitiven Welt der Ladenmädchen, Dienstboten und Kellnerinnen, die, wie er meinte, stets vollfleischig und problemlos hingebungsvoll waren. So ahnungslos war der tatsächlich.

Wunschgemäß besorgte ich ihm ein Exemplar von dieser Gattung, ohne auch nur zu ahnen, was sich später daraus ergeben sollte. So viel Phantasie besaß nicht einmal ich. Glauben Sie mir, lieber Freund, diese netten kleinen Mädchen kommen einem manchmal teurer zu stehen als eine millionenschwere Fehlkalkulation. Die können sogar ein Leben kosten.«

Kriminalpolizeilicher Observationsbericht:
Wardeiner – Feiner.
Ausgangspunkt: Verlagsgebäude »Allgemeine«.
Aufenthaltsort: Fränkische Weinstube; unmittelbar gegenüber dem Verlag.
Zeit: dritte Dienstschicht – 16.00 bis 24.00 Uhr.

Dabei observiert: Feiner, Ingeborg, nach zur Verfügung gestelltem Foto ausgemacht, verläßt das Verlagsgebäude 17.50 Uhr. Ihr folgt: 18.05 Uhr, der gleichfalls identifizierte Wardeiner, Peter. Beide begaben sich nacheinander zu Fuß in das Haus – Observationsobjekt 3 – am Ungererbad, wo sie sich längere Zeit im vierten Stock, Mansardenwohnung links, aufhielten.

Besitzer der Wohnung: Karl Goldner.

Dieses Beobachtungsergebnis wurde schriftlich fixiert und dann von der KA Hannelore Dreyer an KOI Felder zwecks Einordnung in den Aktenplan weitergegeben.

»Du liebst mich nicht«, klagte Alexander Bender volltönend. »Warum bist du überhaupt zu mir gekommen?«

Susanne saß auf seinem Bett und sah ihn an: »Ich weiß auch nicht, warum ich hier bin. Vielleicht um mich selber kennenzulernen.«

»Ich bin doch kein Versuchskaninchen«, empörte er sich maßvoll.

Schließlich war er der allseits verehrte, sogar von Kritikern gewürdigte, vom Publikum gefeierte Staatsschauspieler Alexander Bender. Doch diese Susanne versagte sich ihm. Das traf empfindlich sein Selbstbewußtsein.

»Was habe ich denn falsch gemacht?« wollte er wissen. »So was wie mich findest du schließlich nicht alle Tage. Was willst du denn eigentlich?«

»Keinen Egoismus, sondern Zärtlichkeit«, sagte sie leise. »Hingebende Zärtlichkeit, großes Vergessen und Erlösung. Auch wenn sie nur Sekunden dauert.«

»So was ist doch pure Phantasie«, meinte er geringschätzig, »so was brüten nur Literaten aus.«

»Dennoch muß es so etwas geben«, sagte Susanne. »Ich habe ein Leben lang danach gesucht ...«

»Und hast es nie gefunden. Schon gar nicht bei deinem Mann. Die sogenannte Liebe ist eben ein Märchen ...«

»So ...?« Sie lächelte, als sie nun entschlossen aufstand. »Zumindest einem Mann bin ich begegnet, von dem ich das, nur das erhoffen durfte.«

Sie sprach von Anatol Schmelz.

Bekenntnisse über den Anatol Schmelz der fünfziger Jahre:

1. Annabella Schurland, Frau des Belletristik-Verlegers Sigfried Samuel Schurland, Frankfurt-Main:

»... hatte ich damals das Glück, ihn als Reisebegleiter gewinnen zu können – bei meinem Urlaub im Berchtesgadener Land. Er war von betörender Herzlichkeit und unerschöpflicher, niemals aufdringlicher Ritterlichkeit. Dabei von ansteckendem Optimismus, von stets mitreißender Weltschau.

Schien die Sonne, sagte er etwa: ›Diese Welt leuchtet!‹ Regnete es, sagte er: ›Wie doch die Farben funkeln!‹ War die Nacht kühl: ›Die Erde atmet Erwartung!‹ Und in einer lauen Nacht: ›Die Luft zärtelt uns an!‹ Er war ein Poet!

Ein ›unvergeßlicher Sommer mit Anatol‹, wie ich damals in mein Tagebuch schrieb, nur eben leider auch ein sehr kurzer Sommer.«

2. Felicitas Weißner,

Redakteurin beim »Morgen«:

»Nachdem ich einmal die ›Ehre‹ gehabt hatte, mit ihm zu schlafen, versagte ich mir dieses ›Vergnügen‹ fortan. Nicht etwa, weil er in meinem Bett geradezu italienische Opern aufführte, sondern weil er ungewöhnlich stark in meine Kissen speichelte. Ich mußte unverzüglich die Bettwäsche wechseln. Und besaß doch nur zwei Garnituren davon, weil ich bei diesem Verein doch kaum etwas verdiente – und danach schon gar nichts mehr.

Wohl war diese schwabblige Qualle immer scheißfreundlich zu mir. Wenn er mich nur von weitem erblickte, rief er schon: ›Da bist du ja, Felicitas – endlich wieder!‹ Oder: ›Schön, meine Liebe, dich zu sehen. Wann plaudern wir wieder einmal?‹ Und immer so weiter in dieser verlogenen Preislage. Aber heimlich, so um drei Ecken herum, schikanierte er mich, wo er nur konnte, oder er ließ mich schikanieren, weil ich nicht mehr wollte mit ihm.«

3. Dr. Marianne Ohlmüller:

»... und da waren diese Hände, seine zarten, zierlichen Hände, sich unendlich behutsam vortastend, als gedächten sie einzigartige Köstlichkeiten zu erreichen, diese zu enthüllen, um sie dann mit beinahe priesterhafter Geste zu umschließen...

Was jedoch nichts mit seiner Potenz zu tun hat, die schon damals bei Anatol nicht sonderlich ausgeprägt war. Eine Feststellung, die ich ganz sachlich als Medizinerin treffe.«

»Nun also, Herr Wöllrich?« sagte Hauptkommissar Zimmermann erwartungsvoll. »Haben Sie inzwischen nachgedacht – über meine Fragen?«

Waldemar Wöllrich, in seinem Büro gestellt, machte einen höchst nervösen Eindruck: »Wissen Sie, ich habe hier alle Hände voll zu tun. Jeden Augenblick erwarte ich einen Anruf von Oberstaatsanwalt Dr. Gleicher, falls Ihnen das was sagt. Außerdem ist der Wirtschaftsminister heute abend auf dem ›Ball der Nationen‹ unser Gast, und für dessen Betreuung bin ich verantwortlich. Können wir nicht vielleicht morgen...?«

»Können wir«, sagte Zimmermann entgegenkommend. »Vernehmung im Präsidium, um zehn, elf oder zwölf Uhr – wie es Ihnen paßt, Herr Wöllrich.«

»Ich werde zur Verfügung stehen.«

»Na – fein! Doch erlauben Sie mir noch eine informative Frage: Wo haben Sie sich beim Pressefest in den Stunden vor Mitternacht aufgehalten? Ich frage das nur, um einen bestimmten Punkt von meiner Liste streichen zu können. Ihre Antwort darauf ist mir bereits bekannt.«

»Herr Zimmermann«, begann Wöllrich beinahe feierlich, »Sie wissen doch wohl, daß das Menschliche...«

»Geschenkt, Herr Wöllrich«, sagte der Hauptkommissar. »Was Sie da so groß das Menschliche nennen, ist für uns Alltag. Während die einen beten, morden andere; hier wird geschlafen, dort wird krepiert; was gestern Liebe war, kann morgen den Tod bringen. Nichts, was uns irgendwie überraschen könnte.«

»Nun gut, nun gut!« rief Wöllrich erleichtert aus. »Wenn Sie es also unbedingt wissen wollen: Ich habe mich zur fraglichen Zeit, also von kurz nach zehn bis kurz vor zwölf, gemeinsam mit Frau Horstmann im Hotel ›Drei Bärenkronen‹ in der Goethestraße aufgehalten. Dort im Zimmer sechsunddreißig. Aber fragen Sie nun nicht noch, womit wir uns da beschäftigt haben!«

»Das ist eine klare und durchaus überzeugende Auskunft«, stellte Zimmermann zufrieden fest. »Natürlich werden wir routinegemäß nachprüfen müssen, aber ich bin jetzt schon sicher, daß Ihre Angaben stimmen.«

»Na – und?« fragte Wöllrich geradezu ungläubig. »Keine moralische Entrüstung?«

»Leisten wir uns niemals«, sagte Zimmermann lapidar. »Können wir uns gar nicht leisten – wenn wir halbwegs normale Vernehmungen durchführen wollen.«

Kriminalinspektor Michelsdorf, »Sitte«, war einer der ersten Gäste in der »Diskothek Zero«. Hier hockte er sich am kleinen Seitentisch neben der Bar nieder, der ansonsten für Ricci, den Inhaber dieses Unternehmens, bestimmt war.

An diesen hatte er ganz eindeutige Forderungen gestellt. Und denen entsprechend nickte ihm der Kneipenwirt zu, als ein jüngerer Besucher mit dunklem, engelhaft wirkendem Gesicht das Lokal betrat. Er ging auf den noch leeren rechten hinteren Ecktisch zu – wo er sich setzte, als wäre er hier zu Haus.

Ricci beugte sich zum Kriminalinspektor hinüber und tippte auf der vor diesem liegenden Liste den dort als Nummer sieben verzeichneten Namen an: »Das ist er!«

»Her mit ihm«, sagte Michelsdorf.

Der so von Ricci aufgeforderte junge Mann kam nicht ohne Neugier zur Bar, betrachtete Michelsdorf kurz, mit dann schnell ansteigendem Vergnügen. »Kriminalpolizei, wenn ich nicht irre.«

»Sie irren sich nicht«, gab Michelsdorf unwillig zu. »Sie scheinen diesbezügliche Erfahrungen zu haben.«

»Weit mehr, als Sie ahnen – und mir lieb ist.«

Michelsdorf stellte sich vor. Auch der Jüngling, der nun an dessen Tisch Platz genommen hatte, nannte seinen Namen: Zimmermann. Was dem Kriminalbeamten selbstverständlich nicht das geringste besagte, denn im Adreßbuch der Stadt München waren derzeit zweitausendvierhundertundachtundsechzig Personen unter diesem Namen registriert.

»Kennen Sie eine gewisse Helene Vogler?« fragte Michelsdorf.

»Kenne ich.« Der junge Zimmermann schien sich zu amüsieren. »Sammeln Sie Adressen?«

»Etwas mehr Ernst, wenn ich bitten darf«, sagte der Kriminalinspektor. »Ich führe hier eine amtliche Ermittlung durch.«

»Aber doch nicht bei mir«, stellte dieser munter-aggressive Jüngling fest. »Ich bin kein Ermittlungsgegenstand, kein Zeuge, schon gar nicht irgendwie verdächtig. Also erbitten Sie von mir lediglich Informationen. Und falls ich die Ihnen geben sollte – dann nur freiwillig.«

»Sie scheinen sich mit den Praktiken der Polizei verdächtig gut auszukennen«, sagte Michelsdorf, holte tief Luft, befahl sich Gelassenheit und fuhr fort: »Informieren Sie mich also, wie Sie das nennen, über eine gewisse Helene Vogler.«

»Die kennt hier fast jeder. Sie ist außerordentlich beliebt.«

»Haben Sie mit ihr ...«

»Und wenn schon. Ist das strafbar?«

»Haben Sie sich dafür irgendwie erkenntlich gezeigt?«

»Sie spielen auf eine Art Bezahlung für gewisse Leistungen an? Aber ich bitte Sie, das gehört doch immer dazu. Jede Autofahrt kostet Benzin, dazu Abnutzung des Fahrzeugs, wenn nicht sogar Reinigung. Vor dem Bumsen dann das Abendessen mit dicker Getränkerechnung, und schließlich das Hotelzimmer. Da sind schon zweihundert Mark weg, noch ehe was gelaufen ist. Damit verglichen ist Helene geradezu bescheiden.«

Michelsdorf vermochte seine Empörung nur noch mühsam zu verbergen. »Wieviel haben Sie bezahlt?«

»Bezahlt?« Der Jüngling mit dem Engelsgesicht lächelte nachsichtig. »Ich bitte Sie, Herr Kriminalbeamter, so etwas ist im Grunde doch gar nicht zu bezahlen. Da kann man nur Geschenke machen. Und die, soviel sie auch kosten mögen, sind vergleichsweise bescheiden.«

»Vielen Dank für Ihre fabelhaften Informationen«, sagte Michelsdorf im gleichen Ton. »Nun gut, ich registriere das. Aber ich verfüge noch über ein Dutzend anderer Adressen. Und darunter gibt es gewiß einige Kunden der Frau Vogler, die nicht zögern werden, mir zu sagen, was ich wissen will.«

»Saukerle gibt es immer und überall«, sagte der junge Zimmermann. »Aber hoffentlich nicht in diesem Fall.«

Hierzu erklärt einige Tage später Kriminalkommissar Krebs, Chef »Sitte«:

»Das Vorgehen von Kriminalinspektor Michelsdorf war legitim und vielleicht auch notwendig, von seinem Standpunkt aus. Denn ihm ging es darum, Helene Vogler als Prostituierte, dem Gesetz entsprechend, zu überführen.

Wozu gehörte: ein beweisbarer ›häufig wechselnder Geschlechtsverkehr‹. Was allerdings auch so mancher Dame unserer sogenannten Gesellschaft nachzuweisen wäre, wenn man unbedingt wollte. Der springende Punkt jedoch war hierbei: die registrierbare, zumeist im voraus geforderte Entlohnung für unmißverständliche geschlechtliche Leistungen.

Wobei ich sicher bin, daß es Michelsdorf nur darauf anlegte, Helene Vogler unter Druck setzen zu können. Um sie dadurch zu zwingen, ihm Auskünfte über jene Person zu liefern, von der sie überfallen worden war.«

»Sie wollen also nicht, aber Sie werden schon noch«, meinte Michelsdorf geduldig. »Wir von der Kriminalpolizei haben da einen sehr langen Atem.«

»Weiß ich«, bestätigte der Jüngling Zimmermann vergnügt.

»Ich muß nunmehr um Ihre Personalien bitten. Also Name, Vorname, Geburtsdatum, Geburtsort, Wohnung, Beschäftigung oder Betätigung.«

»Wobei Sie vermutlich auch wissen wollen, was mein Vater von Beruf ist?« fragte der junge Mann freudig.

»Also – der Beruf Ihres Vaters?«

»Kriminalhauptkommissar.«

Kriminalinspektor Michelsdorf blickte den jungen Mann ungläubig an. Zum erstenmal, nach mehr als zwanzig Dienstjahren bei der Polizei, verschlug ihm diese Eröffnung die Sprache.

6

Die mittlere Kettenreaktion: Sie wurde ausgelöst durch ein Telefongespräch, das der Verlagsleiter Tierisch mit dem Großgrundbesitzer und Bankier Schreyvogel führte.

Tierisch: »Ich sehe mich leider gezwungen, Sie davon in Kenntnis setzen zu müssen, daß schon in der morgigen Ausgabe der ›Allgemeinen‹ zwei Artikel erscheinen werden, die sich mit angeblichen Großgrundstücksspekulationen ...«

Schreyvogel: »Und was haben Sie dagegen unternommen?«

Tierisch: »Alles, was im Bereich unserer Möglichkeiten lag: Klageandrohung; der Versuch, eine einstweilige Verfügung zu erreichen; Hinzuziehung eines Rechtsanwaltes; Bemühung um eine Absprache. Aber dieser Wardeiner ist total verbohrt!«

Schreyvogel: »Das heißt, Sie haben nichts wirklich Wirksames erreicht, und unsere Vereinbarungen sind nicht eingehalten worden. Das bedauere ich. Ich muß dann wohl anderweitig Verständnis suchen. Danke, Herr Tierisch.«

Worauf Bankier Schreyvogel die Nummer seines einflußreichen Freundes Bankier Bornekamp, Köln, wählte. Dieser Bernhard Magnus Bornekamp war Präsident einer maßgeblichen bundesdeutschen Großbank und vertrat in seiner Person ein Wirtschaftsimperium, dessen Finanzkraft nahezu an den Staatshaushalt heranreichte.

Schreyvogel: »Darf ich um Ihre Mithilfe bitten?«

Bornekamp: »Selbstverständlich. Worum handelt es sich?«

Schreyvogel: »Um zwei Zeitungsartikel, die in der Montagsausgabe einer hiesigen Zeitung erscheinen sollen, der ›Allgemeinen‹. Darin geht es um Grundstücksankäufe, an denen angeblich unser Land ebenso wie der Bund beteiligt waren. Alles mutwillig aufgebauschter Unsinn. Ich werde gerichtlich dagegen vorgehen. Es ist aber wohl niemals ungefährlich, wenn so was provokativ und polemisierend an die Öffentlichkeit gerät.«

Bornekamp: »Bitte, lieber Herr Schreyvogel, weisen Sie Ihr Büro an, unverzüglich meinem Büro, namentlich Herrn Dr. Köhler, alle erreichbaren Unterlagen zur Verfügung zu stellen.

Ich werde inzwischen zusätzliche Recherchen vornehmen lassen. Sobald alles bei mir vorliegt, werde ich das gesamte Material überprüfen und entsprechend handeln.«

Schreyvogel: »Verbindlichen Dank.«

Bernhard Magnus Bornekamp im Privatbüro seiner Villa bei Köln. Dort dunkle rheinische Gediegenheit, kostbar und solide zugleich, kein Anschein von Luxus. Sein Sekretär Dr. Dr. Köhler, sechsunddreißig, fünf Sprachen einschließlich Russisch, zur Zeit Chinesisch lernend, legte ihm die von seinem Büro innerhalb einer Stunde gesammelten Unterlagen vor: A: Bildkopien der zwei geplanten Veröffentlichungen der »Allgemeinen«. B: Fernschreiben über die vom »Morgen« vergeblich versuchten Gegenmaßnahmen, einschließlich Aktennotiz RA Schloßer nach dessen Konfrontation mit Wardeiner. C: Interne Unterlagen über die »Allgemeine«, München: Inhaber, auch Mitherausgeber genannt, Burghausen; dazu Wardeiner – beide zu fünfzig Prozent anteilig. Auflage dieser »Allgemeinen«: 120000; an Wochenenden auch 180000 bis 200000. Geschätzter Wert: Verlag, einschließlich Druckerei, Vertrieb, Gebäude, Zweigstellen, Beteiligungen: 120 bis 150 Millionen. Bankier Bornekamp lächelte dennoch nicht. Wenn er auch an andere Größenordnungen gewöhnt war, wußte er doch um die Spielarten auch des scheinbar Unwesentlichen: Eine Maus vermochte Elefanten zu erschrecken; Bienen sogar Löwen in Panik zu bringen.

»Lassen Sie auch Unterlagen über den ›Morgen‹ zusammenstellen.«

»Ist bereits in Arbeit«, konnte Dr. Dr. Köhler berichten. »Soweit bisher erkennbar, handelt es sich um ähnliche Größenordnungen.«

Bornekamp blätterte die anscheinend verläßlich erstellten Recherchen durch, welche lapidar besagten: Die »Papier-Union«, also eines der Unternehmen seiner Bornekamp-Gruppe, belieferte die »Allgemeine«. Deren Vertrieb erfolgte, großteils, durch die »Europäische Transport AG«; gleichfalls sein Unternehmen. Und mit der »Rhein-Ruhr-Metall« lag ein Lieferungsvertrag auf neue Druckmaschinen vor; auch die gehörte ihm.

»Also – dann Herrn Burghausen!« ordnete Bornekamp an.

Doch Burghausen war nicht zu erreichen. »Dann Herrn Wardeiner!« Auch der war nicht zu erreichen. Bornekamp schien das nicht zu irritieren. Nach kurzem Zögern befahl er: »Dann den dortigen Justizminister!«

Wenn Hauptkommissar Zimmermann erst einmal einen Fall »angekurbelt« hatte, wie er zu sagen pflegte, gab es für ihn und seine Mitarbeiter keine geordneten Dienststunden mehr, dann wurde sein Büro zu einem Taubenschlag.

Mittelpunkt dieser fast pausenlos und formlosen »Mitarbeiterpartys«, wie das der Assistent von Gotha nannte, war nicht gleich Zimmermann – sondern zunächst KOI Felder, der Aktenplaner, der bienenfleißig alles einsammelte, was ihm übergeben wurde: Notizen, Meldungen, Berichte.

Wenn aber der Chef dann plötzlich den Schreibtisch verließ, dabei seinen Stuhl mitnahm und sich sozusagen unter seine Mitarbeiter mischte, begannen seine wie zufällig zusammengewürfelten Gesprächsrunden, die ebenso gemütlich wie arbeitsmäßig ergiebig zu sein pflegten.

An diesem Abend berichtete, von Felder aufgefordert, zunächst Kriminalassistent von Gotha über seine Erkundungen: »Frau Schmelz beabsichtigte, sich von ihrem Mann zu trennen. Horstmann war offenbar bereit, ihr das dazu notwendige Beweismaterial zu liefern – doch er kam nicht mehr dazu. Auch Goldner hat Andeutungen gemacht, daß noch eine Menge heikles, privatinternes Material existieren müßte.«

Felder ergänzte, aufgrund seiner umfassenden Akteneinsicht: »Dieses Material ist möglicherweise bei Helga Horstmann aufzufinden, oder bei Lothar, teilweise wohl auch bei Wardeiner. Bei der Mordtat selbst, im Neumühlenweg, ist es jedenfalls zu keiner Durchsuchung des Opfers gekommen. Anzunehmen, daß der Täter wußte: Dieser Horstmann pflegte sein Material nicht mit sich herumzuschleppen. Er sollte wohl lediglich stumm gemacht werden.«

»Ist das alles nicht ein wenig zu suggestiv?« wollte von Gotha wissen.

»Ich habe lediglich auf sich anbietende Details hingewiesen«, sagte Felder, leicht unwillig. »Keinerlei Abschlußfolgerungen angeboten.«

»Liegen inzwischen weitere Ergebnisse von der Verkehrspolizei vor?« wollte Zimmermann wissen.

»Die dortigen Techniker«, berichtete Felder, sofort wieder ganz sachlich, »sind mit Weingartner dabei, auf Grund von Eindrucksspuren und Bodenmessungen das mögliche Gewicht des bei der Tat verwendeten Fahrzeuges zu berechnen. Vorläufiges Ergebnis: Es muß fast schon ein mittelschwerer Lastwagen gewesen sein. Genaue Einzelheiten sind für morgen zugesagt.«

»Und Sie, Kollegin Dreyer?« fragte Zimmermann.

»Die Observation der Ingeborg Feiner war ziemlich ergiebig«, meldete die Kriminalbeamtin. »Diese Feiner hat sich mit Wardeiner in einer fremden Wohnung getroffen, wo sich beide fast zwei Stunden lang zusammen aufgehalten haben. Ein ähnlicher Vorgang wurde bei Frau Wardeiner fast zur gleichen Zeit beobachtet. Alle Einzelheiten hierzu bei Herrn Felder in den Akten.«

»Wir scheinen es also hier«, sagte Zimmermann sachlich, »mit zunächst sehr intimen Vorgängen zu tun zu haben, was aber niemand von uns irritieren noch von den zu erkundenden Tatsachen ablenken sollte. Zum Gesamtbild gehören auch die fehlenden zwei Stunden – genau zur Tatzeit – von Wöllrich und Helga Horstmann. Beide haben sie gemeinsam im Hotel ›Drei Bärenkronen‹ verbracht.«

»Dann wäre eine diesbezügliche Notiz für das Dezernat Sitte fällig«, schaltete sich der vorschriftenkundige Felder ein, »dort muß ein derartiger Tatbestand bekanntgemacht werden.«

»Tun Sie das aber erst nach gründlicher Überprüfung«, sagte der Chef, »wie ich überhaupt noch einmal – und das gilt für alle in dieser Dunkelwelt von Samt und Seide – äußerste Vorsicht beachtet wissen möchte. Was dort hervorbrechen kann, vermag niemand vorauszusehen.«

»Sie sind entlassen!« verkündete Albrecht Neidhammer, der Verwaltungs- und Personaldirektor des »Morgen«, seinen Schicksalsspruch. »Wir kündigen Ihnen zum nächsten Termin.«

»Warum?« wollte die vor ihm stehende Verlagssekretärin Marie-Antoinette Bauer wissen.

»Aus mehreren Gründen«, erklärte der Personalchef geduldig. »Aus gewichtigen Gründen selbstverständlich. In diesem Fall führen wir ins Feld: schnell zunehmender Leistungsabfall, unzureichend verantwortungsbewußte Mitarbeit. Unsittlicher Lebenswandel, den wir auch anführen könnten, wird in unserem Unternehmen wohl bedauert, aber nicht verfolgt.«

»Warum denn auch? Das ist doch so üblich in diesem Laden, wenn man Gehaltserhöhung will.«

»Das möchte ich überhört haben, Fräulein Bauer! Ich habe hier lediglich Ihre Entlassung auszusprechen. Sollten Sie nähere Auskünfte wünschen, wenden Sie sich bitte an Herrn Wöllrich, der wird es Ihnen schon mitteilen!«

Und Waldemar Wöllrich empfing Antoinette Bauer unverzüglich. Mit spürbarer Anteilnahme versuchte er sofort, einen Arm um ihre Schultern zu legen, wobei sie ihm jedoch geschickt auswich. Dann führte er sie zu einem Sofa hin und setzte sich neben sie.

»Einfach scheußlich, diese Entscheidung des Personalchefs«, entrüstete er sich. »›Mußte das sein?‹ habe ich ihn gefragt. – ›Wollen Sie das etwa rückgängig machen?‹ – fragte er mich. Und wissen Sie, Toni, was ich ihm darauf geantwortet habe? ›Nichts‹, habe ich ihm gesagt, ›muß endgültig sein, wie ja auch nichts umsonst ist.‹«

»Sie erwarten also eine Art Gegenleistung von mir?«

»Nichts dergleichen, liebe Toni«, behauptete Wöllrich, ihre Schultern betastend. Wobei er registrierte: Sie wich ihm nicht mehr aus – was er seiner gewinnenden Persönlichkeit zuschrieb. »Was wir allein erhoffen, meine Liebe, das ist überzeugend vorbehaltlose Mitarbeit. Man könnte auch sagen: menschlich-verständnisvolles Entgegenkommen!«

»Sie wollen doch nicht etwa mit mir schlafen?«

»Das liebend gerne, Toni, muß aber nicht sofort sein.« Waldemar lächelte geschmeichelt. Mein Gott, sagte er sich, wer denn wohl könnte sich ihm entziehen: nicht die Hannelore von der Werbung, nicht die Lotte vom Feuilleton, nicht die Margot vom

Lokalteil; Felicitas von der Frauenseite schon gar nicht, auch nicht Ilse vom Vertrieb – und so weiter durch alle Abteilungen. Höhepunkt dabei: Helga Horstmann, mit der verglichen diese Bauer doch nun wirklich nur ein kleiner Goldfisch mehr in seiner Sammlung war.

»Werden wir mal sachlich«, empfahl er ihr und sich. »Ich wüßte gern einiges ganz Bestimmtes.«

»Vielleicht über Lothar? Mit dem gehe ich gelegentlich ins Bett, was ja wohl weiter nicht viel zu bedeuten hat.«

»Nein, so was kommt vor.« Wöllrich wirkte ungemein ermunternd. »Und wenn er sich Ihnen auch nicht immer völlig anvertraut haben mag. Toni, Sie werden trotzdem eine Menge von ihm wissen.«

»Das heißt, Sie brauchen Unterlagen von diesem Horstmann?«

»Na prächtig, Toni, da sind wir genau auf dem richtigen Dampfer. Also, wie wäre es denn mit ein paar schönen, brauchbaren Hinweisen? Etwa auf den Inhalt diverser Papiere – und wo diese vorzufinden sind? Und dann wird diese Kündigung prompt rückgängig gemacht. Wenn Sie mir aber diese Papiere sogar besorgen könnten, dann ist eine Gehaltserhöhung garantiert.«

»Was sind Sie doch für ein Saukerl«, hörte sie sich sagen.

Wöllrich lachte dennoch auf, wenn auch nunmehr ohne jede Herzlichkeit. »Sag mal, was glaubst du denn eigentlich, wer du bist? Etwa die zukünftige Frau eines Redakteurs, der sehr bald arbeitslos sein wird, wenn er so weitermacht? Also, mein Liebling, spätestens morgen vormittag wird hier abgeliefert. Oder der Ofen ist aus.«

Als Kriminalinspektor Michelsdorf im Verlauf der Recherchen im Fall Helene Vogler am späteren Abend abermals in der »Diskothek Zero« eintraf, schwabbelte Ricci, der Inhaber, sofort auf ihn zu.

»Die Nummer neun auf Ihrer Liste ist jetzt auch hier.«

»Dann her damit!«

Michelsdorf machte sich mit großer Selbstverständlichkeit an Riccis Tisch neben der Theke breit und betrachtete den Jüngling, der sich ihm neugierig näherte, mit schnell steigendem Unbehagen. Diese Sorte kannte er.

Und der sagte auch schon frech, während er unaufgefordert Platz nahm: »Sie brauchen sich mir nicht vorzustellen, Herr Michelsdorf, Sie machen in Sitte, soviel ich weiß. Mein Name steht da auf Ihrer Liste, und was Sie von mir wollen, hat mir mein Freund Manfred Zimmermann schon mitgeteilt.«

»Falls das etwa eine Anspielung auf den Vater von Zimmermann sein soll ...«

»Ich heiße Schmelz und spiele noch nicht mal auf meinen Vater an, Herr Michelsdorf.«

»Wer der ist, weiß ich«, erklärte der Kriminalinspektor entschieden, »aber das tut hier nichts zur Sache. Also, was wissen Sie von Helene Vogler?«

»Genau dasselbe wie mein Freund Manfred. Auch ich kenne Helene und habe gelegentlich mal mit ihr ... zu Abend gegessen, ein Kino besucht, eine gute Flasche getrunken. Habe ihr gelegentlich auch Geschenke gemacht – etwa ein paar Langspielplatten, ein neues Kleid, Geld für ein Taxi zur Heimfahrt. Aber das ist doch wohl nicht strafbar?«

»Wieviel Geld haben Sie ihr gegeben?«

»Immer reichlich! Das kann ich mir leisten – da doch mein Vater ...«

»Lassen Sie Ihren Vater aus dem Spiel.«

»Sie kennen vermutlich nur seine Stellung, Herr Michelsdorf, aber nicht sein Verhältnis zu mir. Für mich tut der einfach alles!«

»Wollen Sie mich etwa unter Druck setzen?« Michelsdorf war jetzt ehrlich empört: »Da hört bei mir jeder Spaß auf!«

»Hat der bei Ihnen jemals angefangen?« fragte Amadeus, Anatols Sohn, belustigt. Er konnte freilich nicht ahnen, an wen er da geraten war.

Weitere Recherchen des Kriminalassistenten von Gotha über Vorgänge in Griechenland. Sein Gesprächspartner: Jangos D., zur Zeit in München.

von Gotha: »Sie sind, bevor Sie Griechenland verließen, Vertrauensmann bei der Athener Polizei gewesen?«

Jangos D.: »Das stimmt, rein äußerlich betrachtet. In Wirklichkeit bin ich, als Angehöriger einer dortigen Widerstandsgruppe, in die Polizei eingeschleust worden, um deren Aktionen zu überwachen und meinen politischen Freunden weiterzumelden. Als das für mich zu gefährlich wurde, setzte ich mich ab, floh nach Westdeutschland, beantragte politisches Asyl und erhielt es auch ...«

von Gotha: »Sie haben damals in Athen auch Heinz Horstmann kennengelernt?«

Jangos D.: »Ja, ich habe ihn in jeder Hinsicht betreut und dafür gesorgt, daß er an wichtige Materialquellen herankam. Das geschah mit Billigung meiner Widerstandsgruppe.«

von Gotha: »Horstmann wurde dann verhaftet. Warum?«

Jangos D.: »Er ist verraten worden – von seinen eigenen Leuten, möchte ich sagen. Denen wurde er wohl zu unbequem. Nicht nur, daß er fleißig hochbrisanten politischen Sprengstoff sammelte, er beschäftigte sich darüber hinaus auch noch mit dem Privatleben seines direkten Auftraggebers.«

von Gotha: »Wollen Sie damit sagen, daß es dieser direkte Auftraggeber – also Herr Dr. Schmelz – gewesen ist, der die Polizei auf Horstmann hingewiesen und dessen Verhaftung damit herbeigeführt hat?«

Jangos D.: »Das will ich damit nicht gesagt haben – aber ich schließe es nicht aus. Ich weiß nur so viel: Horstmann wurde verhaftet, als er in die Villa der Schauspielerin Maria C. einzudringen versuchte, wo sich Herr Schmelz gewöhnlich aufhielt; gemeinsam mit seinem Chauffeur Hans Heßler.«

von Gotha: »Ist Horstmann danach einem intensiven Verhör unterzogen worden?«

Jangos D.: »Sie meinen, ob er gefoltert worden ist? Vermutlich eine ganze Nacht lang. Denn so sah er am Tag danach aus, als er abgeschoben wurde. Er konnte kaum noch sprechen. Zufällig hatte ich ihn zum Flugzeug zu begleiten. Und bevor er dort einstieg, sagte er: ›Dafür wird mir dieses Schwein bezahlen.‹«

Aus dem Bericht des Kriminaloberinspektors Felder betreffend Befragung von Frau Helga Horstmann, durchgeführt in Begleitung der Kriminalassistentin Hannelore Dreyer:
Ort: Wohnung Horstmann, Maximilianstraße.

Zeit: Sonntag – 19.15 bis 20 Uhr.

»Es wurde uns erlaubt, die Wohnung zu betreten. Kollegin Dreyer, der Horstmann bekannt, stellte mich vor. Frau Horstmann bestand darauf, mit mir allein zu sprechen; was auf Anraten der Kollegin Dreyer dann auch akzeptiert wurde. Sie hielt sich im Vorraum auf und sorgte dafür, daß die Tür dorthin nicht geschlossen wurde.«

Originalvorgang: »Na, endlich einmal auch bei der Kriminalpolizei ein richtiger Mann!« stellte Helga Horstmann provozierend fest. Wie üblich war sie in leichter Hausbekleidung. Sie setzte sich nicht auf die Couch, sondern legte sich halbwegs darauf. »Diesmal also kein listiger Halbgreis, wie dieser Zimmermann, auch kein gelacktes Neutrum, womit ich den Gotha meine. Sie sind ein Kerl, scheint mir.«

Felder brauchte sich nicht sonderlich um Haltung zu bemühen. Er war auf das, was ihn hier möglicherweise erwartete, auf der Herfahrt von seiner Kollegin eingehend vorbereitet worden. Und die Dreyer hatte nicht übertrieben.

»Darf ich Sie bitten, mir einige Fragen zu beantworten?« sagte er sachlich.

»Zunächst hab' ich eine Frage an Sie«, sagte Helga Horstmann munter. »Sie kommen doch in Ihrem Beruf mit zahlreichen weiblichen Wesen zusammen, so wie jetzt mit mir. Werden Sie dabei niemals schwach?«

»Nein«, sagte Felder einfach. »Denn bei derartigen Vorgängen dominiert nicht die Frau, der man begegnet, sondern der Fall, den man zu bearbeiten hat. Und dessen Details sind zumeist derartig scheußlich, gemein oder auch blutig, daß sogenannte schöne Gefühle dabei gar nicht erst aufkommen können.«

Felder-Bericht: »Nach einigen nicht zur Sache gehörenden Abschweifungen von Frau Horstmann ersuchte ich sie um Bestätigung ihres Aufenthaltes im Hotel ›Drei Bärenkronen‹, Goethestraße, während der Tatzeit gemeinsam mit Wöllrich. Bestätigung erfolgte. Sie entsprach in allen Einzelheiten den im Aktenplan vorliegenden Ermittlungen.«

Originalvorgang: »Mein Gott, Herr Felder«, rief Helga Horstmann amüsiert aus. »Was machen Sie denn für ein Gesicht dabei? Haben Sie etwas dagegen, daß sich zwei Menschen lieben und miteinander im Bett liegen? So sehen Sie doch gar nicht aus!«

»Es kommt wohl dabei immer auf das Wo, Wie und zu welcher Zeit an«, meinte Felder bedächtig.

Helga Horstmann lehnte sich lächelnd so weit zurück, daß ihre Brüste voll zur Geltung kamen. »Ach, mein Lieber, Sie nehmen doch wohl nicht an, daß halbwegs normale Menschen nur mit schönen Gefühlen und reinem Gewissen bumsen? Mir jedenfalls macht es immer Spaß – immer und überall. Und ausgerechnet mit mir konnte Horstmann nichts anfangen – zumindest nicht mehr in letzter Zeit. Das spricht doch wohl Bände!«

Felder-Bericht: »Weitere Befragung nach vorhandenen Horstmann-Papieren verlief ohne jedes greifbare praktische Resultat. Frau Horstmanns Auskünfte waren jedoch mit dem Hinweis verbunden: Falls sie Unterlagen hätte und diese herausgeben würde, müßte sich das ›lohnen‹.«

Originalvorgang: »Warum schweifen Sie immer wieder ab?« fragte Helga Horstmann, ihre Beine an sich ziehend, wodurch sich der dünne Stoff über ihrem Schoß aufreizend straffte. »Ich bin ein gutwilliges Geschöpf. Wollen Sie das nicht mal ausprobieren?«

»Ich bin dienstlich hier«, sagte Felder steif.

»Das muß nicht so bleiben«, meinte Helga Horstmann. »Wie wär's, wenn Sie mal versuchen würden, sich zu benehmen wie einer aus einem Kriminalroman: Sie liefern mir Vergnügen, und ich wäre dann sicherlich bereit, mich dafür mit einigen Auskünften zu revanchieren. Vielleicht sogar mit diversen Unterlagen. Nun?«

»Weiter vorerst keine Fragen!« sagte Felder, erhob sich hastig und verließ durch die offene Tür an der Dreyer vorbei beinahe fluchtartig die Horstmannsche Wohnung.

»Welch schöner Anblick!« rief Rechtsanwalt Antonius Schloßer entzückt aus, als er Margot Zimmermann zum »Ball der Nationen« mit vorherigem Abendessen in der »Bonne Auberge« abzuholen kam.

Sie, empfand er, kleidete sich stets würdig und dezent. Ihre Figur war noch immer – bei einigen Ansätzen zur Fülle – von anziehender Harmonie.

Er, empfand sie, war von großer Ritterlichkeit, niemals aufdringlich, zynisch oder gar derb in ihrer Gegenwart. Gern umgab er sie mit freundschaftlichen Aufmerksamkeiten, bevorzugt Blumen, zu jeder Jahreszeit, bei jeder sich bietenden Gelegenheit.

»Mutter wartet auf uns«, sagte er und bot ihr den Arm.

Seine Mutter, die im Wagen vor dem Haus gewartet hatte, bekundete ehrliche Freude bei Margots Anblick: »Da bist du ja endlich, mein Kind. Du siehst blaß aus!«

»Das macht nur die Straßenbeleuchtung«, meinte Antonius beschwichtigend.

»Oder der beständige Umgang mit Martin«, behauptete Frau Kommerzienrat Schloßer. »Womit ich nichts gegen Martin Zimmermann sagen will. Der war schon immer ein draufgängerischer, robuster Junge. Ganz im Gegensatz zu Antonius, der ...«

»Bitte, Mutter«, unterbrach sie ihr Sohn höflich warnend, »du hattest mir versprochen, diesen Abend zu genießen.«

»Ich bin schon dabei, mein Junge«, sagte sie und zog Margot energisch neben sich. »Margot ist mir nicht böse, wenn mir mein Temperament mal durchgeht. Ich meine es doch immer nur gut mit ihr; nicht wahr, liebes Kind?«

Beim alljährlich zur Faschingszeit im Münchner Deutschen Theater stattfindenden »Ball der Nationen« wurde diesmal auch die »Europameisterschaft im Gesellschaftstanz der Amateure« mit durchgeführt. Am Start: achtzehn Paare aus acht Ländern, fast alle westlich.

»Ball der Nationen« war ein anerkannt großes gesellschaftliches Ereignis, bei hohem Eintritt und bemühter Auswahl fast ausschließlich von der besten bürgerlichen Gesellschaft dieser Stadt besucht. Wozu gehörten: Brauereibesitzer, Hoteliers, Ladenketteninhaber, Kaufhausmanager, Häuserblockerrichter, Großmakler und Straßenbauer – mithin fast alles, was in dieser

Stadt Millionen verdiente und diese Verdienste gewürdigt sehen wollte. Sie feierten ihre Exklusivität.

Anwesend auch, neben Wirtschaftsminister und OB: Vertreter von Landtag, Bundestag, Senat, Handelskammer, Städtetag, Industrieverband, dazu diverse Zeitungsgewaltige dieser Stadt. Leider nicht mehr die einstigen großen Repräsentanten Friedmann und Pröbst von »Abendzeitung« und »Süddeutsche« – die schon gestorben waren. Höchst selten nur noch der angesehene Felix Buttersack vom »Merkur«, der in kälteren Münchner Jahreszeiten die Sonne Spaniens bevorzugte. Angekündigt jedoch waren: Burghausen und Wardeiner, »Allgemeine«, sowie Tierisch und Schmelz vom »Morgen«. Letztere ließen an diesem Abend allerdings auf sich warten.

Der tanzturniererfahrene Sprecher dieser Veranstaltung verkündete: »Wir beginnen nunmehr mit der Vorentscheidung!«

»Nuttengreifer« Michelsdorf meldete sich gegen 20.30 Uhr bei seinem Chef, Kriminalkommissar Krebs. Hier referierte er mit der gebotenen Kürze: Gesammeltes Material nunmehr wohl ausreichend, um die Vogler zu näheren Angaben zu veranlassen.

Krebs blätterte die ihm vorgelegten Unterlagen durch und sagte lediglich: »Das ist zu wenig.«

»Für die Staatsanwaltschaft ja, das gebe ich zu.« Michelsdorf blickte dennoch hoffnungsvoll. »Aber es reicht aus, um diese Vogler, wenn man geschickt vorgeht, unter Druck zu setzen.«

Nahezu betrübt blickte Krebs seinen erfolgreichsten Greifer an. »Sagten Sie: unter Druck setzen?«

»In diesem Fall«, drängte Michelsdorf, »könnte das die einzige Möglichkeit sein, Schlimmeres zu verhüten. Darf ich noch einmal auf das Gesetz der Serie hinweisen, auf den vielfach nachgewiesenen Zwang eines notorischen Täters, mißlungene Taten zu wiederholen.«

»Eine Befürchtung, die ich teile.«

»Also geben Sie mir freie Hand?«

»Vielleicht sollten wir Frau Vogler vorsorglich abschirmend beobachten lassen«, sagte Krebs bedächtig.

»Am besten beides«, schlug Michelsdorf vor: »Beobachtung

und Befragung!«

»Nun gut«, sagte Krebs. »Veranlassen Sie das.«

»Wird gemacht!« rief Michelsdorf unternehmungsfreudig. »Ich werde diese Vogler unverzüglich aufsuchen.«

»Natürlich nicht allein«, sagte Krebs.

»Wollen Sie mitkommen?«

»Die Kollegin Brasch wird Sie begleiten.«

»Ausgerechnet die«, sagte Michelsdorf nicht sehr begeistert.

Denn diese Brasch, auch »Mutter Brasch« genannt, war ein überaus robustes, sicher zupackendes Weibsbild mit entsprechendem Organ. Die schreckte auch davor nicht zurück, Kollegen und Vorgesetzten die Wahrheit zu sagen. Und die dann auch noch durchzusetzen.

»Na schön, wenn es denn sein muß«, sagte Michelsdorf. »Mit der werde ich auch noch fertig.«

Beim Internationalen Tanzturnier schien die Vorentscheidung gefallen zu sein: Jugoslawien schied bereits beim Slowfox aus; Schweiz schaffte den langsamen Walzer nicht; beim Quickstep ging Frankreich baden. Die übrigen Paare blieben im Rennen.

Lothar vom »Morgen«, der für diese Veranstaltung von Wöllrich, angeblich »auf Weisung der Chefredaktion«, abkommandiert war, machte sich mißmutig einige Notizen. Denn so was, gewöhnlich der Job irgendwelcher Reportermiezen, war für einen Redakteur eine glatte Zumutung, die er sich hatte gefallen lassen.

Karl Goldner, der für die »Allgemeine« erschienen war, benötigte nicht eine einzige Notiz. Diesen »Hofballbericht«, wie Wardeiner sagte, schrieb er im Halbschlaf. Tenor: »Wieder einmal ein gelungenes Fest!« Sodann Aufzählung: »Anwesend waren ...« vom Bundesminister bis zum Schuhverkäufer. Wobei letzterer, um erwähnt zu werden, ein annoncenfähiges Unternehmen haben mußte.

Goldner hatte, wie immer, seine eigenen Ansichten über derartige Veranstaltungen – die er jedoch nicht niederschrieb. Das wäre Zeitvergeudung gewesen, denn niemand hätte sie gedruckt. Lässig belauerte er seine Umgebung – gelangweilt auch. Bis er dann Peter Wardeiner erblickte.

Peter Wardeiner hatte, gemeinsam mit Susanne, kaum an dem für ihn reservierten Tisch Platz genommen, als er schon registrierte: Schmelz war noch nicht da, aber Tierisch hockte bereits in der Loge des »MAM« und blickte finster vor sich hin. Bankier Schreyvogel fehlte; auch niemand von seinem näheren Anhang war zu sichten. Der OB winkte ihm zu, wie üblich gekonnt dezent. Rechtsanwalt Schloßer, der in Begleitung zweier Damen erschienen war, wollte ihm völlig unwichtig vorkommen. Und noch eine Menge andere dazu.

Wardeiner fühlte sich wohl. Alles lief gut. Sein Artikel gegen Schreyvogel hatte in der Redaktion begeisterte Zustimmung gefunden; einzig Samhaber hatte gewarnt, wenn auch geradezu sanft. Er dachte dankbar an Ingeborg Feiner, dieses prächtige Mädchen. »Wir müssen Schluß machen«, hatte er ihr gesagt. Und sie hatte geantwortet: »Du mußt es wissen.«

Alles, wie gesagt, ging gut, auch im Hinblick auf Susanne. »Hast du auf meinen Anruf gewartet, bei Bender?«

»Nein«, sagte sie lächelnd.

»Und – warum nicht?«

»Es war wohl nichts mehr zu ändern. Warum hättest du mich noch anrufen sollen? Du bist mit deiner Zeitung verheiratet und ich mit dir. Und das ist schon alles.«

»Danke, Susanne«, sagte er.

»Wir beginnen nunmehr mit der Zwischenrunde!« verkündete der Turnierleiter. In diesem Augenblick erschien Direktor Burghausen. Er begrüßte niemand, sondern eilte unverzüglich auf Wardeiner zu und verkündete düster: »Etwas Fürchterliches kommt auf uns zu!«

»Was denn?« fragte Peter Wardeiner seinen Verlagsleiter.

»Sie wußten doch, daß ich, einer bereits vor Wochen festgelegten Terminverpflichtung wegen, nicht erreichbar war«, klagte Burghausen. »Also hätten Sie, nach den Gepflogenheiten unseres Unternehmens, unbedingt erreichbar sein müssen. Aber Sie haben das Verlagsgebäude verlassen – für Stunden.«

»Ja, weil meine Arbeit erledigt war!«

»Wo sind Sie gewesen?«

»Sie waren dabei, mir mitzuteilen, daß – Ihrer Ansicht nach – etwas Fürchterliches auf uns zukomme. Was denn, bitte?«

»Bankier Bornekamp aus Köln hat angerufen!«

»Na und?« sagte Wardeiner geradezu leichtfertig.

Von den achtzehn in der Vorentscheidung angetretenen Paaren hatten sich zwölf für die Zwischenrunde qualifiziert; darunter die vier Paare aus der Bundesrepublik. Lebhafter Applaus.

»Mein Gott«, stöhnte Burghausen auf, »Sie müssen doch wissen, was Bornekamps Anruf bedeutet!«

»Vermutlich hat sogar der jetzt kalte Füße bekommen«, meinte Wardeiner unbekümmert. Doch seine Augen verengten sich ein wenig, denn er hatte Schmelz erblickt, der gerade angekommen war, seinen Verlagsleiter Tierisch begrüßte, als wären sie beide Leidtragende auf einem Begräbnis.

»Diesmal«, versicherte Wardeiner freudig, wobei er nach Susannes Händen griff, »haben wir einigen Leuten einen ganz dicken Brocken zum Fraß vorgeworfen, an dem sie schwer schlucken werden.«

»Das ist leider anzunehmen«, sagte Burghausen tonlos, »bleibt nur die Frage, wer letzten Endes daran ersticken wird.«

Fast genau zur gleichen Zeit – 21.15 Uhr – traf Kriminalinspektor Michelsdorf, gemeinsam mit der Kriminalinspektorin Brasch, auch »Mutter Brasch« genannt, in der Wohnung Helene Voglers ein.

»Dürfen wir eintreten?« fragte er, um instinktiv sicher hinzuzufügen: »Wir gehören zur Dienststelle des Herrn Kriminalkommissar Krebs.«

»Bitte«, sagte Helene Vogler hierauf einladend. »Aber möglichst leise, mein Kind schläft.«

Michelsdorf nahm im Wohnzimmer unaufgefordert Platz, zog aus seiner Ledermappe ein Aktenstück und schlug es auf, während die Brasch sich neben Helene stellte – beide beobachtend. Der Kriminalinspektor ging direkt auf sein Ziel los: »Frau Vogler, ich hoffe, Sie haben sich die Sache überlegt. Sind Sie nun endlich bereit, Aussagen über jene Person zu machen, die Sie aus einem Fahrzeug herausgestoßen, sodann verfolgt und auf Sie eingeschlagen hat?«

»Nein, dazu bin ich nicht bereit«, sagte Helene Vogler einfach. »Auch nicht dazu verpflichtet, hat mir Herr Krebs gesagt.«

»Herr Krebs hat Ihnen das gesagt – so direkt?« Michelsdorf blickte ungläubig. »Das kann ich mir nicht vorstellen.«

»Ich schon«, mischte sich die Brasch ein. »Denn eine mögliche Körperverletzung, gleichviel durch wen, wodurch und unter welchen Umständen erzeugt, kann immer nur auf Antrag der betroffenen Person verfolgt werden.«

»Ich führe hier die Ermittlungen, Frau Kollegin«, sagte Michelsdorf, nicht ohne Schärfe.

»Und ich will nichts mehr mit alldem zu tun haben«, warf Helene Vogler ein. »Das muß für mich Vergangenheit sein – endgültig!«

»Kann ich verstehen«, stimmte die Brasch zu.

Michelsdorf schloß die Augen und schüttelte entsetzt seinen Birnenkopf. Dann tippte er nervös mit dem rechten Zeigefinger auf seine Akten: »Hier kann es sich womöglich um die Aktion eines Serientäters handeln. Nicht nur um Ihren Einzelfall, Frau oder Fräulein Vogler. Darum muß ich alle diesbezüglichen Einzelheiten von Ihnen verlangen und mit Nachdruck, wenn es nicht anders geht!«

»Mit Nachdruck?« fragte die Brasch warnend.

Michelsdorf zwang sich, auch diese Bemerkung seiner Begleiterin zu überhören. Er sagte suggestiv zu Helene Vogler: »Sie haben das betrieben, was gemeinhin Prostitution genannt wird – Sie haben dafür Gelder kassiert!«

»Wer behauptet das?« fragte Helene Vogler tonlos.

»Mehrere«, bluffte Michelsdorf ungeniert. »Unter anderen zwei Jünglinge, die Amadeus und Manfred heißen – bekannt?«

Helene Vogler schüttelte ungläubig den Kopf. Hilfesuchend sah sie zur Brasch hin, die ihr verständnisvoll zulächelte. »Nein, das kann nicht sein. Mit beiden bin ich wirklich befreundet.«

»Wie auch immer Sie das zu nennen belieben.« Michelsdorf schien nun endgültig zustoßen zu wollen. »Sie sollten Ihre Situation so sehen: Nach meinen Unterlagen sind Sie als Prostituierte schon fast überführt. Eine Anzeige von mir könnte sehr, sehr unangenehm für Sie werden. Aber warum sollte ich Sie unbedingt anzeigen wollen, da es doch um weit gewichtigere Dinge geht, bei denen Ihre Mitarbeit für uns unbedingt erforderlich ist. Sind Sie zu dieser Mitarbeit bereit?«

»Nein«, sagte Helene Vogler entschieden.

»Das brauchen Sie auch nicht«, erklärte hierauf die Brasch mit lautstarker Sachlichkeit. »Niemand kann Sie dazu zwingen.«

»Frau Brasch«, keuchte Michelsdorf; »ich mache Sie darauf aufmerksam, daß ich gegen Sie eine amtliche Untersuchung anstrengen könnte, wegen Behinderung von Ermittlungen!«

»Versuchen Sie das ruhig, Herr Kollege«, erklärte die Brasch ungerührt. »Ich weiß, daß anhand der vorliegenden Akten keine direkte Belastung gegen Frau Vogler vorliegt. Und Vermutungen dürfen nicht als mögliche Beweismittel ausgespielt werden.«

»Und wenn ich Himmel und Hölle in Bewegung setzen muß«, drohte Michelsdorf nun ungehemmt. »Ich will diese Sittensau, die da in der Nacht auf Sie losgegangen ist, endlich fassen. Und Sie müssen mir dabei helfen, Frau Vogler. Auch wenn Ihnen das noch so schwerfallen mag – ich werde Sie nicht in Ruhe lassen!«

Deutsches Theater – »Ball der Nationen« – immer noch Zwischenrunde des Tanzturniers: Ein englisches und zwei deutsche Paare führend. Mit geringem Abstand danach Österreich, Wiener Walzer ganz groß; dann Dänemark, brillanter Quickstep; und Australien, harmonischer Slowfox. Die Spannung im Publikum wuchs.

Schmelz saß dicht neben Tierisch. Den elegant aufgepulverten Betrieb im Saal registrierten die beiden kaum noch.

»Das verdammt Peinliche, aber auch ungemein Gefährliche für uns«, versuchte Tierisch seinem Schmelz zu erklären, »besteht doch darin, daß wir nichts Überzeugendes getan haben, um diese Katastrophe zu verhindern.«

»Ich«, behauptete Schmelz feierlich, »fühle mich völlig unschuldig.«

»Wie vermutlich immer«, stellte Tierisch fest. »Aber diesmal geht es nicht um dein Innenleben, sondern um unsere Existenz. Schließlich haben wir gestern nacht mit Schreyvogel einen Pakt abgeschlossen, daß er sich finanziell bei uns beteiligen wird, wenn wir ihn entsprechend abschirmen. Aber im entscheidenden Augenblick bist du wieder mal nicht aufzutreiben gewesen, während Wardeiner mit seiner Zeitung voll in Aktion getreten ist. Wo also bleibt die von uns zugesagte massive Gegendarstellung – etwa ein Leitartikel von dir, ein Artikel von Fahne, eine Gegendokumentation? Schreiber dafür hätten sich mühelos finden lassen.«

»Warum regst du dich so auf«, meinte Schmelz schwitzend, »alles ist doch halb so wild.«

»Halb so wild?« Tierisch war entsetzt. »Du entziehst dich deinen Versprechungen Schreyvogel gegenüber – und schon haben wir Bornekamp auf dem Hals. Und für den, mein lieber Anatol, sind unsere hundert Millionen nur ein feuchter Staub. Der radiert uns aus, wenn er will. Und nur, weil du geschlafen hast!«

»Reg dich nicht auf. Wir werden das bereinigen«, sagte Anatol Schmelz unerwartet entschlossen.

»Wie denn? Die Rotationsmaschinen sind nicht mehr aufzuhalten.«

»Sie werden morgen erneut in Gang gesetzt werden. Das Menschliche muß siegen!«

»Bist du betrunken?« fragte Tierisch besorgt. »Was hast du vor?«

»Ich werde Susanne Wardeiner zum Tanz bitten«, verkündete Anatol sendungsbewußt. »Man muß jetzt nur eine möglichst harmonische Atmosphäre schaffen.«

Tierisch griff nach seinem Glas, trank es leer – und sagte völlig hoffnungslos: »Kannst du nicht endlich damit aufhören, Wardeiner herauszufordern?«

»Ich werde eine große Geste der Versöhnung wagen«, verkündete Anatol Schmelz.

Um diese Zeit meldete sich Hauptkommissar Zimmermann bei seinem Freund und Kollegen Krebs an – angeblich, um dort schnell einen Kaffee zu trinken. Und während er das genußvoll tat, sagte er: »Ich hatte dich um eine Aufstellung der mutmaßlichen Freunde meines Sohnes gebeten.«

»Hier ist sie«, sagte Krebs nach kurzem Zögern. »Wahrscheinlich unvollständig.«

Zimmermann nahm die Liste an sich, betrachtete sie geraume Zeit eingehend. Er ließ keinerlei Regung erkennen. Dann lehnte er sich leicht erschöpft in seinen Stuhl zurück.

»Im Grunde«, meinte Krebs besänftigend, »sind das alles nette junge Leute. Allen erdenklichen Torheiten unserer Zeit ausgeliefert, aber doch noch nicht erkennbar verfallen. Ein Elitekreis junger Homosexueller, möchte ich sagen, die aber an sich selber hohe geistige Anforderungen stellen. Diesmal im Bannkreis eines Aktionskünstlers – dieses Nenner.«

»Auf dieser Liste ist nicht nur mein Sohn Manfred aufgeführt, sondern auch noch der Name Amadeus Schmelz«, sagte Zimmermann nachdenklich. »Hoffentlich ist das nur Zufall. Sonst wäre es furchtbar.«

Es ging auf 22 Uhr, als im Deutschen Theater, nach der Zwischenrunde des Tanzturniers, das Parkett »für die verehrten Gäste« freigegeben wurde. Worauf sich Anatol Schmelz erhob und geradewegs auf den Tisch der »Allgemeinen« zusteuerte.

Der unentwegt den Saal beobachtende Peter Wardeiner rief ungläubig aus: »Dieser Kerl wird doch wohl nicht die Stirn haben ...«

Burghausen reagierte schnell. »Um Himmels willen, Wardeiner, nur keinen Skandal. Wir haben Schwierigkeiten genug.«

»Ich mache keinen Skandal, Schmelz provoziert ihn!« sagte Wardeiner, wobei er bemüht war, den Augen seiner Frau auszuweichen.

Anatol Schmelz, obwohl einem Schwächeanfall nahe, war endlich doch am Tisch der Konkurrenz angekommen und verbeugte sich andeutungsweise vor Wardeiner: »Sie erlauben.« Dann jedoch, ungleich tiefer und sehr ergeben vor Susanne: »Wenn ich bitten darf, gnädige Frau ...«

»Meine Frau tanzt nicht«, erklärte Wardeiner abweisend. Und er fühlte sich versucht, hinzuzufügen: nicht mit jedem! Doch er sagte lediglich, ausreichend deutlich, wie er hoffte: »Nicht im Augenblick!«

»Mit einer Ausnahme«, erklärte Susanne, die sich lächelnd erhob. »Mit Herrn Schmelz jederzeit!«

Damit ging sie, ohne die verwunderten Blicke ihres Mannes zur Kenntnis zu nehmen, auf den strahlenden Anatol Schmelz zu, nahm seinen Arm und begab sich mit ihm auf die Tanzfläche.

»Mein Gott«, gestand er ihr erleichtert: »Du glaubst gar nicht, wie dankbar ich dir bin.«

»Dankbar wofür?« fragte sie mit einer Stimme, spröde wie Glas. »Etwa weil ich dich vor einem Skandal bewahrt habe und mich möglicherweise dazu? Wie konntest du dich so meinem Mann ausliefern? Du weißt doch, wie er über dich denkt – meinetwegen.«

»Ich mußte es tun«, sagte er.

»Irgendwie ist das sehr tapfer, aber auch reichlich dumm«, sagte sie auflachend. »Ausgerechnet dir hätte ich weder das eine noch das andere zugetraut.«

Gegen 22 Uhr traf Oberstaatsanwalt Dr. Gleicher – unmittelbar nach einem Abendessen bei seinem Justizminister – im Polizeipräsidium ein und ersuchte ganz offiziell um Einsichtnahme in die Unterlagen des Vorgangs Neumühlenweg 24/26 vom Freitagabend.

KOI Felder, als Bearbeiter des Aktenplans und in Abwesenheit von KHK Zimmermann, erwartete ihn bereits. Alle diesbezüglichen Schriftstücke lagen griffbereit im Konferenzraum des Polizeipräsidenten. Dazu: zwei Schreibblocks, fünf sorgfältig gespitzte Bleistifte, ein Aschenbecher, obwohl bekannt war, daß Gleicher nicht rauchte; eine Flasche Mineralwasser war ebenfalls vorhanden, und dazu ein Glas.

»Danke«, sagte der Oberstaatsanwalt anerkennend, nachdem er Felder die Hand gereicht hatte. »Ich wünsche mich lediglich zu orientieren – vorerst nichts weiter.«

Felder hielt sich betont dienstbereit an der Seite des Tisches auf, an dem sich der Oberstaatsanwalt niedergelassen hatte. Entfernung: etwa zwei Meter. Das genügte – Felder hatte scharfe Augen.

KOI Felder zwei Stunden später zu seinem Chef, KHK Zimmermann:

»Der Herr Oberstaatsanwalt war, wie gewohnt, sehr pünktlich und gründlich – übersah keine Meldung, las alle Ermittlungsberichte durch, ließ sich verschiedene Einzelheiten von mir erklären.

Nur einmal machte er sich Notizen, und zwar recht umfangreiche. Das geschah bei Durchsicht der Mappe C: Einzelverdächtige. Soweit ich erkennen konnte, handelte es sich dabei um den Observationsbefund der Gruppe Dengler-Dreyer – betreffend Wardeiner-Feiner. Insbesondere um deren Aufenthalt in der observierten Wohnung, die übrigens einem gewissen Goldner gehört. Kollege von Gotha ist von mir entsprechend benachrichtigt worden.«

»Gut so«, sagte Zimmermann nachdenklich. »Legen Sie mir doch diesen Observationsbefund noch einmal vor. Was könnte daran so Besonderes sein?«

»Ich weiß es nicht, aber der Herr Oberstaatsanwalt schien es zu wissen. Er war sehr zufrieden und sagte, bevor er sich wieder entfernte: ›Gute Arbeit, sehr gute Observation. Bitte richten Sie das Ihrem Vorgesetzten aus!‹«

»Worauf mag der hinauswollen?«

Anatol Schmelz trottete, mit Susanne Wardeiner im Arm, über das Parkett. Er war alles andere als ein guter Tänzer. Was hier aber auch gar nicht notwendig war, weil es nur darum ging, sich in der Masse vorwärtszuschieben.

»Du weißt, wie ich deinen Mann schätze«, sagte er dicht an Susannes Ohr, denn anders war eine Verständigung in diesem Ballgetöse kaum möglich, »er ist ein großer Journalist. Und außerdem beneide ich ihn deinetwegen. Er könnte glücklich und zufrieden sein. Warum muß er immer wieder Schwierigkeiten machen?«

»Worum geht es? Nur um einen Zeitungsartikel?«

»Um unsere Existenz, Susanne.«

»Habe ich so was nicht schon einmal gehört, Anatol? Wenn auch – unter wesentlich anderen Umständen – aber ...«

Diese wahrlich wesentlich anderen Umstände hatten so ausgesehen:

Dezember 1964: Bankett für einen deutsch-amerikanischen Nobelpreisträger im Sporthotel Eibsee bei Garmisch. Veranstalter: ein in der Schweiz lebender Engländer, der des Nobelpreisträgers chemische Patente, penizillinähnliche Produkte, mit millionenschweren Dollarerfolgen international auswertete.

Dementsprechend war das Bankett ausgestattet: vom besten Kaviar bis zum erlesensten Champagner. Und dementsprechend auch besucht: Kultusminister, Wissenschaftsvorsitzender, Max-Planck-Gesellschafts-Vorstand, der Präsident einer Ärztevereinigung, ein »Topman« der chemischen Industrie, die Präsidenten zweier Forschungsinstitute; und dazu die landesübliche Prominenz.

Susanne Wardeiner vertrat ihren Mann, weil der es vorgezogen hatte, ein Fußballspiel der Bundesliga zu besuchen: München gegen Köln. Auch Anatol Schmelz kam, wie üblich, allein und war, wie der Zufall so spielte, Susannes Tischnachbar.

Sie entfernten sich dann – so gut wie unbemerkt, weil hier ein jeder mit sich selbst beschäftigt war oder auch damit, seinem Gesprächspartner die eigene Wichtigkeit zu verdeutlichen. Schmelz nahm ein Zimmer im Bankett-Hotel, das zwar für die Nacht bezahlt, aber nur knapp zwei Stunden gebraucht wurde. Eintragung: Dr. Schmelz und Frau.

Hierzu erklärte Susanne Wardeiner acht Jahre später etwa:

»Alles völlig harmlos. Schmelz, der mein Tischherr war, litt ganz plötzlich, kurz nach dem dritten Gang – Rehrücken gespickt –, unter heftigen Magenkrämpfen. Er glaubte, sich erbrechen zu müssen, taumelte, mußte sich hinlegen; und ich betreute ihn notgedrungen; jedoch ohne mich die ganze Zeit über in seinem Zimmer aufzuhalten.

Immerhin wurde es dann wesentlich später, als im Veranstaltungsplan vorgesehen war. Deshalb bat ich Schmelz, mich schnellstens nach München zu fahren. Mein Mann hätte meine Abwesenheit so lange über die vorgesehene Zeit hinaus sonst möglicherweise mißverstehen können.

Und was diese Eintragung ›Schmelz mit Frau‹ betrifft? Ein

dummes Mißverständnis – eine falsche Registrierung durch einen allzu beflissenen Nachtportier. Was denn sonst!«

Weiter hierzu, gleichfalls etwa acht Jahre später, Hans Heßler, genannt Hansi:

»Ich fuhr nicht schneller als gewöhnlich. Umsichtig wie immer, auch wenn es noch so pressierte! Ich bin, ohne mich irgendwie rühmen zu wollen, ein aufmerksamer Fahrer. Ich meine, das gehört sich nun mal so.

Doch kurz vor Weilheim bumste es. Irgendein wildes Tier, vermutlich ein Rehbock, tauchte plötzlich aus der Dunkelheit auf. Und ich dachte: Nur nicht ausweichen, das kann lebensgefährlich werden; Steuerung festhalten und eisern geradeaus.

Dabei hatten wir Glück, ›wie eben der Tüchtige‹, sagte mein Doktor, der Herr Schmelz. Wir kamen gut durch – das Tier offenbar auch; denn es war plötzlich verschwunden. Und es hat sich um ein Tier gehandelt – einwandfrei. Das haben der Herr Doktor und auch die Frau Wardeiner bezeugt.«

Anatol Schmelz, damals, zum gleichen Vorgang:

»Bitte, keine falschen Vermutungen – oder gar Verdächtigungen! Ich müßte ansonsten gerichtliche Schritte einleiten lassen. Nur so viel: Es hat sich um ein Tier gehandelt, um ein Reh oder einen großen Hund, vielleicht auch um ein Wildschwein. Dies wurde übereinstimmend bezeugt: von meinem Fahrer und auch von Frau Wardeiner, die ich nach München geleitete. Wir hatten es genau gesehen!

Falls Sie sonst noch Fragen haben sollten, muß ich Sie bitten, sich an Herrn Rechtsanwalt Schloßer zu wenden!«

Rechtsanwalt Dr. A. Schloßer gab zum gleichen Fall folgende Auskunft:

»Das ist ein absolut eindeutiger Vorgang gewesen: Ein Tier ist angefahren worden; ein aus der Dunkelheit plötzlich auf die Fahrbahn springendes Tier.

Das wurde von einwandfreien, angesehenen Zeugen amtlich bekundet. Da jedoch, beklagenswerterweise, in der gleichen

Nacht, aber zu einem nicht bestimmbaren Zeitpunkt, auf derselben Straße ein Mensch, vermutlich ein Betrunkener, überfahren wurde, untersuchte die eingesetzte Verkehrspolizei diese Vorgänge mit anerkennenswerter Gründlichkeit; wobei ich ihr meine tätige Hilfe lieh.

Einige Tage später konnte ich dann nachweisen, daß in nächster Umgebung ein totes Tier gefunden worden war, ein Rehbock. Dieser wies Verletzungen auf, die nur auf einen Verkehrsunfall zurückgeführt werden konnten. Entgegenkommenderweise sorgte ich auch dafür, daß der von Herrn Heßler gefahrene Wagen – damals ein Mercedes 300 – zur technischen Untersuchung zur Verfügung gestellt wurde. Der Befund ergab keine belastenden Hinweise. Der damalige Sachbearbeiter der Verkehrspolizei: ein Leutnant namens Kramer-Marein.«

»Da es also wieder mal um unsere Existenz geht«, sagte Susanne Wardeiner mit anmutigem Lächeln, während Anatol Schmelz sie noch immer durch die tanzende Menschenmenge schob, »was erwartest du diesmal von mir?«

»Es handelt sich um gegenseitige Hilfeleistung«, sagte Anatol dicht an ihrem Ohr, »die allerdings dein Mann weitaus nötiger hat als etwa ich. Aber nicht zuletzt deinetwegen ...«

»Bitte, Anatol, versuche ganz konkret zu sein«, bremste sie ihn.

»Nun gut, du weißt, was gespielt wird. Du kennst seinen Artikel.«

»Nicht seinen Artikel, aber dessen Inhalt.«

»Und hast du auch schon davon gehört, daß Bornekamp aus Köln angerufen hat? Ich nehme an, du weißt, wer das ist. Der macht keine halben Sachen.«

»Meines Mannes Artikels wegen?«

»An diesem Artikel ist, eben nach der maßgeblichen Ansicht von Bornekamp, zumindest dreierlei faul. Erstens – daß er erschienen ist. Zweitens – daß sein Erscheinen nicht verhindert wurde. Und drittens – daß nicht sofort eine Gegenaktion gestartet wurde. Und damit, so kann man wohl sagen, sitzen wir alle im gleichen Boot.«

»Und dieses Boot, meinst du, muß dringend nun an irgendein festes Ufer gebracht werden – bevor noch Köln euch alle zum Kentern bringt?«

»Du bist ein kluges Kind«, sagte er anerkennend und nun auch wieder hoffnungsvoll. »Ich wollte, Wardeiner würde auf dich hören!«

»Das wird er nicht, und ich will das auch nicht. Aber Burghausen denkt weitaus nüchterner. Soll ich ihm sagen, daß du ihn sprechen willst – unter vier Augen?«

»Nicht ich – aber Tierisch. Der kennt alle Einzelheiten, während ich es vorziehen würde ...«

»Wir kommen nunmehr zur Endrunde«, überdröhnte ihn der Lautsprecher des Tanzturnierleiters.

»Ich bin es gewohnt«, sagte Aktionskünstler Nenner souverän, »von großen Teilen der Öffentlichkeit mißverstanden zu werden. Natürlich auch von der Polizei.«

»Sagen Sie das nicht«, bemerkte Michelsdorf höchst vergnügt, »auch wir haben Sinn für künstlerische Aktionen.«

»Sie brauchen sich gar nicht anzustrengen, verehrter Herr«, verkündete Nenner entschieden. »Da die Polizei mir nicht behilflich ist, kann ich auch ihr nicht behilflich sein. Nehmen Sie das bitte zur Kenntnis.« Nenner genoß es geradezu, sich als Opfer von Polizeimaßnahmen zu fühlen. Anhängen konnten die ihm schließlich nichts, dachte er.

Aber Kriminalinspektor Michelsdorf, der verbissen einen noch schemenhaften Sexualmörder suchte, hatte diesmal gründliche Vorarbeit geleistet. Nicht nur bei Ricci, dem Inhaber der »Diskothek Zero«, auch bei Hamborner vom Dezernat Rauschgift, einem Spezialisten für Einzelüberprüfungen.

Dieser Hamborner, Kriminalinspektor wie Michelsdorf und ähnlich angriffsentschlossen, hatte eine Gruppe ausgesuchter Beamter um sich. Einige von ihnen sahen wie fröhliche Hippies aus, was stets zu überraschenden Erfolgen führte.

Kaum daß sich Nenner bei Michelsdorf niedergelassen hatte, war Ricci – wie verabredet – zum Telefon gegangen, um eine bestimmte Nummer anzurufen. Drei Minuten später war die

Einsatzgruppe Hamborner im Lokal – unterstützt von uniformierter Polizei, die Eingang und Ausgang besetzte.

Schon fünf Minuten später, nach äußerst zwangloser, fast schon gemütlich wirkender »Durchfilzung« der Anwesenden, wurden zwei Lokalbesucher »zwecks Überprüfung« abtransportiert; für einen dritten ein Krankenwagen gerufen; ein vierter als gesuchter Rechtsbrecher, laut Fahndungsbuch, verhaftet; bei einem fünften wurde Cannabis, das Urprodukt des Haschisch, vorgefunden; in einer Menge von etwa 50 Gramm, in einem Plastikbeutel. Bei Nenner!

»Den«, sagte Michelsdorf, »übernehme ich.«

Hamborner nickte sachlich, wobei er jedoch ein freudiges Grinsen nicht zu unterdrücken vermochte. »Ihren diesbezüglichen Bericht, Herr Kollege, bitte an unsere Dienststelle.«

Und wiederum fünf Minuten später war es, als wäre in diesem Raum überhaupt nichts geschehen. Ricci ließ eine Langspielplatte der »Ten Years After« abspielen. Die Anwesenden – diesmal ohne Manfred und Amadeus, die sich im James-Club aufhielten – redeten heftig wieder aufeinander ein; umarmten sich, tranken sich zu. Süßlich-betäubender Duft kam erneut auf, schwebte über verklebte Tische, über volle Aschenbecher, über sich glücklich wähnende Süchtige hin.

Nenner allein, bei Michelsdorf am Nebentisch plaziert, blickte betroffen vor sich hin. »Ich weiß wirklich nicht, wie dieses Zeug in meine Tasche gekommen ist.«

»Aber es war da«, stellte der Kriminalinspektor fest.

»Vermutlich hat mir das jemand bei Beginn der Razzia zugeschoben. Aber – Sie dürfen versichert sein – ich bin ein künstlerischer Mensch. Ich schöpfe aus meiner Phantasie. Ich verschmähe Drogen.«

»Wer soll Ihnen das glauben?« sagte Michelsdorf ungerührt. »Bei Ihnen ist Haschisch, in nicht gerade kleiner Menge, vorgefunden worden, eine Tatsache also, die nicht nur zu Ihrer Verhaftung führen, sondern sogar die Überstellung in eine geschlossene Anstalt ermöglichen könnte.«

»Könnte – sagen Sie!« Aktionskünstler Nenner hatte die Formulierungen des Kriminalbeamten hellhörig registriert. Sein

Mopsgesicht begann lebhafter zu wirken. »Könnte – muß also nicht?«

»Herr Nenner«, sagte Michelsdorf entgegenkommend, »wir von der Kriminalpolizei haben da einen gewissen Grundsatz: Das Wichtigste ist stets wichtiger als das Wichtige! Verstehen Sie, was ich meine?«

Nenner verstand. »Was also ist das für Sie derzeit Wichtigste?«

»Ein Fall, den ich Ihnen nicht näher zu erklären brauche. Es handelt sich dabei um eine gewisse Helene Vogler – die Sie kennen. Mir kommt es dabei auf folgendes an: Welche Beträge hat diese Person für bestimmte Leistungen gefordert und erhalten? Wissen Sie darüber Bescheid?«

»Weiß ich«, sagte Nenner beflissen. »Und wenn ich damit aus diesem scheußlichen Verdacht wegen des Haschisch herauskommen kann, dann weiß ich das sogar ziemlich genau.«

»Also dann los, Mann, nennen Sie Namen. Nennen Sie Zahlen!«

Ballgespräche im Deutschen Theater, wo zur gleichen Zeit der Aufruf der Tanzpaare zur Endrunde erfolgte. Wöllrich bei Lothar, hintere Tischreihe bei der Tanzfläche:

Wöllrich: »Fühlen Sie sich nicht wohl?«

Lothar: »Auftrag ist Auftrag.«

Wöllrich: »Sie sollen doch schon Bücher geschrieben haben. Darunter, hat man mir gesagt, eins der besten Bücher vom Zweiten Weltkrieg, ›Mensch im Gewitter‹. Aber dann haben Sie Spielzeugmaschinen gesammelt und Reisereportagen redigiert. Nun müssen Sie sogar journalistische Kuliarbeit leisten. Haben Sie das nötig?«

Lothar: »Wissen Sie, was Sie dringend nötig haben? Jemand, der Sie mal kräftig in den Arsch tritt.«

Wöllrich: »Nicht so voreilig, mein Lieber. Spätestens morgen vormittag werden Sie bei mir antanzen, und dann wird sich vielleicht herausstellen, wer wem in den Arsch tritt.«

Assistent von Gotha mit Goldner in der Silberbar, Deutsches Theater:

von Gotha: »Sie wirken sehr zufrieden, Herr Goldner. Leben und leben lassen. Eine für dieses München typische Devise. Scheint auch einen Wardeiner zu betreffen – in Ihrer Wohnung?«

Goldner: »Das war nicht schwer herauszubekommen, das wissen andere auch noch. Aber was soll's! Mit meinem Eigentum kann ich doch machen, wozu ich lustig bin. Ich kann die Wohnung umbauen, zertrümmern oder eben auch darin schlafen lassen, wen ich will – oder haben Sie was dagegen? Moralische Anwandlungen vielleicht?«

von Gotha: »Den Luxus leiste ich mir nicht – nicht Ihnen gegenüber. Ich fürchte nur, daß Ihre Großzügigkeit in dieser Hinsicht gar nicht so selbstverständlich ist, wie Sie zu vermuten scheinen. Da gibt es juristische Fallen, mit denen schon ganz andere Füchse gefangen worden sind. Nehmen Sie das als freundschaftliche Warnung.«

Frau Kommerzienrat Schloßer saß mit Frau Zimmermann im vorderen Teil des großen Saales an der vorderen Tischreihe:

Frau Schloßer: »Es ist ein wundervolles Fest, Margot, findest du nicht auch? Ich genieße es – und ich gönne es dir. Du wirst nicht oft Gelegenheit haben, so etwas zu erleben!«

Margot Zimmermann: »Mein Mann ist eben immer im Dienst. Damit muß ich mich abfinden.«

Frau Schloßer: »Du hast leider den falschen Mann gewählt, Margot – verzeih, wenn ich dir das immer wieder mal sagen muß. Meinen Sohn hättest du heiraten sollen. Er wird geachtet und respektiert. Er hätte dir ein anderes Leben bieten können.«

Sie sahen ihm nach, diesem Dr. A. Schloßer, wie er dort durch den Saal wieselte. Ein Gespräch mit Tierisch, beide aufeinander einflüsternd. Sodann Wechsel zum Tisch des Wirtschaftsministers, der ihm die Hand weit entgegenstreckte. Von dort zum OB; beide sich anlächelnd, augenzwinkernd. Und endlich Schloßer bei Burghausen, zu einem äußerst wichtigen Gespräch, sozusagen Auge in Auge.

Frau Schloßer: »Ganz im Vertrauen, liebes Kind. – Ich habe die Hoffnung nicht aufgegeben, daß du doch noch einmal meine

Schwiegertochter wirst. Und ich sage das, weil ich meinen Sohn liebe. Er ist liebenswert!«

»Ich habe dich erwartet«, sagte der Kriminalbeamte außer Dienst Keller zu seinem Freund Zimmermann.

Der ließ sich müde in einen der zwei Ledersessel fallen, kaum daß er ins Zimmer gekommen war: »Was sind wir denn eigentlich – nichts wie Bullen, die Schafe auf die Hörner nehmen?«

»Erzähle mir also von deinem derzeitigen Fall, der dich zu beunruhigen scheint.«

Zimmermann rekapitulierte den Vorgang »Neumühlenweg« sofort, während er den Hund Anton kraulte, der sich freundschaftlich zu ihm gesellt hatte. Und er unterbrach seinen Bericht auch nicht, als Keller lautlos nebenan in die Küche ging und von dort mit zwei Flaschen Bier zurückkehrte.

Als Zimmermann, nach vierzig Minuten und beim zweiten Glas Bier angelangt, seinen ausführlichen Bericht beendet hatte, sagte Keller nachdenklich: »Damit wirst du fertig werden, Martin, da bin ich ganz sicher. Und auf den wohl heikelsten Punkt der ganzen Sache muß ich dich auch nicht extra aufmerksam machen: das Hineinspielen in sogenannte höhere Gesellschaftskreise. Aber deshalb bist du wohl nicht gekommen. Weshalb also dann?«

»Mich beunruhigt das da«, gestand Zimmermann, entnahm seiner Brusttasche ein mehrfach zusammengefaltetes Blatt Papier und reichte es Keller hin. »Die Namenliste einer Razzia, die mir Krebs vermittelt hat.«

Keller betrachtete das Dokument sehr lange, ehe er sagte: »Wenn in zwei verschiedenen Fällen die gleichen Namen auftauchen, dann muß unverzüglich nachgeforscht werden, inwieweit sie möglicherweise zusammengehören. Unvermeidliche Recherchen – denkbar gründlich.«

»Danke«, sagte Zimmermann. »Diese Belehrung hatte ich wohl nötig.«

»Und was beunruhigt dich sonst noch?« wollte Keller wissen.

»Eine Seite aus unserem Aktenplan. Es handelt sich dabei um einen Observationsbericht. Betreffend Wardeiner – Feiner – Wohnung Goldner.« Er reichte die Kopie davon zu Keller hinüber.

Der betrachtete sie mit schnell steigender Belustigung. »Ach, mein lieber Freund«, rief er dann lachend aus. »Das ist doch kaum mehr als ein kleines zeitloses Kapitel Sittengeschichte – ein höchst banales dazu.«

»Aber anscheinend läßt sich damit einiges anfangen. Zumindest scheint Oberstaatsanwalt Gleicher dieser Ansicht zu sein. Kannst du dir vorstellen – warum?«

Keller nickte seinem Freund sehr aufmerksam zu. »Eine strafbare Handlung nach den derzeit noch gültigen Gesetzen? Möglich – falls man bewußt engagiert nachprüft. Wenn es nach mir ginge, dürften derart heikle und fragwürdige Unterlagen gar nicht in den Akten erscheinen. Sie sollten als Sondermaterial in irgendeinem Panzerschrank landen.«

»Versuche mal, das einem Oberstaatsanwalt wie Gleicher beizubringen. Der hat sich so gut wie ausschließlich auf diesen Observationsbericht konzentriert. Kannst du dir denken, warum?«

»Leider ja«, sagte Keller. »Vor einigen Jahren, als ich noch im Amt war, hatten wir in dieser Stadt einen ähnlichen Fall – ein großer Pressemann wurde angegriffen, eines kleinen Mädchens wegen. Er sollte ausgeschaltet werden – der war zu verwegen ehrlich. Und sie schafften ihn – wenn auch nur vorübergehend.«

»Aber so was, ich bitte dich, Keller, ist doch im Grunde ein ganz alltäglicher Vorgang! Da trifft sich ein vielbewunderter älterer Herr mit einem ihm ergebenen jungen Mädchen in der Wohnung eines Freundes; was ist schon dabei?«

»Durchaus alltäglich, Zimmermann, wie du sagst. Es sei denn, so was gerät als Ergebnis von Ermittlungen in unsere Polizeiakten hinein und damit in den Bereich der Staatsanwaltschaft.«

»Na – und wenn schon! Was ist denn daran strafverfolgungswürdig?«

»Dieser kleine schlüpfrige Tatbestand, mein Lieber, besitzt zwei gefährliche juristische Fallen. Und ein Staatsanwalt vom Format unseres Gleicher kann eine Menge damit anfangen. Das reicht nämlich aus für einen fatalen Prozeß, wenn nicht gar für eine spektakuläre Verhaftung; genauer sogar: für zwei.«

Burghausen und Tierisch, beide nicht unbesorgt und um Lösungen bemüht, trafen sich unauffällig in der Halle des Deutschen Theaters.

»Machen wir uns nichts vor«, mahnte Tierisch. »Wenn Bornekamp eingreift, hört jeder Spaß auf. Da müssen wir uns arrangieren, wenn wir nicht beide baden gehen wollen.«

»Also – um ganz konkret zu werden«, gab Burghausen zu, »Wardeiner scheint weit über sein Ziel hinausgeschossen zu sein. Aber auch Sie haben Methoden angewendet, die in unserer Branche nicht gerade üblich sind. Nun gut, so was läßt sich Zug um Zug, als Artikel um Artikel, bereinigen. Argument, Gegenargument, behutsame Einschränkung, geschicktes Zugeständnis, und die Sache läuft sich aus.«

»Im Grunde, verehrter Herr Burghausen«, sagte Tierisch, »ist doch alles ganz einfach. Sie müssen nur Ihren Wardeiner bremsen.«

»Versuchen Sie das mal. Der hat vertragsgemäß völlig freie Hand. Außerdem ist er sendungsbewußt.«

»Dann – müssen Sie ihn eben kaltstellen!«

»Wie denn wohl – wollen Sie mir das mal sagen?«

»Etwa dadurch, daß ihm nachgewiesen wird, er habe rechtswidrig vertrauliche Unterlagen benutzt. Was eindeutig strafbar ist.«

»Und wer könnte für derartiges Belastungsmaterial sorgen?« fragte Burghausen hoffnungsvoll.

»Ich werde es versuchen. Denn Ihr Wardeiner muß schnellstens ausgeschaltet werden, bevor uns dieser Bornekamp noch beide zur Sau macht!«

Kriminalinspektor Michelsdorf hatte mit Hilfe der Funkstreife nach den Jünglingen Manfred und Amadeus gefahndet, was bei seiner Spezialkenntnis einschlägiger Lokale nicht sonderlich schwer gewesen war:

Erst »St.-James-Club«: Mitternächtlicher Auftrieb playboyischer Elemente mit dem üblichen Gefolge: Körperverkäuferinnen, seelensuchende Girls, weibliche Weltstadtelemente. Dann »Take-Seven«: Unterleibsgymnastik bei Stereo mit garantierter

Lungenverpestung. Hierauf »Carnaby Street 71« – lässige Langeweile, diese jedoch genossen, mit halbverschleierten Augen. Dort endlich vorzufinden: Manfred und Amadeus.

Sie wurden höflich in Riccis »Diskothek Zero« gebeten, wo sie Michelsdorf wie in einem Zweigstellenbüro erwartete und übergangslos anging: »Nett, Sie zu sehen, meine Herren. Ich erhoffe, endlich konkrete Angaben zu hören. Wobei ich entgegenkommenderweise annehmen will, daß Sie bei Ihren ersten Befragungen diversen Irrtümern erlegen sind und keine ganz klaren Formulierungen gebraucht haben.«

»Wovon reden Sie?« fragte Manfred amüsiert.

»Wobei wir selbstverständlich auch Ihnen, Herr Inspektor, jede Art Täuschung zugestehen«, meinte Amadeus. »Jeden Irrtum, auch unklare Formulierungen.« Er blinzelte seinem Freund Manfred zu. »Beabsichtigen Sie, sich dafür zu entschuldigen?«

»Nehmen Sie folgendes zur Kenntnis«, verkündete Michelsdorf überlegen, »es existiert nunmehr ein Zeuge, der angibt, mit einer gewissen Helene Vogler geschlechtlich verkehrt zu haben.«

»Wer behauptet das?«

»Er behauptet es nicht nur, er konnte auch ziemlich präzise Angaben dazu machen. Also: Wann, mit welchem Honorar? Dieses niemals unter einhundert Mark. Weiter gibt er an, daß auch Sie beide ...«

»Und wer ist dieser Sauhund?«

»Ich bin kein Auskunftsbüro«, sagte Michelsdorf. »Ich teile Ihnen Tatsachen mit. Und dazu werden Sie, da es sich möglicherweise um Hintergründe eines kapitalen Sittlichkeitsverbrechens handeln könnte, Stellung nehmen müssen. Ganz eindeutig sogar, wenn Sie sich nicht strafbar machen wollen.«

»Wenn wir den Kerl erwischen, der da gequatscht hat ...«, sagte Amadeus. »Dann hat der das nur einmal gemacht«, beendete Manfred diesen Satz.

Nach Mitternacht versank der so vornehme begonnene »Ball der Nationen« im Strudel gröberer Vergnügungen. In Strömen von Alkohol wurden die sich »oben« fühlenden Zweitausend so ordinär, wie sie in Wirklichkeit waren.

Goldner bemerkte zu Gotha: »Sich besaufen bedeutete für viele: sich vergessen. Ihr Leben vergessen. Diese parfümierte Kloake, zu der sie ihr Leben gemacht haben.«

Frau Kommerzienrat Schloßer zu Margit Zimmermann: »Das, meine Liebe, ist die große Welt. Und im Grunde deines Wesens gehörst du dazu. So zauberhaft, wie du aussiehst. Aber das kann dir dein Mann nicht bieten. Nur mein Sohn kann das. Und er will das auch – immer noch.«

Peter Wardeiner, mit schwerer, mühsam beherrschter Zunge, zu seinem Ehrengast, einem Agrarexperten und Abgeordneten der Opposition: »Ach, diese Dummheit, Dumpfheit, Gutmütigkeit, Anständigkeit, Ergebenheit dieses Volkes. Man braucht den Leuten nur einzureden, daß irgendeine Schweinerei purer Idealismus sei – und sie sind sofort bereit, dafür zu bluten, sogar dafür zu zahlen. Dagegen, meine ich, muß man doch endlich was tun!«

Susanne Wardeiner zu ihrem Mann: »Weißt du, wie du mir vorkommst, Peter? Wie jemand, der kurz vor einem Herzanfall steht.«

»Ich mußte kommen«, versicherte Tierisch schwungvoll vor Helga Horstmanns Tür. »Darf ich eintreten?«

»Auf so was wie Sie habe ich gewartet«, versicherte Helga einladend, »die ganze langweilige Nacht lang. Im Augenblick ist mir jeder Mann recht – und Sie sind doch einer?«

»Ich bin einer – aber nicht jeder.« Tierisch, obwohl leicht schockiert, gab sich erlebnisfroh heiter. »Und ich komme nicht zufällig hier vorbei, ich habe die Taschen voller Geld!«

»Was Sie mir nur noch sympathischer macht«, versicherte Helga bei schon offener Schlafzimmertür. »Aber irgendwie sympathisch sind Sie mir immer schon gewesen.«

Nachruf auf Heinz Horstmann in der Montagmorgenausgabe seiner Zeitung: MAM:

»... einer unserer Besten! ... nun von uns gegangen, auf dem Höhepunkt seiner kühnen, schöpferischen Tätigkeit ... ein wahrhaft unersetzlicher Verlust ... geachtet und respektiert von allen, die ihn kannten, die mit ihm zusammenarbeiten durften ... verehrt und geliebt von seinen trauernden Kollegen und Freunden, seiner jungen Witwe ... einem tragischen Unfall zum Opfer gefallen ... werden wir ihn niemals vergessen!«

»Sie glauben gar nicht, Helga«, versicherte Tierisch ungeniert, aber auch wahrheitsgemäß, »wie sehr Sie mich beschäftigt haben – besonders in letzter Zeit.«

»Na, wie schön«, sagte sie erwartungsvoll.

»Sie sind eine wunderbare Frau – und nun sogar frei!«

»Frei bin ich schon immer gewesen. Haben Sie das nicht gewußt?« Sie lächelte ihn herausfordernd an. »Vielleicht hätten Sie das mal ausprobieren sollen. So aber haben Sie eine ganze Menge versäumt. Ob sich das nachholen läßt?«

»Warum denn nicht, Helga – zumal ich ja, wie gesagt, nicht mit leeren Händen komme. Ich biete Ihnen einiges!«

»Was heißt einiges – genau?«

Tierisch zog mit großer Geste seine Smokingjacke aus und entnahm ihr, bevor er sie zur Seite legte, ein dickes Bündel Papiergeld. Denn er wußte um die Magie der sichtbar demonstrierten Menge. Diese Geldscheine hatte er in wenigen Minuten bei einem ihm befreundeten Großgaststättenunternehmen gegen Scheck erhalten.

»Und wieviel ist das?« fragte sie mit großen Augen.

»Zehntausend Mark!«

Die Montagmorgenausgabe der »Allgemeinen« über Heinz Horstmann:

»... verstarb er unter äußerst mysteriösen Umständen, welche die Verkehrspolizei wie auch die Kriminalpolizei zu beschäftigen scheinen ... einer der anerkannt besten bundesdeutschen Journalisten, dessen hervorragende Fähigkeiten ... konzentrierte er sich in letzter Zeit auf das Geschehen in unserem Lande, in dieser Landeshauptstadt ... wobei ebenso maßgebliche wie aber auch unbequeme Artikel aus seiner brillanten Feder zu erwarten waren ... um so schmerzlicher dieser Verlust ... zumal wir, die Angehörigen dieser Zeitung, darauf hoffen durften, ihn bald schon als Kollegen in unseren Reihen begrüßen zu dürfen.«

»Zehntausend Mark?« stammelte Helga, begierig auf den Haufen Banknoten wie auf einen prachtvollen, hoch vor ihr aufgerichteten Penis starrend.

»Bin ich Ihnen so viel wert?«

»Nehmen Sie das lediglich als Anzahlung«, sagte Tierisch einladend. »Die dreifache Summe wird Ihnen zusätzlich garantiert. Sie brauchen nur dieses Papier zu unterschreiben.«

Dieses Papier, das Tierisch nunmehr unter dem Banknotenbündel hervorzog, war von Rechtsanwalt Dr. Schloßer, zur Zeit noch im Deutschen Theater, im dortigen Silbersaal, fixiert worden: Vertrag über Abtretung von Urheberrechten, betreffend alle Unterlagen des Heinz Horstmann. Dafür zehntausend Mark bar im voraus. Weitere zehntausend nach erster Lieferung. Die letzten zehntausend nach Erfüllung des Vertrages innerhalb von drei Monaten.

Helga Horstmann unterschrieb hastig und riß das Geldbündel an sich. Sie blätterte genießerisch darin: Zehnmarkscheine, Fünfzigmarkscheine, Hundertmarkscheine. Sie ließ sich Zeit beim Zählen.

»Und was nun?« fragte sie bereitwillig weiter mit Blick auf ihr Bett.

»Nunmehr«, sagte Tierisch, den unterschriebenen Vertrag an sich nehmend, »ist es wohl an der Zeit, endlich schlafen zu gehen.«

»Genieren Sie sich nicht«, ermunterte sie ihn.

Tierisch erhob sich und griff nach seiner Smokingjacke. »Wir werden alle unsere Kräfte für morgen brauchen. Für die Beerdigung Ihres lieben Mannes, unseres verehrten Kollegen. Herr Wöllrich wird Sie dabei betreuen.«

Tierisch wandte sich zur Tür.

Verblüfft starrte sie ihm nach, ohne sich lange damit aufzuhalten.

Denn ihr Blick fiel wieder auf die Banknoten, die sie zärtlich zu ordnen begann.

In den frühen Morgenstunden des Montags wurde in der oberen Königinstraße, also fast schon in Schwabings Zentrum, eine männliche Leiche gefunden. Zufällig von einem Liebespaar, das – in die Dunkelheit drängend – über diese Leiche gestolpert war. Zeit etwa 02.14 Uhr.

Der am nächsten stationierte Wagen der sofort alarmierten Funkstreife traf vier Minuten später ein – genau 02.18 Uhr. Die Leiche wurde festgestellt, der Fundort abgesperrt, das Polizeipräsidium verständigt: erst Dauerdienst, dann Dezernat Kapitalverbrechen; von dort die Leichenstelle, also der diensttuende Todesermittlungsbeamte; wieder einmal mehr: der überbeschäftigte Rogalski.

Dieser, eintreffend 02.37 Uhr, stellte fest: Tod vermutlich durch Zertrümmerung des Schädels eingetreten. Tatwerkzeug ein stumpfes Schlaginstrument; möglich aber auch Aufprall gegen einen scharfkantigen Gegenstand, etwa Zementzaun. Wobei weitere Überprüfungen auf Merkmale einer Schlägerei hinwiesen, mithin Totschlag zu vermuten.

Dieser Tote konnte als Nenner – der bekannte Aktionskünstler – identifiziert werden.

7

Und nun die große Kettenreaktion:

Der Augenblick war exakt bestimmbar. Ort: Polizeipräsidium, Dienstzimmer des KHK Zimmermann. Zeitpunkt: Montag, 02.30 Uhr. Auslösendes Element: eine Routinemeldung über Funk – dem diensttuenden Beamten, Ressort Kapitalverbrechen, unverzüglich zwecks Entscheidung vorzulegen.

Inhalt der Meldung: Leiche Königinstraße. Vorläufige Todesermittlung: Zertrümmerung des Hinterkopfes; Unfall so gut wie ausgeschlossen, Totschlag wird angenommen, vermutlich Schlägerei.

Erste summarische Übersicht: Leiche, männlich; zirka 170 cm groß, 80 Kilogramm schwer, Alter etwa 35 Jahre; Bekleidung: Konfektion, fast neuwertig; Gesicht rundlich; Haare schwarz; Augen dunkel; Zähne vollständig; Hände kraftvoll, mehrere Narben, Fingernägel rundgeschnitten.

Name wahrscheinlich: Nenner. Aktionskünstler. »Erbitte weitere Anweisungen. Rogalski.«

Später berichtete Kriminaloberinspektor Felder:

»In dieser Nacht waren wir gerade soweit, Schluß zu machen, was Zimmermann, der Chef, sichtlich nötig gehabt hätte, ich allerdings auch. Denn wir waren seit Tagen kaum noch zum Schlafen gekommen.

Daran sollte uns auch, dachte ich, Rogalskis Funkmeldung nicht hindern: Irgendein Toter; Prügelei unter Rivalen irgendeines Weibsbildes wegen; möglicherweise auch Zechnachfolgeraub mit Todesfall oder etwas in dieser Preislage. ›Die übliche Produktion‹, sagte ich zum Chef.

Zimmermann, der bereits an der Tür war, begann sie durchzulesen. Danach stand er sekundenlang völlig regungslos, zog dann seinen Mantel wieder aus, ging an den Schreibtisch zurück, legte diesen Todesermittlungsbericht vor sich hin, glättete ihn sorgfältig und betrachtete ihn sehr nachdenklich.

Dann sagte er zu mir: ›Machen Sie sich auf eine lange Nacht gefaßt.‹

›Wegen dieser Meldung?‹ fragte ich ungläubig.

Der Chef nickte. ›Kollege Rogalski soll den Tatort absichern und dort so lange warten, bis ich eintreffe. Veranlassen Sie, daß die derzeit beste uns zur Verfügung stehende Spurensicherungsgruppe unverzüglich zum Einsatz gebracht wird.‹

›Aber warum?‹ fragte ich.

›Keine Zeit für Erklärungen‹, sagte er: ›Das hier stinkt zum Himmel, wenn ich mich nicht irre.‹ Und Zimmermann pflegte sich nur höchst selten zu irren, wie man im Amt wußte. ›Lassen Sie sofort den Kollegen von Gotha aus dem Deutschen Theater abholen. Bitten Sie außerdem Kriminalkommissar Krebs zu mir. Wenn das geschehen ist, lassen Sie sich hier als Meldekopf und Koordinator vertreten – durch die Kollegin Dreyer.‹

›Und was soll ich dann tun?‹

›Sie lassen sich vom Bereitschaftsdienst einen Wagen zuteilen. Damit fahren Sie zu Herrn Keller. Ich bitte ihn, mich aufzusuchen. Er wird wissen, weshalb. Selbstverständlich geben Sie ihm alle Auskünfte, die er verlangt.‹«

Kriminalkommissar Krebs erschien bei Zimmermann schon nach wenigen Minuten. Er fühlte sich durch seinen Freund alarmiert und war dementsprechend beunruhigt:

»Was gibt es denn, Martin?«

»Diese Liste, die du mir übergeben hast«, sagte Zimmermann, »mit den Namen der Leute, mit denen mein Sohn verkehrt. Wer hat sie aufgestellt? Handelt es sich dabei um das Nebenprodukt irgendeiner Razzia oder um einen ganz bestimmten Fall?«

»Das weiß ich nicht, Martin«, sagte Krebs ausweichend. »Zuständig dafür ist Michelsdorf.«

»Ist der greifbar?«

»Immer!«

»Dann her mit ihm!«

Kriminalinspektor Michelsdorf war wenige Minuten später zur Stelle. Er wirkte mißmutig, weil er mitten aus intensiven Karteivergleichsuntersuchungen herausgerissen worden war. Zudem fühlte er sich zweckentfremdet. Denn das Dezernat Kapitalverbrechen war in seinen Augen nur eine Wach- und Schließgesellschaft für Geistesgestörte. Die wahren Krankheiten dieser Zeit, meinte er, seien allein in seinem Ressort vorzufinden.

»Kollege Michelsdorf«, sagte Zimmermann drängend, »mir liegt da eine Liste vor, die Sie erstellt haben – mit drei Namen, die ich kenne: Amadeus Schmelz, Manfred Zimmermann – und ein gewisser Nenner.«

Michelsdorf blickte besorgt. »Tut mir leid, Herr Hauptkommissar, wenn ich Ihnen das nicht ersparen konnte ...«

»Nichts hat Ihnen leid zu tun«, sagte Zimmermann scharf. »Sie sind kein Seelsorger, sondern Kriminalbeamter. Existiert irgendein Zusammenhang zwischen diesen drei Namen?«

»Ein ziemlich eindeutiger sogar«, sagte der Kriminalinspektor. »Alle drei scheinen wichtige Aussagen in einem Fall machen zu können, der mit einem vermuteten schweren Sittlichkeitsverbrechen in Zusammenhang stehen dürfte.«

»Eine dieser Ihrer Auskunftspersonen existiert nicht mehr«, sagte Zimmermann hart, »er ist vermutlich erschlagen worden. Nenner.«

»Dann haben ihn diese beiden Burschen fertiggemacht«, rief Michelsdorf spontan aus, geschickt und rücksichtslos provoziert.

»Das will ich nicht gehört haben«, verwies ihn Krebs entschieden. »Bitte keine Behauptungen ohne Beweis!«

»Pardon«, sagte der Kriminalinspektor, »aber ich dachte ...«

»Versuchen Sie, konsequent zu denken«, empfahl Krebs ungehalten.

»Bitte, alle diesbezüglichen Unterlagen zu mir.« Zimmermann wirkte sprungbereit. Der legendäre Löwe in ihm schien wieder einmal zum Vorschein zu kommen.

Spätere Aussagen hierzu:

1. Ricci, Lokalbesitzer:

»... geht es bei mir immer völlig einwandfrei zu. Wenn auch manchmal nicht ganz ohne Komplikationen bei dieser Kundschaft, die ich mir nicht aussuchen kann, und bei dieser Polizei, der man doch behilflich sein muß, weil man hier leben will, möglichst in Frieden nach allen Seiten hin ...

... bedrängten mich diese ansonsten recht netten jungen Leute, fragten nach der Vogler, verlangten Sekt, tranken kaum was davon, zahlten aber bereitwillig sofort. Die wollten nur wissen, wer da irgend etwas gequatscht hatte ...

... weigerte ich mich zunächst. Doch da ich von Herrn Michelsdorf nicht ausdrücklich zum Schweigen aufgefordert worden war, gab ich ihnen schließlich den wohl allein in Frage kommenden Namen bekannt. Ich sagte Nenner!«

2. Jonathan Schönbauer, Mitarbeiter und Vertrauter des Aktionskünstlers Nenner:

»Eine so fortzeugend schöpferische Kunstgattung wie die unsere fordert ein freiheitsbewußtes, selbstloses Verlangen nach letzter Verdeutlichung. Das ist eine hohe Aufgabe, der nur wenige wirklich entsprechen.

Zu diesen aber, davon bin ich überzeugt, gehörten weder Amadeus noch Manfred. Sie waren nicht fähig, schöpferisch tätig zu werden. Die waren immer viel zu sehr mit sich selbst beschäftigt.«

3. Irina-Brigitte Wiesner, Fotomodell:

»... kamen bei mir an, stürmten fast meine Bude, benahmen sich völlig verrückt! Dabei wollten sie gar nichts Direktes von mir – suchten anscheinend nur die Gesellschaft eines weiblichen Wesens, um sich ungehemmt ausquatschen zu können, wofür mir dieser Amadeus dann ein paar Scheine hinwarf – vier bis fünf Fünfziger – und dabei sagte: ›Dem haben wir vielleicht die Fresse poliert, Mädchen!‹

Und Manfred sagte, während er sich auf mein Bett fallen ließ: ›Wir haben uns von diesem Schlachthofkünstler befreit.‹

Sie blieben nicht lange. Es muß so gegen zwei gewesen sein, da fuhren sie wieder davon, im Jaguar von diesem Amadeus. Wie der Motor aufheulte, als ich am Fenster stand! Mir wurde ganz schwach dabei!«

Während Hauptkommissar Zimmermann den ihm inzwischen vorgelegten Aktenstapel des Dezernates »Sitte« durchblätterte, meldete sich bei ihm Kriminalassistent von Gotha: Abendmantel aus schwarzem Velours über nachtblauem Smoking. Ein Anblick von erlesener Eleganz, und das mitten im Polizeipräsidium.

Zimmermann ließ sich von dieser modischen Demonstration nicht im geringsten ablenken. Ohne jede Einleitung sagte er: »Spezialauftrag für Sie!« und schob dem Kriminalassistenten einen Zettel hin. »Namen, die Sie kennen.«

Von Gotha betrachtete die ihm übergebenen Notizen nicht ohne Verwunderung. »Sollen die hier verzeichneten Personen überwacht werden?«

»Sie sollen herbeigeschafft werden!« ordnete Zimmermann an. »Und vergessen Sie dabei, daß es sich um meinen Sohn handelt und um den des Herrn Dr. Schmelz. Spüren Sie diese beiden auf, egal wo – in meiner Wohnung, bei Frau Schmelz oder in der Junggesellenbude dieses Amadeus.«

»Wird gemacht, Chef«, sagte Gotha, der seine Überraschung nur mühsam verbergen konnte.

Uhrzeit: 03.21.

Drei Minuten danach – also um 03.24 Uhr – betrat Keller, begleitet von Felder und Anton, Zimmermanns Büro, nickte dem zu und setzte sich dann ganz selbstverständlich hinter seinen früheren Schreibtisch. So wie auch Anton, der Hund, sich unverzüglich in dem einzig bequemen Sessel breitmachte, der ihm ehemals zugestanden hatte. Felder hielt sich in Türnähe auf; er genoß diese Situation.

»Also, was für Probleme?« wollte Keller wissen.

»Problem eins – meine Zuständigkeit in diesem Fall«, sagte Zimmermann, als ginge es ihm lediglich um korrekte Einhaltung der Vorschriften. »Es ist ein Fall, an dem mein Sohn beteiligt sein könnte; noch unklar, wie und in welchem Ausmaß. Kann ich trotzdem die Verfolgung übernehmen?«

»Die Entscheidung darüber liegt allein bei dir. Du willst es tun, also wirst du es auch tun«, stellte Keller fest. »Was weiter?«

»Ich bitte dich, mir behilflich zu sein. Das ist eine amtliche Aufforderung, wenn du so willst.«

»Geht in Ordnung«, sagte Keller. »Was hast du bisher veranlaßt?«

Zimmermann machte wieder einmal deutlich, in welchem Ausmaß er ein Praktiker war. Er konzentrierte sich unverzüglich auf den sogenannten »ersten Angriff«: die Aufrollung eines Falles direkt vom Tatort aus. Was dort nicht alsbald erkannt wurde, war so gut wie verloren.

»Also – fangen wir bei der Leiche an«, stimmte Keller zu und erhob sich.

Uhrzeit: 03.52.

Tatort Königinstraße. Drei absichernde Streifenwagen. Nur erfreulich wenige Gaffer, die muhelos fortgeschickt werden konnten. Dazu der Kleinomnibus der Spurensicherungsgruppe Mohler, die als gut aufeinander abgestimmtes Team von erfreulicher Wortkargheit galt. Ihr Fotograf, Franzl Brettschneider, war ein Meister seines Fachs, genauso wie der Todesermittlungsbeamte Rogalski, der diese Spezialmannschaft dirigierte.

Rogalski schien geradezu entzückt, als einem ankommenden schwarz-braunen BMW ohne polizeiliches Kennzeichen zunächst Felder entstieg, Zimmermanns »graue Eminenz«, dann KHK Zimmermann selbst, nach ihm der Hund Anton, im Amte wohlbekannt, und schließlich Keller, der »Leichenkeller«, Rogalskis verehrter Lehrmeister.

Rogalski eilte an Felder und Zimmermann vorbei – jedoch nicht an Anton, dem er zurief: »Na, wie geht es dir, du Wundertier?« Worauf der Hund kurz aufjaulte.

Rogalski eilte weiter Keller entgegen und hielt ihm ein ausgefülltes Tatort-Formular auf einem Schreibbrett hin: »Erster Befund, Chef!«

»Wird stimmen«, sagte Keller, nachdem er den Bericht eingehend betrachtet hatte, und befahl: »Licht!«, als sei er noch immer im Dienst.

Die Funkstreifen-Polizisten schalteten ihre Suchscheinwerfer voll ein und richteten sie auf die Leiche. Keller holte aus seiner linken Hosentasche zwei armbandartige, präparierte Gebilde aus Bindfäden hervor, die er sich über die Schuhe zog, um seine Spuren unverwechselbar zu markieren.

Dann hockte er sich neben der Leiche nieder und betrachtete sie genau, zunächst ohne sie zu berühren. Mit knappen Handbewegungen dirigierte er das Scheinwerferlicht. Jetzt zog er die Gummihandschuhe an und begann fast ohne Veränderung der Lage des Toten seine sorgfältige Untersuchung.

Erst nach nahezu zehn Minuten erhob er sich wieder, um noch weitere zwei bis drei Minuten regungslos stehen zu bleiben. Wobei er pedantisch genau registrierte, was sich im unmittelbaren Bereich des Toten befand: die dunkle, glatt asphaltierte Straße, einen mit Kopfsteinen gepflasterten Gehweg, den dicken Maschendrahtzaun zwischen kantigen Zementpfosten.

Dann nickte er Rogalski abschließend zu, was für den eine hohe Auszeichnung war. Danach erst nahm Keller seinen Freund Zimmermann zur Seite und erklärte: »Die Leiche weist etliche, jedoch keinesfalls tödliche Schlagverletzungen im Gesicht auf – Backen, Kinnpartie, Ohren; alles links konzentriert, vermutlich also von Rechtshändern verursacht. Typische Merkmale eines Vorganges, bei dem sogenannte Ohrfeigen ausgeteilt worden sind.«

»Und die Todesursache?«

»Vermutlich Aufprallen gegen einen Zementpfosten im Zaun, vielleicht im Sturz nach Ausgleiten darauf gefallen, möglicherweise zufällig. Mithin kein Mord, vielleicht Totschlag im Affekt; vielleicht auch nur ein Unfall. Die Obduktion sollte unverzüglich veranlaßt werden. Möglicherweise könnte sich herausstellen, daß der Tote schon vorher krank und anfällig war. Gewisse Anzeichen an seiner Haut und an den Augen weisen darauf hin. Beruhigt dich das?«

»Nein«, sagte Zimmermann hart. »Du wirst vermutlich nun die im Präsidium vorhandenen Akten durchsehen wollen.«

»Möglichst von beiden Fällen. Das kann eine der längsten Nächte meines Lebens werden.«

»Alles steht dir zur Verfügung! Kaffee in beliebiger Menge! Und für Anton habe ich bereits drei Weißwürste bestellt.«

»Fünf«, entschied Keller munter. »Wir sind schließlich nicht billig abzuspeisen.«

In den restlichen Stunden dieser Nacht:

Aktenstudium durch Keller:

Beginn etwa 04.30 Uhr. Dabei kurze, intensive Zwischenbefragungen: von Felder und Michelsdorf. Das Ende dieser Tätigkeit war nicht abzusehen.

Anton verdaute währenddessen seine Weißwürste. Falls Hunde träumen können, war bei ihm anzunehmen, daß er von gebackenen Hühnern träumte. Denn ein gebackenes Huhn war ihm sicher, wenn Keller ein Kapitel seines Fachbuches »Morduntersuchung« abgeschlossen hatte; oder wenn ihm sonst irgend etwas gelungen war. Und Anton schien zu wittern: Ein Brathuhn war ihm nahe.

Dazwischen, gegen 05.30 Uhr, eine Meldung von Gotha: Weder Manfred noch Amadeus waren auffindbar. Indirekte erste Nachforschung bei Eltern beziehungsweise Elternteilen gleichfalls ergebnislos. Das Einzimmerappartement von Amadeus in der Leopoldstraße wurde überprüft, jedoch niemand angetroffen. Wagen von Amadeus, roter Jaguar, wurde 03.50 Uhr im Parkhaus Stachus von ihm vollgetankt. Sein Begleiter war, nach der Beschreibung des Tankwarts, Manfred Zimmermann. Sie entfernten sich, angeblich gut gelaunt, mit unbekanntem Ziel.

Hierauf Anordnung von Zimmermann: »Personenfahndung wird eingeschaltet. Benachrichtigung an Funkstreifen, auch Autobahnpolizei, im süddeutschen Raum.«

von Gotha: »Sollen sie verhaftet werden?«

Zimmermann: »Man soll sie festhalten. Vollzugsmeldung darüber unverzüglich an mich.«

Womit der Assistent entlassen war.

Zimmermanns nächste Anordnung galt wieder Felder: »Fragen Sie die eingesetzten Observationsgruppen nach ihren Überwachungsergebnissen ab.«

Diese Gruppen meldeten:

»Dr. Schmelz, Anatol: Kurz vor 03.00 Uhr im Grandhotel, Maximilianstraße, eingetroffen. Begleitet von Heßler. Licht in dessen Zimmer bis 04.00 Uhr.«

»Wardeiner, Peter: Gemeinsam mit Frau Susanne in Villa Grünwald angekommen 03.10 Uhr. Chauffeur fuhr in die Stadt zurück. Zu Hause halten sich beide in der Halle auf. 03.55 Stille. Beleuchtung außen voll eingeschaltet. 04.38 trifft Dr. Brehmer, Spezialist für Herzkrankheiten, ein; fährt von der Villa in Grünwald um 05.05 Uhr wieder ab. Danach alle Lichter dort gelöscht.«

»Dr. Schloßer, A., Rechtsanwalt: Verließ das Deutsche Theater mit zwei Personen, seiner Mutter und einer Frau Zimmermann, gegen 04.00 Uhr. Er begab sich mit den Damen zu seinem Wagen in die gegenüberliegende Parkgarage, fuhr dann in die Paul-Heyse-Straße. Dort, in der Wohnung Zimmermann, Aufenthalt gemeinsam mit seiner Mutter bis gegen 04.50 Uhr.«

Hierzu Schloßer, am Tage danach:

»Meine Mutter und ich tranken bei Frau Zimmermann noch eine Tasse Kaffee. Wir plauderten dabei von unserer gemeinsamen Jugendzeit, in der Hoffnung, daß auch Martin kommen würde. Leider vergeblich.«

Goldner, Karl: »Verließ unmittelbar nach dem offiziellen Schluß des Festes, also kurz nach 05.00 Uhr, das Deutsche Theater in Begleitung von Hermine Helferich, die am Caféstand in besagtem Unternehmen beschäftigt ist. Beide begaben sich per Taxi zur Wohnung Goldner. Aufenthalt dort dauert an.«

In dieser Nacht war der technische Angestellte Dr. Alfred Gemmel im Zentrallabor der Verkehrspolizei zum Bereitschaftsdienst eingeteilt worden. Um nicht vor Langeweile einzuschlafen, beschäftigte er sich mit einer von Weingartner eingeleiteten vergleichenden Reihenuntersuchung von abgesprengten schwarzen Lackteilchen einer Auto-Karosserie. Leicht gähnend begann Gemmel zu arbeiten.

Nach einer knappen Stunde, gegen 05.15 Uhr, wußte Gemmel nach Spektralanalyse, Untersuchung unter dem Elektronenmikroskop und chemischen vergleichenden Analysen, zu welch seltenem Fahrzeugtyp diese Lacksplitter gehörten. Er hatte ganz nebenbei einen Fall gelöst.

Seine entscheidenden Ergebnisse, auch von ihm nicht gleich als solche erkannt, erreichten die Kriminalpolizei erst einige Stunden später, als es fast schon zu spät war.

Hauptkommissar Zimmermann traf gegen fünf Uhr früh im Grandhotel an der Maximilianstraße ein, wo er Herrn Dr. Schmelz zu sprechen verlangte.

Der diensttuende Nachtportier wehrte entsetzt ab.

»Um diese Zeit, ich bitte Sie!«

Zimmermann wies sich aus und bestand darauf, daß Herr Dr. Schmelz verständigt werde. Das führte zu bemerkenswerten Komplikationen. Denn der Nachtportier benachrichtigte zuerst Heßler. »Das ist so angeordnet worden!« entschuldigte er sich. Und nach nur wenigen Minuten erschien dann auch dieser Hans Heßler, vollständig bekleidet und anscheinend ganz ausgeruht.

Er grüßte mit der höflichen Ergebenheit vertrauter Angestellter. »Bedaure sehr! Aber ich kann es nicht verantworten, den Herrn Doktor zu stören.«

»Das verantworte ich«, sagte Zimmermann, wobei er Heßler mit schnell steigendem Interesse betrachtete. Der wich diesen prüfenden Blicken aus, bemühte sich, klein, bescheiden, besorgt zu wirken. »Sie müssen wissen«, bat er, »daß der Herr Doktor

ein schwerkranker Mann ist ...«
»Das ist er am Tage wohl auch.«
»Würden Sie mir wenigstens sagen, warum ...?«
»Nein.«
»Wenn Sie also unbedingt darauf bestehen ...?«
Der Hauptkommissar bestand darauf. Ohne jede Drohung, ohne jedes Drängen. Es schien sich lediglich um einen Routinefall zu handeln.
Heßler entfernte sich, und Zimmermann wartete. Erst nach zehn Minuten erschien Heßler wieder. »Der Herr Doktor ist bereit, Sie zu empfangen.«
Anatol Schmelz empfing Zimmermann mitten im Plüschsalon seines Appartements stehend, in den er gut hineinpaßte.
»Herr Zimmermann«, sagte Schmelz betrübt und auch belehrend, »darf ich Sie darauf aufmerksam machen, daß Sie mich zu einer Zeit aufsuchen, die verdächtig ist? Zu einer derartigen Stunde, also am frühesten Morgen, pflegten während der Nazizeit, aber auch zu Zeiten eines Stalin, was ja nicht sonderlich verschieden ist, Verhaftungen zu erfolgen, falls Sie sich noch daran erinnern sollten.«
Der Kriminalbeamte hätte nun sagen können: Ich kann mich daran erinnern, daß auch ich eines Morgens tatsächlich fast genau zur gleichen Zeit verhaftet und in ein KZ gebracht worden bin, 1944. Nach dem 20. Juli. Aber das sagte er nicht.
Vielmehr redete Schmelz weiter: »Ihr Eindringen hier, Herr Zimmermann, vermag ich nicht nur als ungewöhnlich, sondern muß es sogar als unkorrekt bezeichnen!«
»Ich bin nicht als Kriminalbeamter hier.«
Anatol Schmelz blickte verwundert. Er versuchte intensiv nachzudenken – und erhielt dafür jede gewünschte Zeit. Auf geradezu verwirrend geduldige Weise. Auch der hinter ihm stehende Heßler wirkte nun reichlich ratlos.
»Ich bin als Vater hier«, sagte Zimmermann endlich.
»Als Vater?« Schmelz wußte damit nichts Rechtes anzufangen. Eine Empfindung, die ihn beunruhigte. »Haben Sie Kinder?«
»Einen Sohn Manfred. Genauso alt wie Ihr Sohn Amadeus. Beide besitzen sehr gleichartige Interessen – anscheinend sind

sie sogar eng miteinander befreundet.«

»Aber – das – das ist ja prächtig!« rief Anatol Schmelz aus, plötzlich maßlos erleichtert. »Ganz prächtig ist das! Warum, ich bitte Sie, haben Sie das denn nicht gleich gesagt? Kommen Sie, Herr Zimmermann, setzen Sie sich! Was darf ich Ihnen anbieten? Haben wir Champagner da, Hansi?«

»Jawohl, Herr Doktor.«

»Mineralwasser«, sagte Zimmermann, wobei er sich in einen Sessel fallen ließ.

Schmelz rückte einen zweiten Sessel dicht daneben. Sein graues, schweißfeuchtes Gesicht schien nun mondlichthaft milde zu strahlen. »Sie glauben gar nicht, Herr Zimmermann, wie mich das freut!«

»Was sollte daran wohl erfreulich sein?« sagte Zimmermann.

»Aber ich bitte Sie, lieber Herr Zimmermann!« Schmelz bekam Champagner serviert. »Mein Sohn Amadeus, den ich sehr liebe, ist künstlerisch hochbegabt, äußerst feinfühlig, sensibel: dementsprechend sehr wählerisch, was Freundschaften anbelangt. Wenn er also mit Ihrem Sohn befreundet ist, dann muß dieser ähnlich ungewöhnliche Qualitäten besitzen.«

»Fragt sich nur, was man alles darunter verstehen kann«, meinte der Kriminalbeamte rauh. »Jedenfalls besteht der zwingende Verdacht, daß diese beiden heute nacht einen Dritten zusammengeschlagen haben ...«

»Das kann nicht sein. Nicht mein Sohn!« rief Schmelz entsetzt.

»Zusammengeschlagen – mit direkter oder indirekter Todesfolge.«

»Nein, nein!« rief Schmelz zurückweichend, in den Hintergrund des Raumes fliehend, in Hansi Heßlers Nähe, der ihn mitfühlend anstarrte. »Nein!« Und wieder: »Nein!« Sein sonstiger Formulierungsreichtum schien total blockiert zu sein.

»Die beiden treiben sich irgendwo herum«, sagte Zimmermann. »Aber – wo? Das müssen wir möglichst schnell herausfinden, bevor sie noch weitere Dummheiten machen. Außerdem werden sie dringend als mögliche Zeugen gesucht. Wo könnten sie sein? Wo? Geben Sie Anhaltspunkte!«

»Nein!« rief Schmelz. »Nein!«

Und griff, haltsuchend, so heftig nach Hansi Heßlers Arm, daß dem ein vollgefülltes Glas Champagner entglitt, zu Boden fiel und dort zersprang.

Zwischenbericht des Kriminalassistenten von Gotha:

»Roter Jaguar mit zwei Insassen, gesichtet 05.05 Uhr Lindwurmstraße, Richtung Süden fahrend. Funkstreifenwagen, am Goetheplatz stationiert, nahm vergeblich Verfolgung auf, da nur mit VW ausgerüstet.

Roter Jaguar, zwei Insassen, weiterhin gesichtet 05.15 Uhr; Einfahrt Autobahn Salzburg. Dafür zuständige Landpolizeieinheit benachrichtigt. Von dieser wird bei Rosenheim, 05.25 Uhr, Abfangbereitschaft gemeldet. Doch muß der rote Jaguar die Autobahn vorher verlassen haben.«

Gegen 06.00 Uhr führt Assistent von Gotha ein Telefongespräch mit Frau Henriette Schmelz. Von ihr erhält er nach längerem Zögern folgende Auskunft: Sie halte es für möglich, daß zum Schmelz-Besitz auch eine Art ›Blockhaus‹ im Mangfalltal gehöre. Wo genau es dort sei, vermöge sie allerdings nicht zu sagen.

Worauf die für den Bereich Mangfalltal zuständige Landpolizeistation unterrichtet und um Amtshilfe gebeten wurde.«

Als Hauptkommissar Zimmermann um 06.40 Uhr im Polizeipräsidium eintraf, wurde er schon von Keller erwartet: »Ich glaube, ich bin schon soweit.«

Zimmermann, obgleich sichtlich übermüdet, ließ sich erwartungsvoll neben Keller und dessen schlafenden Anton nieder.

»Ich habe alle erreichbaren Unterlagen durchgesehen«, begann Keller bedächtig, »und dabei zwei Vorgänge auf mögliche Zusammenhänge überprüft – den Fall Neumühlenweg, also Tod Horstmann, und den Überfall auf Helene Vogler. Dabei gibt es zumindest eine auffallende Übereinstimmung.«

»Keller, ich wußte, du findest den Weg.«

»Das sogenannte Tatwerkzeug«, fuhr Keller fort, »das in beiden Fällen benützte Fahrzeug, wird übereinstimmend als groß, dunkel, massiv beschrieben – auch als ungewöhnlich kompakt, als glänzend, offenbar das gewöhnliche Normalmaß überschreitend. Kurz, es ist immer der gleiche Wagen. Du solltest also Hauptmann Kramer-Marein und seine Experten veranlassen, sich beider Fälle systematisch anzunehmen. Ich vermute, die werden finden, wonach du suchst.«

»Und warum schweigt diese Helene Vogler?«

»Du meinst, die müßte eigentlich diesen Wagen und seinen Fahrer kennen?« Keller blinzelte nachsichtig vor sich hin. »Dabei darfst du Krebs nicht übersehen.«

»Du willst doch damit nicht sagen, daß der an dieser Vogler persönlich interessiert ist?«

»Natürlich nicht. Krebs hat bestimmt nichts getan, was gegen die Regeln unseres Berufs verstößt. Er hat die Vogler intensiv befragt, aber dann offenbar erkannt, daß sie keine Aussage machen will, was zwar nicht ihr gutes, aber ihr garantiertes Recht ist. Und Krebs respektiert das eben.«

»Auch Krebs scheint plötzlich sentimentale Anwandlungen zu haben. Wie jeder von uns irgendwann einmal. Aber – du wohl nicht!«

»Ich kenne diese Vogler nicht«, sagte Keller, »aber ich kann sie mir vorstellen. Denn ich habe ihre Tochter Sabine kennengelernt – ein bezauberndes Kind. Krebs hat Sabine, als er mich besuchte, mal mitgebracht. Sie gefiel mir sofort. Anton auch.«

Zimmermann war nun entschlossen, sich durch nichts mehr ablenken zu lassen. »Wenn Krebs diese Vogler nicht unter Druck setzen will oder das nicht mehr kann, dann muß das eben ein anderer übernehmen. Einer ohne sentimentale Anwandlungen. Am besten Michelsdorf.«

»Ach, Martin«, sagte Keller geduldig, »kriminalistische Kenntnisse und Energie, die Michelsdorf zweifellos besitzt, reichen aus, um gewöhnliche Kriminelle zur Strecke zu bringen – bei Grenzfällen dieser Art jedoch können sie nur Schaden anrichten.«

»Was also dann – eines unserer Spezialarrangements?«

»Scheint so«, sagte Keller lapidar.

Er stand auf. Anton, sein Hund, erhob sich ebenfalls, wonnig aufschnaufend. Es sah aus, als erwarte er nunmehr das für ihn bei Sonderleistungen seines Herrn fällig gewordene Brathuhn.

Spätere Recherchen des Kriminalassistenten von Gotha in Athen. Diesmal: internes Gespräch mit dem dortigen Polizeibezirkschef Leandros L., genannt Leo:

Leo L.: »Horstmann? Ganz offiziell: nicht bekannt. Jedenfalls von mir niemals registriert.

Doch nun mal ganz unter uns Kollegen. Bezüglich dieses Horstmann erreichte uns ein dringender Hinweis. Fragen Sie aber nicht, von wem. Das gehört bei uns zum Alltag, zumal wenn es sich um sogenannte unbequeme Elemente handelt. Und dieser Horstmann wurde als solches angesehen, und zwar aus mehreren Gründen: Erstens: Er schnüffelte ganz allgemein unliebsam herum. Zweitens: Er versuchte eine der ersten Damen unserer Gesellschaft zu besteigen. Was an sich nichts Besonderes ist. Nur besaß diese Dame, Frau Maria C., eine sehr beliebte Schauspielerin, eben auch die besondere Gunst unseres Polizeikommandanten. Und dazu dann noch die eines deutschen Herrn, der von unserer Regierung protegiert wird.

Dabei möchte ich jedoch den Namen Schmelz gar nicht genannt haben. Ich sage auch nicht, daß er das bei Horstmanns Festnahme auslösende Element gewesen sei. Allerdings steht fest: Er hat für die ärztliche Betreuung von Horstmann gesorgt. Und Frau Maria C. schickte ihm Blumen. Alles war sehr menschlich!«

Kurz nach 08.30 Uhr an diesem Montag läutete die Türklingel bei Helene Vogler und wurde, wie es schien, immer schriller.

Helene Vogler war zu diesem Zeitpunkt – laut späteren Aussagen – mit der Reinigung des Badezimmers beschäftigt. Sie hatte vorher, wie an jedem Wochentag, ihre Tochter Sabine drei Straßen weiter zur Schule gebracht: Wegzeit sieben bis neun Minuten. Danach war sie in ihre Wohnung zurückgekehrt. Als sie die Wohnung öffnete, erblickte sie den freundlich lächelnden Hans Heßler. Er war schwer bepackt mit einem korbartigen Gebilde, das durch Geschenkpapier verhüllt war; außerdem trug er eine größere, verlockend purpurrote Schachtel. Helene Vogler versuchte, die Tür wieder zu schließen.

Das gelang ihr nicht, denn Hans Heßler hatte seinen Fuß

dazwischengestellt und sagte schnell: »Aber ich bitte Sie, mißverstehen Sie mich nicht!«

»Was – wollen Sie von mir? Ausgerechnet Sie!«

»Nicht das geringste«, versicherte Heßler fast beschwörend. »Ich bin nur beauftragt, Ihnen einen Korb mit Delikatessen zu überreichen und eine Puppe, die sprechen kann, für Ihre kleine Tochter.« Dabei drängte er sich durch die Tür und stellte die Geschenke sorgfältig ab, zupfte am umhüllenden Papier, rückte die Schleife auf dem Puppenpaket zurecht. »Und das waren Bewegungen, die an die Kranzniederlegung irgendeines Staatsmannes an irgendeinem Heldendenkmal erinnerten«, sagte Helene Vogler später.

Danach zog sich Hans Heßler wieder zurück, wobei er fast bittend sagte: »Sie verstehen mich doch, nicht wahr? Man sorgt sich um Sie und um Ihr liebes Kind. Man will Ihnen wohl, und Sie wissen schon, wer. Also nichts für ungut.«

Nachdem er sich entfernt hatte, stand Helene Vogler völlig regungslos und starrte auf die ihr überbrachten Geschenke. Dann kamen ihr die Tränen.

Susanne Wardeiner – nach dem Tod ihres Mannes in einem Gespräch mit Hauptmann Kramer-Marein:

»Natürlich erinnere ich mich noch an jenen nächtlichen Vorgang während der Fahrt von Garmisch nach München im Wagen von Herrn Schmelz. Dieser Vorgang hatte mich schockiert. Wissen Sie, ich liebe Tiere, ich kann sie nicht leiden sehen. Und als damals der Chauffeur von Herrn Schmelz ein Tier überfuhr, war ich ganz unglücklich über die Hilflosigkeit dieser Kreatur, die den mörderischen Errungenschaften unserer Zivilisation so hilflos ausgeliefert war.

Ob bei dem damaligen Vorgang irgendwelche Suggestion auf mich ausgeübt wurde? Aber nein. Herr Schmelz rief spontan aus: ›Das war ein Tier! So ein armes Tier!‹

Keinesfalls: Das könnte auch ein Mensch gewesen sein! Nicht einmal andeutungsweise. Ich glaubte ihm auch bereitwillig. Ich bin immer voll Vertrauen – auch Ihnen gegenüber. Ich bin eine Frau.«

»Da sind Sie ja!« sagte Wöllrich, als der Redakteur Lothar in sein Direktionszimmer eintrat. »Sie können wohl Ihren Mist nicht schnell genug loswerden.«

»Deshalb bin ich hier«, versicherte Lothar, nachdem er die Tür sorgfältig hinter sich geschlossen hatte.

»Haben Sie nun die Unterlagen von Horstmann bei sich – oder wollen Sie mich wieder verarschen?«

»Keinesfalls!« Der Redakteur zeigte geradezu freudig auf einen Aktendeckel von schwefelgelber Farbe. »Allerbestes Material, Sie werden staunen!«

Wöllrich streckte verlangend die Hand aus. »Also her damit.«

»Aber doch nicht einfach so, Herr Wöllrich.«

Der wurde nun massiv unwillig. »Sie kennen doch mein Angebot: Entweder Mitarbeit oder gar keine Arbeit mehr. Nicht bei uns und auch bei keiner anderen Münchner Zeitung. Wir feuern Sie, mit Begründungen, die ausreichen werden, daß Ihnen fortan niemand mehr einen Vertrag anbietet.«

»Aber nicht doch, Herr Wöllrich. Ich erhoffe vielmehr eine beträchtliche Gehaltserhöhung, dazu eine tüchtige Hilfskraft für meine Redaktionsarbeit, eine bessere Einrichtung meines Zimmers und weiterhin weniger Dienststunden ...«

Wöllrich lachte erleichtert. »Sie saufrecher Hund, Sie! Glauben Sie, das können Sie sich leisten – wie? Na schön, warum nicht? Falls Sie mir wirklich was zu bieten haben, läßt sich alles machen. Aber – ich kaufe keine Katze im Sack, klar?«

»Klar«, sagte der blaßblonde, hopfenstangenartige Lothar entgegenkommend, schlug den schwefelgelben Aktenkoffer auf; blätterte aufreizend darin und löste endlich ein eng mit Schreibmaschinenschrift bedecktes Blatt hervor. »Eine Kostprobe – wenn Sie erlauben; eine unter vierzehn anderen. Diese betreffend: Wöllrich, Waldemar.«

Der also Betroffene verlor nichts von seiner Überlegenheit, denn er hatte etwas Ähnliches erwartet. »Dann also mal los, Sie muntere Ratte. Versuchen Sie mir beizubringen, was Sie wert sind.«

»Zunächst beschäftigen sich Horstmanns Recherchen ziemlich eingehend mit Ihrem Privatleben«, sagte Lothar sachlich, »was wir hier aber weglassen sollten. Denn einige andere in diesem Betrieb, auch ich, könnten ähnliche Erfolgsziffern bei weiblichen Wesen aufweisen. Bei Ihnen ist die Endsumme sieben, innerhalb des vergangenen Jahres.«

»Tatsächlich?« fragte Wöllrich geschmeichelt. »Und Sie meinen, Horstmanns Buchführung stimmt?«

»Exakt, mit genauesten Angaben: mit wem, wann und wo. Adressen, Daten, Uhrzeiten. Allerdings kommen zu diesen sieben Namen dann noch zwei weitere hinzu: Namen von verheirateten Frauen. Wollen Sie Einzelheiten wissen?«

»Geschenkt!« rief Wöllrich heftig. Seine Überlegenheit war plötzlich wie weggeweht. »Dieser gottverdammte Schnüffler, dieses Schwein!«

»Für einen Horstmann waren derartige Intimitäten eigentlich nur Beiwerk«, sagte Lothar, »wobei in Ihrer Rubrik, Herr Direktor, auch der Name von Frau Tierisch verzeichnet steht, und zwar dreimal.«

»Das genügt«, befahl Wöllrich. »Her mit diesem Mist!«

»Nur Geduld, das Beste kommt erst«, empfahl Lothar. »Da ist zum Beispiel in Horstmanns Unterlagen noch vorzufinden – unter fünf ähnlichen, zumindest wertgleichen Recherchen – der Name eines gewissen Stammberger; Papierfabrik Weilheim, zur Bornekampgruppe gehörend. Da sind Einzelheiten über einen Lieferungsvertrag vom 3. August, abgeschlossen in München; Wert 420tausend. – Von Ihnen quittierter Betrag jedoch: 460tausend.«

»Schluß!« schrie Wöllrich blaß. »Das reicht mir.«

»Wenn Ihnen das reicht, soll es mir recht sein. Aber ich könnte Ihnen gerne noch weitere Details vortragen – in durchaus ähnlicher Preislage.«

»Her mit diesem Dreck«, befahl Wöllrich abermals.

»Bitte sehr«, sagte Lothar und warf seine Unterlagen auf den Tisch, die Wöllrich gierig an sich raffte. »Es sind übrigens nur Kopien. Falls Sie wünschen, daß auch Herr Tierisch oder Herr Schmelz davon Kenntnis erhalten, stehe ich Ihnen selbstverständlich noch mit weiteren Kopien zur Verfügung.«

»Scheren Sie sich zum Teufel, Sie Saukerl!«

»Ich verlasse Sie mit Vergnügen, Herr Direktor. Aber, nicht wahr, Sie denken gelegentlich daran, möglichst noch heute, daß die Kündigung von Fräulein Bauer rückgängig gemacht wird. Sagen wir, innerhalb der nächsten halben Stunde. Und das wär's denn wohl – zunächst.«

Rechtsanwalt Dr. Antonius Schloßer besuchte nach telefonischer Anmeldung durch seine Sekretärin Frau Margot Zimmermann, die ihn nach nur wenigen Stunden Schlaf in so frischer Schönheit erwartete, daß er sie entzückt betrachtete, ehe er ihre Hand ergriff und betont zart an seine Lippen führte.

Dann aber sah er sie besorgt an: »Ich hatte gehofft, hier auch Martin anzutreffen«, um, im Wohnzimmer angelangt, fortzufahren: »Denn in einer derart schweren Stunde müßte er doch bei dir sein!«

»Wovon sprichst du – bitte?«

»Du weißt also noch nichts?« stellte Schloßer fest. »Dein Mann hat dir nichts gesagt?«

»Wovon redest du denn, bitte?«

»Margot, ich bin von Herrn Dr. Schmelz beauftragt worden, seinen Sohn Amadeus rechtlich zu beraten, und damit übernehme ich natürlich auch gleich die Verteidigung von Manfred. Dazu brauche ich allerdings eine Vollmacht. Von deinem Mann – oder aber von dir.«

»Ich verstehe nicht das geringste!« rief Margot verzweifelt. »Was hat Manfred denn angestellt?«

»Er und sein Freund Amadeus sind da in eine Sache hineingeraten, die offenbar nicht ungefährlich ist. Man muß sie absichern. Es ist anzunehmen, daß sie ganz zufällig in eine Schlägerei mit recht unglücklichen Folgen verwickelt worden sind.«

»Mein Gott, Toni – was kann ich nur tun?«

»Du brauchst gar nichts zu tun, Margot. Ich erledige alles für dich. Wozu ich, wie gesagt, nur eine Vollmacht von dir benötige.«

Und diese – wohlvorbereitet – legte er ihr hin. Margot unterschrieb, ohne zu ahnen, was sich daraus an gefährlichen Komplikationen ergeben sollte – in erster Linie für ihren Mann.

Krebs bei Zimmermann –
Dienstzimmer des Kriminalhauptkommissars,
Montag; 10.20 Uhr:

»Keller hat mich über eine mögliche neue Situation informiert. Danach habe ich Helene Vogler aufgesucht, um ihr noch einmal klarzumachen, wie außerordentlich wichtig ihre Mitarbeit für uns wäre. Doch sie weigerte sich wieder. Diesmal jedoch – und zwar den Andeutungen Kellers entsprechend – war alles anders. Das spürte ich – fast körperlich. Sie war nahezu sprachlos vor Angst. Aber warum?«

»Ist sie eigentlich hysterisch?« wollte Zimmermann wissen. »Sind ihre Nerven ungewöhnlich stark strapaziert – durch den Schock, den sie erlitten hat?«

»Nichts dergleichen«, sagte Krebs ungekränkt. »Ihre Angst muß ganz real bedingt sein.«

»Ich habe die Kollegin Brasch beauftragt, Frau Vogler zu betreuen.«

»Das heißt, sie zu kontrollieren. Du hättest mich davon unterrichten sollen.«

»Was hiermit geschehen ist. Denn nun bin ich der Ansicht, daß Frau Vogler auch zu ihrem persönlichen Schutz überwacht werden sollte.«

Krebs: »Genau darum habe ich dich bitten wollen!«

Zimmermanns Entscheidung war absolut folgerichtig. Leider aber auch unvollkommen, um nicht zu sagen: fehlerhaft, wie sich bald erweisen sollte. Denn der angeordnete Überwachungsschutz erstreckte sich lediglich auf Helene Vogler, nicht aber auch auf deren Tochter Sabine.

Später wurde im Amt intern vermutet, bei diesem vermeintlichen »Fehler« habe es sich in Wahrheit um einen raffiniert ausgeklügelten »Schönheitsfehler« gehandelt. Was ausgekochten Routiniers dieses Metiers, wie eben Keller und Zimmermann, durchaus zuzutrauen gewesen wäre. Die konnten sich verständigen, auch ohne erst eine Absprache herbeigeführt zu haben.

Ansichten des Karl Goldner:

»Wissen Sie, dieses Sprichwort von den Mühlen Gottes, die da langsam, aber fein mahlen, hat mich immer beunruhigt; besonders als Kind. Aber später sagte ich mir: Gott ist weit weg, und Mühlsteine sind Werkzeuge von vorgestern. Ich hatte eben nicht mit der Polizei gerechnet.

Mein Freund von Gotha hat mir das vorausschauend mal so erklärt: Da existiert eine sogenannte Strafprozeßordnung, abgekürzt: StPO, die einfach alles regelt: von Leichenfund über Leichenschau bis Leichenöffnung, einschließlich Exhumierung und tausend andere Details dazu.

Mit eben dieser StPO – speziell mit dem Paragraphen 161 – habe ich mich dann später in meiner Zelle beschäftigt. Dort steht ein Absatz, mit dem sich für die richtigen Leute allerhand anfangen läßt: ›Die Behörden und Beamten des Polizeidienstes sind verpflichtet, dem Ersuchen oder Auftrag der Staatsanwaltschaft zu genügen.‹ Wohlgemerkt: nicht etwa dazu angehalten oder aufgefordert, sondern ganz unmißverständlich: verpflichtet!

In meinem Fall sah das vermutlich so aus: Der zuständige Oberstaatsanwalt Dr. Gleicher war, von wem auch immer dazu inspiriert, von den Manipulationen des Herrn Wardeiner nicht gerade entzückt. Das konnte ich ihm sogar nachfühlen: Denn Wardeiner hatte sich in bewußt herausfordender Weise auf ein ziemlich hohes Roß geschwungen. Ihn von dort herunterzuholen, das schaffte dann dieser Gleicher mit Hilfe eines entschlossenen Mitarbeiters, Staatsanwalt Steiner – innerhalb von 24 Stunden.

Wer dabei kräftig mit auf die Schnauze flog, war meine Wenigkeit.«

Gespräch zwischen Kommissar Krebs und Helene Vogler:

Helene: »Manfred ist wirklich der Sohn eines Kriminalbeamten, der noch dazu Ihr Freund ist? Das habe ich nicht gewußt.«

Krebs: »Frau Vogler, ich habe Ihre Zurückhaltung immer respektiert, dennoch möchte ich Sie nun darum bitten, mir einige Einzelheiten mitzuteilen. Sozusagen privat.«

Helene: »Nun gut, weil es sich dabei um Ihren Freund handelt. Und auch, weil mich das, was mit Manfred und Amadeus zusammenhängt, menschlich gesehen nicht belastet, will ich Ihnen alles sagen. Ich kenne die beiden nun schon seit über einem Jahr.

Sie fühlten sich zu mir hingezogen. Und ich glaube, daß ich sie meinerseits recht gut verstanden habe. Ich weiß, daß behauptet wird, die beiden seien homosexuell veranlagt. Das kann sogar stimmen. Denn weder der eine noch der andere hat jemals mit mir ... Sie verstehen?

Aber sie verbrachten viele Stunden mit mir in endlosen Gesprächen, in denen ich eigentlich nur Zuhörerin war. Wofür sie mich beschenkten. Zumeist Amadeus, der sich so gut wie alles leisten konnte. Manchmal mußte ich sie zu diversen Veranstaltungen begleiten. Filmpremieren, Goldene Schallplattenverleihung, Eröffnung irgendeines neuen Lokals und so weiter. Wir galten als unzertrennlich und amüsierten uns über handfeste intime Spekulationen – ob etwa Manfred mit mir oder ich mit Amadeus ... Kurz und gut: Eine Freundschaft ergab sich so nach und nach daraus, die mir viel bedeutet hat.«

Rechtsanwalt Dr. Schloßer suchte Hauptkommissar Zimmermann in dessen Dienstwohnung auf und rief dem überraschten Jugendfreund herzlich zu: »Wie schön, lieber Martin, dich endlich einmal wiederzusehen. Wenn auch der Anlaß ...«

»Bist du als Rechtsanwalt hier?« fragte Zimmermann mißtrauisch kühl. »Für Rechtsanwälte ist erst mal die Staatsanwaltschaft zuständig, danach der Kriminaldirektor und dann erst irgendein Sachbearbeiter wie etwa ich. Du solltest diese Spielregeln kennen – und sie bei mir besonders respektieren.«

»Ich bin sozusagen auch privat hier, lieber Martin, das sogar in erster Linie.«

»Meine Privatwohnung befindet sich aber in der Paul-Heyse-Straße«, sagte Zimmermann.

»Ich komme gerade von dort«, bedeutete ihm Schloßer. »Und ich komme also auch im Auftrag deiner Frau, meiner Klientin – von der ich bevollmächtigt bin.«

»Das ist doch nicht dein Ernst?« Zimmermann betrachtete

Schloßer genauer. »Hast du ihr tatsächlich irgendeine Vollmacht herausgelockt? Zu welchem Zweck?«

»Es handelt sich um einen Vertrauensbeweis«, sagte Schloßer leicht unwillig. Um dann gedämpfter hinzuzufügen: »Um einen Vertrauensbeweis, der mich sehr bewegt hat, nicht zuletzt im Hinblick auf unsere gemeinsame Jugendfreundschaft...«

»Und was für eine Suppe willst du damit abkochen, Antonius?«

»Bitte, Martin, bemühe dich nicht, ausgerechnet jetzt mich mißzuverstehen!« Schloßers Besorgnis war echt. »Schließlich geht es um deinen Sohn – dem will ich helfen.«

»Ich verstehe«, sagte Zimmermann. »Schmelz hat dich offenbar beauftragt, als Rechtsbeistand für seinen Sohn Amadeus zu fungieren – was dir allerhand einbringt, falls du Erfolg hast. Genau das aber scheint dir der Partner dieses Amadeus zu garantiern: Manfred, Sohn eines Kriminalbeamten, der erheblichen Einfluß auf diese Vorgänge nehmen kann. So spekulierst du doch?«

»Martin, bitte nicht diese Unterstellungen. Wenn ich dennoch mit einiger Gelassenheit darauf reagiere...«

»... dann nur wegen unserer, ach, so schönen Jugendfreundschaft; ich weiß! Und Margots wegen – nicht wahr?«

»Zunächst einmal geht es um deinen Sohn. Und welche Beweggründe auch immer du mir zutrauen magst, als Rechtsanwalt kann ich auch für Manfred weitgehend wirksam werden, wenn du mir dabei behilflich bist.«

»Die Polizei ist keine Hilfstruppe für Rechtsanwälte«, wies ihn Zimmermann zurück.

»Du jagst also deinen eigenen Sohn!« sagte Schloßer pathetisch anklagend. »Du willst ihm wirklich keine Chance irgendeiner rechtlichen Absicherung geben?«

»Nicht durch dich!« erklärte Zimmermann entschieden.

An diesem Vormittag – 11.30 Uhr – fand die Einweihung eines weiteren Teilstückes der Münchner U-Bahn statt.

Dabei spielte sich das in dieser Stadt bereits schon »üblich« gewordene Zeremoniell ab. Im Vordergrund: der Bundesverkehrsminister: »Möge Gottes Segen hierauf ruhen!« Dann der Ministerpräsident des Landes: »Ein weiterer Ruhmesstein.« Dann, nicht zuletzt, der Oberbürgermeister: »Das Menschliche nicht vergessen, das Humane, die Belange des Menschen auch in dieser Zeit.«

Eine Blaskapelle, dann eine Arbeiterabordnung von sieben Mann, dazu der U-Bahn-Referent, ein Staatssekretär, achtzehn Stadträte, neunzehn Landtagsabgeordnete, dreiundzwanzig Journalisten. Und als Hintergrund: »unzählige« Bürger dieser Stadt; etwa zwei- bis dreihundert.

Dazwischen, in der zweiten und dritten Reihe, die lokale Prominenz: Baugewerbe und Bauausstattung; Vermittlung und Vermietung, Zubringer und Absahner; Hilfspolitiker; hoffnungsvoller Nachwuchs und herablassende Kommentatoren vom Fernsehen. Zwischen ihnen, dem gemeinen Volke meist unbekannt: einige Zeitungsgewaltige.

Wie zufällig kamen dabei Peter Wardeiner und Anatol Schmelz nebeneinander zu stehen. Sie gaben vor, den Festreden zu lauschen. Doch sie beäugten einander ungeniert.

Schließlich fragte Wardeiner flüsternd: »Nun – schon alles verdaut?«

Und Schmelz antwortete erregt, doch äußerst gedämpft: »Ach, Sie schrecken offenbar vor nichts zurück!«

»Wovor denn auch?« fragte Wardeiner. »Mich haben diese fleißig kassierenden Scharlatane schon immer angewidert! Einmal mußte ich das offen aussprechen. Und das soll erst ein Anfang sein.«

»Sie sind ganz einfach größenwahnsinnig geworden«, stieß Schmelz hervor.

»Immer noch besser, als zu jenen elenden Opportunisten zu gehören, die sich bereitwillig in alle erreichbaren Ärsche drängen.«

Schmelz fühlte sich selbstverständlich nicht direkt angesprochen, doch es erschütterte ihn, etwas derartig Ordinäres vom Mann einer Susanne hören zu müssen; er bekannte dumpf: »Mein Gott, was wissen Sie denn schon von Menschen, die guten Willens sind. Denen es bestimmt ist, zu leiden, mißverstanden und verfolgt zu werden!«

»Wie halten Sie das eigentlich durch?«

»Was denn?«

»Diese scheißmassive Selbstbemitleidung!«

Ein weißes, etwa drei Zentimeter breites Band wurde vom Verkehrsminister durchschnitten. Heftiger Applaus, als habe soeben ein Boxer den entscheidenden K.o. gelandet. Dann begaben sich die prominenten Ehrengäste in die freigegebene U-Bahn und fuhren davon. Blaskapelle: Bayrischer Defiliermarsch! Das Volk strömte hinterher.

Sekundenlang standen Wardeiner und Schmelz plötzlich allein nebeneinander. Sie sahen sich an. Schmelz sagte betrübt: »Sie sind vom Ehrgeiz zerfressen. Sie denken und handeln nicht mehr menschlich genug – und das werden Sie noch bereuen. Sehr bald schon vielleicht.«

Worauf Wardeiner nur lachte. Und vermutlich hatte er damit zum letztenmal in seinem Leben gelacht.

Fast zur gleichen Zeit, kurz nach 11.30 Uhr, betrat der Hauptmann der Verkehrspolizei Krämer-Marein im Polizeipräsidium das Büro des Hauptkommissars Zimmermann und verkündete dort mit schöner Sicherheit: »Das wäre nun also geklärt!«

Zimmermann ahnte, was sein Besucher meinte. Er bot dem Hauptmann seinen Stuhl an.

Der machte es sich bequem. »Das beim Tatvorgang Neumühlenweg benutzte Fahrzeug ist jetzt bestimmbar. Die Spektralanalyse der aufgefundenen Lacksplitter hat zu absolut einwandfreien Ergebnissen geführt.«

Er breitete sein Material aus: eine zwölfseitige Analyse mit entsprechenden kriminaltechnischen Beweisen, aus denen sich ergab: Nur ein bestimmtes Fahrzeug neuerer Produktion kam in Frage, eine Sonderanfertigung, die nur auf Bestellung geliefert wird.

»Ausgezeichnet«, sagte Zimmermann. »Soweit also Ihre Techniker. Und was ist mit Ihren Ermittlungsbeamten? Haben die schon herausgefunden, wer sich einen derartigen Luxusschlitten leisten kann?«

»Sechsunddreißig Personen im bayerischen Raum. Ich habe

eine entsprechende Liste anfertigen lassen«, sagte der Hauptmann selbstbewußt und legte die Liste vor Zimmermann auf den Tisch. »Sofern nicht inzwischen Umspritzungen vorgenommen worden sind, existieren in München nur acht schwarzlackierte Fahrzeuge von diesem Typ. Sie sind auf der Liste angekreuzt.«

Dabei handelte es sich um: Ministerpräsident, Landtagspräsident, Großbaufirmenchef Plattner, Bankier Schreyvogel, dazu ein bekannter Modepapst und schließlich Dr. Schmelz, Wardeiner, Tierisch.«

»Es ist also ein Fahrzeugtyp, der gewöhnlich nicht privat, sondern von einem Chauffeur gefahren wird?«

»Genau das«, bestätigte der Hauptmann. »Sie brauchen mir jetzt nur noch zu sagen, welches von diesen acht Fahrzeugen von uns untersucht werden soll.«

»In ein paar Stunden bin ich soweit«, sagte Zimmermann zuversichtlich. »Und was ist mit den weiteren Untersuchungen, zu denen ich Sie angeregt habe?«

»Sie meinen das im Fall Helene Vogler verwendete Fahrzeug? Meine Techniker arbeiten daran. Ziemlich mühsam alles – aber wir bleiben Optimisten.«

»Wenn wir das nicht wären, könnten wir einpacken«, meinte Zimmermann fast fröhlich. »Wir komischen Straßenkehrer der Gerechtigkeit!«

An diesem Montag – wenige Minuten nach 13.00 Uhr – verließ Sabine Vogler gemeinsam mit weiteren etwa hundert Mitschülerinnen aus drei anderen Klassen ihre Schule.

Sie als einzige traf bei ihrer Mutter nicht ein.

8

Helene Vogler hatte für ihre Tochter ein besonderes Mittagessen vorbereitet. Alles, was Sabine liebte: Tomatencremesuppe, dazu zwei Spiegeleier mit wenigen, gut durchgebratenen Kartoffeln, und zum Nachtisch Vanillepudding mit Schokoladensauce.

Sabine, deren Weg von der Schule nach Hause sieben bis neun Minuten ausmachte, war gewöhnlich gegen 13.15 Uhr zu Hause. Als sie jedoch um 13.30 Uhr immer noch nicht eingetroffen war, dachte Helene, schon ein wenig verärgert, aber noch nicht sonderlich besorgt: Das Kind trödelt herum!

Doch ihre Besorgnis steigerte sich schnell, als sich Sabine um 13.45 Uhr noch immer nicht zeigte. Helene rief in der Schule an, wo sie die Auskunft erhielt, alle Schülerinnen hätten das Institut wie gewöhnlich verlassen. Helene Vogler eilte hinaus, fuhr mit dem Fahrstuhl hinunter und ging Sabines üblichen Weg bis zur Schule zurück. Sie fand keine Spur von ihrem Kind.

Kriminalkommissar Krebs, von Helene Vogler unmittelbar danach angerufen, bat sie, sich nicht unnötig zu beunruhigen. So was könne durchaus harmlos sein. »Und im übrigen«, schloß er aufmunternd, »bleiben Sie in Ihrer Wohnung – ich komme sofort.«

Doch bevor er seinen Dienstwagen bestieg, suchte er Zimmermann auf, der sich das Kantinenessen – montags wie immer Sauerbraten mit Nudeln und gemischten Salat – gerade hatte in sein Büro bringen lassen, so als wollte er sich nicht von seinem Schreibtisch trennen.

»Sabine scheint verschwunden zu sein«, meldete Krebs, »jedenfalls ist sie nicht von der Schule nach Hause gekommen.«

Zimmermann schob mit einem Ruck das Tablett mit dem Essen von sich, das er noch kaum angerührt hatte. Plötzlich, sehr lebhaft, griff er nach seinem Notizblock, warf einen kurzen Blick darauf und sagte, so als habe er sich auf diesen Augenblick bereits vorbereitet: »Du wirst Frau Vogler selbst übernehmen wollen. Für Nachforschungen nach Sabine werde ich Mutter Brasch einsetzen und ihr die Kollegin Dreyer zuteilen.«

»Hast du das kommen sehen?« fragte Krebs nicht ohne Mißtrauen.

»Sagen wir: Ich habe auch das einkalkuliert.« Zimmermann durchstrich zwei, drei Positionen auf seinem Notizblock. »Dabei eine Anregung, Krebs. Versuche dieser Vogler endlich klarzumachen, daß ein Zusammenhang bestehen könnte – zwischen dem heutigen Verschwinden ihrer Tochter und dem mißglückten Überfall auf sie.«

»Das riecht nach bestellter Arbeit«, sagte Krebs tonlos. »So was habe ich nicht für möglich gehalten – nicht bei dir! Höchstens, vielleicht, bei Keller. Aber selbst du kannst offenbar erschreckend rücksichtslos sein, auch Freunden gegenüber.«

»Wenn so was unvermeidlich ist, muß es sein!« Zimmermann sah Krebs nicht an, betrachtete allein seinen Notizblock. »Achte dabei auch auf folgendes: Es ist jetzt nicht mehr notwendig, die Vogler zur entscheidenden Tatzeugin zu machen. Sie braucht uns nur noch einen einzigen Namen zu nennen. Den Rest erledigen wir dann schon.«

Programm für die Bestattung von Heinz Horstmann, Montag, 14.30 Uhr, Waldfriedhof:

Eintreffen der Trauergäste ab 13.45 Uhr. Zu diesem Zeitpunkt ist die Aussegnungshalle eins bereits geöffnet. Dort sind die ersten beiden Reihen für die nächsten Angehörigen und Freunde reserviert.

14.00 Uhr: Beginn der Feierlichkeiten in der Aussegnungshalle.

1. Das Streichquartett Alvensleben spielt Beethoven. Dauert etwa sieben Minuten.

2. Gebet des Geistlichen.

3. Nachrufe. A: der Chefredakteur. B: ein Vertreter des Journalistenverbandes. C: ein Kollege.

4. Erneut der Geistliche: Schlußgebet.

5. Das Streichquartett Alvensleben spielt abermals Beethoven. Dauer: etwa sechs Minuten.

Darauf folgen die Feierlichkeiten am Grab: Gräberfeld C, Reihe III, Grabnummer 189.

Diese Örtlichkeit wurde vom Todesermittlungsbeamten des Präsidiums, Rogalski, in Hinsicht auf eventuell später notwendig werdende »Exhumierung« sorgfältig untersucht und vermessen. Rechtsgrundlage dafür: § 87 III StPO.

»Nächste Angehörige« war nur Helga Horstmann. Wöllrich begleitete sie. Die Kosten hatte der Verlag übernommen.

Die Kriminalbeamtinnen Brasch und Dreyer bemühen sich, schnelle Arbeit zu leisten. Während sich Krebs um Helene Vogler kümmerte, begannen sie ihre Recherchen am eigentlichen Ausgangspunkt, der Schule. Sie befragten Hausmeister, Lehrer und Mitschülerinnen.

Erste Ergebnisse hierbei: Ewald Sänger, Hausmeister: »Die Sabine kenne ich. Auf die habe ich schon immer ein Auge gehabt. Die war mir einfach zu still, und das ist meistens verdächtig. Gerade bei den Sanften weiß man nie, wann und wie da mal der Knoten platzt.«

Erika Abromeit, Lehrerin: »Sabine ist ein scheues Kind. Dabei durchaus intelligent. Sie könnte in der ganzen Klasse beliebt sein, wenn sie nur kontaktfreudiger wäre. Doch sie sondert sich ab, bleibt immer allein, hat kaum eine Freundin.

Deshalb wunderte es mich, als ich heute zufällig sah, wie Sabine nach Verlassen der Schule mit einem Mann sprach, der sie auf der gegenüberliegenden Straßenseite zu erwarten schien. Was für ein Mann – wie der aussah? Nun ja, vielleicht mittelgroß, aber beinahe zierlich. Recht gut gekleidet. Sein Gesicht war nicht zu erkennen, er trug einen Hut. Alter weiß ich nicht, jedenfalls nicht mehr jung. Besonders aufgefallen ist nur seine gebückte Haltung.«

Hildegard Bendersdorfer, Schülerin: »Ja, ich bin mit Sabine befreundet. Was aber sonst niemand weiß. Das ist unser Geheimnis.«

Die Brasch: »Nun gut, Hildegard. Du hast also gemeinsam mit Sabine die Schule verlassen. Und was dann?«

Hildegard: »Sie lief einfach weg!«

Die Brasch: »Weshalb? Wohin?«

Hildegard: »Da stand ein Mann, drüben auf der anderen Straßenseite. Sabine rief: Da ist er ja, und lief auf ihn zu.«

Die Brasch: »Was für ein Mann? Wie alt etwa?«

Hildegard: »Na – ungefähr so alt wie mein Vater. Mindestens schon dreißig!«

Die Feierlichkeiten in der Einsegnungskapelle waren überstanden. Nunmehr begab sich die Trauergesellschaft ins Freie – auf die Wanderung zum offenen Grabe.

An der Spitze ein städtischer Angestellter, der amtliche Friedhofspfadfinder. Ihm folgten: Heinz Horstmanns »sterbliche Überreste« in imitierter Eiche, mit Hilfe eines Spezialkarrens transportiert von vier städtischen Totengräbern.

Das Wetter: spürbare Sonne, blaßblauer Himmel, Temperatur um Null. Daher zu aller Zufriedenheit fast trockene Wege.

Unmittelbar hinter dem Sarg: die »trauernde Witwe« Helga Horstmann, ganz in Schwarz, die Augen gesenkt, doch »tapfer« mit »Haltung ihr Los tragend«, laut Bericht »Morgen«. Sie ging zwischen dem Geistlichen und Wöllrich, der unsagbar feierlich ins endlose Nichts blickte.

Sodann: Schmelz und Tierisch, Seite an Seite, denen Wardeiner und Goldner folgten, die dicht nebeneinander trotteten und gelegentlich miteinander flüsterten; ernsthaften Gesichts, versteht sich. Und hinter ihnen eine große Zahl weiterer Kollegen vom »Morgen« und von der »Allgemeinen«, sämtlich ergriffen bemüht. Zwei Kolleginnen allerdings weinten sichtlich echte Abschiedstränen.

Bescheiden im Hintergrund kam »die eigentliche Sensation dieser Veranstaltung«, Frau Henriette Schmelz, so berichtete später Goldner. Sie hatte sich geweigert, ihrem noch rechtsgültigen Gatten Anatol zur Seite zu gehen, und Herrn von Gotha gebeten, sie zu begleiten. Ein Wunsch, den er gerne erfüllte, nicht ohne vorher die Genehmigung seines Chefs, KHK Zimmermann, eingeholt zu haben.

Die ersten Beschreibungen »jenes Mannes, der Sabine vor der Schule erwartet und sie dann vermutlich mitgenommen hatte«, wurden Zimmermann kurz nach 14.00 Uhr von Felder mit der Bemerkung vorgelegt: »Das scheint auf einen bestimmten, von Ihnen vermuteten Tatvorgang hinzudeuten. Aber mit dieser recht vagen Personenbeschreibung läßt sich kaum etwas anfangen.«

»Gerade damit«, knurrte Zimmermann. »Überlassen Sie das mir. Sie könnten sich inzwischen, da der Kollege von Gotha verhindert ist, um die Polizeirecherchen Mangfalltal kümmern. Setzen Sie einigen Druck dahinter. Ich muß diese beiden Jungens haben. So schnell wie möglich.«

Worauf Zimmermann mit Krebs telefonierte, der sich noch immer in der Wohnung Helene Voglers aufhielt: »Die ersten Ermittlungsergebnisse liegen vor: Ein kaum mittelgroßer Mann, vergleichsweise gut gekleidet, unbestimmbaren Alters, vermutlich über Dreißig.«

»Meinst du, daß sich damit etwas anfangen läßt?« sagte Krebs skeptisch.

»Vermutlich wird Frau Vogler damit einiges anfangen können«, sagte der Hauptkommissar überraschend sicher. »Beschreibe ihr den Mann, der Sabine mitgenommen hat. Er könnte ihr bekannt vorkommen. Und dann, zum Teufel, soll sie endlich dessen Namen nennen!«

Krebs wiederholte wortgetreu Zimmermanns Beschreibung, und Helene Vogler nannte zu seiner Überraschung unverzüglich den so lange verschwiegenen Namen, den Krebs sofort an Zimmermann weitergab.

»Endlich!« rief der, sprang auf und lief aus dem Zimmer.

Einige Bemerkungen des Schriftstellers Karl Goldner: »Dieses Horstmann-Begräbnis kam mir vor wie ein Faschingsfest. Allein die ›Witwe‹, dieses hemmungslose, total verrammelte Weibsbild, das auch in ihrer Trauerkleidung noch wie die Geilheit selber erschien. Ein Zusammenfluß von Urbildern dieses Daseins: Grab und Bett, Lust und Schmerz, Zeugung und Tod. ›Ich glaube, ich muß gleich kotzen!‹ sagte ich zu Wardeiner. ›Kann ich schon gar nicht mehr‹, flüsterte der zurück.

In diesem Augenblick rückte wie zu allem Überfluß – Horstmann war gerade in seine Grube geglitten, Sand war darauf- und Blumen hinterhergeworfen worden – die Gerechtigkeit in Gestalt ihrer stets erkennbaren Handlanger an: die Polizei!

Zunächst Zimmermann, der mit raubtierhafter Entschlossenheit nach Schmelz zu fahnden kam. Er blieb beiseite stehen, zwischen den Gräbern.

Gleich nach ihm tauchten zwei weitere Beamte auf – und endlich noch ein vierter, der offensichtlich einer anderen Kategorie angehörte. Sein Name: Steiner, Staatsanwalt.

Dieser wartete mit seinen beiden Greifern geduldig am Friedhofstor, bis er Peter Wardeiner und mich dort vereinnahmen konnte. Wir sahen uns an und glaubten es nicht.«

Um diese Zeit – gegen 15.00 Uhr – traf Sabine Vogler wieder bei ihrer Mutter ein. Sie stürzte voll überströmender Zärtlichkeit Helene entgegen, die sie zitternd, aber unendlich erleichtert in die Arme schloß.

»Mein Gott, Kind – wo bist du gewesen?«

»Entschuldige, Mama, aber ich kann nichts dafür.« Sie wies auf den Mann, der noch in der geöffneten Tür stand. »Wir waren richtig eingeklemmt, wir konnten einfach nicht weiter.«

»Was ich nur bestätigen kann«, sagte der Mann, neben dem sich nun auch dessen Hund ins Zimmer drängte.

»Ausgerechnet Sie!« rief erstaunt Kriminalkommissar Krebs aus, der an Helenes Telefon immer noch auf weitere Nachrichten wartete. Er konnte sich gar nicht beruhigen, als er Keller mit seinem unvermeidlichen Anton erblickte.

»Es ist alles höchst banal verlaufen«, erklärte der Kriminalbeamte a.D. bieder. »Sabine und ich und Anton dazu – sind sozusagen Opfer der Technik geworden.«

»Aber wir haben viel Spaß dabei gehabt«, rief Sabine begeistert und schlang die Arme um Anton. »Schau, Mama, das ist Anton! Ein richtiges Wundertier.«

»Scheint tatsächlich so«, sagte Krebs mit widerwilliger Anerkennung.

Erklärung von Keller: »Ich pflege jede Gelegenheit zu benutzen, um spazierenzugehen, schon Antons wegen. Wir schlendern dann so dahin. An diesem Tage jedoch wollte mir Antons ansonsten durchaus dekorative Verwilderung leicht übertrieben vorkommen, und ich brachte ihn daher zu einem meiner Freunde – zu Herrn Moser, einem ehemaligen Friseur, der jetzt in der Sebastianstraße wohnt. Dem vertraute ich Anton wie üblich zur

Verschönerung an.

Währenddessen schlenderte ich absichtslos durch die Gegend, kam an einer Schule vorbei, blieb dort stehen, betrachtete einige Plakate und sah den herausrennenden Kindern nach. Wobei mich Sabine erblickte, von weitem schon rief: ›Da sind Sie ja wieder!‹ und auf mich zueilte, um nach Anton zu fragen.

Als ich ihr sagte, Anton befände sich bei seinem Friseur, wollte sie ihn sofort dort besuchen.«

Spätere, in diesem Fall verspätete Recherchen des KI Michelsdorf: »Wolfgang Moser, 42 – einst Herrenfriseur, dann vier Jahre Gefängnis wegen Mithilfe bei schwerem Einbruch; hierauf angeblich als Handelsvertreter tätig. Höchst fragwürdiges Element. Steht aber auf der Liste der V-Männer des Präsidiums. Vermutlich von Keller, noch während dessen aktiver Dienstzeit, in dieses Verzeichnis eingebracht. Wolfgang Moser, obgleich einst Friseur, verfügt über ungewöhnliche technische Kenntnisse, speziell auf dem Gebiet der Elektronik bis hin zu Rechenmaschinen und Computersystemen. Die Beherrschung von Fahrstuhlmechaniken jeder Art darf bei ihm als selbstverständlich angenommen werden.«

Weitere Erklärung von Keller: »Sabine wollte also Anton sehen. Diesem Verlangen nachzukommen hielt ich für vertretbar, zumal dabei kein sonderlicher Zeitverlust entstehen konnte. Denn das Haus, in dem Anton getrimmt wurde, lag ganz in der Nähe der Vogler-Wohnung. Dort bestiegen wir den Fahrstuhl und fuhren hinauf – in den sechsten Stock zu Herrn Moser.

Die Begrüßung zwischen Sabine und Anton war außerordentlich lebhaft. Da Herr Moser seine Arbeit schon beendet hatte, hielten wir uns nicht lange auf, denn ich wollte Sabine zu ihrer Mutter zurückbringen. Also stiegen wir wieder in den Fahrstuhl. Sabine zog den fein frisierten Anton hinter sich her, und wir fuhren abwärts. Jedoch kamen wir dabei nicht weit: denn dieser Fahrstuhl blieb zwischen dem 4. und 3. Stock stecken.

Dabei bestand keinerlei Gefahr. Lediglich eine Reihe von Sicherungen und Schaltsystemen war ausgefallen, deren Reparatur natürlich ihre Zeit brauchte. Es wurde versucht, einen Fachmann aufzutreiben – selbstverständlich vergeblich. Schließlich wurde die Feuerwehr alarmiert, die jedoch ebenfalls vor der überkomplizierten Technik kapitulieren mußte. Erst nach mehr als einer Stunde gelang es dann Herrn Moser, Antons Friseur ...«

Hauptkommissar Zimmermann war, ohne Aufsehen zu erregen, in Begleitung von Inspektor Leitner auf dem Friedhof eingetroffen. Nur Eingeweihte wußten, was dergleichen zu bedeuten hatte.

Dieser Kriminalinspektor Georg Leitner, im Amt auch »der Schorsch« genannt, hatte nicht nur die Fähigkeit, sich geradezu unsichtbar zu machen, er war zudem der sicherste Scharfschütze im Bereich des Präsidiums und folgte Zimmermann wie ein Schatten.

Der Hauptkommissar begab sich zunächst in die Nähe der Trauerversammlung und erkannte, schnell prüfend: Alles war da, worauf er Wert legte. Sorgfältig dem Staatsanwalt Steiner und dessen amtlichen Helfern ausweichend, die auf Wardeiner und Goldner lauerten, ging er dann wieder zum Vorplatz hinaus und geradewegs auf den schwarzglänzenden, chromfunkelnden Repräsentationswagen des Dr. Anatol Schmelz zu, wo ihm Hans Heßler erstaunt entgegensah. Ohne ein Wort öffnete Zimmermann die vordere rechte Wagentür, stieg ein und kurbelte das Fenster herunter. Leitner, der seinem Chef unauffällig gefolgt war, lehnte sich in knapp drei Meter Entfernung an einen Baum.

»Der Herr Doktor befindet sich beim Begräbnis«, sagte Heßler.

»Und warum – sind Sie nicht dort?«

Hansi antwortete dienstbereit höflich: »Wenn Sie hier auf den Herrn Doktor warten wollen, bitte sehr.«

Der Kriminalkommissar lehnte sich tief in die Polster des Wagens, wodurch Leitner, falls das notwendig geworden wäre, freies Schußfeld auf Hansi bekam. »Sie, Herr Heßler, interessieren mich im Augenblick viel mehr.«

»Ich bin nicht interessant«, sagte dieser bescheiden. »Ich bin lediglich ein Kraftfahrer.«

»Wie lange schon?«

»Seit nunmehr fast fünfunddreißig Jahren, davon mehr als zwanzig Jahre bei Herrn Dr. Schmelz. Ich weiß also noch, was Dankbarkeit, Ergebenheit, Treue ist.«

Das wußte dieser Heßler tatsächlich, und Zimmermann wußte das auch von ihm. In seinem Dienstwagen lag ein Aktenauszug – routinegemäß erstellt von KI Dengler, dem ihm zugeteilten Spezialermittlungsbeamten, in dem es über Heßler hieß: »Hans Heßler – geboren 1921 in Stettin, Vater Volksschullehrer, Mutter nach Geburt dieses Kindes mit unbekannter Adresse verzogen, Jugendjahre Heßlers bei der Mutter seiner Mutter, die dafür eine sehr geringe monatliche Unterstützung erhielt. Volksschule, mittelmäßige Zeugnisse. Dann Lehre in einer Kraftfahrzeugwerkstatt, ausgezeichnete Leistungen. Zwischendurch Hitlerjugend, Nationalsozialistisches Kraftfahrerkorps, dann Krieg. Hier Kraftfahrer bei verschiedenen Vorgesetzten, unter ihnen ein General, erst an der Ost-, dann an der Westfront. Schwere Unterleibsverwundung. Keine Daten für die Jahre 1945 bis 1947. Danach: Fahrer bei Dr. Schmelz. Über nahe Angehörige ist nichts bekannt.«

Zimmermann wollte Heßler gerade fragen: Wo haben Sie sich am Freitag zwischen zehn und zwölf Uhr abends aufgehalten?, als Anatol Schmelz aus dem Friedhof auf sein Fahrzeug zustürzte und nicht verwundert schien, dort neben Heßler auch Zimmermann zu erblicken. »Was wird denn hier gespielt?« fragte er aufgeregt. »Wardeiner scheint verhaftet worden zu sein – und Goldner dazu. Mitten auf dem Friedhof.«

»Und das freut Sie nicht, Herr Dr. Schmelz?«

»Nein!« rief Anatol heftig. »Der Gedanke daran, daß auch mir so etwas passieren könnte, macht mich ganz krank.«

»Rechnen Sie damit«, sagte Zimmermann lapidar.

Aus den späteren Recherchen des Kriminalassistenten von Gotha in Athen, betreffend Angaben einer gewissen Eleo D.:

Eleo D.: »Ich war damals zwar Studentin, aber momentan nicht zum Studium zugelassen, und arbeitete deshalb als Hausgehilfin bei Frau Maria C., wurde aber auch, wenn Gäste kamen, zum Servieren herangezogen. Die Entlohnung war gut, gemessen an hiesigen Verhältnissen.

Frau Maria, eine angesehene Schauspielerin, war von großer Offenheit, zumindest ihrem Personal gegenüber. Sie verschloß keine Türen und ließ fast immer auch alle Fenster offen. Ihren jeweiligen Besuchern gegenüber zeigte sie sich von geradezu phantastischer Vielseitigkeit. Bei ihrem General etwa schien sie Kavallerieattacken zu veranstalten, bei Herrn Dr. Schmelz gab sie geradezu poetische Laute von sich; und unmittelbar nach diesem mußte zumeist ihr Chauffeur, eine Art Catcher, noch in Aktion treten.

Das jedoch nicht in jener Nacht. Ich saß im Garten und hörte alles, fast so, wie man Rundfunk hört, als sich zunächst Horstmann mit der C. vergnügte und dabei pausenlos auf sie einfragte. Ihm folgte Herr Schmelz, offenbar wenig befriedigt, wenig befriedigend.

›Ich befürchte Schlimmes von diesem Horstmann‹, sagte er. ›Du hast ihn ja kennengelernt.‹

›Nur flüchtig‹, sagte sie gleichgültig. ›Was ist mit ihm?‹

›Ich habe die ersten Notizen für seinen Artikel gesehen‹, sagte Schmelz. ›Eine Katastrophe für uns, für unsere Liebe, für dein von uns beiden geliebtes Land – falls er überhaupt dazu kommt, ihn zu veröffentlichen.‹

Worauf Frau C. zunächst diesen Schmelz abfertigte, dann aber nicht gleich nach ihrem Chauffeur verlangte, sondern zunächst ein längeres Telefongespräch mit dem Polizeichef von Athen führte. Und das ist Horstmann dann ja wohl teuer zu stehen gekommen.«

Einer der zwei den Staatsanwalt Steiner begleitenden Polizeibeamten in Zivil blockierte den Friedhofsausgang für Wardeiner und Goldner. »Dürfen wir Sie bitten, uns zu folgen?«

»Mit Vergnügen«, sagte Goldner sensationslüstern.

»Mit welcher Berechtigung?« protestierte Wardeiner empört. »Soweit ich informiert bin, besitzt die Polizei kein Recht, beliebig eine Vorführung zu erzwingen.«

»Es sei denn«, sagte Staatsanwalt Steiner, »es liege eine richterliche Entscheidung vor. Das ist hier der Fall.«

»Das ist doch grotesk!« rief Wardeiner laut und gut hörbar für mindestens die Hälfte dieser Trauerversammlung, was dieses makabre Friedhofserlebnis nahezu vollkommen zu machen drohte. »Das ist eine glatte Infamie. Was versucht man mir denn anzuhängen?«

»Mißbrauch von minderjährigen Abhängigen«, erklärte Staatsanwalt Steiner. »Um einer möglichen Verdunkelungsgefahr zu begegnen, ist auf Vorführung, zwecks Aussage, erkannt worden.«

Wardeiner preßte schwer atmend die rechte Hand auf sein Herz: »Das kann man doch mit mir nicht machen. Wissen Sie überhaupt, wen Sie vor sich haben?«

»Und was soll ich angestellt haben?« wollte Goldner wissen.

»Schwere Kuppelei«, erklärte der Staatsanwalt sachlich. Und zu den Polizeibeamten sagte er nunmehr energisch: »Bitte – nehmen Sie diese Herren mit!«

Meldung aus dem Landpolizei-Bereich Mangfalltal: »Schmelz-Besitz nach Grundbucheinsicht und Befragung örtlicher Dienststellen in der Gemeinde Klosterneuland ausgemacht. Ein Streifenwagen wurde hinbeordert.

Bevor dieser das ausgemachte Haus, Klosterneuland Nummer 139, erreichte, fuhr ihm ein roter Jaguar mit zwei Insassen kurz nach 14.00 Uhr in schneller Fahrt entgegen. Anhalte- und Verfolgungsversuche blieben vergeblich. Der rote Jaguar entfernte sich in Richtung Salzburg. Autobahnpolizei wurde verständigt.«

»Sie – und immer wieder Sie!« stöhnte Anatol Schmelz, während er sich in die Rückpolster seines Wagens fallen ließ. »Wo Sie auftauchen, gibt es Schwierigkeiten!«

»Umgekehrt, Herr Schmelz, wo es Schwierigkeiten gibt, tauchen wir auf«, sagte Zimmermann, während er von einem Streifenbeamten, der zuvor mit Leibwächter Leitner gesprochen hatte, Felders Funkmeldung betreffend »Aktion Mangfalltal« entgegennahm. Nach kurzem Blick darauf reichte Zimmermann die Meldung wieder zurück. Und sagte zu Schmelz: »Als wenig erfreulich empfinde ich das beständige Mißtrauen, das uns sogar von Menschen in Ihrer Position immer wieder entgegengebracht wird.«

»Dann tun Sie doch mal was, um mich vom Gegenteil zu überzeugen«, sagte Schmelz gereizt. »Wissen Sie wenigstens endlich, wo sich mein Sohn aufhält?«

»Unsere Söhne fahren im Augenblick auf der Autobahn München-Salzburg, in südlicher Richtung«, sagte Zimmermann. »Beide haben Ihren Bungalow im Mangfalltal verlassen, kurz bevor dort die Polizei eintraf. Vermutlich nach einer Warnung per Telefon.«

»Nicht durch mich«, wehrte Schmelz heftig ab. »Ich habe damit nichts zu tun!«

»Ich weiß, so was besorgen andere für Sie. Ein anderer in diesem Fall.«

»Soll das gegen mich gehen?« mischte sich nun Heßler besorgt ein, der dem Gespräch aufmerksam zugehört hatte. »So was kann man mir doch nicht...«

»Kann man wirklich nicht?« fragte Zimmermann gedehnt.

»Herr Doktor«, sagte Heßler und blickte seinen Chef ebenso vertrauensvoll wie auch flehend an. »Was will man denn von mir, ausgerechnet von mir?«

»Kein Wort weiter, Hansi!« Schmelz war plötzlich sehr aufmerksam geworden – alle Anzeichen seiner Erschöpfung schienen augenblicklich von ihm zu weichen. »Keine weitere Auskunft! Nur in Gegenwart eines Rechtsanwalts! Für den werde ich unverzüglich sorgen!«

»Doch nicht etwa Schloßer?« fragte Zimmermann beinahe heiter. »Aber wer auch immer – kein Anwalt wird etwas ändern können.«

»Woran denn, bitte?«

»Am sogenannten Gang der Dinge«, erklärte Zimmermann rauh. »Dazu gehört als erstes eine gründliche Überprüfung des Fahrzeuges, in dem wir sitzen – und der dazugehörigen Garage.«

»Das kommt nicht in Frage!« sagte Schmelz prompt. »Ohne Hausdurchsuchungsbefehl lasse ich das nicht zu. Und den haben Sie nicht.«

»Nein. Aber der ist schnell zu beschaffen.«

»Soll er doch, Herr Doktor!« sagte Hans Heßler mit biedermännischer Gekränktheit. »Was will man denn schon finden? Bei mir ist alles hundertprozentig in Ordnung.«

Weisungsgemäß geleitete Kriminalassistent von Gotha Frau Henriette Schmelz heimwärts; vom Waldfriedhof in München zum Landhaus am Ammersee. Er benutzte dazu seinen Rolls-Royce mit Chauffeur, wobei er feststellen mußte, daß sich Henriette nicht im geringsten darüber wunderte. Sie hatte wohl schon seit langem aufgehört, irgend etwas in ihrem Leben als verwunderlich zu empfinden.

In die Polster zurückgelehnt legte sie ihre linke Hand auf Gothas rechten Arm. »Sie sind einer der wenigen, die noch Mitgefühl und Verständnis haben in dieser so eigensüchtigen Welt, auch Horstmann hatte das.«

»Ich habe das gespürt«, sagte er behutsam. »Ihre Trauer um ihn ist echt.«

Die Landschaft schien draußen vorüberzuhasten: kaltgraue Wiesen, mühsam aufstrebende Hügel, wie im Todeskampf erstarrte Bäume, dicht geschlossene Häuser, kaum Menschen auf der Straße, nur Autos. Immer wieder Autos. Und der See im Hintergrund war wie Blei.

»Im letzten Sommer, zur Sonnenwende, lud ich Freunde zu mir ein«, sagte sie, »oder Menschen, die man Freunde nennt, weil man wünscht, sie wären es auch; darunter Horstmann.«

»Sie sagen seinen Namen beinahe zärtlich. Kannten Sie ihn gut?«

»Nein. Bis zu jenem Abend war er für mich einer unter vielen anderen, einer von der Zeitung meines Mannes. Sicherlich begabt, doch wohl etwas zu aggressiv, empfand ich, zu betont ironisch, zu wenig human.«

»Sie revidierten dieses Urteil aber in jener Nacht. Was veranlaßte Sie dazu?«

»Ich erkannte, daß auch er tief unglücklich war – ähnlich wie ich.«

Erklärung des Verlagsleiters Burghausen zum Fall Wardeiner:

»Unmittelbar nach den Vorgängen beim Begräbnis Horstmann habe ich Frau Susanne Wardeiner aufgesucht, die mich schon erwartete. Bewundernswert selbstbeherrscht. Sie fragte nicht: ›Wie konnte es dazu kommen?‹ Oder: ›Wer ist schuld?‹ Sie wollte lediglich wissen: ›Was tut man jetzt am besten?‹

Worauf ich ihr, ebenso vertraulich wie deutlich, klarmachte: ›Nur kein Hochspielen dieser Vorgänge.‹ Das sollte jedoch nicht ausschließen: Es muß entschieden Stellung genommen werden gegen vorgebrachte Verleumdungen, Verdächtigungen, Unterstellungen auch im Intimbereich. Aber dies alles mit größter Vorsicht, und niemanden leichtfertig herausfordern.

Frau Susanne schien zu begreifen. Sie wollte lediglich wissen, was sie tun könne, um ihrem Mann in dieser schweren Stunde zu helfen.

›Bewahren Sie äußerste Zurückhaltung‹, empfahl ich ihr. ›Es wird sich alles klären.‹«

Die Garage, in der das jeweilige Schmelz-Fahrzeug schon seit einigen Jahren untergebracht war, befand sich unterhalb eines Häuserblocks nahe der Frauenkirche, in dem Anatol auch eine Stadtwohnung besaß.

Diese wurde von einer seiner derzeitigen Freundinnen – einer Baronin Wilma Hochfeld-Cleve – bewohnt, die auch als offizielle Mieterin galt. Dem Finanzamt gegenüber fungierte sie als »freie Mitarbeiterin beim ›Morgen‹« in redaktionsberatender Funktion.

Die Baronin war – wohl zu ihrem Glück – zufällig nach Sardinien verreist, als vor der auf ihren Namen gemieteten Garage das Schmelz-Fahrzeug – mit Heßler am Steuer, Zimmermann und Anatol im Fond – eintraf, dem ein Wagen des Präsidiums folgte, in dem sich neben dem Kraftfahrer nur Leibwächter Leitner befand. Über Funk herbeigeordert, brauste wenig später ein VW-Kleinomnibus mit Beamten der Verkehrspolizei heran, zu denen auch Weingartner, Hauptmann Kramer-Mareins anerkannt bester Techniker, gehörte.

Weingartner übernahm denn auch die Leitung dieses Unternehmens. Als er die Doppelgarage betrat, sah er, was er sich laut späterer Aussage »in seinen kühnsten Träumen« nicht vorgestellt hatte: eine großzügig ausgestattete, auf den allerneuesten Stand gebrachte Kfz-Werkstatt. »Der einzigartige Hobbyraum des Vertrauten eines Millionärs«, erklärte Weingartner.

In der Mitte: der Standplatz für das Fahrzeug. Darunter: eine mannshohe, auszementierte Grube, von Metallplatten abgedeckt, die auf Rollen verschiebbar waren. Rechts davon: Werkbank, Bohrmaschine, Schleifgeräte, Schweißbrenner, Überprüfungsapparaturen, Spritzpistolen für alle möglichen Farben. Links: ein gut sortiertes Ersatzteillager, Reifen für Sommer und Winter, Zündkerzen, Radkappen, Batterien, Schweinwerferteile, Stoßstangen, ein ganzer Kühler.

Zimmermann genoß sichtlich, wie diese Verkehrsexperten unter Weingartners Leitung systematisch ans Werk gingen. Sie wußten offenbar genau, wonach sie zu suchen hatten.

Heßler stand dabei, stereotyp lächelnd; während Schmelz das Verlangen bekundete, sich hinlegen zu wollen – da ihm wieder einmal schlecht geworden sei. Zimmermann zeigte Verständnis und geleitete Anatol zur Wohnung der Baronin. Leitner blieb, ohne eine Weisung nötig zu haben, bei Hansi zurück.

»Wo sind die Abfalltonnen?« wollte Weingartner wissen.

Heßler wies mit großer Geste auf den Hof hinaus: »Die sind heute früh geleert worden, worauf ich sie ausgespritzt habe; sie stanken.«

»Trotzdem untersuchen«, ordnete Weingartner an. Denn er wußte: Nichts war restlos zu beseitigen. Wenn er sich hier auch offenbar mit der deprimierenden »Heuhaufensituation« konfrontiert sah: er hatte eine Stecknadel zu finden.

»Ich vermag mir diesen Heinz Horstmann nicht als unglücklichen Menschen vorzustellen«, sagte Assistent von Gotha, »nicht nach alldem, was ich heute von ihm weiß. Ich stelle mir ihn vielleicht äußerst entschlossen vor und als ebenso rücksichtslos.«

»Das eine muß das andere nicht ausschließen«, sagte Henriette Schmelz.

Sie saßen im Landhaus am Ammersee einander gegenüber. Und abermals duftete ein alter Sherry von allerbester Qualität in ihren Gläsern.

»In jener Nacht, im vorigen Sommer«, gestand Henriette, »habe ich Horstmann kennengelernt, wie wohl kaum einen Menschen zuvor. Und zugleich erkannte er mich, meine Situation, meine Verlorenheit, die völlige Sinnlosigkeit meines Lebens; damit aber auch wohl die seines Lebens.«

Dämmerung fiel in den Raum, legte sich auf die Möbel, die sanft aufglänzten; kroch über die Wände, die sich auszuweiten schienen. Das Gesicht von Frau Henriette erreichte sie nicht.

Und sie sagte weiter: »Als sich die Morgenröte ankündigte, wollte ich zum Bootssteg hinunter. Ich suchte nach jemandem, der mich begleitete. Doch meine Gäste hatten sich verstreut. Auch mein Sohn Amadeus trieb sich irgendwo herum. Doch plötzlich dann war Horstmann mir zur Seite, ging stumm mit mir zum Steg hinunter, wo eine Flasche Champagner bereitstand, wie damals – ach ... vor wieviel Jahren? Fünfzehn, zwanzig? Mein Gott, was war aus Anatol und mir, aus unserer Liebe geworden. Ich glaube, ich weinte. Lautlos. Mein Gesicht war von Tränen überströmt. Und Horstmann erkannte, was mit mir geschah.

Er setzte sich dicht neben mich, wie um mir Halt zu geben. Mir, die ich hätte seine Mutter sein können. Und dann sagte er hart: ›Das kann ich nicht mehr ertragen!‹

Und ich sagte zu ihm: ›Das müssen Sie auch nicht, lassen Sie mich bitte allein.‹

Doch er regte sich nicht, minutenlang.

Dann sagte er: ›Ich kann das nicht einfach so hinnehmen. Sie sind mißbraucht worden, ausgenutzt und weggeworfen. Mir geht es genauso. Aber ich werde mich wehren! Ich werde mich für Sie mitwehren! Mit allen Möglichkeiten und allen Mitteln, die mir gegeben sind!‹«

»Das ist es also«, stellte von Gotha tonlos fest. »Nächstenliebe – von gefährlicher Intensität.«

»Liebe«, sagte Henriette Schmelz ergeben, »ganz gleich, in welcher Spielart sie in Erscheinung treten mag, ist vermutlich niemals ganz ungefährlich. Aber muß deshalb gleich ein Mensch sterben?«

Ansichten einer Ruth K. über Anatol Schmelz:

»Mein Mann ist Architekt und international bekannt. Schmelz fühlte sich zu ihm hingezogen, und wir verbrachten viele Abende miteinander.

Wobei ich einen Anatol Schmelz kennenlernte, dem alsbald meine ganze Sympathie gehörte. Denn er war von großer Selbstlosigkeit. Er liebte und wollte geliebt werden, uneigennützig und sehnsuchtsvoll. Unvergeßlich ist mir sein Ausruf zu später Nachtstunde: ›Was – muß ich denn noch alles tun?‹

Und mein Mann, der Anatol ebenfalls zugetan war, sagte damals zu mir: ›Er ist zu gut für diese Welt. Die Hyänen spüren seine Schwäche, die reine Güte ist, und nützen sie schamlos aus. Er muß immer nur zahlen und zahlen. Ohne je etwas zu bekommen dafür – am allerwenigsten Liebe.‹«

Vollzugsmeldung des Staatsanwaltes Dr. Steiner bei Oberstaatsanwalt Dr. Gleicher:

»Ich habe die Herren Wardeiner und Goldner nacheinander mit dem schriftlich fixierten Beschluß der Strafverfolgungsbehörde bekanntgemacht und ihnen gleichzeitig umfassende Rechtsbelehrung zuteil werden lassen. Anschließend ersuchte ich jeweils um Stellungnahme.

Worauf Herr Wardeiner laut amtlichem Stenogramm erklärte: ›Sie haben mir nichts zu sagen, und ich habe Ihnen nichts zu sagen. Ihr Vorgehen kann ich nur als Amtsmißbrauch registrieren!‹

Die Reaktion von Herrn Goldner lautete: ›Sie wollen mich wohl mit aller Amtsgewalt belustigen? Da sind Sie bei mir auch an der richtigen Adresse. Denn Materiallieferanten, gleich welcher Art, sind mir immer willkommen.‹

Jedenfalls werden die richterlich angeordneten Vernehmungen baldmöglichst erfolgen, was sich aber bis an die äußerste Grenze der gesetzlich vorgeschriebenen 24 Stunden hinziehen kann. Zumal mir Anwälte von den zu Vernehmenden trotz mehrmaliger Aufforderung noch nicht benannt worden sind.«

Oberstaatsanwalt: »Und die polizeilichen Ermittlungen?«

Staatsanwalt: »Sind bereit, Strafanzeige zu erstatten. Eine entsprechende Erklärung liegt bereits vor.«

Oberstaatsanwalt: »Ausgezeichnet, lieber Kollege, Sie brauchen jetzt nur noch diese Ingeborg Feiner zu einer entsprechenden Aussage zu bewegen, und die Sache ist perfekt.«

Als der über Funk verständigte Hauptmann Kramer-Marein nach verkehrspolizeilicher Erledigung eines fünffachen Autobahntodes endlich in der Schmelzschen Doppelgarage beim Frauenplatz eintraf, kam ihm dort ein düster blickender Weingartner entgegen.

»Das ist eine verdammt harte Nuß, Herr Hauptmann. Diese Privatwerkstatt ist steril wie ein Operationsraum. Der Bursche muß mit scharfen Laugen und ätzenden Säuren gearbeitet haben. Von wegen Reinlichkeit, wie er sagt, auf die er besonderen Wert lege.«

»Soweit ich unterrichtet bin, arbeiten Sie hier erst seit zwei Stunden«, sagte Kramer-Marein.

»Aber ohne den geringsten Anhaltspunkt!«

»Suchen Sie weiter«, empfahl der Hauptmann. »Auch wenn es nicht Stunden, sondern Tage dauern sollte.«

Dann erst blickte Kramer-Marein den sich wie hilfsbereit in der Garage aufhaltenden Hans Heßler an – der von Leitner, dem Scharfschützen, mit lässiger Ausdauer beschattet wurde. »Kennen wir uns nicht?«

Heßler nickte: »Damals waren Sie noch Leutnant.«

»Ich erinnere mich«, sagte der Hauptmann und nahm etwas Abstand, wie um Heßler besser überblicken zu können. »Irgendein Verkehrsunfall mit Todesfolge, wobei wir aber keine Schuld nachweisen konnten. Sie hatten lediglich ein Tier angefahren, und wir mußten uns damals ohne Ergebnis trennen. Ob das auch jetzt wieder der Fall sein wird?«

»Sie wissen also so gut wie nichts von Ihrem Hans Heßler«, stellte Zimmermann als Ergebnis seiner Fragen fest. »Er ist nur ein Chauffeur, nur ein bezahlter Angestellter für Sie. Oder wollten Sie vielleicht gar nicht so genau wissen, wer er ist und was er in Wirklichkeit tut, Herr Doktor?«

»Bitte, Herr Zimmermann«, rief Schmelz aus, auf einem Bett in der Wohnung der Baronin erbarmungswürdig hingestreckt. »Ich führe ein anstrengendes Leben und bin ein schwerkranker Mann.«

»Das eine wie das andere bezweifle ich«, sagte Zimmermann hart.

Schmelz hatte, während der knapp einstündigen Befragung dieses aufdringlichen Kriminalbeamten, zwei Flaschen Selterswasser und dazu eine halbe Flasche Whisky geleert. Er blickte trüb.

»Sie wollen Ihre Umwelt offenbar nur in rosigen Farben sehen. Also: einen braven, ergebenen Hansi am Steuer Ihres Wagens und vor der Tür Ihres Schlafzimmers. Wozu der aber in Wahrheit fähig ist, gedenken Sie nicht in Ihr Bewußtsein aufzunehmen.«

»Herr Zimmermann, ich liebe die Menschen, die Natur und das Leben«, sagte Schmelz. »Ich liebe – warum liebt man mich denn nicht?«

»Das könnte tatsächlich die Erklärung für fast alles sein, was hier geschehen ist«, sagte Zimmermann. »Ein geradezu biblischer Vorgang: Das Waschen der eigenen Hände in weißer Unschuld. Dieses: Ich will immer nur das Beste! Mögen andere Hände dabei auch dreckig oder gar blutig werden, die meinen sind rein!«

»Mein Gott, wovon reden Sie?« fragte Anatol Schmelz tonlos.

»Seit einer Stunde pausenlos über denselben Menschen: Ihren Heßler!«

Ingeborg Feiner wurde dem Staatsanwalt Dr. Steiner vorgeführt, der ihr hoffnungsvoll und nicht ohne Anerkennung entgegensah. Denn er hatte ein dunkles, süßsanftes Wesen vor sich, wie der königlich-münchnerischen Schönheitsgalerie entstiegen.

Steiner bat sie väterlich lächelnd, Platz zu nehmen, und versicherte ihr, warmherzig, daß er viel Verständnis für alles Menschliche besitze und man mit ihm offen reden könne. Wohl wisse er, daß diese ganze Angelegenheit nicht frei von einer gewissen Peinlichkeit sei ...

»Aber was soll denn daran peinlich sein?« sagte Ingeborg unbekümmert.

»Nun, immerhin, Fräulein Feiner«, gab der Staatsanwalt zu bedenken, »allein schon der Altersunterschied ...«

Ingeborg lachte ihm ins Gesicht: »Na, sagen Sie mal, wer denkt denn heutzutage noch so altmodisch. Er gefällt mir, und ich habe ihm gefallen. Das genügt doch wohl – oder?«

»Liebes Fräulein Feiner«, meinte Staatsanwalt Steiner belehrend, nun ganz Lebenshelfer in juristischen Notlagen, »worauf es hier in erster Linie ankommt, sind ein paar Einzelheiten, deren Bedeutung Sie vermutlich nicht gleich voll zu erkennen vermochten: Sie sind bei der ›Allgemeinen‹ in der Annoncenannahme tätig, womit Herr Wardeiner Ihr Arbeitgeber ist. Sie sind also rechtlich von ihm abhängig – als Lehrling und ...«

»Im Betrieb vielleicht, aber doch nicht im Bett«, sagte Ingeborg leichthin. »Das ist doch wohl meine Privatangelegenheit.«

»Das glauben Sie, aber die bestehenden Gesetze sind da wesentlich anderer Ansicht. Was Sie aber nicht erschrecken sollte, Fräulein Feiner. Denn Sie sind davon nur indirekt betroffen, können als verführt gelten, als mißbraucht. Das habe ich auch schon Ihren lieben, besorgten Eltern klargemacht.«

»Was, ich bitte Sie, verstehen denn meine Eltern davon? Die sind doch von vorgestern!«

»Die sind aber bereit, Strafanzeige zu erstatten – gegen Herrn Wardeiner.«

»Mit mir als Zeugin?« Ingeborg Feiner fuhr auf. »Nein – niemals. Da mache ich nicht mit. Und ganz abgesehen davon, daß ich schlafen kann, mit wem immer ich will, in diesem Fall war es Liebe, Herr Staatsanwalt!«

Zimmermann hatte Schmelz verlassen und war wieder in die Doppelgarage zurückgekehrt, wo er einen unruhigen Hauptmann Kramer-Marein und dessen geradezu verzweifelt dreinblikkenden technischen Experten Weingartner vorfand. Während Hans Heßler im Hintergrund lächelnde Überlegenheit zur Schau trug.

Die nunmehr stattfindende »kleine Konferenz« in Nähe der Mülltonnen, vom Scharfschützen Leitner gegen Heßler abgeschirmt, war von einer gewissen Ratlosigkeit überschattet. Gereiztheit drohte aufzukommen, denn es ging bereits auf 18.00 Uhr.

»Herr Zimmermann«, sagte Kramer-Marein, »ich muß Sie höflich bitten, uns nicht zu drängen!«

»Es ist aber dringend!«

»Bei Ihnen immer, das ist bekannt! Aber darunter darf doch die Gründlichkeit unserer Arbeit nicht leiden. Dagegen wehre ich mich!«

»Haben Sie denn überhaupt noch keine Anhaltspunkte gefunden?«

»Eine ganze Menge sogar«, versicherte Weingartner. »Auf jeden Fall steht fest, daß die gesamte Bereifung des Wagens ausgewechselt wurde. Auch haben deutlich erkennbare Reparaturen stattgefunden: Kotblech rechts vorne, Stoßstange und Scheinwerfer!«

»Aber wann das genau geschehen ist, können Sie natürlich nicht beweisen?« gab Zimmermann zu bedenken. »Das kann gestern, vor drei Tagen oder vor einer Woche gewesen sein. Und Blutspritzer sind auch nicht zu finden?«

»Nicht auffindbar«, sagte Weingartner. »Denn dieser Wagen ist mehrfach äußerst gründlich gewaschen worden.«

»Herr Zimmermann, erwarten Sie eigentlich Wunder von uns?« schaltete sich der Hauptmann nun wieder ein.

»Allerdings – immer wieder Wunder«, sagte Zimmermann. »Wenn auch nicht gleich von Ihnen, so vielleicht doch von einem Hundebesitzer, den Sie kennenlernen müssen – Herr Hauptmann, in einer halben Stunde erwarte ich Sie im Präsidium in meinem Büro.«

Bericht des Schriftstellers Karl Goldner:

»So was muß man wohl erlebt haben, wenn man in diesem Lande mitreden will. Mir jedenfalls hatte gerade das noch in meiner Sammlung gefehlt. Daraus ließe sich garantiert ein farbiges Buch machen – Titel etwa: ›Gedanken hinter Gittern!‹

Dabei war alles zunächst eigentlich enttäuschend. Keine ›Bullen‹, keine brutal-gleichgültigen ›Vollzugsbeamten‹, keiner, der mich anbrüllte, mich vorwärtsstieß oder mir gar einen Tritt in den Hintern verpaßte. Ganz im Gegenteil: Freundliche Leute mit Augenzwinkern und nachsichtigen Handbewegungen. Einer bat mich sogar um ein Autogramm für seine ›liebe Frau‹, die mich verehre, er übrigens auch.

Und dann dieser Staatsanwalt Steiner, so jung und schon so ausgekocht. Der ständig bedauerte, sich zu derartigen Maßnahmen gezwungen zu sehen und diese auch so furchtbar peinliche Aktion möglichst bald zu beenden hoffe. An ihm solle es jedenfalls nicht liegen: worauf er dann loslegte.

Staatsanwalt: ›Herr Wardeiner hat wiederholt Ihre Wohnung benutzt.‹

Ich: ›Um dort mal in Ruhe ausspannen zu können. Ich nehme an, er wollte ungestört Musik hören, einen Artikel schreiben oder nur so vor sich hin dösen.‹

Staatsanwalt: ›Er hat aber Ihre Wohnung in Begleitung einer gewissen Ingeborg Feiner benutzt?‹

Ich: ›Kann sein – warum auch nicht? Vielleicht wollte er gemeinsam mit ihr ein schönes Buch lesen, oder ihr einen Artikel diktieren, oder nur mal mit jemandem plaudern. Woher soll ich das so genau wissen?‹

Und so ging es eine Stunde lang weiter. Staatsanwalt Steiner wurde immer nervöser, was ich mit Genuß registrierte. Etwas zu voreilig, muß ich leider bekennen. Denn ich hatte dabei nicht mit der lebensgefährlichen Anfälligkeit eines Wardeiner gerechnet.«

Gegen 19.00 Uhr, immer noch an diesem Montag, lernte dann auch der im Polizeipräsidium eingetroffene Hauptmann Kramer-Marein den von Zimmermann angekündigten Keller samt Wunderhund Anton kennen.

»Wir kommen nicht weiter«, stellte der Hauptkommissar fest. »Dabei weiß ich, wer der Täter ist. Es existieren auch einige Indizienbeweise, aber die reichen nicht aus!«

Hauptmann Kramer-Marein berichtete, daß seine Techniker eine ganze Menge Details herausgefunden hatten: »Aber die technischen Möglichkeiten der Polizei sind eben noch nicht vollkommen genug.«

»Was ich bezweifeln möchte«, sagte Keller höflich. »Denn es

gibt in unserem Metier so gut wie nichts, was sich kriminaltechnisch nicht lösen ließe. Zahlreiche Spezialisten warten nur darauf, entsprechend eingesetzt zu werden. Etwa Dr. Brown in Glasgow, der eine überzeugende Lehre von der Verwertung von Ohrenabdrücken entwickelt hat. Oder Petit in Brüssel, der Fingerabdrücke sogar auf der menschlichen Haut nachzuweisen vermag.«

»Und wer käme für unseren Fall in Frage?« wollte Zimmermann wissen.

»Frisch-Galatis, Zürich«, sagte Keller, »der beste Mikrospurenspezialist, den ich kenne. Noch inmitten einer Tonne Staub findet er Blutkörperchen und kann sie beweiskräftig bestimmen!«

»Dann her mit ihm«, entschied Zimmermann.

Aktennotiz KOI Felder:

»Anruf Zürich, 19.05 Uhr. Frisch-Galatis hielt sich dort im Labor auf. Um schnellstmögliche Amtshilfe wird gebeten. Betreff: Untersuchung eines Fahrzeuges, plus Garage. Frisch-Galatis wird auf Anregung von Herrn Keller um alsbaldigen Einsatz ersucht.

Rückruf aus Zürich 19.17 Uhr. Frisch-Galatis benutzt Flug 139, ab Zürich-Kloten 20.10 Uhr, an München-Riem 20.45 Uhr. Erbitten Abholung Flugplatz, möglichst durch einen mit den Vorgängen vertrauten Beamten. Herzliche Grüße an Herrn Keller.«

»Ich verstehe Sie nicht, Herr Zimmermann«, sagte Hauptmann Kramer-Marein beinahe vorwurfsvoll. »Sie behaupten, den Täter zu kennen, aber Sie greifen nicht zu!«

»Das könnte ich tun«, sagte der Hauptkommissar, zu Keller und Anton hinüberblinzelnd. »Aber was dann?«

»Es handelt sich dabei doch wohl um diesen Burschen, der mir vor einigen Jahren knapp entgangen ist«, sagte der Hauptmann. »Der muß sich doch mit ein paar handfesten Anhaltspunkten fassen lassen.«

»Kollege Zimmermann ist ein überzeugter Praktiker«, erklärte nun Keller geduldig, »wir wollen keine halben Sachen machen.

Wissen Sie, was der Alptraum eines jeden Kriminalisten ist? Einen Täter zu fassen – und ihn dann laufenlassen zu müssen wegen unzureichender Beweise.«

»Vor drei Jahren etwa glaubte ich, einen Doppelmörder mit Sicherheit überführt zu haben«, sagte Zimmermann. »Der Bursche hatte sogar, nahezu freiwillig, ein rundes Geständnis abgelegt. Doch vor Gericht wurde er freigesprochen, weil er einen ausgezeichneten Anwalt besaß. Und mindestens zwei derart ausgezeichnete Anwälte könnten dem Mann, mit dem wir es hier zu tun haben, ohne weiteres zur Verfügung gestellt werden.«

»Sie stimmen also der gefährlichen These zu«, sagte der Hauptmann, »wonach Rechtsfindung auch eine Frage des Geldes sein kann?«

»Leider ist das so«, sagte Zimmermann lapidar.

»Wenn ich Sie höre, weiß ich erst, was ich an meinen Verkehrsleichen habe«, sagte Kramer-Marein. »Die werden immer beweiskräftig produziert.«

Und genau in diesem Augenblick kam ein dringender Anruf für Kramer-Marein von der Autobahnpolizei. Zunächst nahm der Hauptmann die Meldung ganz sachlich entgegen und machte sich Notizen.

Plötzlich wurde er sehr unruhig und rief laut in den Hörer hinein: »Noch einmal diese Namen, bitte langsam und deutlich!« Dann: »Sie irren sich nicht?« Worauf er das Telefongespräch beendete, den Hörer auflegte und sekundenlang wie erstarrt schien.

»Was ist denn passiert?« fragte der sensible Keller ahnungsvoll.

»Stellen Sie sich das vor«, sagte der Hauptmann langsam und sehr bewegt. »Da rast so ein krimineller Idiot mit seinem Lastwagen über die Autobahn in eine Gruppe von Fahrzeugen hinein, die wegen einer Baustelle halten müssen – rast in sie hinein, weil seine Bremsen versagten oder weil er einfach geschlafen hat. Er ist verhaftet und wird gerade vernommen.«

»So was ist doch bei Ihnen der übliche Straßenschlachtfeldbericht«, sagte Keller schwer.

»Diesmal nicht«, sagte Kramer-Marein und ging langsam auf Zimmermann zu. »Sie haben einen Sohn, nicht wahr – der

Manfred heißt.«

»Ein roter Jaguar also«, sagte Zimmermann tonlos. »Mit Amadeus Schmelz und Manfred ...«

»Ja«, sagte Hauptmann Kramer-Marein. »Und beide sind tot.«

9

Hauptkommissar Zimmermann saß regungslos mit geschlossenen Augen noch immer an seinem Schreibtisch, als der eilige Kramer-Marein das Zimmer schon lange verlassen hatte.

»Ich nehme an, du willst das deiner Frau selber sagen.«

Zimmermann nickte.

»Wir werden dich begleiten«, sagte Keller behutsam und nickte seinem Hund zu.

Zimmermann wandte sich an Felder und sagte ohne jedes Zittern in der Stimme: »Weingartner betreut Frisch-Galatis. Die Kollegin Dreyer geht zu Frau Vogler. Leitner soll Heßler nicht aus den Augen lassen. Alle angeordneten Observationen werden fortgeführt. Gotha meldet sich bei mir.«

»Und wer benachrichtigt Schmelz?« fragte Felder.

»Den werde ich übernehmen«, sagte Zimmermann und nickte Keller zu.

»Komm mit, auch du, Anton – das wird ein schwerer Weg.«

Telefongespräch zwischen Eugen Klosters, Chef einer Illustrierten, und Susanne Wardeiner:

Klosters: »Ich bin ehrlich empört, Susanne. Was man sich da mit Ihrem Mann geleistet hat ...«

Susanne: »Sie wissen davon?«

Klosters: »Die ganze Stadt weiß es schon. Die schlimmsten Gerüchte schwirren herum. Dagegen muß unbedingt etwas geschehen.«

Susanne: »Herr Burghausen, der mich informiert hat, sprach von einem Mißverständnis. Er hält äußerste Zurückhaltung für geboten.«

Klosters: »Susanne – aber gerade das müßte Sie doch alarmieren! Sie kennen doch Burghausen und den Hintergrund dieser Ihrem Mann angelasteten Affäre...«

Susanne: »Erlauben Sie, bitte – es gibt für mich keine ›Affäre‹ meines Mannes, was doch wohl allein entscheidend ist.«

Klosters: »Natürlich – aber das sollte auch die Öffentlichkeit wissen. Der muß man das klarmachen, und zwar demonstrativ.«

Susanne: »Das ist nicht meine Art. Aber wenn es um meinen Mann geht, will ich selbst das versuchen. Und wie soll das Ihrer Ansicht nach vor sich gehen?«

Klosters: »Ganz einfach – Sie werden heute abend beim Konzert der Leningrader Philharmoniker im Deutschen Museum erscheinen. Vor den Augen der sogenannten großen Gesellschaft dieser Hauptstadt werden Sie ganz selbstverständlich gemeinsam mit mir Ihren Platz in der ersten Reihe einnehmen.«

Susanne: »Nein – das könnte mißverstanden werden!«

Klosters: »Susanne – hinter mir stehen einige Millionen Leser. So was macht erfahrungsgemäß auch Staatsanwälte vorsichtig. Doch um keinerlei interne Mutmaßungen aufkommen zu lassen, habe ich mir erlaubt, noch für eine weitere Begleitung zu sorgen: Herr Schmelz hat sich dazu bereit erklärt. Was sagen Sie nun?«

Aus den Aufzeichnungen des Kriminalbeamten außer Dienst Keller:

»Gemeinsam mit Anton begleitete ich meinen Freund Zimmermann in dessen Wohnung. Auf der Fahrt in die Paul-Heyse-Straße war er zunächst sehr schweigsam. Ihn beschäftigte der Tod seines Sohnes und wohl auch die Frage, wie er diese furchtbare Wahrheit seiner Frau so schonend wie möglich mitteilen sollte.

Was ihn jedoch nicht davon abhielt, im Unterbewußtsein weiterhin über ›seinen Fall‹ nachzudenken. Denn plötzlich sagte er: ›Ich bin an einem Punkt angelangt, den du genau kennst. Ich glaube alles zu wissen – und nichts davon kann ich wirklich beweisen. Aber ich will diese Beweise haben! Verstehst du das?‹

›Erledige zunächst, was zu erledigen ist‹, sagte ich, ›dann kannst du freier atmen.‹

Während Zimmermann seine Wohnung betrat, blieb ich mit

Anton auf der obersten Treppenstufe unmittelbar vor seiner Tür sitzen.

Aus der Ferne hörte ich Zimmermanns Stimme. Die Antworten seiner Frau vernahm ich nicht – es war, als sei sie gar nicht anwesend und er spräche in leere Räume hinein.

Als er nach zehn Minuten wieder erschien, sah er vielleicht ein wenig bleicher aus, was aber auch an der fahlbläulichen Treppenhausbeleuchtung liegen konnte. Seine Stimme jedenfalls war von gewohnter Entschlußkraft, als er zu mir sagte: ›Nun habe ich wohl nichts mehr zu verlieren, was praktisch heißt: Ich kann nur noch gewinnen – mit deiner Hilfe.‹«

In der Doppelgarage des Häuserblocks am Frauenplatz erlebte der Kriminaltechniker Weingartner Augenblicke, die selbst ihm, einem weit über die Landesgrenze hinaus anerkannten Fachmann, das Staunen beibrachten. Dafür sorgte Frisch-Galatis.

Dieser mittelgroß-stämmige Mann aus Zürich, vermutlich knapp über Vierzig, wirkte mit seiner bedächtigen, so gemütlich erscheinenden Sprache ungemein bieder und anspruchslos.

»Bitte – alle erreichbaren Lichtquellen einschalten«, sagte er freundlich von der Garagentür her, wo er minutenlang wortlos verharrte. Seine Augen schienen fast geschlossen.

Weingartner erkannte: Der Mann verengte ganz bewußt sein Blickfeld, suchte nach schmalen Ausschnitten, die er prüfend aneinanderreihte. Er zerlegte den Raum vor sich, das Fahrzeug, die Werkmaschinen und Ersatzteile darin in mosaikartige Einzelteile. Nach langer Zeit erst, als die ihn umlauernden Beamten, außer Weingartner, schon unruhig wurden, sagte Frisch-Galatis: »Nach den mir zugängig gemachten Ermittlungen soll mit diesem Fahrzeug ein Mensch lebensgefährlich verletzt worden sein.«

»Alle dafür in Frage kommenden Fahrzeugteile sind offenbar ausgewechselt und weggeschafft worden«, antwortete Weingartner, »unbekannt, wohin. Alle Schuttabladeplätze und Autofriedhöfe wurden daraufhin systematisch überprüft. Wobei es in der Umgebung von München allerdings noch einige hundert wilde Müllhalden gibt.«

»Sich darauf einzulassen wäre pure Zeitverschwendung«,

stellte Frisch-Galatis fest. »Halten wir uns also an wesentlich näherliegende Mutmaßungen. Was versucht jeder Täter nach seiner Tat? Sich und sein Tatwerkzeug zu reinigen.«

»Das«, sagte Weingartner mit müdem Lächeln, »ist selbstverständlich überprüft worden. Der Wagen wurde hier in der Garage mit starken Seifenlaugen gewaschen und obendrein intensiv abgeduscht.«

»Und die dabei gebrauchten Schwämme oder Lappen?«

»Natürlich nicht auffindbar. Eventuelle Schmutzpartikel haben sich aufgelöst oder sind versickert. Das Abflußgitter ist dann nachträglich ebenfalls mit scharfen Waschmitteln besonders intensiv gesäubert worden.«

Frisch-Galatis wirkte nicht im geringsten entmutigt: »Ich habe bei der Brandfahndung angefangen«, sagte er. Was, wie Weingartner und seine Beamten wußten, die wohl komplizierteste und auch mühsamste aller kriminaltechnischen Arbeiten ist. »Damals habe ich gelernt: Nichts verbrennt restlos. Dementsprechend möchte ich nun sagen: Nichts läßt sich restlos wegspülen!«

Er beugte sich über das Gitter des Abflußkanals, hob es aus und leuchtete das darunterliegende Becken sorgfältig mit einer starken Lampe aus. Es war von entmutigender Sauberkeit. Entmutigend aber nicht für Frisch-Galatis, der seiner unscheinbaren alten Reisetasche einen Spiegel entnahm, der einfach ein mit einer Skala und einer Wasserwaage versehener Rasierspiegel war. Dieses von ihm selbst zusammengebastelte Instrument stellte Frisch-Galatis sorgfältig über dem Becken auf.

»Fein«, sagte er, Weingartner zufrieden zublinzelnd, »dieses Abflußrohr weist keine Neigung nach abwärts auf, ist mithin waagerecht verlegt worden. Es muß also Rückstände enthalten.«

Er griff tiefer in seine Reisetasche hinein und zog ein längliches Instrument hervor, eine Art spiralenförmig aufgerollte Sonde, die zum Ende hin wie ein länglicher Löffel geformt war. Damit kratzte er ein wenig im Abflußrohr hin und her, drehte es einmal um die Achse und zog es wieder hervor.

»Ich brauche Plastikunterlagen«, sagte er; »postkartengroß, mit hellem Untergrund, außerdem Abdeckfolien.«

»Sollten Sie tatsächlich ...«

»Scheint so.« Frisch-Galatis verteilte die aufgefundenen breiartigen Rückstände mit Hilfe eines Messers auf die ihm überreichten Unterlagen. »Das meiste ist verwaschener Dreck, doch da sind zwei oder drei Stoffasern. Vielleicht sieht man unter dem Mikroskop sogar Blutspuren.«

»Reicht das für eine Laboruntersuchung?« wollte Weingartner wissen.

»Kaum«, sagte Frisch-Galatis, sich erhebend. Er schnaufte vor Anstrengung. Sein biederes Lokomotivführergesicht glänzte. »Das hier ist lediglich eine erste Kostprobe. Lassen Sie den Fußboden aufreißen und das Abflußrohr herausmontieren. Mit dem, was wir dort finden, müßte sich einiges anfangen lassen.«

Gespräch des Kriminalassistenten von Gotha mit Frau Maria C. in Athen:

Maria C.: »Ihre bisher gesammelten Unterlagen besagen überhaupt nichts. Was können ein subalterner Polizeibeamter, ein unbedeutender Journalist oder gar ein wegen Veruntreuung davongejagtes Dienstmädchen schon für Angaben machen? Von den Phantasien eines geflüchteten Polizeispitzels ganz abgesehen.«

von Gotha: »Vielleicht wäre eine Stellungnahme Ihrerseits, gnädige Frau, trotzdem durchaus verwendungsfähig.«

Maria C.: »Nun gut – was wollen Sie wissen?«

von Gotha: »Stimmt es, wie in Horstmanns Aufzeichnungen behauptet wird, daß Sie Herrn Dr. Schmelz heiraten wollten – sobald er wieder frei sei?«

Maria C.: »Sie kennen Herrn Schmelz, nicht wahr? Und nun sehen Sie mich an – möglichst genau; ich erlaube es Ihnen. Können Sie sich uns als Ehepaar vorstellen?«

von Gotha: »Nicht unbedingt.«

Maria C.: »Na, also. Die Wahrheit ist ganz einfach. Ich bin eine Patriotin – das heißt bei mir: Eine Griechin bleibt immer Griechin. Und sie fühlt sich stets nur ihrem Land verpflichtet, gleichgültig, wer es gerade regiert.«

von Gotha: »Habe ich das so zu verstehen, daß Sie sich mit Herrn Schmelz vor allem deshalb beschäftigten, weil Sie glaubten, es könne Ihrem Lande nützlich sein?«

Maria C.: »Er verhinderte eine hinterhältige Artikelserie dieses Horstmann gegen unser Land.«

von Gotha: »Schmelz scheint aber geglaubt zu haben, daß Sie ihn lieben.«

Maria C.: »Was Schmelz glaubt, ist seine Sache. Für mich war er immer nur eine unter zahlreichen anderen Begegnungen. Zumal er mich – in Volltrunkenheit – mit einer Susanne zu verwechseln schien. Das nimmt eine Frau nicht einfach hin.«

Helga Horstmann sprang taumelnd auf, als die Türklingel ihrer Wohnung schrillte. Sie ordnete ihr Haar mit gespreizten Fingern und massierte schnell ihr etwas gedunsenes Gesicht. Denn sie hatte Champagner getrunken, ziemlich viel – um mal wieder zu vergessen. Aber – was?

Nun sah sie – heiß erhofft – einen Mann vor sich stehen. Jeder war ihr momentan willkommen. Sogar dieser Lothar, der intimste Freund ihres nun begrabenen Mannes. Wie lange war das schon her? Tausend Jahre? Kaum mehr als fünf Stunden.

»Kommen Sie rein!« rief sie. »Machen Sie es sich bequem – von mir aus gleich in meinem Bett. Jetzt brauchen Sie ja keinerlei Rücksicht mehr auf Ihren lieben Freund zu nehmen, und ich brauche dringend Trost.«

Lothar ging an ihr vorüber in die Wohnung hinein, ließ sich dort in den nächsten Sessel fallen, streckte die Beine aus und sagte höchst tiefsinnig: »Sie sind nun also Witwe, Helga.«

»Sozusagen eine lebenslustige! Und warum sollte ich das nicht sein? Denn was meine Ehe wirklich gewesen ist, wissen Sie wohl genauso gut wie ich.«

»Zumindest war es kein Verlustgeschäft. Sie haben recht gut auf seine Kosten gelebt. Und das können Sie immer noch, Helga, wenn Sie nur wollen.«

Helga horchte auf. »Also heraus mit der Sprache. Um was geht es, Lothar?«

»Helga, Sie leben gerne und am liebsten auch noch gut.« Lothar betrachtete sie abschätzend und fuhr fort: »Und Sie sind auch wie geschaffen dafür. Aber Sie verkaufen sich zu billig. So konnte Tierisch zum Beispiel in der vergangenen Nacht, was sich bereits herumgesprochen hat, für ein paar tausend Mark ein geradezu glänzendes Geschäft mit Ihnen machen. Der Kerl steht nun, im Besitz Ihrer rechtsgültigen Abtretungserklärung, wie ein blitzblankgescheuerter Ehrenmann da.«

»Na und? Für sein Geld mache ich mir ein paar flotte Monate!«

»Und – was danach?«

»Na – was denn wohl?« fragte sie begierig.

»Kein Tod, der sich nicht für irgend jemand auszahlt. Bisher waren Sie mit einem Reporter verheiratet, der ein guter Geldmacher war. Warum sollten Sie sich nun nicht mit einem Direktor verheiraten, der ein noch größerer Geldmacher ist?«

»Meinen Sie etwa Wöllrich?« Helga lachte skeptisch. »Der ist im Bett nicht schlecht – und dort auch mühelos hineinzubringen. Aber an Heirat ist doch bei dem nicht zu denken!«

»Da müßte man nur ein bißchen nachhelfen.«

»Wissen Sie etwa – wie?«

Lothar nickte lächelnd und entnahm seiner Brusttasche ein Bündel Papiere. »Ich fühle mich sozusagen als Nachlaßverwalter Ihres Mannes – und möchte möglichst alles in seinem Sinne regeln. Hier sind einige seiner Aufzeichnungen – darunter etliche heiße Eisen, Wöllrich betreffend, womit sich bestimmt eine Menge anfangen läßt – wenn sie in die richtigen Hände kommen. Also in Ihre hübschen Hände.«

»Lothar«, rief Helga aufgeregt, »was wollen Sie dafür haben? Wollen Sie mit mir schlafen? Das kann ich Ihnen als Anzahlung bieten.«

»Halten Sie sich jetzt nicht mit Nebensächlichkeiten auf, Helga, gehen Sie unverzüglich aufs Ganze!« Er warf ihr die Papiere zu, nach denen sie mit beiden Händen griff. »Denken Sie an die Spielmöglichkeiten nicht nur dieser Branche, doch hier an Tierisch und seine liebe Frau, seine ehemalige Sekretärin, deren Verschwiegenheit er durch lebenslängliche Versorgung plus Erbfolge erkaufte: Er heiratete sie!«

Aus den Aufzeichnungen des Kriminalbeamten außer Dienst Keller:

»Das nunmehr mit Helene Vogler unvermeidlich gewordene

kriminaltaktische Planspiel gehört zu den recht selten angewendeten Spezialmethoden unseres Metiers. Weil sie nur mit äußerster Konzentration und festem Zugriff zu beherrschen sind.

Zimmermann und ich trauten uns das zu. Wir machten so etwas nicht zum erstenmal. Doch bei dieser Helene Vogler, die so hilflos ergeben, so ungemein sympathisch vor uns saß, fiel es uns wirklich schwer.

Nachdem Sabine unter Polizeischutz mit Anton spazierengegangen war, erklärte ich einleitend Frau Vogler die dazugehörenden Spielregeln:

›Es handelt sich um eine Art Erprobung möglicher späterer, etwa vor einem Gericht stattfindender Zeugenaussagen. Sozusagen ein vorweggenommenes Kreuzverhör mit allen erdenklichen Argumenten und Gegenargumenten, Suggestiv- und Fangfragen – ob nun von einem Richter, von einem Staatsanwalt oder von Rechtsanwälten für oder gegen Sie vorgebracht. Versuchen Sie also, sich durch nichts beirren zu lassen. Sind Sie dazu bereit?‹

Sie war es. Und so begann dann dieses ebenso notwendige wie quälende Planspiel.«

Keller: »Wie, wann und wo begegneteen Sie in der Nacht zum Sonntag diesem Heßler?«

Helene: »Ich hielt mich im Lokal ›Liberia‹ auf.«

Zimmermann: »Warteten Sie dort auf Kundschaft?«

Helene: »Es gibt für mich keine ›Kundschaft‹. Ich war mit einigen mehr zufälligen Bekannten zusammen. Wir plauderten und tranken ›Cuba-Libre‹: Cola, Rum und eine Scheibe Zitrone.«

Zimmermann: »Sie werden die Namen dieser Bekannten nennen müssen. Wer hat Ihre Zeche bezahlt?«

Helene: »Ich zahlte für mich selber. Dann erschien dieser Heßler. Ich kannte ihn, weil er uns, also Amadeus, Manfred und mich, einmal gefahren hatte. Amadeus durfte über den großen Wagen seines Vaters für eine Nacht verfügen, und Heßler fuhr uns damals kurz vor der Morgendämmerung zum Starnberger See hinaus.«

Zimmermann: »Wobei es vermutlich auf dem Rücksitz zum Geschlechtsverkehr gekommen ist. Mit beiden zugleich – oder mit einem nach dem anderen? Heßler saß dabei hinter dem Steuerrad und hatte den Rückspiegel auf Sie gerichtet.«

Keller: »So kann, so muß es aber nicht gewesen sein! Lassen Sie sich durch nichts beirren, Frau Vogler. Versuchen Sie vielmehr, jede erdenkliche Provokation möglichst gelassen hinzunehmen, so schwer Ihnen das auch fallen mag! Was, weiter, wollte Heßler von Ihnen, als er Sie in der ›Liberia-Bar‹ aufsuchte?«

Helene: »Er lud mich zu einer Spazierfahrt ein, wie er sagte. Man würde sich freuen, sagte er weiter, mich zu sehen. Ich war ganz sicher, daß ihn Amadeus und Manfred geschickt hatten, und folgte ihm.«

Zimmermann: »Welche Summe wurde Ihnen dafür garantiert?«

Helene: »Keine.«

Zimmermann: »Mit welcher Summe rechneten Sie? Einhundert pro Person? Dreihundert pauschal, für die ganze Nacht?«

Keller: »Sie müssen solche Fragen nicht beantworten – aber stets auf sie gefaßt sein. Sie gingen also mit, in der Hoffnung, Amadeus und Manfred zu treffen. Doch Sie gelangten, nehme ich an, zu Anatol Schmelz.«

Zimmermann: »Was hat Dr. Schmelz von Ihnen verlangt?«

Helene: »Es war alles so – furchtbar. Schmelz hockte in einem Sessel, im Schlafanzug. ›Los – zieh dich aus!‹ sagte er. Aber ich konnte nicht!«

Zimmermann: »Was heißt denn das? Sie haben sich doch sonst immer ausgezogen – für wesentlich geringere Beträge.«

Helene: »Das dürfen Sie nicht sagen!«

Keller: »Er darf es nicht nur, er muß es! Denn genau das wird man Ihnen nachzuweisen versuchen und dafür auch Zeugen finden. Mithin, wird es heißen, war es kein unzumutbares Ansinnen, wenn man von Ihnen verlangte, daß Sie sich ausziehen sollten!«

Zimmermann: »Zunächst einmal – ausziehen! Weitere Leistungen sollten nun folgen und wurden erwartet. Ich kenne so ungefähr die einschlägigen Preislisten – für dreihundert Mark wird eine Menge verlangt.«

Helene: »Nein, nein! Das ist doch alles absurd. Einfach scheußlich. Ich kann es nicht mehr hören!«

Keller: »Dann verließen Sie Schmelz. Wie hat er darauf reagiert?«

Helene: »Ganz plötzlich sank er in sich zusammen. Ich glaube, er hatte eine Art Anfall. Er stöhnte. Er weinte sogar, glaube ich.«

Zimmermann: »Sie glaubt! Sie weiß also nichts wirklich. Und hat dazu noch zwei direkte Zeugen gegen sich: Schmelz und Heßler. Was sollen wir damit anfangen?«

Keller: »Was geschah weiter? Sie verließen das Zimmer. Heßler begleitete Sie, um Sie nach Hause zu fahren.«

Helene: »Das alles aber erst, nachdem er Schmelz zu Bett gebracht hatte. Dann erst ging ich mit Heßler, der zunächst kein Wort sagte. Und ich stieg in den Wagen und dachte: Der fährt mich zur Ungererstraße hinaus. Er fuhr zunächst auch in diese Richtung, immer noch völlig stumm. Plötzlich aber bog er beim Ungererbad in eine Nebenstraße ein, in der nur auf einer Seite Häuser stehen. Und dann fing er an zu sprechen, leise erst, dann immer lauter. Und endlich schrie er! Lauter Gemeinheiten. Ich war – wie gelähmt.«

Zimmermann: »Sie sind – wird er sagen – mit dreihundert Mark bezahlt worden. Dafür wurden gewisse Leistungen erwartet – die Sie aber verweigert haben. Worauf er sich geprellt und betrogen fühlte, dementsprechend in Wut geriet, Sie aus dem Wagen stieß und Ihnen, dem gebräuchlichen Jargon entsprechend, ein paar in die Fresse haute! Insgesamt ein nicht ungewöhnlicher Vorgang.«

Helene: »Aber nein, nein! So war es doch gar nicht!«

Zimmermann: »So kann man es aber hinstellen – ohne jede Mühe.«

Weiter: Aufzeichnungen Keller:

»Zimmermann, der Praktiker, machte sich nichts vor; Helene Vogler war alles andere als eine ideale Zeugin. Halbwegs clevere Rechtsanwälte, etwa wie Messer oder auch Schloßer, könnten ihre Aussagen nicht nur wirksam erschüttern, sondern sogar überwiegend in Belastungen umwandeln.

Helene Vogler wirkte recht hilflos. Sie tat mir leid, und ich sagte zu ihr: ›Versuchen Sie alles zu vergessen, was Sie sich von uns anhören mußten. Es ist auch für uns nun erledigt. Wir werden nicht mehr darauf zurückkommen. Kümmern Sie sich um Sabine und sagen Sie ihr bitte, daß Anton sich immer freuen wird, sie zu sehen.‹

Worauf sie, sehr leise, sagte: ›Sie können sich wohl kaum vorstellen, was ich bei alledem empfinde. Das ist unsagbar schmutzig.‹

›Wem sagen Sie das?‹ meinte Zimmermann lapidar.«

An diesem Montagabend fanden im faschingsberauschten München nur wenige Veranstaltungen von einigem Rang statt. Denn an den Faschingsmontagen, vom Rosenmontag abgesehen, erschien eine gewisse Entspannungspause angebracht, ohne daß die Lustbarkeiten gleich völlig einzuschlafen brauchten.

Diesmal: Galakonzert im Deutschen Museum: Leningrader Philharmoniker mit dem Pianisten Richter. Dann: Regina Palast-Hotel: Fotomodellball »oben ohne«. Hotel Bayerischer Hof: Fiesta mexikanisch. Haus der Deutschen Kunst: Olympische Vor-, Zwischen- und Nachspiele. Deutsches Theater: Geschlossene Gesellschaft, die Konditoreninnung feiert marzipan-biedermeierlich ihre »Süße Nacht«.

Außerdem tobte sich in den schnell umgestalteten Zentralräumen des »Morgen« – Nachrichtenaufnahme, Lokales, Kantine – der alljährliche Redaktionsfasching aus: Bier vom Faß, Sekt Hausmarke, Wein aus Korbflaschen; dazu Berge von belegten Broten, ab Mitternacht kübelweise Weißwürste. Musik: Trio des Hauses: Bratner, Bayernteil, Gitarre; Fendrich, Feuilleton, Klavier; Maus, Sport, Schlagzeug. Zwischendurch Schallplatten.

Ein besonders gelungenes Fest, zumindest: ein von Beginn an ungestörtes Vergnügen. Denn Verlagsdirektor Tierisch speiste im »Schwarzwälder« mit Oberstaatsanwalt Gleicher. Chefredakteur Schmelz hatte mitteilen lassen, daß er zunächst ein Konzert besuchen müsse, und Wöllrich wurde erfreulich frühzeitig abberufen.

Letzteres durch ein Telefongespräch mit Helga Horstmann, das Wöllrich zunächst nur widerwillig entgegennahm, um dann jedoch um so eiliger zu verschwinden. Margot blieb zurück, die Neue vom Vertrieb, auf die er sich gerade eingependelt hatte.

Die übernahm dann Horst Fahne, der stellvertretende Chefredakteur, nachdem er seinen Leitartikel für die Dienstagausgabe noch einmal, verantwortungsbewußt, durchgesehen hatte. Unter der Überschrift »Der Hang zum Maßlosen« beschäftigte sich der Artikel mit der Sucht gewisser sich demokratisch gebender Unruhestifter, um jeden Preis aufzufallen, sich provozierend vorzudrängen ...

Womit, ziemlich unmißverständlich, Peter Wardeiner gemeint war, der jetzt in irgendeiner Zelle saß – »zur Vernehmung bereitgestellt«. Aber der dort nicht mehr lange sitzen sollte – denn seine Stunden waren gezählt.

Rechtsanwalt Schloßer suchte Frau Margot Zimmermann auf, die ihn, in dunkle Traurigkeit gehüllt, empfing. Er beugte sich über ihre Hand und sagte: »Ich weiß, was geschehen ist. Ich weiß, wie du leidest.«

»Ich danke dir für deine Anteilnahme, Toni.«

»Ich vermisse Martin«, sagte er, »ist er in diesen schweren Stunden nicht bei dir?«

»Toni – was soll ich nur tun?« Sie blickte sich mit leeren Augen in der stillen Wohnung um: Kein Sohn, kein Mann; nur sie, wie unendlich verloren. »Martin hat mir Manfreds Tod mitgeteilt – und mich dann damit allein gelassen. Wie gut, daß du gekommen bist, ein Mensch, der mich versteht.«

»Das habe ich schon immer getan, Margot. Du hast es nur niemals wissen wollen.«

»Ach, Toni!«

»Es ist immer noch nicht zu spät«, sagte er. »Du solltest dich jetzt entscheiden. Meine Mutter meint das auch. Sie hat in ihrem Hotel, im Continental, ein Zimmer für dich reservieren lassen; in ihrer unmittelbaren Nähe. Ich bringe dich hin, wenn du willst.«

Galakonzert der Leningrader Philharmoniker mit Svjatoslav Richter. Das war eines der großen künstlerischen und gesellschaftlichen Ereignisse der diesjährigen Saison. Und es sollte sich ganz unerwartet auch noch zu einer stadtinternen Sensation auswachsen.

Die »Stimmung« war, nach gleichlautenden Berichten: »von lebhafter Unruhe«. Insbesondere in den vorderen Reihen, wo man den Fall Wardeiner diskutierte. Eine Sturzflut vernichtender Vermutungen hatte sich seiner bemächtigt.

Doch all dieses hektisch-heimliche Geschwätz verstummte schlagartig, als genau um 20.09 Uhr, kurz bevor der Dirigent das Pult betrat, Susanne Wardeiner durch den Mittelgang des großen Saales ihrem Platz in der ersten Reihe zustrebte.

Sie ging, in eine raffiniert einfache Balmain-Kreation gekleidet, bewußt langsam, den Kopf hoch erhoben. Begleitet wurde sie: rechts von Eugen Klosters; links von Anatol Schmelz. Beide hielten sich betont würdig einen halben Schritt hinter ihr. Selbstverständlich im konservativ schwarzen Smoking.

»Ein Raunen ging durch den Saal«, hieß es später in »Myriam«, der Monatszeitschrift »für weibliche Mode und modernes Leben«. Und weiter dort: »Alle Gespräche verstummten – selbst das Orchester schien das Einstimmen der Instrumente zu unterbrechen. Wortloses Staunen begleitete Susanne Wardeiner von Reihe zu Reihe durch den Saal.«

Und »Argus«, der Verfasser der täglichen Kolumne der »MAZ« »Menschen, die ›in‹ sind«, verkündete: »Der wahre Stern dieses Abends war sie – sie allein! Nicht die Philharmoniker, nicht Richter, auch nicht Tschaikowski – sie stahl allen die Schau!«

Untersuchungsgefängnis – Zelle Goldner.

Seine Besucher: Zimmermann und Keller, der seinen Anton bei Sabine Vogler gelassen hatte, wo sich der Hund offenbar wohl fühlte.

Goldner: »Was verschafft mir diese Ehre, meine Herren? Wollen Sie mich etwa bedauern? Nicht nötig – ich genieße meine Situation und bedaure nur, daß ich nicht gleich richtig verhaftet worden bin. Auf richterlichen Beschluß zur Vernehmung bereitgestellt, darf ich mich ja eben leider nur vierundzwanzig Stunden lang in meiner Zelle wohl fühlen.«

Zimmermann: »Zeit genug also, mir eine Frage zu beantworten, Herr Goldner.«

Goldner: »Hat Sie Ihr Assistent von Gotha nicht ausreichend über unsere Unterhaltungen aufgeklärt?«

Zimmermann: »Mich interessiert das Verhältnis zwischen Schmelz und Heßler, in allen seinen Abstufungen.«

Goldner: »So was habe ich geahnt – warum wurde ich nicht schon lange intensiv danach gefragt? Warum eigentlich nicht?«

Zimmermann: »Nunmehr, Herr Goldner, werden Sie das. Bitte sagen Sie mir alles, was Sie darüber wissen, denn die Zeit drängt.«

Goldner: »Schmelz und Heßler. Das ist ein einzigartiges Paar. Sie verstehen sich völlig wortlos – was praktisch heißt: Heßler benutzt jede Gelegenheit, um Schmelz in den Hintern zu kriechen. Sagen wir: aus purer Dankbarkeit! Wenn auch bisher unklar blieb, wofür eigentlich. Bis es endlich diesem Horstmann gelang, sogar den ›treuen‹ Heßler auszuwaiden, geradezu auszunehmen wie eine Weihnachtsgans.«

Zimmermann: »Horstmann hat Heßler tatsächlich dazugebracht, über Schmelz auszupacken?«

Goldner: »Ja, hat er, und zwar vor wenigen Tagen erst – vermute ich. Denn dieser Horstmann war zu allem fähig. So einen Spürhund gibt es nur alle paar Jahrzehnte einmal! Heßler war für den ein ganz kleiner Fisch, den fing er mit der linken Hand ein.«

Zimmermann: »Und das hat Heßler dann gemerkt.«

Goldner: »Ja, als es zu spät war. Als Heßler erkennen mußte, daß ihm dieser Horstmann alle erdenklichen Würmer aus der Nase gezogen hatte, heulte er fast vor ohnmächtiger Wut. Mein Gott – wie habe ich das genossen!«

Untersuchungsgefängnis – Zelle Wardeiner – zur gleichen Zeit.

Besucher: Rechtsanwalt Messer – von Burghausen beauftragt; Sprecherlaubnis wurde vom zuständigen Staatsanwalt Steiner erteilt.

Wardeiner: »Na endlich! Allerhöchste Zeit, daß wir gegen diese Sauerei vorgehen. Ihre Vorschläge, bitte, Herr Rechtsanwalt.«

Messer: »Meine Vorschläge, Herr Wardeiner, sind mit Herrn Burghausen abgesprochen worden.«

Wardeiner: »Na gut, und wie sehen sie nun aus?«

Messer: »Ganz einfach: Sie erklären die gegen Sie vorgebrachten Anschuldigungen: Verführung einer von Ihnen abhängigen Minderjährigen, als zutreffend, aber als weder bewußt beabsichtigt noch in Kenntnis der einschlägigen Gesetze vollzogen. Nachdem Sie eine diesbezügliche Erklärung unterschrieben haben, werden Sie unverzüglich entlassen.«

Wardeiner: »Und in diese hinterhältige Falle soll ich hineinstolpern?«

Messer: »Sie sollen lediglich die nun einmal gegebenen Verhältnisse akzeptieren. Nur damit wird jedes weitere Aufsehen vermieden. Sie sind wieder ein freier Mann und können, was empfehlenswert wäre, mit Ihrer Frau für längere Zeit in Urlaub gehen. Auf Sizilien, sagt man, sei es um diese Jahreszeit besonders schön.«

Wardeiner: »Man will mich also kaltstellen, ausschalten, erledigen. Auch Burghausen ist nun dazu bereit, hat vermutlich nur darauf gewartet. Und mein Nachfolger sitzt gewiß schon hinter meinem Schreibtisch und macht fleißig alles wieder rückgängig ...«

Messer: »Ist Ihnen nicht wohl? Herr Wardeiner, soll ich einen Arzt anfordern? Warum sagen Sie nichts? Mein Gott – Sie scheinen ja ein schwerkranker Mann zu sein! Und dann – lassen Sie sich auf so was ein?«

KHK Zimmermann war, von Keller begleitet, wieder bei seinem Dienstwagen angekommen und nahm sofort Funksprechverbindung mit seinem Büro, also mit Felder, auf. Uhrzeit nunmehr: 20.55 Uhr – immer noch Montag.

»Neuigkeiten?« fragte Zimmermann.

»Frisch-Galatis scheint tatsächlich wichtige Spuren gefunden zu haben«, berichtete Felder spürbar erfreut. »Er versucht jetzt, sie gemeinsam mit Weingartner in den Labors des Landeskriminalamtes auszuwerten.«

»Gut«, sagte Zimmermann beruhigt, denn die technischen Einrichtungen des Bayerischen Landeskriminalamtes sind vermutlich die besten der ganzen Bundesrepublik, wenn nicht von ganz Europa. »Was sonst noch?«

»Kollege Weingartner hat Hauptmann Kramer-Marein verständigt, der nun verlangt, daß ihm das Fahrzeug des Heßler und auch dieser selbst zwecks Überprüfung und Befragung zur Verfügung gestellt werden. Ich habe ihm das, Ihr Einverständnis vorausgesetzt, für morgen vormittag zugesagt. Falls nichts dazwischenkommt.«

Zimmermann lächelte Keller zu, der mitgehört hatte; und der lächelte zurück. Sie durften, zumindest in diesem Augenblick, mit sich und ihrem Metier ein wenig zufrieden sein. Felder kam aus Kellers Schule, Zimmermann hatte ihn übernommen, und der vermochte nun fast schon zu denken wie sie.

»Der Kollege von Gotha«, ordnete Zimmermann weiterhin an, »soll Herrn Schmelz auftreiben und ins Präsidium bitten – also ihn dort einliefern; vorderer Eingang. Aber ohne jede nähere Mitteilung, auch nicht über den Tod seines Sohnes; das mache ich. Sodann soll Leitner diesen Heßler mitsamt seinem Fahrzeug dorthin transportieren. Hinterer Eingang.«

»Verstanden«, bestätigte Felder.

Aber Zimmermann hatte noch weitere Aufträge: »Sobald Assistent von Gotha im Präsidium eintrifft, soll er Sie vertreten, während Sie eine Art Lokaltermin vorbereiten – einen mit allen Schikanen. Lassen Sie nichts und niemand dabei aus – Neumühlenweg, dreiundzwanzig Uhr fünfzehn. Klar?«

»Klar«, bestätigte Felder.

Womit tatsächlich so gut wie alles »klar« war. Zimmermann beugte sich, über seinen Dienstwagen gelehnt, Keller entgegen. Und fragte mit einem ersten Unterton von Optimismus: »Was meinst du, werden wir es schaffen?«

»Warum fragst du mich? Ich bin pensioniert.«

Zimmermann lachte kurz auf. »Verlangst du jetzt etwa noch, daß ich dich nach Hause fahre?«

»Du«, empfahl Keller bedächtig, »solltest selber nach Hause gehen. Deine Frau wird warten.«

»Das hat sie getan, solange sie mit mir verheiratet ist.« Zimmermann blickte starr vor sich hin. »Und was nun mit Manfred, unserem Sohn, geschehen ist, kann nur noch eine letzte Bewährungsprobe zwischen uns sein.«

»Langsam beginne ich zu erkennen«, sagte Keller, »warum man mich immer für einen guten Kriminalisten gehalten hat.«

»Du warst allein auf dieser Welt, mit deinem Hund Anton, und brauchtest niemals Rücksichten zu nehmen«, sagte Zimmermann.

Keller nickte zustimmend: »Der Dienst war meine Liebe und meine Familie, und weil ich nun um die Funktion von Incubus und Succubus weiß, könnte es mir gelingen, Schmelz von Heßler zu trennen, die Verbindung zwischen ihnen zu zerschneiden, wie man eine Nabelschnur zerschneidet. Mehr wohl nicht.«

»Damit läßt sich eine Menge anfangen«, sagte Zimmermann erfreut. »Dann kann ich jeden einzeln auseinandernehmen.«

21.15 Uhr, Großer Saal Deutsches Museum.

Pause im Konzert der Leningrader Philharmoniker. Das Publikum strömte in die Nebengänge, in die Halle, zum Buffet hinaus.

»Höchste Perfektion!« dozierte der Kritiker Fürst seiner Umgebung. »Wenn auch zu wenig Inspiration.«

Klosters dirigierte Susanne, um die sich auch Schmelz bemühte, zu einem ersten Glas Sekt. Muntere Menschenmenge um sie, die sich herandrängte, sie bestaunte, um ihnen sofort wieder auszuweichen. Schmelz fühlte sich dennoch nicht wohl in seiner Haut. Flehend fast blickte er zur Frau des Ministerpräsidenten hin, zur OB-Gattin, zu jener des Kultusministers: Keine schien ihn zu sehen. Ihm war, als bewege er sich durch eine immer breiter werdende Gasse. Man, stellte er bestürzt fest, wich ihm aus.

Fast erleichtert begrüßte er deshalb einen Menschen, den er kannte und der direkt auf ihn zukam: »Herr von Gotha, nicht wahr? Was verschafft mir die Ehre?«

»Ich darf Sie bitten, mich zu begleiten, Herr Doktor.«

»Und wohin?«

»Herr Zimmermann erwartet Sie.«

»Schon wieder Zimmermann?«

»Zögern Sie nicht«, empfahl Klosters drängend. »Polizisten und Frauen soll man nicht warten lassen. Sie werden sonst ungeduldig, was zu unerfreulichen Weiterungen führen kann.

Um unsere verehrte Freundin brauchen Sie sich keine Sorgen zu machen. Sie ist bei mir in guter Hut.«

Aus den Umfragen diverser Reporter über die Anwesenheit Susanne Wardeiners im Deutschen Museum:

1. *Die Landesmutter:* »Ich bin lediglich hier, um ein Konzert zu hören. Bitte, wenden Sie sich mit derartigen Fragen an meinen Mann.«

2. *Die Frau eines Ministers:* »Es ist ein Skandal. Ich zögere nicht, das deutlich auszusprechen. Ein weiteres Anzeichen für die Aufweichung der allgemeinen Moral ...

Womit ich nichts gegen Herrn Schmelz sagen will. Der hat sich immerhin noch während der großen Pause taktvoll zurückgezogen. Während dieser Klosters jedoch ...«

3. *Der Kulturbeauftragte der Landeshauptstadt:* »Was, ich bitte Sie, soll denn daran besonderes gewesen sein? Ein öffentliches Konzert kann schließlich jeder mit jedem besuchen. Wo kämen wir denn hin, wenn wir uns darüber Gedanken machten: wer mit wem und warum?«

4. *Die Frau Oberbürgermeister:* »Ein Konzert von hohem Niveau. Allein darauf habe ich geachtet, also Frau Susanne Wardeiner nicht gesehen. Ich kann daher auch nicht ...«

5. *Fürst, Kritiker:* »... fiel mir eine höchst bedauernswerte Unruhe im Publikum auf ... ein zischendes Geschwätz, feinste Pianissimotöne immer wieder störend ... ein beklagenswerter Vorgang, deren Ursache mir nicht bekannt war.«

6. *Publikumsstimmen:* »Eine gewissenlose Person!« – »Warum sollte sie denn nicht?« – »Das treibt einem ja die Schamröte ins Gesicht!« – »Die hat noch Mut, diesem konservativen Scheißhaufen die Stirn zu bieten.« – »Tat sie mir unendlich leid, denn es war ein Spießrutenlaufen. Um so was durchzustehen, muß man wohl sehr tapfer sein.«

Weiter: 21.15 Uhr.

Der Leitner-Schorsch zu Hansi Heßler: »Dann wollen wir mal, Herr Heßler. Unsere Kragenweite wird im Polizeipräsidium verlangt. Wir nehmen Ihren Wagen.«

»Fahren Sie?« fragte Hans Heßler, noch immer sehr gelassen.

»Nein, ich vertraue mich Ihnen an«, erklärte Leitner. »Ich bitte Sie lediglich, nicht über fünfzig Stundenkilometer zu fahren. Nicht, weil das die zugelassene Höchstgeschwindigkeit im Stadtbereich ist, sondern weil sich mir ein höheres Tempo glatt auf den Magen schlägt. Ich könnte dann sehr unerfreulich reagieren.«

»Sie verkennen meinen Zustand«, versicherte Heßler. »Ich bin nicht im geringsten nervös, vielmehr meiner Sache sehr sicher.«

»Bleiben Sie das!« Leitner-Schorsch, der Scharfschütze und Nahkampfexperte, lächelte ermunternd. »Aber nur eine falsche Bewegung, mein Lieber, nur ein allzu kräftiger Tritt auf das Gaspedal, irgendein mich irritierendes Manöver mit der Steuerung – und Sie fahren nie wieder!«

»Sie brauchen mir nicht zu drohen. So was beeindruckt mich überhaupt nicht, und niemand kann mir etwas anhaben. Ich habe immer und überall nur meine Pflicht getan.«

»Genau wie ich«, bestätigte Leitner. »Aber was kommt dabei heraus? Ich zertrümmere irgend jemand die Flossen. Ich ziehe ihm einen bis zum Lebensende sichtbaren Scheitel. Ich schieße ihn manchmal auch über den Haufen. Aber es ist mir immer sehr peinlich, wenn man mich dazu zwingt. Tun Sie mir das nicht an.«

Aus den Aufzeichnungen des Kriminalbeamten außer Dienst Keller:

»Wir hatten meinen Hund Anton von den Voglers abgeholt. Sabine vermochte sich nur schweren Herzens von ihm zu trennen. Erst als ich ihr versprach, daß sie ihn öfters sehen könnte, gab sie ihn frei.

Über mein Verhältnis zu diesem Anton ist verschiedentlich herumgerätselt worden. Der wäre, so wurde vermutet, für mich eine Art Familienersatz. Oder auch: da Keller die Menschen kenne, liebe er die Hunde. Und was der gefälligen Unsinnigkeiten mehr sein mögen.

Die Wirklichkeit sieht ungleich einfacher und wohl auch interessanter aus: Anton und ich sind Partner – zwischen uns herrscht völlige Gleichberechtigung. Er gibt und fordert – ich fordere und gebe: Vertrauen und Aufrichtigkeit; man kann es auch Liebe nennen. Wobei etwas ganz Entscheidendes noch hinzukommt: Ich besitze eine Unmenge Erfahrungen, er aber verfügt über einen einzigartigen Instinkt.

Während Zimmermann in seinem Dienstzimmer mit der ihm eigenen Intensität eine Art Schlachtplan entwarf, überprüfte ich Antons Füße, denn es war mir, als habe er ein wenig gehinkt. Ich tastete seine Vorderpfoten ab und fand dort eingeklemmt einen winzigen Stein, den ich entfernte. Anton schnaufte dankbar auf.

›Überlaß mir die Einleitung, die Einstimmung zu eurem Gespräch‹, sagte Zimmermann. Womit er mich und Schmelz meinte. ›Den Rest mußt du dann allein erledigen. Erst wenn dir das gelungen ist, kann ich Heßler fertigmachen.‹«

Als Anatol Schmelz Zimmermanns Büro betrat, wirkte er wie ein beleidigter Bischof. Ohne Keller und dessen Anton zu bemerken, ging er auf den Hauptkommissar los, der hinter seinem Schreibtisch saß und ihm ruhig entgegensah.

»Herr Zimmermann«, sagte Schmelz unwillig, »Sie haben mich aus einer bedeutsamen gesellschaftlichen Veranstaltung heraus hier vorführen lassen!«

»Nichts dergleichen«, erklärte der Hauptkommissar. »Ich habe lediglich seit Stunden versucht, Sie zu erreichen; aber Sie waren nicht aufzufinden.«

»Hätte ich mich denn etwa bei Ihnen abmelden sollen?« sagte Anatol Schmelz ehrlich empört. »Soweit sind wir doch wohl noch nicht. Ich muß Sie also ersuchen ...«

»Ich habe Ihnen lediglich eine Mitteilung zu machen, Ihren Sohn Amadeus betreffend.«

»Was Sie auch immer gegen ihn vorzubringen gedenken«, trompetete Schmelz, »er hat ein Anrecht auf größtmöglichen Rechtsschutz. Und dafür werde ich sorgen. Der beste Anwalt ...«

»Er hat keinen mehr nötig«, sagte Zimmermann langsam. Schmelz dabei voll ansehend. »Ihr Sohn ist tot.«

»Was sagen Sie da?« stammelte Anatol ungläubig.

»Er starb bei einem Verkehrsunfall. Gemeinsam mit seinem Begleiter.«

»Nein«, sagte Schmelz tonlos, starrte um sich, griff nach einer Stuhllehne. »Sagen Sie, daß das nicht wahr ist!«

Er ließ sich endlich kraftlos in den Stuhl fallen, auf dem er nicht zu sitzen, sondern zu liegen schien, die Hände auf das nun schweißüberströmte Gesicht gepreßt. »Das kann nicht wahr sein!«

Zimmermann schwieg, ohne Schmelz aus den Augen zu lassen. Keller blickte zu Anton hinüber, der, die feuchtkalte Lederschnauze vorgestreckt, Witterung zu nehmen schien und sich dann heftig schüttelte.

»Nein, nein!« sagte Anatol Schmelz dumpf in seine Hände hinein. »Mein Gott – nicht das.«

Was hatte er nicht alles für diesen Jungen getan, in ihn investiert! Ihm viele Stunden seines doch gewiß überbeanspruchten Lebens gewidmet. Mit ihm, als er noch ein Kind war, gespielt, Ausflüge unternommen, ihm Geschenke gemacht. Immer großzügig, immer entgegenkommend und vorbehaltlos: Geld in jeder Menge, Freiheit nach Belieben, Zuneigung nach Bedarf. Und nun dieses Ende.

In Anatols Stöhnen hinein sagte Zimmermann leise und wie von weither: »Zusammen mit Ihrem Sohn ist auch mein Sohn Manfred bei diesem Unfall umgekommen, Herr Doktor Schmelz.«

Schmelz verstummte schlagartig – schien völlig erstarrt zu sein.

Zimmermann ging mit schweren Schritten hinaus.

Der Redaktionsfasching in den mittleren Räumen des »München am Morgen« war schnell auf Hochtouren geraten. Stammberger, Innenpolitik, der für diese Veranstaltung Verantwortliche, konnte registrieren: Alkoholkonsum und entsprechende Lautstärke stark ansteigend, vorzeitig auch allererste kollegiale Intimitäten.

Dazu allerbeste, stimmungsfördernde Nachrichten: Tierisch ließ mitteilen, daß er bedaure, nicht erscheinen zu können, da höchst bedeutsame Besprechung ... Von Schmelz hieß es: mit seiner Anwesenheit sei kaum noch zu rechnen, da vermutlich Trauerfall in der Familie ... Und Direktor Wöllrich, bei Frau

Horstmann angerufen, erklärte: »Ach, leckt mich doch am Arsch! Womit ich sagen will: Ich kann leider nicht kommen.«

Damit stand einem angenehmen Hochbetrieb so gut wie nichts mehr im Wege. Zumal auch Horst Fahne, der nominell stellvertretende, doch in der Praxis so gut wie allein maßgebende Chefredakteur des »MAM«, sich gemeinsam mit der Neuen vom Vertrieb zurückgezogen hatte, um zunächst seinen Leitartikel für die nächste Ausgabe noch einmal intensiv durchzulesen, denn er erschien ihm jetzt verbesserungsbedürftig: »Demokratie allein genügt nicht, steht hier – besser muß es heißen: verantwortungsbewußte Demokratie! Und dann dieser Formulierung: stets bemüht um Toleranz. Ändern wir das in: Toleranz nur gegenüber den Toleranten! Und dann sagen wir nun auch nicht nur: gewisse Elemente – sondern nennen jetzt Namen. Vorab den dieses Wardeiner!«

»Ganz groß!« hauchte die Neue vom Vertrieb.

Fahne zog sie an sich, dabei Alfredo, dem Redaktionsboten, seinen Leitartikel übergebend. »Sofort in die Setzerei damit. Danach können die Maschinen unverzüglich anlaufen!« Nun war er hier der Herr im Haus!

Er bestellte Bratner vom Bayernteil zu sich, den Gitarristen des hauseigenen Trios. »Laßt jetzt mal für die anderen Schallplatten abschnurren!« ordnete er an. »Du kannst inzwischen hier herumzupfen, so allerlei Gefühlvolles; währenddessen gehe ich mal mit der lieben Kleinen in den Nebenraum.« Das war das Büro von Schmelz, dunkel und herrenlos. »Wir lassen die Tür offen.«

Anatol Schmelz lag noch immer wie erstarrt in seinem Stuhl. Anton hatte sich ein wenig näher an ihn herangeschoben, wohl um besser Witterung nehmen zu können. Keller wartete wortlos, unendlich geduldig.

»Was ist das nur für eine Welt?« sagte Schmelz nach langer Zeit vor sich hin. »Und was ist das für ein Mensch!« Womit er Zimmermann meinte.

»Sie wollen damit sagen«, schaltete sich Keller behutsam in dieses Selbstgespräch ein, »auch er verliert einen Sohn, zeigt aber keinerlei Regung. Versucht nicht mal eine Anklage, etwa gegen Ihren Sohn.«

»Gegen meinen Sohn?«

»Würde das nicht naheliegen?« sagte Keller. »Schließlich war doch wohl Ihr Sohn in dieser Freundschaft der führende Teil – und dann: Er saß am Steuer.«

»Sie wurden gejagt!« erregte sich Schmelz. »Von Ihren Leuten. Zimmermann hat seinen eigenen Sohn gejagt.«

»Man könnte das auch anders formulieren«, gab Keller zu bedenken. »Nämlich so: Zimmermann hat versucht, diese beiden Jungen in Sicherheit zu bringen, um weitere Dummheiten zu verhindern. Und das wäre ihm auch beinahe gelungen, wenn er dabei mit Ihrem Verständnis, mit Ihrer Hilfe hätte rechnen können. Denn Sie wußten, wo Ihr Amadeus und sein Freund Manfred sich aufhielten. Als dann die Polizei endlich das Blockhaus im Mangfalltal fand, kam sie zu spät, weil die Jungen gewarnt worden waren.«

»Nicht durch mich!« rief Schmelz pathetisch.

»Natürlich nicht«, bestätigte Keller sanft lauernd. »Das können Sie sogar beschwören – und noch erheblich mehr. Heßler war es, der Amadeus gewarnt hat, denn er war bei Ihrer nächtlichen Unterredung mit Zimmermann im Grandhotel anwesend. Er telefonierte, ohne Ihren direkten Befehl, ohne auch nur einen Hinweis von Ihnen erhalten zu haben.«

»Stimmt!« rief Schmelz staunend und maßlos erleichtert. »Ich danke Ihnen für Ihr Verständnis.«

»Nichts zu danken«, versicherte Keller, den unruhig gewordenen Anton an sich ziehend. »Hätte Heßler die beiden Jungen nicht gewarnt, wären sie von der Polizei zwar vereinnahmt, aber auch in Sicherheit gebracht worden. So aber wurden sie dazu veranlaßt, auszuweichen – und fuhren dabei in den Tod.«

»Ja«, gab Schmelz mühsam zu. »So kann man es auch sehen.«

»Heßlers Schuld also«, stellte Keller gewagt fest. Selbst Anton blickte besorgt zu ihm auf: »Und nicht Heßlers – einzige Schuld.«

»Heßler war immer freundschaftlich um mich bemüht«, versicherte Schmelz beinahe feierlich. »Völlig selbstlos, von einzigartiger Hingabebereitschaft.«

»Das wissen wir«, sagte Keller, »er ist gewissermaßen amtsbekannt.«

»Ich muß Sie also bitten«, sagte Anatol Schmelz, recht entschieden, »diesen braven, verläßlichen Mann nicht voreilig zu belasten. Er mag seine Fehler haben, Irrtümern erlegen sein, wie wir wohl alle irgendwann einmal. Ich stelle mich trotzdem vor ihn, mit allen meinen Möglichkeiten. Ich hoffe, Sie werden erkennen, was das praktisch bedeutet.«

»Ich an Ihrer Stelle würde da wesentlich vorsichtiger sein, Herr Schmelz. Denn falls Sie sich weiterhin mit Heßler solidarisieren, könnte daraus gefolgert werden, daß Sie ihn womöglich zu decken versuchen.«

»Zu decken versuchen? Was ist das, bitte, für ein Jargon?« Anatol Schmelz war nun ganz auf Kellers Denkspiel hereingefallen. »Wenn ich mich, ganz entschieden, vor Heßler stelle, dann aus Dankbarkeit, aus Treue, aus einer gewissen langjährigen Verbundenheit...«

»Von Mailand an, ich weiß. Sie hätten also bald schon Ihr 25jähriges Jubiläum feiern können. Eine beachtliche Zeitspanne – in der allerhand geschehen sein muß.«

»Herr Keller, ich weiß jetzt nicht, worauf Sie hinauswollen, glaube aber von Ihnen erwarten zu dürfen, daß Sie meine Beweggründe Heßler gegenüber verstehen. Schließlich lassen Sie auch keinen Kameraden einfach fallen, wenn er einen Irrtum begangen haben sollte, irgendeiner menschlichen Schwäche erlegen wäre.«

»Ich kenne keine Kameraden im Bereich unserer Kriminalpolizei«, sagte Keller mit unentwegt lauernder Provokation. »Bei uns gibt es Kollegen und manchmal auch Freunde. Aber wir solidarisieren uns nicht mit möglichen Kriminellen in unseren eigenen Reihen. Von denen trennen wir uns – mit aller Entschiedenheit.«

»Nun gut – aber was hat das mit mir und Heßler zu tun?« Schmelz vermochte seine Unsicherheit nur noch mühsam zu verbergen. »Der hat mir, wie ich immer wieder sagen muß, treue Dienste geleistet. So was darf man doch nicht einfach vergessen!«

»Treue Dienste, Herr Schmelz? Einschließlich der Ermordung

des Heinz Horstmann?«

Anatol Schmelz lehnte sich zurück, weit, als müsse er von diesem Menschen namens Keller Abstand nehmen, der sich vorgebeugt hatte, ihm entgegen. Dann fragte er, in unkontrolliert lauter Stimmstärke, die Anton aufknurren ließ: »Was habe ich denn damit zu tun?«

»Natürlich nichts. Wieder einmal mehr: nichts«, sagte Keller, Anton durch sanft streichelnde Bewegungen beruhigend. »So was pflegt ein Hans Heßler ganz allein zu erledigen.«

»Heßler?« fragte Anatol Schmelz lautstark und ungläubig. »Ausgeschlossen! Das werden Sie nie beweisen können.«

»So was können wir beweisen«, sagte Keller vorstoßend, da Schmelz nun schon ganz in seinem Bann war. »Zunächst den Tatvorgang selbst, der von mehreren Zeugen beobachtet wurde. Dann das Tatwerkzeug; es ist festgestellt und untersucht worden: Ihr Wagen, Herr Schmelz, der von Heßler gefahren wird. Ein Mikrospezialist hat bereits Blutspuren Gruppe 0, also die von Horstmann, festgestellt. Ferner wurden winzige Stoffreste vorgefunden, die stammten von Horstmanns Bekleidung in der Mordnacht.«

»Nein, nein!« entsetzte sich Anatol Schmelz. »Mein Heßler hat damit nichts zu tun – das glaube ich nicht.«

»Ob Sie das glauben oder nicht, Herr Schmelz, ich muß Ihnen noch einiges mehr zumuten: Durch zufällig gelungene Routinevergleiche im Amt ergaben sich in einigen bisher ungeklärten Fällen gewichtige Übereinstimmungen. Es handelt sich dabei um Sittlichkeitsverbrechen, einige davon mit Todesfolge. Und deren letztes, gerade noch entkommenes Opfer konnte uns detaillierte Zeugenaussagen liefern. Eine gewisse Helene Vogler. Ihnen bekannt, nicht wahr?«

»Mein Gott, das ist ja fürchterlich!« stöhnte Anatol, als müsse er ersticken. »Wie konnte mir Heßler so was antun.«

»Sie trauen es ihm also zu?« fragte Keller.

»Nein, niemals! Ich halte es auch jetzt noch für unmöglich. Wenn es aber zutreffen sollte, mein Gott, was hat mich dieser Mensch enttäuscht!«

»Enttäuscht, weil er Ihnen bedingungslos ergeben war? Sozusagen: bis zum letzten, bis zum Mord?«

»Womit ich nichts, nicht das geringste, zu tun habe!« Schmelz war nun völlig in die Verteidigung gedrängt und übernahm diese Rolle mit hektischem Selbsterhaltungstrieb. »Oder wollen Sie mir das Gegenteil nachweisen? Versuchen Sie das mal! Sie werden mir nichts anhängen können.«

»Fast immer verfällt nur der Täter dem Gesetz, nur selten auch einmal der Anstifter. Nicht die Tätigkeit von Gehirnen wird bestraft, sondern zumeist nur die tätig gewordene Hand.«

»Ach, das sind doch Spekulationen – nichts weiter!«

»Es gibt im Bereich der Kriminologie eine Erscheinungsform, die das ›Herr-Sklave-Verhältnis‹ genannt wird. Literarisch könnte man auch sagen: Ein geistig oder auch finanziell-materiell überlegener ›Incubus‹ ist der Einflüsterer, der Anreger, eben: der Herr! Während der untergebene, meist zugleich auch abhängig-ergebene ›Succubus‹ nichts anderes als die von ihm erwartete Schuldigkeit tut. Also die Tat begeht, die im Hirn seines Herrn geboren wurde. Der Sklave vollzieht sie.«

»Eine Theorie, nichts weiter«, sagte Schmelz tonlos.

»Nur eine Theorie«, bestätigte Keller. »Kriminalistische Praktiker können damit nicht viel anfangen. Falls nicht eine Konstellation eintritt, in der sich Incubus und Succubus bedingungslos solidarisieren. In einem solchen Fall lassen sich beide zugleich fassen.«

»Glauben Sie denn, ich gedächte einen Heßler zu decken, falls der tatsächlich diese ihm angelasteten kriminellen Handlungen begangen haben sollte?«

»Er hat«, erklärte Keller, geduldig seinen Anton streichelnd.

»Wenn dem so ist«, stammelte Schmelz, »dann trenne ich mich von ihm!«

Aus den Aufzeichnungen des Kriminalbeamten außer Dienst Keller:

»Damit war nun erreicht, was, nach Zimmermanns Konzeption, erreicht werden sollte: die Trennung von Incubus und Succubus.

Doch gedachte ich in dieser Nacht auch noch den letzten Akt des Schauspiels zu erleben, das Zimmermann zielstrebig zu inszenieren bemüht war. Und das nicht zuletzt deshalb, weil ich wußte: Diese ›Herr-Sklave-Verhältnis‹ ließ sich wohl trennen, wenn man halbwegs geschickt vorging, niemals aber endgültig lösen.

Hörigkeit pflegt in Haß umzuschlagen. Die in jedem Sklaven aufgestauten Aggressionen können sich gegen den bisherigen Herrn explosivartig entladen. Wobei dann aus dem einstigen ›Täterpaar‹ zwangsläufig ›Täter und Opfer‹ werden. Nicht selten: zu allem entschlossene Gegner – sozusagen bis aufs Messer.

Zunächst schienen Zimmermanns Berechnungen auch voll aufzugehen. Ihm gelang, unmittelbar nach meiner Unterredung mit Schmelz, eine ebenso prächtige wie vielversprechende Soloszene: Schmelz verließ im gleichen Augenblick das Zimmer, als Heßler hereingebracht wurde.

Sie begegneten sich, genau wie geplant, in der weit offenen Tür.

›Herr Doktor!‹ rief Hansi Heßler immer noch hoffnungsvoll aus. ›Sie hier? Doch nicht etwa meinetwegen?‹

›Heßler‹, sagte Anatol Schmelz anklagend, ›wie konnten Sie mir so etwas antun? Ausgerechnet Sie! Mein Gott, Sie haben mich zutiefst enttäuscht. Ich bin erschüttert.‹

Dieses sprachlose Erstarren, die unglaubliche Hilflosigkeit, dieses wie rettungslos In-einem-Sumpf-Versinken des Hansi Heßler, das rührte mich fast. Denn für mich brach damit eine Welt, seine seit 25 Jahren einzige Welt, zusammen. Er sah Schmelz mit dem herzzerreißenden Blick eines verstoßenen Hundes nach; so als entschwinde ihm nun endgültig seine Sonne. Er hatte Tränen in den Augen.

Nun war er Zimmermann völlig ausgeliefert.«

22.15 Uhr – Deutsches Museum:

Das Konzert der Leningrader Philharmoniker war beendet, und Klosters, an seinem Arm Susanne, hatte alle Freunde, Anhänger und Interessenten wissen lassen: er würde sich sehr freuen, mit ihnen unmittelbar nach dem Konzert noch ein wenig plaudern zu dürfen. Bei einem Glas Champagner in seiner Hotelbar.

So an die hundert »Freunde« sammelten sich nun dort um ihn und Susanne Wardeiner. Dabei auch ganz zufällig fünf Fotoreporter, sieben Journalisten, zwei Kameramänner vom Fernsehen.

Klosters enttäuschte seine Gäste nicht. Er ließ Champagner ausschenken und verabreichte Schlagzeilen über die gefüllten Gläser: »Irgendwelche Willkürmaßnahmen der Justiz, meine Freunde, werden wir uns nicht mehr gefallen lassen. Wir legen immer bewußter Wert darauf, in einem Rechtsstaat zu leben – wie uns das von unserer Regierung wiederholt versprochen wurde. Ein Versprechen, an das wir immer wieder erinnern werden.«

Zustimmende Rufe von allen Seiten. Die Gläser klangen. »Susanne Wardeiner strahlte!« So Argus, Gesellschaftsreporter. »Sie schien sich ihm vertrauensvoll anzuschmiegen« – ebenfalls von Argus, aber im privaten Gespräch.

Doch Susanne Wardeiner sagte, allein für Klosters vernehmbar: »Mein Gott, ist das wirklich nicht zu vermeiden?«

»Denken Sie an Ihren Mann!«

»Nichts anderes tue ich«, sagte sie.

»Er liegt in seiner Zelle und stöhnt«, meldete der wachhabende Justizbeamte aufgeregt der Direktion des Untersuchungsgefängnisses.

Dort waren unter dem Kennwort »Wardeiner, zur Vernehmung bereitgestellt« ganz eindeutige Anordnungen niedergelegt: Besucher nur mit Erlaubnis der Staatsanwaltschaft; keine Auskunft auf eventuelle Fragen, weder von anderen Dienststellen noch gar von der Presse; jedes Vorkommnis, auch das scheinbar geringste, ist unverzüglich dem zuständigen Staatsanwalt zu melden.

»Sofort den nächsterreichbaren Arzt verständigen!« ordnete Steiner an, als er die Meldung aus dem Gefängnis erhielt.

Und knapp fünf Minuten später ergänzte er diese Meldung ahnungsvoll: »Wenden Sie sich unverzüglich an das nächste Krankenhaus. Wardeiner ist schnellstens dort einzuliefern. Ich erwarte, laufend unterrichtet zu werden.«

Peter Wardeiner starb auf dem Transport in das Krankenhaus. Damit also nicht, wie Staatsanwalt Steiner erleichtert feststellen konnte, im direkten Bereich der Justizbehörde. Ein Arzt hatte ihn begleitet und festgestellt: Tod durch Herzversagen.

Zeit: 22.15 Uhr.

Später Karl Goldner, im Gespräch mit dem Kriminalassistenten von Gotha:

»Können Sie mir nachfühlen, was mich bei all diesen ebenso schäbigen wie scheußlichen Vorgängen am meisten beeindruckt hat? Nicht, daß Henriette Schmelz so bald danach starb – vielleicht durch Selbstmord –; sie war bereits vorher wie ausgelöscht. Auch nicht Heßlers Ende oder die Auferstehung von Schmelz – das ist in dieser Gesellschaft geradezu unvermeidlich.«

von Gotha: »Ich weiß, worauf Sie hinauswollen. Einige Ihrer zynischen Bemerkungen haben mir das deutlich gemacht. In gewisser Weise respektierten Sie Wardeiner, nicht aber seine Ehe. Keine Ehe, wenn ich richtig vermute.«

Goldner: »Da glaubte ich nun, mit absoluter Sicherheit, ein Paar vor mir zu haben, das bewußt kinderlos blieb und sich aus allen Schwierigkeiten einer Ehegemeinschaft herauszuwinden versuchte – mit dem Zugeständnis gegenseitiger Freiheit. Doch was kam letzten Endes zum Vorschein? Geradezu so etwas wie Liebe!«

von Gotha: »Sie nennen es Liebe, Sie könnten es auch als Gewöhnung aneinander bezeichnen, als gewonnene Achtung und bemühte Rücksichtsnahme. Zuletzt überzeugt doch jeder Mensch, mit dem man lange genug zusammengelebt und der nicht gerade ein Schwein oder Scharlatan ist, durch die Geduld, mit der er seinen Mitmenschen begegnet.«

Goldner: »Kommen Sie mir jetzt nicht mit Ihrem Keller und seinem Anton. Die beiden sind wie Märchengestalten, gegen die man machtlos ist. Aber was, bitte, ist mit einem Zimmermann?«

von Gotha: »Den habe ich bewundern gelernt, aber auch zutiefst bemitleiden müssen. Zimmermann ist von größter Konsequenz, wenn es sich um die Verteidigung jeder Wahrheit handelt. Daß man in dieser so korrupten und geldgierigen Welt dennoch manchmal hoffnungsvoll leben kann, ist allein Menschen wie ihm zu verdanken.«

Goldner: »Mein lieber Gotha, da dachte ich immer, Sie seien ein Weltmann. Aber nun entpuppen Sie sich als Menschenfreund. Oder sollte das irgendwie miteinander in Verbindung stehen?«

von Gotha: »Ich bin auch ein Freund der schönen Künste,

Herr Goldner. Neuerdings habe ich mich sogar mit Poesie beschäftigt. Dabei ist mir ein Gedichtband aus Ihrer Jugendzeit in die Hände geraten, dessen gedruckte Widmung lautet: Für Henriette in Liebe. Eine ganz bestimmte Henriette, nicht wahr? Die spätere Frau Schmelz.«

Goldner: »Na schön, das haben Sie also auch herausgefunden. Nun wissen Sie endlich, warum ich diesen Schmelz nicht ausstehen konnte. Noch deutlicher: Den habe ich gehaßt!«

von Gotha: »Ein sehr menschlicher Vorgang, wie fast alles in unserem Bereich, würde jetzt vermutlich Keller sagen, den Sie für eine Märchenfigur halten. Ein Glück, auch für Sie, daß es so was wie den noch gibt.«

»Versuchen Sie gar nicht erst, Herrn Schmelz damit belasten zu wollen!« fuhr Zimmermann in einschüchternder Kriminalbeamtenlautstärke Hans Heßler an, der verkrümmt ergeben vor ihm stand. »Damit kommen Sie bei mir nicht an!«

Bei dieser dynamischen Abschlußphase, die reine Polizeiroutine war, befanden sich außer Zimmermann und Heßler noch Keller mit Hund Anton, der ständig einsatzbereite Leitner und der lernwillige von Gotha, der hier nur noch staunen konnte, im Zimmer.

»Was Sie sich da so alles geleistet haben, Herr Heßler, werden Sie nun ausbaden müssen. Sie allein!«

»Was denn?« fragte Heßler, der noch immer versuchte, sich zu wehren. »Was soll ich denn getan haben?«

»Eine ganze Menge«, versicherte ihm Zimmermann mit raumfüllender Lautstärke. »Was wir Ihnen in allen Einzelheiten nachweisen werden. Versuchen Sie keine Ausweichmanöver, keinerlei Tricks oder Täuschungen – niemand wird Ihnen mehr helfen. Auch nicht Ihr Herr Schmelz.«

»Er wird mir helfen«, sagte Heßler verzweifelt. »Ich weiß es.«

»Nein!« stellte Zimmermann unerbittlich fest. »War denn diese letzte Begegnung mir Ihrem Herrn Schmelz noch nicht deutlich genug? Der will nichts mehr mit Ihnen zu tun haben. Der fühlt sich angewidert. Er ist sogar bereit, nunmehr gegen Sie auszusagen, Sie also zu belasten. Verstehen Sie, Heßler – er will nichts mehr mit Ihnen zu tun haben.«

Heßlers Kopf fiel tief auf die Brust. Taumelnd, wobei ihn Leitner aufmerksam stützte, stammelte er: »Das habe ich nicht verdient.«

»Was verdient dann ein Mörder wirklich?« fragte Zimmermann antreibend.

Worauf er sich, ohne Heßler noch irgendwie zu beachten, seinen Leuten zuwandte: Nunmehr werde im Neumühlenweg die Rekonstruktion eines Tatvorganges stattfinden – eine von mehreren. Diese erste habe Felder vorbereitet, einschlägige Zeugen stünden bereit. Auch Herr Schmelz werde anwesend sein. »Keller und ich, dazu Anton, fahren voraus«, ordnete Zimmermann an. »Heßler folgt uns in seinem Wagen, begleitet von Leitner und dem Kollegen Gotha, etwa eine Viertelstunde später. Und zwar so, daß er möglichst genau gegen dreiundzwanzig Uhr fünfzehn am Tatort eintrifft.«

»Wir haben nun so gut wie auf der ganzen Linie gesiegt. Das müssen wir feiern!« sagte Eugen Klosters zu Susanne Wardeiner.

Aber sie blickte ihn zweifelnd an. »Ich weiß nicht, ob diese Demonstration sehr sinnvoll war.«

»Sie war es – und wenn nicht, werden wir sie dazu machen.« Klosters strahlte herzlichen Optimismus aus. »Meine besten Leute sind bereits dabei, alle Vorarbeiten dafür zu starten. Und ich kann mir so was leisten, Susanne, ich bin kein juristischer Florettfechter wie Peter Wardeiner; bei mir wird, wenn es sein muß, auch mit Holzfälleräxten gearbeitet.«

»Wenn es nur Peter hilft«, sagte sie nachdenklich.

»Sie nehmen das alles zu tragisch, Susanne, zu schwer – Sie müssen sich entspannen, sich ablenken lassen. Und ich weiß auch schon, wie. Unten in meinem Hotel findet heute eines dieser Faschingsfeste statt, ein Kostümball. Bitte begleiten Sie mich.«

»Nein, das bitte nicht!«

»Tun Sie es meinetwegen. Sagen wir: als eine Art Dankeschön für gern geleistete Dienste. Nur eine Stunde.«

Susanne sagte schließlich zu, begab sich zu ihrer Freundin am Lenbachplatz, zog sich dort um und kehrte wenig später –

undinenhaft gewandelt – zu Klosters zurück, der sie glücklich empfing.

Glatte, blanke, schwitzende Nacktheit schien ihnen entgegenzustürzen, als sie den Ballsaal betraten. Total entblößte Busen, unbekleidete Nabel, pralle, kaum verhüllte Hintern. Die Lautsprecher dröhnten und zerstörten jedes Gespräch.

Susanne versuchte dennoch zu sagen, was sie bewegte: »Ich liebe meinen Mann, aber das weiß er wohl nicht. Darum muß ich es ihm jetzt sagen. Ich will es ihm sagen.«

Sie schrie das aus sich heraus. Klosters lächelte sie an, denn er hörte nichts von ihrer Wahrheit, von der sie wie besessen war. Und die sie maßlos beglückte.

Auf dem Weg zum Tatort sagte Zimmermann zu Keller, der neben ihm im Wagen saß, Anton auf dem Schoß: »Ich weiß jetzt auch, warum sich Horstmann in der Nacht seines Todes im Neumühlenweg aufgehalten hat.«

»Er wollte ins Haus Nummer sechsunddreißig, um dort eine gewisse Frau Friese aufzusuchen«, bestätigte Keller gelassen.

»Woher weißt du das?«

»Mir ist ein Merkzeichen in Felders Aktensammlung, bei dem Namen Friese angebracht, nicht entgangen. Und in der dazugehörenden Personenliste fand ich dann auch die Adresse.«

»Du bist immer noch der große, alte Spürhund«, sagte Zimmermann anerkennend, schaltete die Leselampe vor Kellers Sitz ein und übergab ihm ein Blatt Papier aus seiner Brusttasche. »Das war es wohl, wonach Heinz Horstmann im Neumühlenweg gesucht hatte und was Heßler verhindern wollte: Ein Schlüsselvorgang mehr für ein armseliges, aber eben wohl auch zeitgemäßes Leben.«

Aus der Aktensammlung Felder:

»Friese, Lieselotte, 67 Jahre alt, nunmehr wohnhaft Neumühlenweg 36. Mansarde, oben links. Lebt von der ihrem zweiten Mann nachträglich zugesprochenen Pension.

Friese, Lieselotte, verwitwete Heßler, geborene Meinrad, geboren 1905 in Danzig, nunmehr Volksrepublik Polen, Urkunden von dort angefordert, Lieferung zugesagt.

Lieselotte Friese war seit 1922 in erster, gleichfalls in Danzig geschlossener Ehe mit Johannes Ernst Heßler, Volksschullehrer, verheiratet. Beider Sohn, Hans Heßler, wurde 1923 ebenfalls in Danzig geboren. Die Frau verließ später ihren Mann, der Sohn kam zu ihrer Mutter.

Heßlers Vater, Volksschullehrer Johannes Heßler, wurde im Sommer 1944 wegen ›Wehrkraftzersetzung‹ vor ein Volksgericht gestellt, angeblich wegen führerfeindlicher Äußerungen in der Öffentlichkeit. Das Todesurteil wurde im September 1944 vollstreckt.

Zu den Hauptbelastungszeugen soll ein gewisser Friese gehört haben, damals Hauptmann der Reserve, für den Volkssturm tätig.

Hauptmann Friese heiratete 1945, am 20. April, die verwitwete Lieselotte Heßler – in Schongau am Lech, Oberbayern. Beide befanden sich ›auf der Flucht‹ und nahmen dann Wohnung in Weilheim. Hier wurde am 1. September 1945 Dietmar Friese tot aufgefunden. Vermutlich bei einem Spaziergang mit einem schweren Gegenstand erschlagen.

In Verdacht der Täterschaft geriet damals auch der Sohn der Frau Friese aus erster Ehe, also Hans Heßler. Er konnte jedoch nicht aufgefunden werden, und einwandfreie Beweise gegen ihn waren nicht zu erbringen.

Dieser Vorgang wurde dann mangels verwertbarer Unterlagen als abgeschlossen erklärt.«

»Wie auch zahlreiche andere Fälle in jener turbulenten Zeit.« Persönliche Bemerkung von Felder.

»Immer das gleiche«, sagte Keller, der in Zimmermanns Dienstwagen das Licht vor sich ausschaltete. »Da glauben wir, nun gerade einen Kriminalfall aufzuklären – doch was entdecken wir? Ein Stückchen deutsche Geschichte – und ihre schuldig gewordenen Abfallprodukte. Mitteleuropäische Schicksalsfäden, wie in einen riesengroßen Teppich geknüpft. Den wir zerstören, wenn wir versuchen, seine Muster zu entwirren.«

»Was bleibt uns denn übrig?« fragte Zimmermann, als ob er seine innere Unruhe übertönen wollte. »Sollen wir Kriminelle als Kranke behandeln? Das Verbrechen als unvermeidliche Seuche hinnehmen?«

»Wir Kriminalbeamte haben zu erkennen, daß Verbrecher auch Menschen sind«, sagte Keller. »Und, gar nicht einmal so selten: arme, gequälte, mißbrauchte Menschen. Zu ihnen gehört vermutlich auch dieser Heßler.«

»Kein Grund, ihn laufenzulassen!« sagte Zimmermann hart. »Denn mit jeder halbwegs erfolgreichen Aufklärung dezimieren wir die Kriminalität. Auch wenn wir dabei nicht gleich die großen, heimlichen Raubtiere unserer Gegenwart, wie etwa Schmelz, erledigen können; doch zumindest isolieren wir sie. Wir berauben sie ihrer Helfershelfer, ihrer Handlanger, ihrer Sklaven. Ist das wirklich so wenig, Menschenfreund?«

Eine Bemerkung, bei der Keller seinen Hund Anton eng an sich zog.

Erklärung der Frau Lieselotte, geborene Meinrad, verwitwete Heßler, verwitwete Friese:

»Es ist alles so fürchterlich schwierig gewesen mit diesem Sohn, meinem einzigen Kind. Die Schwangerschaft zwang mich zu der Ehe mit Heßler. Und bei der Geburt von Hans bin ich fast gestorben.

Ich habe seinen Vater nie geliebt. Und ich konnte darum diesen Sohn nicht sehen. Zu sehr erinnerte er mich an die Qualen meiner unglücklichen Ehe. Ich verließ beide, ging nach Berlin und verdiente dort als Näherin nicht schlecht. Wodurch ich auch meine Mutter unterstützen konnte, die Hans zu sich genommen hatte.

Später dann, als Hans bereits in die Lehre ging, sahen wir uns regelmäßig – anläßlich seines Geburtstages im August, und auch zu Weihnachten. Der Krieg führte mich, seinen Vater und Hans sogar noch einmal zusammen. Aber Hans hat seinen Vater nie geliebt! Als der hingerichtet worden war, sagte der Junge zu mir: ›Jetzt können wir endlich allein miteinander leben. Nur wir beide!‹

Später jedoch, als ich wieder heiraten wollte, war Hans außer sich. ›Das kannst du mir nicht antun!‹ schrie er mich an. Ich sagte ihm: ›Ich liebe diesen Mann.‹ Worauf er brüllte, und anders kann man das wohl kaum beschreiben: ›Dieses Schwein, dieser Sauhund, der meinen Vater auf dem Gewissen hat – den darfst du nicht heiraten. Du darfst mich nicht verlassen!‹

Ich heiratete Friese trotzdem, worauf mich Hans bei jeder Gelegenheit in fürchterlichster Weise beschimpfte. Er gebrauchte Worte, die ich einfach nicht wiedergeben kann. Entsetzliche Worte!

Danach habe ich ihn nur noch einmal gesehen. An jenem Tag, da Friese, mein zweiter Mann, ermordet wurde. Hans stieß die Tür auf, blieb auf der Schwelle stehen und schrie: ›Dich habe ich geliebt, aber du hast mich betrogen. Nun habe ich niemand mehr!‹ Danach verließ er mich.

Er schrieb mir dann aber, regelmäßig zu meinem Geburtstag, der wie der seine im August ist; und dann noch zu Weihnachten. Immer aber lag in dem Briefumschlag, auf dem meine Adresse stand, nur ein leeres Blatt Papier.«

Der Neumühlenweg schien in dieser Montagnacht, nur dreimal vierundzwanzig Stunden später, nicht mehr der gleiche wie am Freitag vorher zu sein – und er würde wohl auch niemals wieder so sein. Seine einst so wundersam stille Einsamkeit in mondbeglänzten Stunden schien für immer zerstört.

Jetzt standen hier Fahrzeuge herum, deren Scheinwerfer noch nicht eingeschaltet waren. Die dazugehörigen Polizeibeamten hielten sich weisungsgemäß abwartend im Hintergrund auf. Jeder Mann mit einer Pistole.

Auf dem von der Straßenbeleuchtung nur mäßig erhellten Bürgersteig – in Nähe des Hauses 24 – hielt Felder ein puppenartiges Gebilde fest, das er sich hatte anfertigen lassen: in Größe, Figur und Bekleidung Heinz Horstmann an seinem Todestag entsprechend.

Weitere Vorbereitungen: Die Augenzeugen jener Freitagnacht standen bei gleicher Beleuchtung am gleichen Ort bereit: Regierungsrat a.D. Leimer mit Frau Dambrowski. Neben ihnen Helene Vogler, obwohl Krebs dagegen protestiert hatte. Dazu auch noch: die regenschirmbewaffnete Frau Sommer, die von Michelsdorf betreut wurde.

In Felders unmittelbarer Nähe hielt sich Anatol Schmelz auf. Zimmermann hatte das so bestimmt. Das ging nicht ohne gedämpften, vorsorglichen Protest ab. »Herr Felder, erklären Sie mir bitte, was das alles bedeuten soll«, begehrte Schmelz zu wissen.

»Kann ich nicht«, sagte Felder. »Fragen Sie Herrn Zimmermann, wenn er kommt.«

Der Hauptkommissar traf bald danach mit Keller und dessen unvermeidlichen Anton ein. Mit schnellen Blicken überprüfte er alle Vorbereitungen und nickte seinem Felder anerkennend zu. Schmelz wurde von ihm zunächst übersehen und überhört, während sich Keller unverzüglich auf die gegenüberliegende Straßenseite begab, von wo er den besten Überblick hatte. Anton war ihm mit sicherem Instinkt vorausgeeilt.

»Herr Zimmermann«, drängte Schmelz abermals, »darf ich nun endlich um eine Erklärung ...«

»Die bekommen Sie. Bleiben Sie jetzt bitte dort stehen, wo Sie hingestellt worden sind!«

Und nunmehr rollte – auf die Minute genau: 23.14 Uhr – der schwere, schwarze Wagen heran. Rollte mit zunächst mäßigem Tempo und, wie angeordnet, ohne Licht auf jene durch die Straßenbeleuchtung erkennbare Gruppe zu: Felder, Puppe, Schmelz. Dahinter, im Schatten eines Baumes stehend: Zimmermann.

Und dann dröhnte plötzlich der Motor auf. Das Fahrzeug, Heßler am Steuer, neben ihm Leitner, schnellte auf die Puppe zu, die Felder fallen ließ, wobei er beiseite sprang. Während der schwere Wagen mit kurzer, ruckartiger Wendung weiter auf Anatol Schmelz zuschoß.

Anatol stieß in automatischer Abwehrreaktion beide Hände hoch. Seine Beine aber waren wie gelähmt. Zimmermann, schnell zupackend, riß ihn zu sich in den Baumschatten hinein. Das geschah so heftig, daß Schmelz taumelte und hinfiel. Mitten in den schneematschigen Straßendreck, wo er schwer atmend liegen blieb.

Während das von Heßler gesteuerte Fahrzeug an dem schützenden Baum vorbei über den Bürgersteig raste, krachend einen Lattenzaun durchbrach und dann, mit dumpfen Knall, gegen eine Hauswand prallte, wo es endlich zum Stehen kam. Ein heftiger Regen von Glassplittern prasselte nieder.

»Das ist er – diese Sau!« schrie die Sommer auf, ganz zur Zufriedenheit von Michelsdorf.

»Genauso war es«, sagte Regierungsrat a.D. Leimer. Und Frau Dambrowski bestätigte es ihm.

»Licht«, befahl Zimmermann.

»Alle Scheinwerfer einschalten!« rief Felder.

Sofort legten sechs Polizeiwagen eine grelle Lichtwand auf das gegen die Hauswand geprallte Fahrzeug. Dort stieg Leitner aus, schüttelte sich und betastete seine Hände. Auch die waren in Ordnung. Grimmig blinzelte er in die Scheinwerfer hinein.

»Verletzt?« fragte Zimmermann.

»Nein«, sagte Leitner. »Nur Kollege von Gotha scheint vor Schreck leicht betäubt zu sein.«

»Und – Heßler?«

»Der allerdings ist tatsächlich verletzt worden«, berichtete Leitner. »Aber nicht durch den Aufprall, sondern weil ich ihm mit meinem Bleirohr kräftig auf die Flossen gehauen habe. Danach kann er nur noch auf das Lenkrad geprallt sein, als ich die Handbremse scharf anzog. Doch alles halb so wild – der kommt bald wieder zu sich.«

»Was wollte er?« fragte Schmelz mühsam.

»Sie umbringen«, erklärte ihm Zimmermann bereitwillig. »Was denn wohl sonst?«

Worauf sich der Hauptkommissar an Schmelz vorüber zu Keller und Anton begab, die im Dunkeln auf der gegenüberliegenden Straßenseite standen. »Nun, wie habe ich das arrangiert?«

»Ausgezeichnet«, sagte Keller karg. »Die Paradevorstellung eines Polypen – sozusagen.«

»Jetzt habe ich sie – beide!« Zimmermann war völlig von seinen Methoden überzeugt. »Du hast ihnen das Hirn ausgeblasen, und ich habe sie in einer tödlichen Situation konfrontiert. Von jetzt an werden sich beide ihrer Haut wehren wollen und also übereinander herfallen wie Raubtiere.«

»Und wen noch, außer sich, werden sie dabei zerfetzen oder verwunden oder vielleicht auch nur ankratzen?« Keller nickte seinem Anton zu, der verständnisvoll zu ihm aufsah.

»Bei diesem Metier, Martin, überkommt einen manchmal das große Grauen. Denn nicht nur Verbrecher vernichten Menschenleben – auch wir. Und das Fürchterlichste dabei – dies alles scheint unvermeidlich zu sein. Bei diesen Gesetzen. In dieser Welt.«

Aus den Aufzeichnungen des Kriminalbeamten außer Dienst Keller:

»In unserem Metier zählen nur sachlich exakte, kriminaltechnisch völlig einwandfreie Beweise, und die vermochte Zimmermann im Fall Heßler beizubringen. Dabei bevorzugte er die kritische Methode: äußerste Konzentration auf den wesentlichsten greifbaren Vorgang. Hier: den Tod des Heinz Horstmann. Das dann für Heßler unvermeidliche Urteil: lebenslänglich!

Damit wollte sich Zimmermann aber noch nicht zufriedengeben. Doch so groß seine Anstrengungen und die seiner Kollegen auch waren, einen Anatol Schmelz juristisch eindeutig zu belasten, dabei erwartungsgemäß von einem haßerfüllten Heßler unterstützt – strafrechtlich war der nicht zu fassen.

Denn: Behauptungen sind noch keine Beweise; Aussagen ohne exakt nachprüfbare Einzelheiten zählen nicht. Und dieser Schmelz hatte schließlich schriftlich nichts niedergelegt; niemals persönlich ›mit Hand angelegt‹. Ein ›Freispruch‹ mangels Beweisen, mit Unterstützung allerbester Anwälte, war das unbefriedigende Endergebnis.

Während sich Schmelz auf eine Weltreise begab, dabei jedoch Griechenland meidend, Susanne Wardeiner alles verkaufte, was sie ererbt hatte, und dann München verließ, währenddem begannen die eigentlichen Gewinner dieses Firmenkrieges, die Verlagsleiter Burghausen, MAZ, und Tierisch, MAM, ihre Unternehmen zu vereinigen, um gezielter, und nunmehr hoffentlich ungestörter, ihre Geschäfte machen zu können.

Wenn Zimmermann das alles dennoch relativ gelassen hinnahm, so war das seiner Frau zu verdanken. Denn die entschied sich für ihn – nach einem nächtlichen Besuch bei Anton und mir, wie ich glaube. Sie saß lange Zeit bei uns, spielte mit dem Hund, hörte mir zu, um dann zu sagen: ›Mein Gott, was ist das für ein Beruf!‹

›Kein sehr schöner, zugegeben – keiner, der irgendwie glücklich oder auch nur zufrieden macht. Nur einer, der versucht, die extremsten menschlichen Möglichkeiten einzudämmen. Ist das wenig?‹«